Comme le Général

Hervé HUE

Du même auteur

Théorie de l'Ennui

Retours de Spleen

Des Espoirs

À Jeanne,

Contact : hueherve@outlook.fr

www.facebook.com/herve.hue.auteur

Comme le Général

1

Quel sale con ! En descendant les trois marches qui menaient de la porte d'entrée au petit jardin, elle martela ces mots, une syllabe par marche. Elle eut encore le temps de les répéter quatre fois entre ses dents avant d'atteindre le petit portail rouillé. Celui-ci n'osa pas grincer lorsqu'elle le tira d'un coup sec pour s'engager dans la rue. Sur le trottoir d'en face, les trois garçons qui avaient tenté de l'impressionner un peu plus tôt s'arrêtèrent de parler et se tournèrent vers elle. Cette fois-ci pourtant, ils n'osèrent prononcer un mot. La petite pimbêche qu'ils avaient suivie jusqu'à cette vieille maison avait disparu, laissant place à quarante-cinq kilos de nerfs bouillants dans un petit tailleur trop chic. Un seul regard de la jeune femme, même à cette distance, fut suffisant pour leur ôter toute envie de s'y frotter. Tandis qu'elle s'éloignait sur le trottoir d'en face, ils la suivirent du regard en reprenant leur discussion, un ton en dessous.

La jeune femme marchait bien plus vite qu'à son habitude, alignant les mètres de trottoir à grandes enjambées, faisant claquer furieusement ses talons contre le bitume. Elle avait l'impression que son crâne n'allait pas résister à la pression générée par son cerveau qui avait doublé de volume. Elle descendit du trottoir pour traverser et ne dévia pas sa course d'un centimètre lorsque les hurlements conjugués de pneus crissant sur la chaussée abîmée et d'un avertisseur particulièrement efficace firent sursauter les plus proches passants. Elle retint de justesse un geste obscène en direction du livreur furieux au volant de son fourgon blanc et gagna l'autre côté sans ralentir. Elle n'arrêta sa course qu'après avoir atteint l'arrêt de bus. Deux femmes en boubous superbement colorés occupaient le petit banc, plongées dans une discussion animée. Le déclenchement simultané de leurs rires eut un effet cathartique sur la jeune femme. Elle retrouva brusquement ses esprits, presque étonnée d'être là. Son crâne s'allégeait peu à peu mais elle sentait toujours nettement son cœur cogner à un rythme fou. Il n'avait pas encore ralenti lorsque le bus s'arrêta devant elle. Elle laissa monter les deux femmes et alla s'installer sur la banquette du fond, la tête appuyée contre la vitre. Elle ne réussissait pas à détourner son esprit de la rencontre qui venait d'avoir lieu. Elle tenta bien de suivre la conversation des deux Africaines, sans succès, elles parlaient trop vite. Dehors, les immeubles défilaient lentement, les grandes barres de béton séparées uniquement par quelques immeubles plus petits, de béton eux aussi. Ils avaient tous en commun d'avoir connu des jours meilleurs. Çà et là, de minuscules espaces qu'on osait à peine appeler balcons ne servaient qu'à entreposer d'encombrants et superflus objets dont on n'avait pas eu le courage de se débarrasser comme s'ils pouvaient servir à nouveau, un jour. Mais les intempéries et la pollution finissaient de détruire lentement ces inutiles horreurs. À l'un de ces balcons, un homme s'était fait une petite place pour fumer. D'autres avaient depuis longtemps abandonné la lutte et fumaient tranquillement assis sur des chaises posées à l'intérieur près des fenêtres. Tous regardaient dehors, comme si un immanquable spectacle se jouait pour eux. Jeanne était persuadée de les avoir vus tous au même endroit et dans la même position quelques heures plus tôt, lorsqu'elle était passée en sens inverse.

Décidément, rien ne changeait. Les banlieues se mouraient de chômage et de violence, les halls d'immeubles et les espaces de moins en moins verts ne servaient plus qu'aux dealers. Mais les hommes, les pères de famille, étaient toujours aux fenêtres, à regarder les journées se perdre. De temps en temps, quelques-uns descendaient de leur tour et s'installaient autour d'une petite table au café du coin ou devant le petit supermarché. Elle avait du mal à imaginer ce qu'ils pouvaient se raconter après de telles journées. Simplement espérait-elle qu'ils s'inquiètent pour leurs enfants, qu'ils cherchent des moyens de leur éviter cette vie qui ne leur avait pas apporté grand-chose et celle qui pourrait les mener en prison ou pire encore.

Perdue dans ses pensées, elle descendit in extremis à son arrêt laissant les deux femmes toujours en discussion poursuivre leur chemin. Elle n'eut que quelques minutes à patienter pour voir arriver le bus suivant qui allait l'amener à un autre arrêt où, enfin, elle monterait dans celui qui ne la déposerait pas loin de chez elle. Jeanne retrouverait alors son quartier tranquille. L'entrée dans Paris avait fait disparaître les barres de béton au profit d'immeubles à taille plus humaine mais tout aussi vétustes, derniers sursauts de cette banlieue qui se heurte à la capitale sans l'ébranler. Enfin, passé les boulevards des maréchaux, les immeubles en pierre de taille reprenaient leurs droits. Ses pensées se tournèrent à nouveau vers cet étonnant et désagréable entretien bien loin au-delà du périphérique.

En pensant comme cela, elle se rendit compte à quel point elle était devenue parisienne, dans le sens le plus péjoratif qui soit. Elle était de ceux qui ne conçoivent de fréquenter la banlieue qu'entre la porte Maillot et Pont de Neuilly. Dans toutes les autres directions, le périphérique était comme une ceinture infranchissable, l'enceinte d'un vieux château fort. Elle n'imaginait la vie qu'à l'intérieur de ce mur et quand elle le franchissait, c'était pour prendre un avion qui l'emmenait loin ou un TGV qui traversait cette banlieue en un éclair, à peine le temps d'apercevoir le béton que la campagne était déjà là, sorte de no man's land qu'il fallait bien supporter si on voulait rejoindre sa destination. D'ailleurs, ses quelques amis qui avaient dû, elle n'osait croire que ce soit volontaire, quitter Paris pour s'installer dans un quelconque village, elle ne les voyait plus ou alors lorsqu'ils acceptaient de venir dîner dans Paris. Le train de banlieue est bon pour amener les banlieusards à Paris mais certainement pas l'inverse.

Il avait donc fallu cet événement pour la forcer à plonger dans la banlieue, et pas la plus reluisante. Elle n'aurait jamais imaginé qu'un si grand écrivain puisse habiter une maison aussi insignifiante à l'ombre d'immeubles décatis. Elle se revoyait presque suppliante devant Gérard, son prétentieux rédacteur en chef, prête à tout pour qu'il lui confie cette interview.

— Tu ne fais pas le poids ! lui avait-il balancé sans même la regarder.

Elle s'était mise en colère quand il avait ajouté : « Il va te bouger sévèrement et tu repartiras tête basse, comme une collégienne qui s'est fait sermonner pour avoir fumé dans les toilettes derrière la cantine. Tu auras de la chance s'il ne te fait pas pleurer ! »

— Tu dis ça parce que les autres n'ont rien obtenu de lui ! Tu me crois incapable de faire mieux que cette bande de piliers de bar ? Mais je suis plus solide que tu ne crois, que vous ne croyez tous. Et ce n'est pas un vieil écrivain ronchon qui va me bouger, comme tu dis !

Il avait dû céder, sachant qu'il n'avait rien à perdre. Car elle avait raison, les autres n'avaient jamais rien obtenu du vieux. Ni ses journalistes, ni ceux des autres médias. Pas même ceux du magazine Lire ou ceux du Monde, variétés les plus respectées parmi les journalistes littéraires. Alors, pourquoi ne pas laisser cette petite prétentieuse s'essayer à l'exercice ? Au mieux, elle ramènerait quelque chose d'utilisable, au pire, elle redescendrait du piédestal qu'elle se construisait elle-même.

Et elle était partie la fleur au fusil après une nouvelle négociation avec l'éditrice et attachée de presse de l'écrivain. La voix à l'autre bout de la ligne était rocailleuse, presque synthétique d'avoir trop baigné dans l'alcool et le tabac, une caricature. Elle avait tenté à son tour de la convaincre d'oublier son projet et de s'attaquer à des choses plus accessibles. Elle avait été directe : les petites bêcheuses qui se croyaient journalistes ne faisaient qu'attiser son désir de destruction. Il n'était jamais aussi cassant, elle avait aussi utilisé le mot méchant, que devant une jeunette au sourire enjôleur, aux jambes aguichantes et aux questions stupides. Quinze minutes à décrire un moment apocalyptique sans réussir à ébranler la volonté féroce de Jeanne, du moins pas en apparence, et elle avait craqué. Elle avait rappelé la jeune femme le lendemain matin. Quinze nouvelles minutes à lui faire des recommandations : ne soyez pas en retard sinon vous ne franchirez même pas la porte. Pas de petit cadeau, pas de gloussement en l'appelant « cher maître ». Elle avait dû promettre de rester sobre dans la tenue et le parfum. Puis finalement, le Graal, une date et une heure de rendez-vous.

Ce n'est qu'à ce moment-là qu'elle avait vraiment pris conscience de la chose. Charles de Roncourt était peut-être un vieux grincheux mais il faisait partie de l'histoire de la littérature française, peut-être le seul écrivain vivant à en faire encore réellement partie. Même s'il vivait reclus depuis plus de vingt ans, s'il avait publié son dernier roman alors qu'elle n'était encore qu'une enfant, avec peu de succès d'ailleurs, il restait un monument et un mythe, adulé par nombre de ses pairs. Ses plus fervents admirateurs expliquaient ainsi l'échec de ses derniers romans, la vengeance du monde de l'édition envers un de ses enfants talentueux mais aussi terrible. Quant à son âge, soixante-dix ans, ce n'était pas encore la tombe loin de là mais comme on dit, on ne sait jamais. Alors les rédactions se faisaient plus pressantes pour obtenir quelques mots de celui qui n'en avait plus prononcé de façon publique depuis que Giscard n'était plus président, sans que cela ait un quelconque rapport. Il se faisait un malin plaisir à recevoir, très exceptionnellement, un journaliste. L'élu posait quelques questions avant de comprendre qu'il n'obtiendrait rien. Et si l'envie lui prenait de défier Charles de Roncourt, il croulait soudain sous un flot de paroles acerbes et destructrices. Peu avaient eu à subir cela, encore plus rares étaient ceux qui avaient osé le raconter.

La surprise était d'autant plus grande qu'il acceptait cette fois-ci de recevoir une journaliste, et pas n'importe laquelle, une jeune et belle femme, prototype de ce qu'il devait exécrer. Elle s'attendait presque à signer un engagement de confidentialité pour obtenir l'adresse de celui qui, disait-on, ne sortait plus de chez lui. Elle fut bien surprise de découvrir que Charles de Roncourt n'occupait pas un sublime appartement sur l'île de la Cité. Son adresse était bien plus banale : un numéro, une rue qui portait le nom d'un homme politique depuis longtemps oublié et une ville, pas Paris mais proche, géographiquement. Un arrêt de bus à quelques centaines de mètres, deux changements, pas de quoi la dissuader.

Le jour dit, elle avait quitté son domicile de bonne heure. Les deux changements s'étaient bien enchaînés et elle descendit du bus à l'arrêt portant le nom du même politicien oublié que la rue dans laquelle il était situé. Elle eut d'abord un doute sur l'adresse qui lui avait été donnée et l'idée de s'être fait avoir par une plaisanterie douteuse lui traversa l'esprit. Elle emprunta le trottoir opposé à l'adresse et au bout de quelques centaines de mètres, aperçut, coincée entre deux immeubles des années soixante, une petite maison, suffisamment en retrait de la rue pour donner l'impression qu'un petit jardin menait jusqu'à elle. Le muret longeant la rue était propre, surmonté d'une grille en fer forgé à peine rouillée mais d'une couleur indéfinissable. Le petit portail, de la même couleur et légèrement rouillé lui aussi, cachait une boîte aux lettres et une petite étiquette qu'elle ne pouvait déchiffrer d'où elle était. Elle dépassa la maison d'une centaine de mètres et traversa la rue pour remonter dans l'autre sens, ce coup-ci du bon côté. De plus près, la maison paraissait tout aussi modeste. Les vieux volets de bois dont on voyait encore la trace comme faite au pochoir, avaient été remplacés par des volets roulants, certainement électriques, afin de simplifier la vie du célèbre mais vieil occupant. Car la petite étiquette confirma à Jeanne que l'occupant de cette maison s'appelait bien C. de Roncourt. À moins d'avoir poussé le vice jusqu'à être venu la coller ici ou avoir joué sur un pseudonyme, elle était vraiment au bon endroit.

En avance d'une bonne demi-heure, elle hésita à entrer dans le jardin mais décida de poursuivre son chemin sans marquer d'arrêt. De l'autre côté de la rue, une autre vieille maison avait résisté elle aussi au béton envahisseur. De trois étages, son rez-de-chaussée était occupé par un café. Pas de grande baie vitrée, mais deux fenêtres on ne peut plus classiques, simplement surmontées d'un store au rouge passé, cadeau d'une marque de bière et précisant le nom du lieu, « Aux deux A », comme si quelques lettres n'avaient pu trouver de place. Jeanne ne distinguait pas l'intérieur du bistrot, aussi décida-t-elle de ne pas tenter le diable et de continuer à marcher en attendant l'heure du rendez-vous. Elle remonta ainsi

11

jusqu'à l'arrêt de bus, encore vingt-cinq minutes à attendre. Elle s'en voulait d'avoir été si pressée, elle n'avait vraiment pas envie d'attendre ainsi prenant soudain conscience des regards qui la dévisageaient, pour ne pas dire plus. À une autre époque, dans une autre banlieue, elle et ses copains l'auraient aussi regardée de travers, avec son look de Parisienne des beaux quartiers. Elle ressentait plus de gêne que de crainte d'être si décalée dans le décor de ce coin de banlieue. Et voilà que trois jeunes, quant à eux parfaitement raccord, venaient de l'apercevoir et tenaient conciliabule sur le trottoir d'en face. Elle avait beau être peu impressionnable, elle décida qu'il était temps d'aller frapper à la porte du vieil écrivain, hors de question de devoir palabrer avec ces gars-là. Elle reprit son chemin, la démarche aussi détachée et naturelle que possible. Elle commença par faire semblant de ne pas entendre les appels derrière elle, comme s'ils étaient destinés à une autre. D'abord des « Mademoiselle, mademoiselle ! » à l'accent caricatural de banlieue. Certainement agacés par l'attitude de Jeanne, leurs paroles se firent plus crues, presque insultantes. Elle arriva devant la maison et sans regarder l'heure, poussa le petit portail qui accepta de s'ouvrir en grinçant. Elle enjamba plus qu'elle ne traversa les quelques mètres de jardin pour grimper jusqu'à la porte et appuyer sur une antique sonnette de métal et de porcelaine.

Une vieille dame apparut derrière la porte vitrée et ouvrit celle-ci en souriant. Jeanne ne s'attendait pas à cela et fut légèrement décontenancée.

— Bonjour Madame. Madame de Roncourt ?

Elle rit.

— Non pas du tout. Mais vous êtes bien chez Monsieur de Roncourt. Entrez, je vous en prie mademoiselle.

Elle s'effaça pour lui laisser le passage. Jeanne imaginait toujours les grands-mères petites et voûtées. Celle-ci, malgré un âge qu'elle estimait à soixante-dix ans, était fine et droite, presque aussi grande qu'elle malgré ses talons hauts. Les sillons que le temps avait creusés sur son visage la rendaient peut-être encore plus belle qu'elle n'avait été, et elle avait dû l'être. Une mèche de cheveux blancs se balançait devant ses yeux qui continuaient à sourire. La ramenant de côté d'un geste mécanique, elle formula la question suivante d'une étrange façon :

— Avant d'aller plus avant, pourrais-je m'assurer de votre identité ?

Surprise, Jeanne n'eut pas le temps de répondre avant que la grand-mère, plus vive qu'impatiente ajoute :

— Votre nom Mademoiselle, puis-je avoir votre nom ?

— Euh oui, bien sûr. Je m'appelle Jeanne. Jeanne Casanova.

Elle ajouta :

— J'ai rendez-vous avec Monsieur de Roncourt, enfin pas tout de suite. Je veux dire, je suis un peu en avance.

Décidément, la grand-mère s'amusait. Elles étaient face à face dans un couloir sombre et très étroit avec pour seul mobilier un porte-parapluies étrangement privé de portemanteaux. La seule source de lumière provenait de la porte vitrée et d'une vieille suspension poussive au plafond. Le papier au mur, aux motifs abstraits marron et gris, d'après ce que pouvait voir Jeanne, participait à l'obscurité du lieu. Comme dans un vieux jeu vidéo, le couloir menait à trois portes, une de chaque côté et une au fond, fermées toutes les trois.

— Oui, nous vous attendions un peu plus tard. Mais ce n'est rien mademoiselle, veuillez me suivre.

Elle referma la porte d'entrée, encore un peu moins de lumière, et se dirigea vers celle de gauche. Elle l'ouvrit et s'effaça de nouveau, invitant Jeanne à entrer. Elle la ferait patienter dans la pièce pendant qu'elle informerait monsieur de Roncourt de sa présence. Elle allait refermer la porte derrière elle mais se ravisa pour proposer un thé à la jeune femme, qui déclina. Visiblement déçue, elle disparut, laissant Jeanne seule dans la pièce fermée. Qui était donc cette vieille femme qui donnait du monsieur à de Roncourt et qui mettait du « nous » dans ses phrases ?

Jeanne patienta en détaillant ce qui l'entourait. Elle se dit que décidément, tout était vieux dans cette maison. Vieux peut-être mais d'une propreté parfaite. Les murs étaient tendus d'un papier gris, fort heureusement assez clair, dont la couleur semblait avoir résisté aux ravages du temps. La pièce était presque entièrement occupée par une table recouverte d'une toile cirée dont le dessin représentait des scènes de chasse à courre. Une soupière trônait au milieu. Chaque chaise de bois sombre voyait son dossier recouvert d'un petit rond de dentelle. Contre le mur, face à la fenêtre, un buffet qui avait dû traverser au moins un siècle supportait une myriade de photos jaunies encadrées de manière anarchique. Aucune photo récente, aucune presque récente, comme si rien n'avait changé ici depuis des dizaines d'années. La petite télévision, pas plate du tout, qui se cachait dans l'ombre sur une desserte qui avait droit elle aussi à de la dentelle, finit de convaincre la jeune femme que le temps s'était arrêté, au moins dans ce petit coin d'univers. Le volet était à moitié baissé comme si on avait peur d'exposer au grand jour toutes ces vieilleries. Encore quelques minutes et elle n'aurait pu résister à l'envie d'appuyer sur le bouton blanc à côté de la fenêtre, enfin un signe de modernité, pour proposer au soleil d'égayer un peu la pièce.

La vieille dame revint enfin, toujours souriante.

— Monsieur de Roncourt n'est pas tout à fait prêt, il vous prie de bien vouloir patienter quelques minutes supplémentaires.

Jeanne lui sourit en retour. Connaissant la réputation du personnage, elle doutait qu'il eût répondu en ces termes mais l'entremise de cette femme adoucissait l'attente.

— Je m'aperçois que je ne me suis pas présentée, je m'appelle Denise. Vous n'avez pas eu trop de difficulté pour trouver la maison ?

— Non, pas du tout.

Jeanne enchaîna avec la question qui lui brûlait les lèvres : Vous n'êtes donc pas Madame de Roncourt ?

— C'est très flatteur mais non. Je ne suis que, disons, la gouvernante de Monsieur de Roncourt.

En disant cela, elle avait ouvert le buffet pour en sortir un service à thé qu'elle posa avec délicatesse sur un plateau d'argent. Jeanne fut surprise de découvrir un service en porcelaine de Chine. La finesse du matériau, presque transparent, et la décoration très délicate supposaient une valeur très importante. C'était le premier objet de prix qu'elle pouvait voir dans cette maison, ou plutôt dans cette pièce. C'était comme découvrir un vase de Baccarat dans une vieille ferme : complètement décalé.

Denise et Jeanne discutaient maintenant depuis une dizaine de minutes. Chaque fois que la jeune femme tentait d'en savoir plus sur Charles ou elle, elle éludait la question et revenait sur des sujets sans conséquence tels que la météo, les transports en commun et surtout Jeanne elle-même. Tout au plus apprit-elle que Denise était employée par de Roncourt depuis très longtemps, qu'elle veillait à tout ce qui touchait au quotidien de la maison et qu'elle n'habitait pas très loin, sans plus de précision. De son côté, Denise n'en apprit pas beaucoup plus sur la jeune femme qui se montra aussi habile qu'elle pour parler de la pluie et du beau temps.

Alors que la conversation menaçait de s'assécher, des bruits de pas se firent entendre dans le couloir. La porte s'ouvrit pour laisser entrer le grand homme. Denise se leva et quitta la pièce rapidement, emportant avec elle le plateau d'argent, non sans un dernier sourire d'encouragement en direction de Jeanne qui, par mimétisme et finalement impressionnée, s'était mise au garde à vous.

L'écrivain n'était pas apparu en public depuis de nombreuses années, aucune photo n'avait été publiée si ce n'est une photo volée où on le devinait plus qu'on ne le voyait. Jeanne fut surprise de découvrir un vieil homme, bien plus âgé que l'image fixée dans son esprit à force de voir de vieilles photos. Il avait toujours cette allure qui lui avait valu les qualificatifs les plus flatteurs du temps de sa splendeur. Grand, large d'épaule, droit, une constante dans cette maison, il impressionnait toujours. Le visage avait vieilli bien sûr, les rides s'étaient creusées, les joues aussi, mais l'homme était solide. Durant sa jeunesse, on l'avait rarement vu habillé autrement qu'en chemise canadienne rentrée dans un pantalon de velours côtelé et, aujourd'hui encore, il ne dérogeait pas à cette règle. Seules concessions à la modernité, des lunettes à monture fine avaient remplacé celles à monture d'écaille et peut-être aussi la barbe de trois jours, aussi blanche que ses cheveux, à moins que ce ne soit qu'une simple négligence. Derrière les verres, toujours ces yeux incroyables comme lavés au bleu pastel qui avaient entraîné certains à le comparer à Delon, ce qui l'avait suffisamment agacé pour lui inspirer un petit pamphlet caustique sur « l'auteur et l'acteur ou le créateur et le perroquet » que personne ou presque n'avait lu d'ailleurs.

Avec à peine un regard pour Jeanne, il tira une chaise et s'assit dos à la fenêtre. Désignant celle en face de lui, il prononça ses premiers mots.

— Asseyez-vous !

Sa voix était profonde, plus grave que dans son souvenir. Elle s'installa en face de lui pendant que la vieille dame entrait discrètement pour poser sur la table le plateau en argent avec deux tasses et la théière. Elle ressortit immédiatement, sans avoir prononcé un mot, les laissant seuls.

— Maintenant que vous vous êtes faite à l'idée que je suis un vieux bonhomme, posez-moi vos questions, qu'on en finisse.

Plus grave certainement mais moins chantante, la voix exprimait autant d'agacement que de résignation. Il ne cherchait pas à cacher son désir d'être ailleurs. Jeanne se demanda comment l'éditrice avait pu convaincre ce bonhomme acariâtre de la recevoir. Mais maintenant qu'elle était là, elle n'allait pas se laisser impressionner. Assise face à la fenêtre, elle devait plisser les yeux pour tenter de deviner les traits de son hôte en contre-jour. Elle ne pouvait imaginer que cela soit dû au hasard. Elle prit son temps pour sortir son stylo et son calepin. Comme ses collègues, elle utilisait un ordinateur portable mais elle ne le sortait jamais en interview. De ses études, elle avait retenu que l'écran face au journaliste créait une distance qu'elle ne voulait pas lors des séances de questions. L'interlocuteur pouvait être distrait ou agacé à force d'imaginer ce qui pouvait se passer sur cet écran qu'il ne pouvait voir. Dans le cas présent, elle sentait que l'agacement de Roncourt aurait décuplé à cause de cet écran ou simplement du bruit du clavier, bref, il aurait trouvé toutes les raisons d'être désagréable. D'ailleurs, il n'était pas assis depuis plus d'une minute que déjà il soufflait comme si on lui avait imposé des heures d'un spectacle ennuyeux. Elle comprit qu'il fallait en venir au fait rapidement avant qu'il ne se lève et ressorte.

— Je ne vous aurais jamais imaginé vivre dans cette maison.

Elle avait espéré qu'il rebondisse et commence à parler mais il se contentait de la fixer sans rien dire.

— Ni dans ce quartier d'ailleurs.

Il attrapa la théière et se servit une tasse de thé dans laquelle il plongea deux petites pilules de faux sucre. Il tournait la cuillère dans sa tasse tout en la regardant. Il finit par poser la cuillère sur la soucoupe et il ouvrit la bouche.

— Vous n'avez pas de question ?

Sans réfléchir, comme un trait d'humour peut-être, elle enchaîna avec un sourire :

— Si bien sûr, vous permettez que je prenne une tasse de thé ?

— Ce sont les réponses à ce genre de questions que vous allez publier dans votre journal ? Jeune fille, ce n'était pas la peine de venir jusqu'ici, vous auriez pu questionner la première grand-mère venue dans votre quartier de bourgeois.

Alors, celle-là, elle ne s'y attendait pas.

— Elle aurait peut-être été plus sensible que moi à vos minauderies et vous aurait dit oui. Pour ma part, quand on refuse une proposition, ce n'est pas pour l'accepter quelques minutes après.

Surprise par la tournure que prenait l'entrevue, elle se redressa et griffonna quelque chose sur son carnet, le temps d'enchaîner. Nouvelle erreur.

— Vous me surprenez à chaque seconde. Voici certainement des notes qui mériteront de passer à la postérité !

Il ne lui laissa pas le temps de répondre, il se levait déjà.

— Si vous n'avez pas d'autres questions, je vous propose que nous en restions là.

— Pourquoi avez-vous arrêté d'écrire ?

Elle avait lancé cette question au hasard, elle n'avait pas prévu de la poser si tôt. Mais il fallait réagir sous peine de se retrouver dehors dans les secondes qui allaient suivre. Elle sut qu'elle avait gagné un répit lorsqu'il se rassit. Il prit un peu de temps pour répondre.

— Qui vous dit que je n'écris plus ?

— Pourquoi avoir cessé de publier des écrits dans ce cas ?

Un nouveau silence. Il amena la tasse à sa bouche et but une gorgée en grimaçant. Il reposa la tasse et rajouta deux nouveaux ersatz de sucre.

— Décidément, elle ne saura jamais faire le thé. Je devrais la foutre dehors rien que pour ça.

— Vous écrivez encore ?

Il repoussa la tasse loin de lui si sèchement que Jeanne eut l'impression qu'il l'aurait volontiers envoyé voler contre le mur mais elle n'aurait su dire si c'était dû au mauvais thé ou à sa question.

— Mademoiselle, cela ne vous concerne pas. Un écrivain devient un écrivain quand il veut être édité, et un écrivain potable lorsqu'il l'est. Comme ce n'est pas mon cas, que j'écrive ou pas, ne change rien. Si je voulais que cela se sache, il ne serait pas nécessaire de convoquer la presse. J'enverrais mes manuscrits à quelques maisons qui se souviennent de mon nom. Soit ils me publieraient et point final, soit ils me feraient des réponses polies et leurs refus ne mettraient pas longtemps à faire le tour de Paris et de moi la risée de tous ces gens que j'exècre. Question suivante !

Il venait de fermer toute possibilité de poser des questions sur des choses qu'elle aurait aimé, sans rire, aborder avec lui comme la page blanche ou le tarissement de l'inspiration. Elle décida qu'elle n'en aurait pas plus sur le sujet mais que, finalement, ça ressemblait aux premières phrases utiles pour son futur article.

À son grand désespoir, elle enchaîna les questions sans obtenir plus de réponses, du moins satisfaisantes. Elle se faisait l'effet d'une journaliste d'un quotidien régional en train d'interviewer un vieux paysan dans sa vieille salle à manger, cherchant à lui faire dire quelque chose d'intéressant sur la météo ou la culture du maïs. N'y tenant plus, elle se décida à franchir la ligne et posa la question qui, elle l'espérait, allait rabattre son caquet à ce vieux prétentieux.

— Pourquoi croyez-vous que vos derniers romans se sont si mal vendus ?

Elle espérait bien qu'il allait réagir, mais elle n'avait pas imaginé à quel point. Ses yeux qui, depuis quelques minutes, détaillaient nonchalamment les motifs de la toile cirée, vinrent se planter dans les siens. Il se leva lentement, déployant son grand corps sec en s'appuyant sur la table. Sa voix n'était plus chantante du tout.

— Mademoiselle, je ne pense pas que vous ayez l'intelligence ou la culture pour que je partage avec vous un quelconque jugement sur mon travail. Ni avec vos lecteurs d'ailleurs, si tant est qu'il y en ait. Je m'attendais à mieux, jeune fille.

Ces derniers mots lui parurent étranges. Il ne pouvait pas avoir dit ça par hasard, de cette façon, lui qui pesait chaque mot, dont chaque phrase atteignait irrémédiablement son but. Elle n'eut pas le temps d'approfondir, il continuait sur sa lancée, un flot de méchanceté tombant sur elle comme l'eau d'un barrage qui se rompt brutalement.

— Que vous n'ayez pas fait d'école de journalisme ou que vous ayez eu votre diplôme grâce à votre sourire ou à vos jambes, je m'en contrefiche. Le résultat est le même. Vous n'êtes qu'une petite morveuse tout juste bonne à interviewer des paysans pour un journal local.

En d'autres circonstances, elle aurait ri de l'incroyable coïncidence mais pour l'heure, toute son attention était fixée sur cette bouche dégoulinante de critiques. Elle entendait mais elle n'écoutait plus. Cela s'arrêta brutalement, sans prévenir. Il détourna le regard, se dirigea vers la porte et juste avant de disparaître, lui lança ces derniers mots.

— Même vous, vous devriez trouver le chemin. Je crois que nous n'avons plus rien à nous dire.

Voici donc pourquoi, quelques secondes plus tard, en sortant de la maison, elle scandait juste trois mots. Si elle s'était retournée ne serait-ce qu'une seconde, elle aurait certainement remarqué une silhouette derrière la deuxième fenêtre du rez-de-chaussée. Charles la suivait du regard pendant qu'elle sortait de chez lui. Les éclairs dans son regard avaient disparu pour laisser place à une étrange tristesse. Il quitta la fenêtre lorsque Jeanne disparut au coin de l'immeuble mitoyen.

2

— Qu'est-ce que tu as foutu ?!

Elle répliqua instantanément :

— Qu'est-ce que j'ai foutu, moi ? Non mais je rêve !

Son patron, faisait les cent pas le long de la baie vitrée qui s'étendait d'un bout à l'autre de la pièce. Il avait fait tomber quelques cloisons pour s'offrir ce bureau. La superficie dédiée à la rédaction du journal avait alors été divisée en deux parts égales : son espace et l'open space des journalistes. Les plus anciens ayant décrété un droit inaliénable à leur espace personnel, les plus récents se partageaient les miettes. Ainsi, Jeanne disposait d'un carton contenant ses affaires qu'elle sortait lorsqu'un bureau se libérait. Le reste du temps, elle travaillait avec son ordinateur portable sur les genoux ou mieux, au bar du coin qui disposait d'un accès Wifi et d'un café qui faisait la fierté du patron italien.

Le bureau du rédacteur en chef était donc spacieux, luxueux et comprenait trois espaces bien distincts. Une grande table de réunion en bois verni qu'on utilisait pendant les conférences de rédaction portait, à son extrémité, un grand écran plat qui servait aux présentations ou au partage d'une vidéo quelconque. Il s'était également fait installer un système de visioconférence dont il ne se servait jamais. De l'autre côté de la porte, un coin salon avec canapé et fauteuils assortis, autour d'une table basse, permettait au patron de se reposer ou d'échanger avec des visiteurs de marque. Enfin, le bureau de ministre hérité de l'ancien rédacteur en chef avait été conservé, l'histoire voulant qu'il ait servi à André Malraux. On l'avait simplement rénové et accompagné d'un fauteuil en cuir noir particulièrement volumineux. Les visiteurs assis face à ce bureau étaient moins bien servis avec deux fauteuils moins imposants au confort limité. Jeanne était assise dans l'un d'eux mais ce n'était pas l'inconfort du siège qui la faisait se tortiller. Elle tentait de garder son calme alors qu'elle aurait bien eu besoin de faire les cent pas elle aussi.

La tranquillité des toits de Paris qui s'étalaient derrière la baie vitrée contrastait avec l'agitation du bonhomme. Gérard Brossolette dirigeait le journal depuis une dizaine d'années. Bien que n'ayant aucun lien de parenté avec le Pierre du même nom, il faisait toujours une réponse évasive si on lui posait la question, sourire en coin, histoire de laisser planer le doute. Ce dont personne ne doutait, c'est qu'il n'avait pas le même talent journalistique. Il était à ce poste bien avant qu'elle n'arrive et avait eu droit à différentes versions de sa nomination, décidant de croire à la suivante. Alors que le propriétaire de l'époque croulait sous les dettes et que le rédacteur en chef allait se séparer d'une partie de la rédaction, dont Gérard bien entendu, l'histoire avait pris un tour différent. Son peu de compétence avait été miraculeusement compensé par un bon mariage qui lui avait permis de venir à la rescousse du journal. En échange d'une somme rondelette sortie du porte-monnaie de sa nouvelle épouse, il devenait associé d'un journal qui remboursait ses dettes. Il en profitait pour se nommer à la tête de la rédaction et virer du même coup son prédécesseur. Il avait été assez malin pour que son divorce quelques mois plus tard, suite à d'innombrables frasques que son ego se refusait à garder secrètes, ne puisse affaiblir sa position au journal. Ainsi, sa femme humiliée et évincée, mais toujours aussi riche, l'ancien propriétaire laissé à la place de patron, c'est-à-dire de responsable, il jouait dorénavant les coqs dans les dîners mondains où sa belle gueule et son bagout faisaient fondre les petites écervelées qui fréquentaient ces lieux à la recherche au choix, d'un boulot ou mieux, d'un mari.

Jeanne n'avait jamais été sensible à son charme. Elle ne niait pas qu'il eut un physique avantageux mais tout se gâtait dès qu'il ouvrait la bouche. Elle ne supportait ni son accent ni son vocabulaire. Encore moins son incompétence. Chaque conférence de rédaction était pour elle un supplice qu'elle devait subir tant qu'elle n'aurait pas quelque chose d'intéressant à mettre dans son CV pour aller démarcher des journaux plus prestigieux et surtout avec un rédacteur en chef qui ne s'appellerait pas Gérard Brossolette. Parmi ses collègues, il en était certains qu'elle estimait, des gens qui avaient fait ou plutôt écrit de belles choses. Elle ne comprenait pas pourquoi ils étaient encore là et n'osait pas leur poser la question de peur de les vexer. Les autres, des Gérard en puissance, pondaient de temps en temps quelques papiers sans saveur que le rédacteur en chef, incapable d'estimer à leur juste valeur, au choix encensait ou brûlait suivant son humeur du moment. Ainsi, le journal survivait par la grâce de quelques fidèles nostalgiques et d'une nouvelle génération de lecteurs dont personne ne comprenait vraiment les motivations.

Jeanne n'avait jamais vu Gérard franchement de bonne humeur, à jeun tout du moins, mais aujourd'hui, son énervement atteignait un niveau qui lui semblait démesuré au regard de la raison qui l'avait déclenché. Elle avait compris les grandes lignes de ce qui s'était passé dans le discours décousu de son patron. À peine quelques minutes après qu'elle eut claqué la porte de la maison de Roncourt, Gérard avait reçu un coup de téléphone d'Isaure du Bois de Jallin, l'éditrice. Celle qu'il traitait habituellement de vieille peau imbibée, était tout à coup devenue Madame du Bois de Jallin, nom hérité d'un premier mariage à vingt ans et gardé, estimant qu'il valait mieux que Laton, le patronyme de son deuxième mari et Minmin, celui de sa naissance. Cette dame s'était donc dite choquée comme son auteur, par le comportement de la journaliste qui s'était présentée ce matin même chez Monsieur de Roncourt. Elle avait égrené toute une litanie de plaintes et de reproches qui l'auraient fait sourire s'ils avaient été uniquement dirigés vers la jeune femme. Hélas, Isaure le prenait également pour cible et il craignait que sa réputation n'ait à souffrir d'une telle histoire. Jeanne se retint difficilement de lui expliquer ce qu'elle en pensait.

Dès qu'il observa un instant de silence, le temps de reprendre son souffle et de réhydrater ses cordes vocales mises à rude épreuve par son monologue enflammé, elle tenta de lui donner sa version des événements. Mais comme elle s'y attendait, il ne la laissa pas finir, peu intéressé par ce qu'il s'était réellement passé. Alors, s'ensuivit un deuxième monologue rempli de mots tels que déontologie, bonnes manières, respect de l'auteur mais aussi incompétence ou bêtise. Au fur et à mesure que ces mots sortaient de la bouche de Gérard, elle détesterait à jamais ce prénom, son fauteuil lui semblait de moins en moins confortable. Sa tête se remplissait à nouveau, prête à exploser. Encore quelques mots sur la honte de la profession, un comble venant de ce parvenu, et elle explosa. Elle le colla au mur en lui balançant tout ce qu'elle avait sur le cœur, des mois de colère refoulée, de fierté ravalée et de frustration, tout y passa. Elle hurlait comme si elle voulait que tout Paris, de l'autre côté de la grande baie vitrée, entende ce qu'elle avait à dire. Quand elle eut fini, elle retomba sur son siège, totalement vidée. Gérard la regardait, interloqué. Quelques minutes plus tard, elle était sur le trottoir devant l'immeuble, son carton entre les mains.

Ça s'était passé comme dans un film américain. Elle était sortie du bureau du patron, avait réuni ses affaires dans son carton, ou plutôt elle avait ramassé son carton déjà rempli, et elle avait traversé la salle sous le regard de ses collègues médusés. Gérard l'avait suivie des yeux quelques instants avant de s'adresser aux involontaires spectateurs :

— Vous autres, remettez-vous au boulot avant que j'en vire un autre !

Ils avaient tous baissé la tête en frappant quelques touches au hasard sur leur clavier pour se donner une contenance. Dans un film américain, un premier se serait levé pour applaudir. Et progressivement, tous l'auraient imité. Ou alors, un collègue, un mignon certainement, aurait commencé à mettre ses affaires dans un carton en disant que si elle partait, il partait aussi. Ils se seraient saoulés tous les deux dans un bar du quartier en évitant de penser au lendemain. Évidemment, on n'était pas dans un film américain. Elle se retrouva seule sur le trottoir, un carton minable entre les mains et pas envie d'aller boire un verre toute seule. Unique point positif, elle avait évacué toutes les frustrations accumulées dans la journée, toute la colère en elle retenue depuis ce matin, parce que contrairement à ce qu'avait dit ou insinué la vieille peau imbibée, elle était restée de marbre devant de Roncourt. Certes, elle avait flirté avec la limite, prête à le gifler ou à fondre en larmes de colère. Mais elle avait tout gardé en elle et finalement, elle trouvait qu'elle avait bien fait. Elle n'avait pas trente ans, pas tout à fait, elle était intelligente et débrouillarde, elle n'allait pas rester sur le carreau très longtemps. Elle en était persuadée, ou presque.

En entrant dans la pièce, Denise ne fut pas surprise de le trouver là. Charles passait souvent des heures dans la pénombre de son bureau, enfoncé dans son vieux fauteuil club usé dont il sortait avec de plus en plus de difficulté. Elle redoutait le jour pas très lointain où il s'effondrerait totalement, le fauteuil, pas Charles. Celui-ci restait là, sans rien dire, sans rien faire, comme endormi. Pourtant, elle devinait plus qu'elle ne voyait, les deux yeux clairs fixant un point imaginaire devant lui. Autrefois, lorsqu'il entrait dans une de ces phases contemplatives, il enchaînait les cigarettes, des brunes sans filtre, habitude héritée du service militaire à une époque où le gouvernement trouvait intelligent de fournir gratuitement toutes les jeunes générations qui passaient par la case armée, créant ainsi des générations de futurs pères tabagiques. Cela faisait trois ans qu'il avait réussi à se débarrasser de cette mauvaise habitude, l'avertissement avait été sans frais. Le médecin l'avait prévenu, c'était la cigarette ou la vie. Même quelqu'un comme Charles avait choisi la deuxième option. Les premiers mois, en véritable cerbère, Denise avait bataillé ferme afin qu'il tienne bon. Elle avait passé des semaines à faire disparaître l'odeur du tabac froid qui s'était incrusté dans chaque recoin de la maison au fil des ans. Quand elle arrivait le matin, elle passait dans chaque pièce, analysant toutes les odeurs afin de s'assurer qu'il n'avait pas fumé après son départ. Finalement, cela s'était plutôt bien passé, Charles étant irritable par nature, le sevrage n'y avait rien changé. C'est à cette époque qu'il avait pris l'habitude de sortir de chez lui, allant chaque jour faire de grandes balades. Denise n'avait pas la moindre idée d'où ses pas le menaient alors qu'il lui arrivait d'être absent pendant plus de deux heures. Il ne faisait jamais mention de son trajet, jamais aucune remarque ou anecdote sur sa promenade, et Denise ne lui posait pas de questions.

Aujourd'hui, il n'avait pas mis le nez dehors ce qui lui arrivait rarement lorsqu'il ne pleuvait pas. Après la visite de la jeune femme, il s'était enfermé dans son bureau et n'en était pas ressorti. Denise lui avait apporté un plateau-repas vers midi mais il y avait à peine touché. Le médecin avait assorti la fin de la cigarette d'un régime draconien, sans sel, sans gras, sans sucre, finalement comme disait Charles, un régime sans rien. S'il s'offrait quelques écarts lors de ses sorties solitaires, il était assez malin pour en faire disparaître toute trace.

Les lumières artificielles de la rue éclairaient la pièce d'un orange sale. Elle alluma une petite lampe sur le bureau et fit descendre le volet. Elle alluma une deuxième lampe sur la cheminée puis, satisfaite de l'ambiance chaleureuse qu'elle avait créée, elle ramassa le plateau.

— Je t'ai préparé un bol de soupe à la courgette pour ce soir, celle que tu préfères.

Comme il ne bougeait pas, elle continua :

— Il y a des fromages frais à mettre dedans. J'ai aussi préparé un bol de fromage blanc avec un peu d'aspartame. Il est en haut du frigo, recouvert de papier-alu.

Elle avait parlé de l'aspartame à dessein. Habituellement, il partait au quart de tour, énumérant les dangers de cet édulcorant, citant des études qu'il avait lues ou inventées de toutes pièces. Pour lui, bien loin de vouloir le préserver, l'obliger à consommer ce composant artificiel, c'était l'empoisonner à petit feu. Si c'était le but recherché, grondait-il, il aurait été tout aussi efficace de le laisser continuer à fumer et à boire. Mais ce soir-là, il tourna simplement lentement la tête vers elle :

— Merci, dit-il d'une voix fatiguée qu'elle lui connaissait peu.

— Si tu n'as plus besoin de rien, je m'en vais.

Pas de réponse.

Avant de refermer la porte derrière elle, elle lui dit malgré tout ce qu'elle avait sur le cœur.

— Tu n'aurais pas dû être aussi dur avec cette jeune femme ce matin.

Elle referma rapidement la porte derrière elle mais elle crut l'entendre marmonner un inattendu :

— Je sais !

Resté seul, il ferma les yeux un long moment. Il entendait les bruits de la maison : Denise qui lavait la vaisselle du plateau, elle n'aimait pas le lave-vaisselle, Denise qui donnait un coup de balai, même s'il était sûr qu'elle l'avait déjà fait plusieurs fois dans la journée, puis les pas de Denise dans le couloir et la porte d'entrée qui s'ouvre, se ferme et la clé qui tourne dans la serrure. Il se retrouvait seul, à l'abri dans sa maison, jusqu'au lendemain matin. Il se leva et se dirigea vers le bureau, alluma la lampe posée dessus et prit place dans le fauteuil. Du premier tiroir sur sa droite, il sortit un cahier visiblement vierge. Il prit un des stylos-plumes posés devant lui et écrivit ces quelques mots en petits caractères en haut de la page : 'CdR, 25 mai 2010'.

3

En entrant chez elle, Renée alluma la lumière dans l'entrée, jeta ses clés dans le petit bol sur la console et s'assit sur la chaise prévue à cet effet pour enlever ses chaussures. Après une journée debout à asséner des vérités à une bande d'étudiants qui au mieux l'écoutaient poliment, elle goûtait avec bonheur les premières minutes où ses pieds, enfin libérés, caressaient doucement la moquette bouclée. Afin de préserver ce moment, elle chouchoutait chaque semaine ce bout de tapis avec des produits hors de prix. Elle avait le cœur serré lorsqu'un rare visiteur posait ses chaussures dessus, sans penser un instant qu'il foulait un coin de paradis. Elle avait conscience d'en faire trop, limite pathologique, mais elle s'en fichait. Il n'y avait personne pour lui reprocher ou se moquer d'elle. Sa nièce, la seule à fouler régulièrement cet espace, n'avait jamais parue surprise de ce trouble obsessionnel et n'avait jamais abordé le sujet. Simplement, elle enlevait ses chaussures dès qu'elle entrait et évitait de marcher sur le petit bout de moquette devant la chaise sur laquelle d'ailleurs elle ne s'asseyait jamais.

À cinquante ans, plutôt cinquante-cinq, veuve, sans enfant, ce qu'elle considérait comme son plus gros échec, Renée vivait depuis dix ans sans homme dans sa vie et elle semblait bien le supporter. Elle disait à qui voulait l'entendre qu'elle aurait pu, qu'elle pourrait refaire sa vie mais que sa liberté n'avait finalement pas de prix. On avait tendance à la croire car, jeune femme d'une beauté assez classique, elle avait traversé les années sans la perdre. Elle avait l'intelligence de ne pas étaler sa culture mais d'en faire profiter son auditoire par petites touches et toujours avec un humour décalé. Les hommes et les femmes se sentaient donc à l'aise en sa compagnie et la recherchaient sans doute. De son côté, elle gardait suffisamment de distance pour conserver son indépendance. Elle avait résolu le problème de la solitude en accueillant sa nièce chez elle. À la fin de ses études, celle-ci avait dû quitter sa chambre d'étudiante à Nanterre. Son master en journalisme culturel, tout un programme, l'avait d'abord menée au chômage. Après une première expérience de colocation peu réussie, Renée lui avait proposé une chambre dans son appartement de la rue Lyautey. Après un début de cohabitation difficile, on ne vit pas dans un appartement du seizième arrondissement comme on vit dans une chambre d'étudiante, les deux femmes avaient trouvé leur rythme. Rien ne changea lorsque Jeanne trouva finalement un emploi de pigiste. Elles continuèrent à partager l'appartement en bonne intelligence. Jeanne avait proposé quelques fois de s'acquitter d'un loyer mais sa tante avait toujours refusé. Elle se disait vexée de ces propositions alors qu'en réalité, l'idée que Jeanne cherche à pérenniser la situation la rendait plutôt heureuse. Elle redoutait le jour où un homme, car il y en aurait un, viendrait briser cette douce routine. Jeanne ferait ses bagages pour emménager ailleurs, peu importe où et la laisserait toujours libre mais seule. Elle savait que ce jour-là signifierait beaucoup pour elles deux, la fin d'un cycle, l'envol pour Jeanne et l'atterrissage pour elle. En attendant, les rares hommes qui apparaissaient dans la vie de Jeanne en disparaissaient très vite, trop vite pour bouleverser l'ordre établi. À trente ans, elle menait une vie de célibataire libre et libérée que Renée enviait tout en désapprouvant officiellement.

En caressant le tapis de ses plantes de pieds, elle fixait le cadre face à elle. À l'intérieur, une affiche annonçant une exposition représentait Warhol et Basquiat avec des gants de boxe. Comme si le combat pouvait être équitable se dit-elle. Jeanne lui avait offert au dernier noël et elle avait tenu à l'accrocher immédiatement. Elle n'avait pas trouvé mieux que de décrocher le vieux paysage marin, croûte sans valeur artistique certes mais qui l'apaisait tant. Rien n'était moins en accord avec ce que Renée souhaitait ressentir dans ces moments que la production de Basquiat. Alors au lieu de fixer la mer et de s'imaginer voguer calmement au doux son du clapotis, elle fermait les yeux et laissait faire son imagination.

— Tu ne l'aimes pas, pas vrai ?

Surprise par la voix sortie de nulle part, Renée sursauta, le cœur battant. Elle tourna la tête vers le salon plongé dans l'obscurité. Reprenant ses esprits, elle chercha dans le noir à distinguer la personne qui venait de parler.

— Jeanne, c'est toi ?

— Qui veux-tu que ce soit Tata ?

— S'il te plaît, arrête de m'appeler comme ça ! Tu n'as plus dix ans.

Elle se leva et alla appuyer sur l'interrupteur situé juste sur la gauche de la porte du salon, deux lampadaires diffusant immédiatement une lumière douce dans la pièce. Jeanne était là, avachie dans un gros fauteuil de cuir noir. Elle tenait dans la main un verre qui avait dû contenir du vin rouge, ce que la bouteille posée à côté d'elle confirmait sans équivoque. Renée traversa le salon et alla allumer la cuisine pour y déposer le sac contenant les quelques courses faites en chemin depuis la fac. Tout en les rangeant, elle interrogea Jeanne à travers les pièces :

— Que fais-tu là dans le noir ? demanda-t-elle, espérant que Jeanne lui raconte l'origine du carton posé à ses pieds.

— Quand je me suis assise, il faisait encore jour, je n'ai pas fait attention.

Renée sortit un verre du placard au-dessus de l'évier et revint au salon. Elle se servit du vin, versa à Jeanne les derniers centilitres et s'assit dans le canapé près de sa nièce. Il n'était pas rare qu'elles boivent ainsi un verre de vin en fin de journée, histoire de se détendre en s'embrumant un peu le cerveau. Les ennuis de la journée, ce qu'elles appelaient leurs petites contrariétés en faisant le signe « entre guillemets » avec les mains, s'étalaient jusqu'à en perdre toute importance. Mais Renée comprit que ce soir-là avait quelque chose de différent. En désignant d'un hochement de tête le carton, elle demanda :

— Démissionnée ou virée ?

Jeanne finit son verre d'une seule gorgée avant de répondre :

— Virée !

Elle entreprit alors d'expliquer à sa tante l'enchaînement d'événements qui avaient conduit à cette conclusion. Renée la laissait parler, acquiesçant de temps à autre pour confirmer qu'elle suivait et s'intéressait. Au milieu de l'histoire, elle se leva pour aller dans la cuisine ouvrir une nouvelle bouteille de vin, la situation le nécessitait. Elle les resservit largement et se rassit. Après une bonne gorgée, Jeanne reprit son histoire.

— Il était quinze heures, je suis rentrée ici, j'ai ouvert une bouteille de vin et tu es arrivée.

Renée ne lui fit pas remarquer qu'il s'était écoulé de longues heures entre l'ouverture de la bouteille de vin et sa propre arrivée.

Elles restèrent silencieuses pendant quelques minutes. Finalement, la tante se leva et sur un ton décidé :

— Bon, malgré tout, il faut qu'on dîne ! Ça tombe bien, j'ai acheté quelques petites choses sympas.

Comme toujours, elles dînèrent sur la table de la cuisine. Elles accompagnèrent la bouteille de bordeaux avec du foie gras, salade et fromages. L'éditrice et Gérard furent au cœur de la première partie du repas, Renée encouragea Jeanne à décompresser, autorisant pour une fois un déluge de mots grossiers généralement bannis de chez elle. L'alcool rendait Jeanne très loquace et imaginative question vocabulaire.

Le cas de Charles de Roncourt fut plus difficile à trancher. Les deux femmes étaient rapidement tombées d'accord pour le qualifier d'ours mal léché et de goujat. Elles ne se résolvaient pas néanmoins à le mettre dans le même panier que les deux autres. S'il avait raconté l'interview à son éditrice, elles ne l'imaginaient pas se plaindre. Il se comportait comme ça avec tout le monde, Isaure du Bois de Jallin l'avait largement prévenue de cela. Il n'y avait donc aucune raison pour qu'il agisse différemment de son habitude et demande la tête de Jeanne. Elles avaient donc conclu que la vieille peau en avait profité pour se défouler sur une jeune femme jolie et intelligente et Gérard, dont elle avait dû plusieurs fois repousser les avances, en avait également profité pour se débarrasser d'elle. Il faut dire que l'histoire avait fait le tour du bureau et qu'elle représentait une tache sur le tableau de chasse de ce dragueur invétéré.

— Qu'est-ce que tu vas faire maintenant ?

Renée mettait ainsi un point final à cette discussion pour démarrer la suivante, prolongement naturel de la première. Jeanne faisait tourner son verre presque vide entre le pouce et l'index. Elle prit un peu de temps avant de répondre l'évidence, comme si elle avait besoin de rassembler ses idées :

— Bah, chercher du boulot !

Après une hésitation, Renée finit par poser la question :

— Tu vas appeler Robert ?

Robert Etienne, ancien grand reporter avait conservé beaucoup de relations dans le monde de la presse. Bon nombre de jeunes journalistes voyaient en ce géant à la peau burinée et la voix de stentor, un modèle, le prototype ultime de ce qu'ils rêvaient tous de devenir. Frôlant la caricature, il avait su l'éviter. Il était régulièrement sollicité par tel ou tel journal pour donner son point de vue sur une crise politique ou une guerre, l'Asie ou l'Afrique n'ayant que peu de secrets pour lui. Jeanne n'était pas différente des autres jeunes femmes qui l'avaient croisé, elle avait donc succombé elle aussi aux charmes de ce quinquagénaire. Mais contrairement aux autres, conquêtes sans lendemain, Jeanne avait gardé une place dans le cœur de cet homme qui appréciait son intelligence et sa façon bien à elle, élégante, de porter son histoire personnelle. Elle avait toujours mis un point d'honneur à ne pas profiter de ce lien particulier pour obtenir une faveur. Elle ne s'en vantait d'ailleurs pas et quand ils se voyaient, ils évitaient soigneusement les lieux fréquentés par les gens du métier comme il les appelait. Elle se leva et commença à débarrasser la table, comme pour mettre fin à cette discussion. Sa tante gardait le silence, finissant son verre lentement. Elle laissait Jeanne réfléchir à la question, même si elle ne doutait pas qu'elle en avait déjà fait le tour.

— On verra. Il n'y a pas le feu, pas encore.

Renée aimait bien Robert, sa franchise, la façon très paternelle dont il couvait Jeanne. Il leur était arrivé de dîner tous les trois plusieurs fois à la maison, passant dans ces occasions des soirées particulièrement agréables. Robert était un conteur merveilleux, il embarquait son auditoire à l'autre bout du monde en un rien de temps et ne le relâchait qu'à la fin de l'histoire. Malgré leur différence d'âge, elle les aurait bien vus faire un bout de chemin ensemble, elle aurait fait confiance à cet homme pour prendre soin de sa nièce. Mais finalement, l'amitié avait pris le dessus et ils continuaient de se voir régulièrement.

Il était tard dans la nuit quand elles finirent de ranger la cuisine. Gardée éveillée par l'alcool, Jeanne continuait de parler. Elle avait épuisé le sujet du jour et digressait maintenant dans des directions variées. Renée, quant à elle, luttait contre le sommeil. Elle avait son premier cours à huit heures mais n'osait arrêter la jeune femme qui n'avait pas ce genre de contrainte, du moins pour le lendemain. Elle écoutait d'une oreille distraite en se retenant de tout commentaire histoire de ne pas alimenter le flux de paroles. Finalement, l'inspiration tarie, les deux femmes allèrent se coucher.

Dans le silence de l'appartement, Jeanne pouvait deviner la respiration lente et calme de Renée. Elle connaissait cet effet qu'avait une bonne dose de vin rouge sur sa tante. Sur elle-même, les conséquences étaient toutes autres et elle savait qu'elle allait passer quelques longues minutes avant que le sommeil ne l'emporte. Dans les vapeurs alcoolisées du fond de la nuit, remontaient toujours les visages de ses parents. Ces dernières années, elle avait passé plus de temps avec leurs fantômes que de temps avec eux deux ensemble de leur vivant. Son père, trop inquiet de se faire surprendre en compagnie de cette famille de hasard, venait rarement les voir. Seule Renée était au courant de ce secret et c'est à travers elle que Jeanne avait finie par mieux connaître son étranger de père après la mort de celui-ci. Chaque nuit, dans ses derniers instants de veille, elle écrivait une version différente de ce qu'aurait été sa vie si son père avait simplement réagi autrement le jour où il avait appris que sa mère était enceinte. Elle s'endormit alors que toute la famille était réunie pour son douzième anniversaire.

4

Cet après-midi-là, la pluie battait les grandes vitres du café de la Jatte. Ce début juillet s'annonçait comme un des plus froids qu'on ait jamais connu. Non seulement, il pleuvait sans discontinuer depuis deux jours mais les températures n'avaient pas dépassé les dix degrés. Seule la végétation permettait de ne pas confondre la période avec un mois de novembre. Les rues de Paris étaient désertes, comme tout dimanche de juillet. Les parisiens, peu motivés par un week-end sans soleil, restaient confinés chez eux, chauffage allumé. Les plages de Normandie resteraient la propriété des plus courageux jusqu'à ce que l'anticyclone accepte de remonter.

Jeanne et Robert avaient bravé le mauvais temps pour un brunch à Neuilly. Il était passé la prendre rue Lyautey vers treize heures et quelques minutes après, le taxi les déposait devant le café. Trois grandes enjambées sous le déluge et ils s'engouffrèrent à l'intérieur. La grande salle était largement illuminée, grouillante d'enfants ne tenant plus en place aux tables familiales. Installés dans des fauteuils bas sous l'immense squelette fixé au plafond, ils dégustaient de petits gâteaux italiens en buvant un énième expresso.

— Tu n'as pas trop honte d'être vu avec une journaliste ratée et chômeuse ?

Jeanne venait de lui raconter à nouveau ce qui l'avait conduite à passer le dernier mois à chercher du travail. Elle se sentait en confiance avec cet homme presque assez âgé pour être son père. Finalement, elle aurait aimé qu'il fût son père. À lui seul, elle osait étaler ses pensées les plus intimes, plus facilement même qu'à Renée. Elle ne lui cachait jamais aucun détail, persuadée qu'il s'en rendrait compte.

— Arrête tes bêtises ! dit-il en levant la main comme pour dire stop.

Il ajouta : — Pourquoi ne m'as-tu pas appelé plus tôt ?

— Renée voulait que je le fasse mais je veux me débrouiller seule.

Elle ne l'avait pas appelé mais elle était contente qu'il l'ait fait. Elle ne lui fit pas remarquer qu'il avait été absent près de trois mois et même si elle l'avait voulu, elle n'aurait pu le joindre. Lorsqu'il partait ainsi plusieurs semaines, il devenait parfaitement injoignable. Cette fois-ci, il lui avait raconté dans le taxi qu'il venait de passer quelques semaines au Cambodge, à suivre une ONG dont elle n'avait pas retenu le nom. Il n'avait appris la mésaventure de Jeanne qu'au détour d'une conversation dans un dîner avec quelques amis journalistes la veille au soir. Il avait aussitôt décroché son téléphone et lui avait proposé de la voir. Il avait choisi ce lieu qu'elle appréciait particulièrement et pendant une bonne heure, il l'avait écoutée sans l'interrompre. Elle avait fini son histoire en lui racontant comment, ces dernières semaines, elle avait fait le tour des quotidiens et des magazines qui pourraient être à la recherche d'une journaliste culture, sans succès. Lorsqu'elle eut fini, elle se laissa tomber contre le dossier du fauteuil. Il continuait à la regarder, sans parler, comme s'il attendait la suite. Elle se crut obligée de rajouter qu'elle avait fini.

— Et c'est tout ? dit-il simplement.

Elle le regarda, interloquée.

— C'est tout quoi ?

— Toi, Jeanne Casanova, un écrivain t'envoie balader, son attachée de presse te fait virer et tout ce que tu trouves à faire, c'est remplir ton petit carton et tourner les talons ? Qu'est-ce qui t'est arrivé ma grande, tu ramollis ?

Elle allait répondre instantanément, lui rentrer dedans mais se ravisa. Après quelques secondes de réflexion, elle se mit à sourire. Robert le lui rendit. Comme d'habitude, il avait touché en plein cœur. Aussi loin qu'elle se souvienne, elle ne s'était jamais laissé faire comme cette fois-ci. Comment avait-elle pu ne pas se battre et abdiquer ainsi ? Fort à propos, il la laissa pendant quelques minutes, le temps de fumer une cigarette sur le perron. Lorsqu'il revint, il était trempé des pieds aux genoux mais semblait ne pas s'en apercevoir. Elle décida de ne pas faire de remarque et tenta de se justifier.

— Ce n'est pas n'importe quel écrivain, c'est Charles de Roncourt.

— D'accord, ce n'était pas n'importe quel écrivain, soit. Mais aujourd'hui, c'est un vieux bonhomme qui hante une bicoque de banlieue en effrayant les petites journalistes qui tentent de le sortir de son silence.

Elle n'avait pas l'air d'apprécier l'image.

— C'est le vieux bonhomme ou la petite journaliste qui ne te plaît pas ? enchaîna-t-il.

— Les deux ! Mais tu as raison, je me suis laissé impressionner : le bonhomme, l'atmosphère, tout était là pour me mettre mal à l'aise. Il m'a menée par le bout du nez.

Robert décida qu'il était temps de changer de sujet, elle arriverait seule à la bonne conclusion, il en était persuadé. Il attrapa un serveur pour commander une bouteille de vin qui eut tôt fait d'alléger les pensées de Jeanne et les sujets de conversation qui tournèrent principalement autour d'anecdotes de voyage que Robert prenait un malin plaisir à conter en exagérant. Légèrement gris, ils finirent de déjeuner dans un silence presque total qui ne les dérangea ni l'un ni l'autre. Les familles désertèrent progressivement le restaurant, abandonnant la place à quelques couples presque aussi silencieux qu'eux et peu pressés d'affronter les intempéries. Jeanne, penchée en arrière dans son fauteuil, ne quittait plus des yeux l'immense squelette pendant que Robert fixait son verre en savourant petite gorgée sur petite gorgée.

Lorsque le taxi de retour s'arrêta devant l'immeuble de Jeanne, ils n'en descendirent pas immédiatement. Ils prolongèrent leur discussion en regardant les filets d'eau glisser sur les vitres autant pour reculer le moment où ils se feraient tremper que parce qu'ils se sentaient bien ensemble. Quand le chauffeur commença à montrer des signes d'impatience, Robert mit la main sur l'épaule de son amie avant qu'elle ne réagisse, l'invitant à n'en rien faire. Ils descendirent ensemble du taxi et continuèrent leur conversation dans le hall de l'immeuble.

— Je repars demain pour quelques jours. Si tu as toujours besoin d'aide à ce moment-là, je passerai quelques coups de fil. J'ai encore un paquet de relations qui me doivent un service ou deux.

Alors qu'elle commençait à protester, il la stoppa encore une fois d'un geste de la main.

— Tu en feras ce que tu veux ! Et ne te vexe pas, je ne cherche pas à placer une minette sans cervelle à un vieux copain pervers, je veux juste filer un coup de main à une amie.

Après un instant de réflexion, comme hésitant, il ajouta : — A ma meilleure amie.

Ces derniers mots la laissèrent sans voix, presque émue, ça le fit sourire.

— Bon, attention danger, je deviens sentimental, il est temps que je rentre.

— Avec ce qui tombe, appelle un taxi, tu ne vas pas partir comme ça.

Il ouvrait déjà la porte vers la rue.

— J'ai besoin de m'éclaircir les idées, le vin me fait mal à la tête. Et puis, j'en ai pour cinq minutes max jusqu'à la station Passy. À bientôt ma grande !

Il lui fit une bise sur le front et disparut. Elle resta là quelques secondes encore, l'air perplexe, fixant la grande porte de bois qui s'était refermée sur celui qu'elle considérait elle aussi comme son meilleur ami. Il avait raison, ils avaient trop bu. Elle commençait à avoir sommeil alors que la soirée ne faisait que commencer. Finalement, elle se dit qu'une longue nuit porterait peut-être conseil. Comme souvent, elle négligea l'ascenseur pour monter les trois étages à pied.

Il avait continué de pleuvoir toute la nuit de dimanche et encore la matinée de lundi, on commençait à imaginer que cela pourrait durer. Jeanne avait eu bien du mal à dormir, elle avait l'impression d'avoir passé la nuit à écouter les bruits de la rue, les battements de son cœur répondant aux grosses gouttes qui s'écrasaient sur le rebord de la fenêtre. Ses idées s'étaient entrechoquées elles aussi jusqu'au petit matin. D'habitude, en entendant Renée se lever, toujours de bonne heure, elle aurait mis sa tête sous l'oreiller pour poursuivre sa nuit. Ce matin-là, elle avait encore plus besoin de parler que de dormir. Elle retrouva sa tante dans la cuisine qui préparait un café. La cafetière à l'italienne, la même depuis toujours, diffusait l'agréable odeur du breuvage dans toute la pièce ce qui déclenchait souvent chez Jeanne le premier sourire de la journée. Elle passa derrière sa tante pour lui faire une bise sur la joue et se posa sur une chaise devant son bol encore vide. Elle fixait Renée qui s'affairait pour faire griller quelques tartines, une odeur agréable supplémentaire commençait à se répandre doucement.

Malgré son âge qui avançait, Renée gardait une silhouette fine et élancée. Seules les ridules aux coins des yeux trahissaient réellement le poids des ans. Jeanne appréciait ces matins où les odeurs et les gestes répétés immuablement donnaient un sentiment de confort et de sécurité. D'aussi loin qu'elle se souvienne, elle avait vu sa tante préparer ainsi les petits-déjeuners. Quand il était encore là, son oncle était toujours le premier dans la cuisine. Il attendait que sa femme se lève et la regardait orchestrer ce rituel en souriant. Elle comprenait maintenant le bonheur simple que cela devait représenter pour lui. Renée finit par se retourner vers elle, une assiette de tartines dans une main, la cafetière dans l'autre, le sourire aux lèvres. Elle servait toujours le café très lentement, le nez au-dessus de la tasse, profitant des effluves les plus concentrés.

Jeanne entreprit de beurrer une tartine.

— Pourquoi tu te lèves si tôt ? Les cours sont finis.

Sa tante répondit, tout en s'asseyant :

— Question d'habitude et puis il est déjà huit heures.

Surprise, Jeanne se retourna vers la grande pendule suspendue au-dessus de la porte puis elle jeta un coup d'œil à travers la fenêtre. Alors qu'il aurait dû faire grand jour, un ciel bas et lourd assombrissait la rue comme si le soleil se levait à peine. Cette impression était renforcée par les rideaux de pluie qui assourdissaient les bruits de la rue. Comme toujours, les premières gorgées de café déchirèrent les brumes de la nuit où pataugeait encore le cerveau de Jeanne. Renée aurait certainement aimé démarrer une de ces conversations légères qui émaillaient chaque petit-déjeuner, méthode très douce de réveiller les neurones, mais sa nièce en décida autrement.

— Je vais retourner voir de Roncourt.

Renée releva la tête pour la fixer dans les yeux. Jeanne reprit, racontant presque mot pour mot les échanges qu'elle avait eus avec Robert lors du déjeuner de la veille, au moins tout ce dont elle se souvenait et de la façon dont elle se souvenait. Elle ne s'interrompait que pour avaler une bouchée de tartine ou une gorgée de café. Son visage s'animait de plus en plus au fil de l'histoire. Si ses pensées avaient suivi des directions variées durant la nuit, si ses décisions avaient été contradictoires d'une période de réveil à la suivante, tout cela était oublié. À croire que le café de sa tante avait eu le pouvoir d'aplanir ses réflexions, comme la vague soudaine lisse le sable en se retirant. Il était maintenant évident pour elle qu'elle ne pouvait pas se laisser faire. Cet homme qui l'avait mise dans cette situation et qui, en quelques phrases avait bouleversé son existence, elle hésitait à dire qu'il avait brisé sa carrière, cet homme lui devait quelque chose, c'était une évidence. Et ce quelque chose, elle le voulait sous forme d'une interview en bonne et due forme, un entretien que les journaux cherchaient depuis des années et qu'ils ne manqueraient pas de payer un bon prix. Lorsqu'elle eut fini de parler, Renée lui resservit un café.

— Et tu penses qu'il va t'ouvrir sa porte et se mettre, d'un coup, à répondre gentiment à tes questions ?

Jeanne répondit en se levant :

— Non, je ne crois pas mais s'il veut se débarrasser de moi cette fois-ci, ça sera sa seule solution.

Elle avala rapidement les dernières gorgées de café et laissa sa tante seule dans la cuisine. Vingt minutes plus tard, elle était dehors sous son parapluie, affrontant d'un pas décidé, le déluge qui se poursuivait.

5

Denise poussa la porte du café et s'engouffra à l'intérieur. Les quelques mètres qu'elle avait parcourus depuis la maison avaient suffi à la détremper, elle s'en voulait d'avoir fait la maligne en sortant sans parapluie. Les nuages s'étaient un peu effilochés depuis deux heures et elle n'imaginait pas recevoir des trombes d'eau à peine passée la porte. Dégoulinante sur le carrelage usé et grisonnant, elle attrapa quelques serviettes en papier posées sur la table la plus proche, posa ses lunettes et entreprit de sécher son visage. Elle regardait autour d'elle le décor qu'elle connaissait si bien, sous la lumière blafarde des vieux néons. Rien n'avait, semble-t-il, changé depuis des décennies. De l'extérieur, seuls les stores publicitaires trahissaient la destination de ce lieu. La porte et les deux fenêtres n'avaient pas été modifiés lorsque les propriétaires avaient transformé le rez-de-chaussée de leur maison en bistrot à la fin de la guerre. Elle doutait même que les rideaux aient été changés depuis lors. Le mobilier, quant à lui, ne pouvait pas cacher son âge. Les chaises, de formica multicolore, entouraient des tables recouvertes de toiles cirées, toutes différentes, qui cachaient certainement le même formica. Comme souvent, le café était vide. La clientèle qui avait fait le bonheur des propriétaires jusqu'aux années soixante avait peu à peu déserté l'endroit. Certains avaient déménagé mais surtout, ils avaient tout simplement vieilli, étaient partis en maison de retraite ou même au cimetière. Rien n'avait été fait pour attirer les nouvelles générations et les nouvelles populations de ce quartier qui avait bien changé. D'autres bars avaient ouvert au pied des immeubles qui avaient remplacé les maisons, plus jeunes, plus modernes. Leurs grandes baies vitrées laissaient entrer la lumière et la vie bruyante à grand renfort de flipper puis de jeux vidéo. Les générations se côtoyaient, chacun sa boisson, chacun sa façon de rêver à une vie meilleure, PMU, Loto Sportif ou autre, le monde moderne en somme. Mais ici, le progrès était resté à la porte. La maison avait résisté aux bulldozers et le bar avait résisté à la modernité. À travers la fenêtre, Denise pouvait deviner la maison de Charles, une autre relique du passé. Il en restait quelques-unes comme elle dans le quartier, mais pour combien de temps ?

— Ben dis donc, ma vieille, tu nous fais un remake de Chantons sous la pluie ou quoi ?

Fluette, la voix sortait pourtant de la bouche d'une grosse femme qui venait d'apparaître derrière le bar. Annie semblait à peine plus jeune que Denise mais faisait au moins une tête de plus et le double de son poids. Comme toujours, elle arborait un grand sourire qui dévoilait des dents étonnamment grandes et blanches. Elle fit le tour du bar pour venir embrasser son amie.

— Viens derrière, on va te sécher.

Elles passèrent dans la petite pièce derrière le bar où on stockait le linge et les réserves. Pendant que Denise se séchait avec une grande serviette blanche qui sentait la lavande, comme autrefois se dit-elle, Annie était repassée au bar pour faire couler deux expressos qu'elle posa sur une table devant la fenêtre. Son amie, enfin séchée, vint s'asseoir devant elle.

— Merci ma grande, quel temps !

— Mais pourquoi tu n'as pas pris un parapluie ?

Annie avait le chic pour poser des questions simples et agaçantes. Mais son sourire si plein de gentillesse vous empêchait de répondre autrement qu'avec un sourire en retour. Après leur première gorgée de café, les deux femmes se mirent à discuter à bâtons rompus. Un client de passage, pure hypothèse puisqu'on n'avait pas vu de client de passage depuis bien longtemps, aurait pu les prendre pour deux amies qui ne s'étaient pas vues depuis des mois ou des années. Pourtant, cette scène se reproduisait presque chaque matin depuis un nombre d'années que les deux femmes avaient arrêté de compter. Les sujets de conversations ne manquaient pas et pouvaient se répéter à l'infini en de multiples déclinaisons. Le premier d'entre eux était Catherine, la fille d'Annie, sa fierté. Un peu plus petite que sa mère, elle était surtout bien plus fine, presque un physique de mannequin, d'une rousseur irlandaise. Jusqu'à l'année précédente, elles habitaient ensemble dans le petit appartement du premier étage mais depuis qu'elle travaillait à Paris dans une entreprise d'informatique, elle avait dû déménager. Ce qu'elle y faisait était particulièrement ésotérique pour les deux femmes et bien qu'elles n'aient jamais compris le moindre mot de ses explications, elles en débattaient souvent. Annie pouvait rester sur le sujet de sa fille pendant des heures. Aussi, chaque jour, après un temps qu'elle jugeait raisonnable, Denise en lançait un autre. Mais s'il n'était pas suffisamment intéressant, Annie revenait bien vite sur son sujet de prédilection. Heureusement, il y en avait un autre qui passionnait les deux femmes : Charles.

L'écrivain était un sujet quotidien dont on détaillait et commentait sans fin les faits et gestes. Lorsque le vieil homme s'était retiré de toute vie publique, on aurait pu craindre pour sa présence dans leurs conversations. Mais non, il avait encore largement sa place même si les événements se faisaient plus simples et répétitifs. Et s'il y avait eu une chance que ce sujet s'épuise, la visite de Jeanne avait relancé la machine à pleine vapeur. En sortant de chez Charles ce soir-là, Denise était venue directement chez Annie pour lui raconter. Habituellement, elle préférait rentrer chez elle pour s'occuper de ses chats. Annie de son côté n'aimait pas être dérangée à l'heure de Questions pour un champion, qu'elle suivait religieusement depuis la création de l'émission. Mais la nouvelle valait bien d'en rater les dernières minutes. Quelques semaines avaient passé depuis, sans nouvel élément et on était presque revenu sur les sujets classiques de ses grognements incessants et de ses rhumatismes.

L'averse avait enfin cessé, comme un dernier sursaut de mauvais temps. Timidement, les ombres se faisaient plus franches, les rayons du soleil semblaient devoir sortir vainqueurs de cette bataille qui durait depuis des jours. Il n'en fallait pas plus pour qu'Annie pose une question dont elle a le secret :

— Mais pourquoi tu n'as pas attendu un quart d'heure avant de sortir ? Tu aurais évité l'averse.

Denise répondit calmement, comme d'habitude :

— Parce qu'on boit le café tous les jours à cette heure-ci et que si je viens plus tôt ou plus tard, tu es occupée.

L'emploi du temps d'Annie restait un mystère qu'elle n'osait aborder, au risque de la vexer. En effet, le peu de clients qui fréquentaient le bar ne pouvait pas justifier toutes les tâches que son amie disait enchaîner dans une journée normale. Il y avait les quelques cafés du matin des travailleurs du quartier qui préféraient la bonne humeur d'Annie à l'agitation des autres cafés. Un peu avant midi, il y avait le déjeuner de quelques habitués dont deux retraités vieux garçons qui s'étaient trouvé ce moyen pour ne pas passer leurs journées en solitaire. Puis presque plus rien jusqu'au début de soirée lorsque les membres, fort peu nombreux, du club de lecture venaient disserter sur tel ou tel ouvrage en buvant au choix et dans le désordre, tisanes ou digestifs, voire les deux. Deux soirs par semaine environ, Ils écoutaient poliment la patronne faire le résumé de la journée du grand écrivain qui logeait à quelques mètres de là. Pour elle, Charles était la fierté du quartier, de ceux qui savaient encore qui il était, et bien sûr, le groupe rêvait qu'il les honore de sa présence mais se contentait aisément des petits gâteaux faits maison qu'Annie leur préparait. Le dernier qui avait osé l'aborder dans la rue s'en souvenait encore. À vingt et une heures trente, ils étaient mis dehors par Annie qui jouait chaque fois le même refrain de toutes les choses qu'on a à faire après la fermeture lorsqu'on tient un commerce. Denise évitait soigneusement de se trouver dans les parages lorsque le groupe se réunissait car la femme qui passait ses journées avec Charles de Roncourt devait avoir tant de choses à raconter que, les rares fois où elle s'était trouvée présente, ils l'avaient assaillie de questions. Alors, les soirs où elle partait tard, elle frôlait les murs en baissant le regard, au cas où elle attirerait les leurs.

Annie entra rapidement dans le vif du sujet.

— Il va comment ?

Denise leva les yeux au ciel. À cause de la pluie et de ses rhumatismes, Charles n'avait pu sortir de chez lui du week-end. En arrivant ce matin, elle l'avait trouvé dans un état d'énervement très avancé.

— Un vrai lion en cage. Enfin, un vieux lion grognon en cage.

Dès que la pluie s'était arrêtée ce matin, il avait foncé dehors, pire qu'un écolier quand sonne la fin des cours. Comme d'habitude, il n'avait dit ni où il allait ni quand il rentrerait. Denise savait néanmoins qu'elle disposait d'une bonne heure. Il sortait rarement moins longtemps mais il était toujours de retour pour l'heure du déjeuner. Elle espérait simplement qu'il avait pris soin de s'abriter lors de l'averse. S'il était grognon ce matin, ce n'était rien comparé à un Charles malade qui n'avait qu'une personne sur laquelle passer ses nerfs. Elle aurait bien aimé éviter ça le plus longtemps possible. Grâce à sa solide constitution, il était rarement souffrant mais elle se souvenait encore parfaitement du calvaire qu'avait été son dernier bobo.

— Il t'en veut toujours pour ce que tu lui as dit ?

La question d'Annie sortit Denise de ses pensées.

— De quoi parles-tu ?

— Il t'en veut toujours de lui avoir dit qu'il avait eu tort avec la petite ?

Annie n'en revenait toujours pas que Denise ait eu le courage de donner tort à Charles et la question revenait chaque jour. Et chaque jour, Denise faisait la même réponse qui ne voulait rien dire mais qu'Annie semblait accepter.

— Oh tu sais, avec lui…

— Oui, tu as raison !

Sans crier gare, la grosse femme se mit à s'agiter en tous sens, faisant craquer sa chaise de métal qui en avait pourtant vu d'autres. Elle regardait à travers les rideaux et se mit à parler bas comme si elle ne voulait pas qu'on l'entende :

— Il y en a une autre devant chez lui !

Denise tourna la tête. De là où elle était, à travers les rideaux, elle distinguait difficilement les traits de la jeune femme qui semblait hésiter à pousser la petite porte du jardin. Se pouvait-il que ce soit elle ? Après ce qu'il lui avait dit, après ce qu'il lui avait fait, même sans le vouloir vraiment, ce ne pouvait être elle. Pourtant, d'ici, elle lui ressemblait étrangement. Même taille, même façon de se tenir. Si Denise n'avait pas la mémoire des noms, elle n'oubliait jamais un physique ou une posture. Elle pouvait reconnaître les gens simplement à leur façon de marcher ou de tenir un livre. Si elle avait eu un doute, elle le leva en remettant ses lunettes.

— Ce n'est pas une autre ma grande, c'est elle !

Annie écarta légèrement le rideau et se rapprocha pour mieux discerner la jeune femme. Elle était vêtue d'un imperméable beige, d'un pantalon noir et d'un drôle de petit chapeau de pluie qui semblait presque transparent.

— Dis donc, elle n'est pas mal ! Tu m'as dit qu'elle avait quel âge ?

— Tu me poses la question tous les jours et je te réponds à chaque fois, la trentaine, souffla Denise, légèrement agacée.

Elle devait avouer que la jeune femme avait un charme qu'elle n'avait pu manquer lors de leur première rencontre. Malgré tout, elle avait alors trouvé son visage fermé, d'une beauté froide à laquelle elle était peu sensible. Mais là, pensant être seule, Jeanne laissait transparaître une fragilité qui éclairait son visage. Elle semblait hésiter à pousser le portail et franchir les quelques mètres qui la séparaient de la porte de la maison. Denise crut même qu'elle allait faire demi-tour et repartir. Pour une fois, Annie posa la bonne question.

— Mais qu'est-ce qu'elle peut bien venir faire ?

— Aucune idée !

— Tu devrais y aller, sinon elle va repartir.

Et après un silence, la vraie raison :

— Et on ne saura pas.

Même si elle se déclarait bien moins curieuse que son amie, Denise lui donna raison. Elle quitta le bar un peu précipitamment non sans lui avoir promis de repasser en fin de journée pour tout lui raconter.

Jeanne prit son courage à deux mains et agrippa le petit portail qui poussa un cri suraigu en tournant autour de ses gonds fatigués. Elle n'avait pensé qu'à ça pendant tout le trajet et pourtant elle n'avait pas encore les idées claires sur ce qu'elle allait dire ou faire. Elle avait maintes fois imaginé la scène, avec des scénarios très divers allant de la pleureuse au bord du suicide à la furie prête à lui lacérer le visage de ses ongles aiguisés. Elle n'arrivait pas à se décider sur la conduite à tenir, celle qui ferait plier le vieux bonhomme et lui offrirait une interview ou au moins suffisamment de mots qu'elle pourrait aligner dans un article, histoire de leur rabattre le caquet à tous, Gérard compris. Finalement, elle allait le jouer au naturel, plus proche de la furie que de la pleureuse mais pas trop quand même, genre si tu veux que je te laisse tranquille, réponds à mes questions. Elle avait peur d'être restée trop longtemps devant la maison, montrant une hésitation qui casserait son projet si le vieux était planqué derrière sa fenêtre. Au cas où, elle redressa la tête, et se dirigea vers la porte d'un pas volontaire. Elle faillit sursauter lorsqu'elle entendit juste derrière elle, une voix féminine.

— Bonjour Mademoiselle.

C'était la femme qui l'avait accueillie la première fois. Une seule chose vint à l'esprit de Jeanne, celle-ci avait réussi à passer le portail sans le faire grincer. Elles se serrèrent la main.

— Monsieur de Roncourt est sorti, vous aviez rendez-vous ?

Denise vit éclater la surprise sur le visage de Jeanne. Elle n'avait visiblement pas imaginé que le vieux monsieur puisse être ailleurs que chez lui. Elle se reprit néanmoins rapidement.

— Il ne doit pas être bien loin, enfin je veux dire, il revient bientôt ?

Denise sourit de la maladresse de la jeune femme et l'invita à la suivre. Elle ouvrit la porte de la maison et lui laissa le passage.

— Il ne devrait pas tarder, ses promenades durent rarement plus d'une heure ou deux.

Elle ajouta malicieusement :

— Un homme de son âge ne peut pas aller bien loin.

Comme Jeanne allait répondre, elle ajouta :

— Je vous taquine ma chère ! Entrez, je vous en prie, nous avons remis le chauffage depuis une semaine, vous serez mieux à l'intérieur.

En effet, dès qu'elle passa la porte, Jeanne sentit la douce chaleur sur ses joues. Saleté d'été qui ne voulait toujours pas se montrer. Comme la première fois, elle la fit entrer dans la salle à manger. Denise lui proposa du thé qu'elle refusa une nouvelle fois.

— Vous préférez peut-être le café, comme moi ? Hélas, Monsieur de Roncourt ne supporte pas, une vieille allergie. Alors, nous n'avons pas de café dans la maison. Je vais prendre le mien en face.

Jeanne la remercia une nouvelle fois, elle avait de toute façon déjà bu bien trop de café. Denise tendit la main vers la jeune fille.

— Je m'aperçois que je ne me suis pas présentée, je m'appelle Denise.

Elle l'avait déjà fait la première fois mais Jeanne n'avait pas retenu son prénom. Elle s'assit à la table en face d'elle et engagea de nouveau une conversation banale, comme une maîtresse de maison pourrait faire patienter un visiteur en attendant le retour du maître, à une autre époque. Si Jeanne avait bien compris que Denise n'était pas la femme de Charles, ni sa compagne, elle avait du mal à l'imaginer en dame de compagnie, cuisinière ou toute autre fonction qu'elle semblait pourtant remplir. Quoi qu'il en soit, la femme qu'elle avait en face d'elle était très cultivée, intelligente et usait d'un vocabulaire qui lui semblait appartenir aux décennies précédentes. Associés à sa beauté, ces traits de caractère l'auraient plutôt placée, dans l'imaginaire de Jeanne, dans un immense appartement d'un immeuble Haussmannien du centre intellectuel de Paris, allant prendre son café non pas ici, de l'autre côté de la rue, mais au Flore ou au café Lipp, entourée de vieux admirateurs seuls et fortunés. Elle se dit que Charles et elle formaient un couple théorique, qui ne cadrait pas du tout avec le lieu. Elle tenta sa chance comme la première fois.

— Ça fait longtemps que vous connaissez Monsieur de Roncourt ?

Denise, qui avait amené la conversation sur la sécheresse que vivait le sud de l'Europe, en contraste comme elle disait, avec la situation française, sembla réfléchir quelques secondes.

— Depuis toujours, pour ainsi dire.

— Comment vous êtes-vous connus ? osa encore Jeanne.

La jeune femme crut déceler un nuage passer dans les yeux bleus de la vieille dame, celle-ci se leva, la conversation était terminée.

— Je suis désolée mademoiselle, j'aurais aimé poursuivre cette agréable conversation mais l'heure avance et pas mes tâches du jour, malheureusement. Je vous laisse seule quelques minutes si vous n'y voyez pas d'inconvénient. Monsieur de Roncourt ne devrait plus tarder. Souhaitez-vous que je vous apporte un peu de lecture ?

Jeanne la remercia de nouveau, elle allait profiter de ces quelques minutes pour mettre à jour ses notes. Elle sortit un carnet de son sac comme pour illustrer ses propos. Denise s'excusa de nouveau et quitta la pièce, refermant la porte derrière elle.

Restée seule, Jeanne prit effectivement quelques notes, mettant sur papier les pensées qui lui étaient venues pendant qu'elle écoutait Denise. Instinctivement, elle décrivit également la maison, la pièce où elle se trouvait. Rien n'avait bougé depuis sa première visite, mais était-ce vraiment étonnant ? Tout était parfaitement propre et rangé, mais tellement impersonnel. La collection de vieux clichés mise à part et sur lesquels on ne pouvait reconnaître aucun visage, elle ne voyait aucun livre ou papier qui aurait pu donner un indice sur les habitants du lieu. Juste des meubles et des bibelots vieillots comme on en voit le dimanche dans tous les vide-greniers. Elle résistait à l'envie de se lever et d'aller ouvrir un des tiroirs qui la narguaient, certainement détenteurs des secrets qu'elle cherchait à percer. Elle entendait au-dessus d'elle le grondement d'un aspirateur asthmatique, signe que Denise était en plein travail. Elle n'entendrait rien même si, comme Jeanne l'imaginait, les tiroirs allaient hurler si elle tirait dessus. Elle prit sa décision au moment même où le bruit de l'aspirateur cessa. Elle crut qu'il était trop tard mais il se remit à fonctionner aussitôt, elle devait faire vite. Elle se leva, attrapa les deux poignées à la fois et tira dessus d'un coup sec. Comme prévu, un grincement s'échappa des glissières du tiroir mais finalement pas si terrible. La déception fut complète : des piles de serviettes, quelques porte-couteaux et autres bricoles dans ce style, elle ne vit absolument rien d'intéressant. La salle à manger était impersonnelle jusque dans ses entrailles.

Débordante de curiosité frustrée, le cœur battant trop vite, elle ouvrit la porte qui menait à l'entrée et passa la tête. Le bruit de l'aspirateur était plus fort ici, provenant visiblement de la porte du fond qui devait cacher l'escalier. Elle passa dans le couloir pour s'approcher de la porte qui lui faisait face. Il n'était plus temps de jouer les timorées et d'hésiter. Elle ouvrit la porte et se glissa à l'intérieur de la pièce comptant sur son imagination pour expliquer sa présence au cas où Denise ou de Roncourt la surprenait là. A l'opposé de la salle où on l'avait cantonnée, celle-ci était visiblement habitée. Les murs étaient recouverts de bibliothèques remplies de livres de toutes sortes, livres anciens mais aussi collections de poche. À certains étages, des photos en noir et blanc en bon état cachaient partiellement les livres. Jeanne connaissait certains des personnages qui s'étaient laissés immortaliser, hommes et femmes de lettres, peintres et certainement d'autres artistes ou intellectuels qu'elle ne reconnaissait pas. Sur certaines d'entre elles, on pouvait voir un Charles de Roncourt plus jeune, beau garçon mais dont le regard laissait transparaître une tristesse qu'elle se souvenait avoir ressentie devant certains de ses portraits mais également derrière l'agressivité qu'il avait libérée contre elle. À ses côtés, prenant la pose, Simone de Beauvoir ou Jean Giono semblaient bien plus heureux de vivre. Le ton de ses livres d'alors était peint sur sa figure, sombre et triste. Pas étonnant qu'on l'ait souvent appelé « l'auteur au crachin éternel », comme si tout au long de ses livres, il tombait une pluie fine, froide et déprimante.

Au centre de la pièce, le bureau semblait tout droit sorti du surplus d'une administration quelconque, étrangement décalé. Fait d'un bois assez clair et fade, c'était un bloc carré sans fioriture. Une belle lampe d'écriture dirigeait son faisceau éteint vers quelques livres et un journal, visiblement l'occupation actuelle de Roncourt. Un petit pot à crayon avec quelques stylos Bic noirs complétait le tableau. Elle s'approcha et jeta un œil sur les écrits posés sur le bureau. Simplement plié en quatre, un journal Le Monde présentait la date de vendredi et un article quelconque sur la crise économique en cours. Les livres quant à eux n'étaient pas récents, quelques classiques de la littérature de ces deux cents dernières années. Elle ne voyait pas de bloc-notes qui aurait pu faire penser que ces ouvrages servaient à une recherche. Pas d'ordinateur non plus mais le contraire l'eût étonnée. Un autre livre était posé au pied d'un gros fauteuil club fatigué. En s'approchant, elle put constater que le livre était dans le même état que le siège à force d'avoir été lu et relu, *L'amour fou* d'André Breton. Comment ce vieux solitaire pouvait-il passer des heures à lire ce roman enfoncé dans un fauteuil dont il devait avoir toutes les peines à s'extraire seul ? En feuilletant le livre, elle s'aperçut qu'il avait souligné et annoté presque chaque phrase dans une écriture particulièrement illisible, à croire qu'il utilisait un code. Par hasard, elle tomba sur une phrase entourée et soulignée plusieurs fois : « Qu'avant tout l'idée de famille rentre sous terre ! », amis de l'optimisme, bienvenue !

Son regard fut attiré par une pile de cahiers posés sur un tabouret près du bureau, invisible depuis l'entrée de la pièce. Elle ouvrit celui du dessus, au hasard. Il contenait des pages et des pages de texte manuscrit, à peine raturé. La calligraphie était clairement d'un autre âge mais, de ce qu'elle put lire, le ton était particulièrement moderne. Elle sortit son téléphone et prit quelques extraits en photo. Ainsi le vieux monsieur continuait à écrire, dans un style assez différent de celui qu'elle lui connaissait. Elle aurait aimé en voir plus mais elle se rendit compte que l'aspirateur s'était tu. Elle reposa le cahier du mieux qu'elle put et sortit rapidement de la pièce pour retourner dans la salle à manger. Elle reprit sa place tentant de jouer la fille qui s'ennuie mais son cœur battait la chamade et son cerveau était en ébullition. Elle n'eut pas longtemps à attendre, Denise entra, un tablier de cuisine autour de la taille.

— Ma chère, êtes-vous bien sûre que ce rendez-vous était programmé ce matin ? N'auriez-vous pas confondu ?

Jeanne sentit qu'elle devait dire la vérité.

— Pour être franche, il n'attendait pas vraiment ma visite.

— J'avoue que je m'en doutais, répondit Denise, sourire aux lèvres. Hélas, il est bientôt l'heure du déjeuner et je crains que Monsieur de Roncourt ne soit pas très ouvert à une entrevue à ce moment-là.

La jeune femme se leva et remit son imperméable.

— Je comprends, mieux vaut que j'aie quitté le logis avant le retour de l'ogre.

Denise partit d'un petit rire amusé, posant sa main sur le bras de Jeanne.

— Oh que vous êtes dans le vrai ! Monsieur de Roncourt est très à cheval sur l'heure de son repas et son régime lui met les nerfs à vif, surtout quand il a faim. Comme vous dites, mieux vaut ne pas tomber entre ses mains à ce moment-là.

Denise raccompagna une Jeanne particulièrement pressée et agitée jusqu'au sur le perron. Elle ne pensait pas que la jeune femme céderait si facilement.

Le bus roulait encore que Charles était déjà collé à la porte, prêt à descendre. À croire que le chauffeur faisait exprès de prendre son temps. Il avait faim et Denise n'aimait pas qu'il fût en retard. Il était parti plus longtemps qu'à l'accoutumée aujourd'hui mais il n'en pouvait tellement plus de tourner en rond. Comment avait-il pu rester des années sans pratiquement sortir de chez lui ? Il l'avait attendue sans vraiment d'espoir, elle ne passait que très rarement le lundi. Demain serait un jour meilleur. La porte finit par s'ouvrir et il fusa littéralement dehors, manquant de renverser une femme qui attendait pour monter. S'il présenta des excuses, personne ne l'entendit, il était déjà parti à grandes enjambées. Pourtant, quelque chose l'étonnait, il aurait juré avoir aperçu Jeanne Casanova, la petite journaliste, dans le groupe des voyageurs qui attendaient pour monter. Il se retourna mais le bus avait déjà repris sa route.

6

— C'est du délire !

Jeanne avait du mal à y croire, pourtant sa tante avait raison. Chaque page du roman était une nouvelle démonstration de l'incroyable vérité. Se pouvait-il que Charles de Roncourt se livre à une telle tromperie ? Et surtout dans quel but ?

Lorsque Renée était rentrée à la maison ce soir-là, elle avait trouvé Jeanne dans un état d'excitation qu'elle ne lui avait pas vu depuis la fin de son adolescence. Ça devait remonter aux années Spice Girls et à l'hystérie générale qui accompagnait ce groupe même chez les jeunes filles dites intellectuelles. Elle avait posé sur la table de la salle à manger trois feuilles imprimées, des agrandissements de textes pris en photo avec son téléphone. Elle tournait autour de la table, incapable de se poser. Elle avait balancé son imperméable sur une chaise et jeter son sac à main sur le sol. Dès que sa tante avait eu franchi le seuil de l'appartement, elle lui avait foncé dessus, l'avait prise par les épaules et lui avait fait des bises comme rarement.

— Il écrit, il écrit encore !

Elle hurlait presque. Renée comprit rapidement qu'elle n'aurait pas droit à son quart d'heure de détente quotidien, les orteils dans le tapis moelleux. Elle se mit à l'aise rapidement, presque étourdie par le ballet de Jeanne autour d'elle. Elle réussit à recoller les morceaux dans le discours assez désordonné de sa nièce. Elle lui racontait comment elle s'était procuré les trois pages qu'elle lui mettait sous le nez. En synthèse, elle avait découvert que Charles de Roncourt écrivait toujours et surtout, elle trouvait magnifique l'extrait qu'elle avait photographié. Moins noir que la production de son jeune temps, il y déployait une belle maîtrise de l'écriture. Et dire que ce n'était qu'un brouillon ! Elle jubilait à l'idée qu'il allait publier un nouveau roman et que celui-ci serait, évidemment, un succès.

Renée souriait en retrouvant la jeune femme vive et enthousiaste que Jeanne n'aurait jamais dû cesser d'être. Bien que choquée par la violation de l'intimité de l'auteur dont elle s'était rendue coupable, elle se félicitait que Jeanne oublie le scoop derrière la beauté du texte. Elle aurait bien jeté un coup d'œil sur l'origine de tout ce mouvement mais sa nièce n'arrêtait pas de bouger. Elle allait devoir patienter que l'adrénaline et l'énergie s'épuisent pour jeter un œil sur les feuillets. Elle réussit tant bien que mal à se faufiler jusqu'à la cuisine, suivie comme son ombre par Jeanne et servit deux verres de vin, tirés d'une bouteille de Crozes-Hermitage ouverte la veille. Les deux femmes finirent par s'asseoir, chacune devant son verre. La première gorgée eut un effet tranquillisant sur Jeanne qui sembla se calmer. Elle répéta son histoire, dans l'ordre, depuis l'arrivée de Denise jusqu'à l'impression du document, en passant par sa crainte de croiser de Roncourt en sortant de la maison. Elle avait d'ailleurs cru le voir descendre du bus dans lequel elle attendait de monter.

Lorsqu'elle eut fini, elles restèrent silencieuses un moment, absorbées dans leurs pensées et leur verre de vin. Comme souvent lorsqu'un événement les intéressait, elles analysaient la situation chacune de son côté, Elles échafaudaient intérieurement une théorie et compilaient des arguments. Elles passaient ensuite des soirées entières à débattre de la valeur de leurs idées. Cela faisait longtemps qu'elles n'avaient pas eu de source d'inspiration et le manuscrit tombait à pic. Denise se pencha en avant pour attraper les feuilles déjà légèrement froissées par les mains agitées de Jeanne. Il fallait bien qu'elle lise si elle voulait avoir tous les éléments. Jeanne les lâcha comme à regret. Elle dut aller chercher ses lunettes dans son sac car la photo était de piètre qualité et l'écriture, bien que très propre, paraissait minuscule. Il fallait s'appeler Charles de Roncourt pour qu'un éditeur accepte un manuscrit aussi peu lisible.

Jeanne ne quitta pas sa tante pendant qu'elle déchiffrait le texte, s'attendant à des manifestations prouvant qu'elle était du même avis qu'elle. Rien ne se lut sur son visage pendant la lecture de la première page mais à la deuxième, Renée se leva d'un bond.

— Ce n'est pas possible !

Avant que Jeanne ait eu le temps de lui demander ce qui avait déclenché ce cri du cœur, elle avait disparu. La jeune femme entendit la porte de sa chambre s'ouvrir sans ménagement, cognant brutalement contre le mur. Elle semblait fouiller dans l'énorme pile de livres qui contenait toutes ses lectures du soir. Elle ne se décidait pas à les ranger tant que la pile tenait debout, le seul fouillis que Renée acceptait et entretenait dans son appartement. Les bruits qui venaient jusqu'à Jeanne, accompagnés d'un juron rare dans la bouche de sa tante, lui firent comprendre que tout s'était écroulé. Renée revint au bout de quelques minutes avec un livre à la main que Jeanne ne reconnaissait pas. Elle tourna les pages fébrilement et tendit le livre ouvert à sa nièce.

Avant de lire, elle jeta un œil à la couverture. L'auteur était un des chouchous du public depuis bientôt vingt ans, Malcolm Nadows. Fils d'un riche américain et d'un ex-mannequin français, bonjour le cliché, il avait tout pour plaire. La quarantaine triomphante, beau gosse aux muscles saillants et au sourire ravageur, il volait de succès en succès à chaque publication. Il faisait la une des magazines autant pour ceux-ci que pour sa vie publique animée, la caricature du people branché. Son personnage principal, récurrent, avait déjà été adapté au cinéma français à deux reprises et on disait que Hollywood allait s'en emparer. Tout ça avait déclenché chez Jeanne une allergie sans en avoir lu une seule ligne. Elle se refusait à considérer ce personnage dans sa vision de la littérature.

Par contre, Renée était une grande lectrice de Nadows et attendait chaque année le nouvel opus avec impatience. Et bien évidemment, la sortie de celui-ci alimentait de nombreuses soirées entre les deux femmes. Le quinzième volume devait sortir avant noël pour être sous tous les sapins. Il s'en vendrait encore des centaines de milliers d'exemplaires rien qu'en France. Au journal, Nadows représentait un bon fonds de commerce et quand on ne savait pas comment remplir la rubrique littéraire, ses collègues trouvaient toujours quelque chose à publier sur lui, souvent sans rapport avec le contenu de ses ouvrages. Chaque fois, Jeanne enrageait, incapable d'accepter que ces articles de bas étage dopaient les ventes et payaient une partie de son salaire. Renée avait beau citer des critiques littéraires dont les avis étaient généralement acceptés par sa nièce, louant la qualité de l'écriture, déjà dans ses premiers romans, Jeanne restait imperméable, voire totalement réfractaire. Ainsi, elle allait pour la première fois lire quelques lignes de cet auteur honni. Elle fit une moue affreuse pour signifier à sa tante tout le dégoût que lui inspirait cette lecture imposée. Elle reprit la page que Renée lui avait présentée et la parcourut.

— C'est du délire !

La tante semblait définitive :

64

— C'est le prochain !

Elle plongeait au hasard dans le roman, lisant quelques lignes par-ci, par-là, complètement éberluée. Renée lui apporta d'autres romans de Nadows qu'elle ouvrit également, la laissant prendre conscience de l'incroyable conclusion à laquelle elle était elle-même arrivée très rapidement, tant habituée au style très personnel de ces livres. Le cerveau embrumé par le vin, Jeanne mélangeait faits, causes et conséquences. Le fait était qu'il ne faisait pas de doute que le texte des trois pages qu'elle avait volées chez de Roncourt venait du même cerveau que les livres qu'elle avait devant elle. Elle allait devoir accepter l'impensable : ce qui était certainement le prochain roman de Nadows se trouvait dans le bureau du vieil écrivain, écrit de sa main dans ses propres cahiers.

Renée ouvrit une nouvelle bouteille de vin et remplit le verre de Jeanne qu'elle but d'un trait avant de se jeter en arrière sur sa chaise, les yeux fixant le plafond. Elle ne bougeait plus mais sa tante ne doutait pas que le cerveau fonctionnait à cent à l'heure. Elle en profita pour ouvrir le frigo et poser sur la table quelques bricoles à manger, restes du dîner de la veille provenant de son traiteur italien préféré : chiffonnade de charcuterie qu'elle ne devrait pas manger, mozzarelle farcie, petits légumes croquants. La nuit était tombée depuis un moment mais le sommeil ne se faisait pas encore sentir. Finalement, Jeanne revint sur terre. Elle engloutit quelques bouts de jambon les uns derrière les autres, une gorgée de vin puis s'adressa à sa tante.

— T'en penses quoi, tata ?

— Ben, la même chose que toi : Nadows, c'est du vent !

Mais Jeanne avait déjà oublié l'homme de paille. Tout ce qu'elle voyait, c'est que depuis près de vingt ans, de Roncourt écrivait des romans sous un autre nom. Qu'il eût choisi ce bellâtre comme façade ou bien le pape lui importait peu. Elle n'en comprenait pas les raisons. Elle se demandait aussi qui pouvait bien être au courant : Isaure peut-être ? Denise ? Certainement peu de monde sinon ce ne serait pas resté secret aussi longtemps. Maintenant qu'elle savait et qu'elle avait sous les yeux la preuve, il lui était facile de prôner l'évidence, remarquer les ressemblances discrètes, les tournures de phrase peut-être similaires. De Roncourt, le vieux monsieur dans la petite maison de banlieue au milieu des immeubles, était l'auteur de ces best-sellers, l'auteur aux millions d'exemplaires vendus, bien plus que ce que l'auteur de Roncourt n'avait jamais vendu sous son propre nom.

Les deux femmes continuèrent à parler jusque tard dans la nuit, partagées sur leur découverte entre excitation, déception et interrogation. Quand le sommeil finit par les submerger, l'alcool aidant, elles allèrent se coucher mais, portes ouvertes, elles continuèrent leurs échanges jusqu'à l'endormissement de Renée. De son côté, Jeanne avait plus de mal à trouver le sommeil. Elle se tournait et se retournait dans son lit à la recherche de la bonne position, sans succès. Elle ferma la porte pour ne pas réveiller sa tante et alluma la lumière. Elle laissa glisser ses doigts sur les couvertures des livres de sa bibliothèque. Devant elle, défilaient tous les écrits de Charles de Roncourt, depuis son premier roman publié en 1966, *L'ami de l'autre côté de la mer* jusqu'au dernier, pensait-elle jusqu'à ce soir, sorti au milieu des années quatre-vingt dans l'indifférence générale. Certains des ouvrages étaient des premières éditions, rares souvenirs d'un père, presque d'un inconnu. Elle avait lu ces livres tant de fois qu'elle aurait pu se targuer de les connaître par cœur. Elle en prit un au hasard et se recoucha. Elle était tombée amoureuse de ces textes à la première lecture, elle n'avait pas quinze ans. Plus tard, les étudiant sérieusement, elle avait compris leur beauté et chaque lecture, même aujourd'hui, était un moment unique. Elle se surprenait souvent à les lire à haute voix pour renforcer le plaisir qu'elle éprouvait. Sa mère s'était inquiétée qu'une adolescente s'éprenne d'un auteur aux textes si sombres et pessimistes mais fort heureusement, cela n'avait jamais eu d'impact sur sa joie de vivre. Elle avait même dit un jour à sa mère que le contraste avec sa vraie vie lui faisait du bien.

Renée lui avait toujours dit, peut-être pour l'inciter à les lire, que les romans de Nadows étaient eux aussi très noirs. Mais pour ce qu'elle en avait lu ce soir, on y voyait une noirceur bien différente, plus dans les descriptions que dans l'humeur. Les romans de Roncourt avaient, comme certaines chansons, une mélodie à part, une tristesse infinie qui ne se retrouvait pas dans les nouveaux romans de Roncourt, comme elle avait décidé de les appeler. Elle avait toujours pensé qu'on pouvait y déceler l'âme de l'auteur. Les quelques lignes qu'elle lisait là n'avaient rien à voir avec les lignes, certes belles, mais dénué de cette mélodie des nouveaux romans. Elle s'endormit en se demandant ce qu'elle allait faire de cette découverte.

En entrant dans la cuisine, Charles sentit instantanément le froid du carrelage contre ses plantes de pieds. Il y a quelques années encore, il pouvait passer ses journées pieds nus dans la maison et dans le jardin, un plaisir inscrit dans les gènes depuis des millénaires sans doute. Puis, il était devenu sensible aux températures, surtout au froid. Régulièrement enrhumé, le médecin lui avait recommandé de porter des chaussons et bien sûr, Denise s'était empressée de lui acheter une paire de charentaises. Il avait grogné pendant quelques jours et n'avouerait jamais qu'il les trouvait confortables. Mais là, il n'avait pas l'intention de remonter dans sa chambre pour ça. Il sortit un verre du placard et ouvrit le robinet pour le remplir d'eau. Il refusait catégoriquement l'eau en bouteille, surtout celle spécialement conçue pour les vieux, recommandée encore une fois par ce charlatan de Docteur Saintonge. Il avait cédé sur ses plaisirs les plus importants, de la cigarette à la nourriture bien riche, il ne céderait pas sur tout. Le dos appuyé contre l'évier, il but lentement, contemplant sa cuisine. Il était sûr que Denise cachait quelques petits gâteaux secs quelque part dans cette pièce, ceux qu'elle grignotait en cachette. Une fois, il avait trouvé des sablés dans une boîte à thé. Il n'avait osé y toucher de peur qu'elle s'en aperçoive mais le lendemain, ils avaient disparu, remplacés par du thé, du vrai. Elle avait quand même dû remarquer qu'il avait fouillé. Il se mit à sourire tout seul dans sa cuisine : il avait été marié un an et oublié sa femme en moins de temps que ça, mais Denise, Denise... Il n'imaginait pas vivre sans ce cerbère qu'Hadès n'aurait pas renié.

Ainsi, elle était revenue le matin même, tête de mule, comme son père. Si ça s'était su, il n'aurait pu la renier, il y avait tant de Georges en elle : étaient-ce les yeux, le nez, il n'aurait su le dire vraiment mais tout rappelait son père, en plus beau, plus fin. Il n'avait jamais vu sa mère mais ce devait être une belle femme, morte bien trop tôt de ce qu'il en savait. Ce qui le surprenait le plus n'était pas qu'elle soit venue mais repartie avant qu'il ne rentre. Elle n'avait certainement pas abandonné le terrain sous prétexte qu'il allait rentrer grognon et affamé. Il y avait autre chose, sans doute. Bien que Denise dise que non, il était persuadé que la jeune femme avait pénétré dans son bureau. Depuis qu'il ne fumait plus, il avait recommencé à percevoir les odeurs, un bénéfice qu'il n'avouerait pas non plus. Il avait remarqué son parfum la première fois qu'elle était venue, mélange de citron et de quelque chose de plus épais, discret mais inoubliable. Il l'avait senti en franchissant le seuil de la maison et, en entrant dans son bureau tout à l'heure, il l'avait deviné, faible mais bien présent. Si elle avait touché quelque chose, il ne l'avait pas remarqué. Il détestait qu'on entre ainsi dans l'intimité que cette pièce représentait. Les rares visiteurs, rapidement éconduits, n'avaient droit qu'à la salle à manger qu'il avait voulue froide et sans vie. Il l'avait conservée telle qu'à l'époque de ses parents, il avait simplement enlevé tout ce qui était personnel. Il avait poussé le vice jusqu'à aligner une collection de photos trouvées un jour chez un brocanteur. Même Isaure, qui venait déjà rarement dans sa banlieue, avait franchi une seule fois la porte du bureau, peut-être deux. Seule Denise entrait dans cette pièce comme bon lui semblait mais elle se contentait de passer l'aspirateur et de faire les poussières.

Il posa son verre dans l'évier et sortit de la cuisine en éteignant la lumière. L'horloge annonçait bientôt quatre heures du matin. Dans une heure il se lèverait pour se mettre au travail.

7

Assise bien en vue au bar de l'Intercontinental, Isaure du Bois de Jallin consulta son téléphone et son énervement monta encore d'un cran. Son rendez-vous aurait dû être là depuis plus de vingt minutes. Ne supportant pas l'attente, elle arrivait toujours avec dix ou quinze minutes de retard mais cette fois-ci, elle était arrivée la première. Pour une fois qu'un journaliste s'intéressait à elle et pas à un de ses auteurs, elle se sentait obligée de rester.

Elle avait développé une maîtrise parfaite du placement, sachant être visible sans être dans le passage, entourée d'une lumière diffuse qui atténuait les marques de l'âge. À sa droite, un miroir lui renvoyait une image qui lui plaisait. À bientôt soixante ans et à grand renfort de produits hors de prix, d'un peu de chirurgie et de beaucoup de sport, peut-être l'inverse, elle osait avouer une petite cinquantaine. Pour la vingtième fois, elle vérifia sa coiffure, son maquillage et sa tenue, cherchant alentour le regard des hommes présents comme confirmation.

Lorsque Jeanne Casanova l'avait appelée, son premier réflexe avait été de raccrocher. Elle ne tenait pas à supporter à un larmoyant appel à l'aide d'une petite journaliste incapable de retrouver un emploi. Il faut dire qu'Isaure avait usé de tous les moyens à sa disposition pour s'en assurer. Elle n'avait rien contre elle en particulier, même si Jeanne était un peu trop jeune et un peu trop jolie à son goût. Et ce ne sont pas les grognements de Roncourt qui l'avaient décidé à agir ainsi, il grognait tout le temps et pour tout. Finalement, ça n'avait été qu'un prétexte à se démontrer qu'elle avait toujours une influence sur ce milieu qu'elle fréquentait depuis… longtemps. Et cela donnait une bonne leçon à Gérard qui y réfléchirait à deux fois avant de lui balancer une de ses poules dans les jambes. Il faisait moins le malin quand il était arrivé, sans relation, sans argent mais avec un peu de charme, pour lui demander timidement un entretien avec un de ses auteurs, lequel déjà ? Elle l'avait pris sous son aile, l'avait traîné dans tous les cocktails et toutes les soirées où se montrer au bras d'un homme bien plus jeune était signe de vigueur physique et économique. Elle l'avait présenté aux personnes les plus influentes de la presse parisienne, lui avait appris à se comporter face à toute cette faune égocentrique et sans pitié. Il avait vite appris et le lui démontra rapidement en la laissant tomber pour la femme d'un rédacteur en chef qui ne pouvait rien refuser à sa charmante épouse, jusqu'à prendre Gérard comme adjoint.

Finalement, elle avait laissé Jeanne parler et ne sut pas refuser l'interview qu'elle lui proposait. Elle lui avait donné rendez-vous dans ce bar d'hôtel, début de soirée. Bientôt allaient défiler quelques peoples à la recherche d'un lieu où se montrer avant le dîner et d'un premier verre d'alcool, histoire de lancer la soirée. Ils viendraient lui faire la bise, partager un ou deux potins, se parler de leurs prochaines vacances Dieu sait où. Elle allait lui en mettre plein les yeux, elle en était certaine. Elle avait fait son enquête : la petite débarquait de nulle part, orpheline à ce qu'elle avait compris. Après ses études de journalisme « culturel » dans une fac de banlieue, elle avait débarqué à Paris, hébergée par sa tante, prof de quelque chose. Elle n'était pas mauvaise et s'était trouvé rapidement une place dans un bon journal, embauchée par Gérard, le tombeur. Elle ne connaissait personne, n'était personne, une victime facile.

— Eh bien ma chérie, tu rêves ?

Cette voix rauque, c'était Sacha, chroniqueuse sur une chaîne publique dans une émission de deuxième partie de soirée. Longtemps restée une voix à la radio, la télévision l'avait découverte sur le tard, à un âge où son franc-parler et sa capacité à démolir n'importe qui en quelques mots cinglants, compensaient largement la décrépitude de ses traits, résultat d'une longue vie de tabac et d'alcool. Elles se mirent à parler comme si elles ne s'étaient pas vues depuis des mois, oubliant qu'elles s'étaient croisées au même endroit quelques jours auparavant.

À peine entrée, Jeanne détesta immédiatement le lieu. Bien sûr, c'était magnifique, elle ne pouvait le nier. L'immense verrière était sublime et la lumière qui en descendait en cette fin de journée, maintenant que le soleil avait repris ses droits, était toute aussi magique. Le mobilier de bois sombre et de velours rouge, au milieu de grands arbres en pots donnait à cet endroit un cachet unique. Malheureusement, la population représentait sous différentes formes, ce qu'elle détestait chez ses contemporains. Au milieu de quelques touristes aussi américains que mal habillés, naviguaient différents échantillons du microcosme parisien des médias, de la pub et des ministères se retrouvant dans un seul objectif : se faire remarquer et pouvoir se vanter de se fréquenter les uns les autres. Et au milieu de tout ça, plus parisienne encore que tous, Isaure du Bois de Jallin. Si elle faisait encore illusion dans les soirées branchées qu'elle devait continuer à honorer de sa présence, sous les lumières minimalistes des boîtes de nuit, ici, la triste vérité apparaissait. Elle avait beau avoir évité la lumière directe de la verrière, ses traits tirés artificiellement et son lourd maquillage rendaient son aspect presque ridicule, une vieille bicoque dont les murs ne tenaient plus que par la peinture et quelques tasseaux. Encore quelques rafales de vent et tout s'effondrerait d'un seul coup. Bien entendu, elle ne connaissait personne assez téméraire ou plutôt suicidaire pour aller crier sur les toits la triste vérité que, finalement, tout le monde voyait. Son amie, debout face à elle, représentait l'antithèse d'Isaure, certainement le même âge, visiblement plus délabrée mais tellement naturelle qu'on aurait envie de l'appeler Mamie. Son visage disait vaguement quelque chose à Jeanne, mais sans plus.

Elle prit son courage à deux mains et avança d'un pas décidé vers les deux femmes. Elle avait guetté l'arrivée d'Isaure, cachée dans le hall de l'hôtel et avait attendu ensuite dix bonnes minutes avant d'entrer sous la verrière. Elle tenait à montrer que c'était elle qui allait mener les débats. Souriante, la vieille dame, elle trouvait que ça lui allait bien, ne se doutait pas un instant de ce qui l'attendait.

— Madame Dubois ?

L'autre se tourna vers elle, visiblement agacée ;

— Isaure du Bois de Jallin, s'il vous plaît. À qui ai-je l'honneur ?

Jeanne se demanda si, derrière la façade, l'intérieur ne serait pas aussi usé, mémoire comprise.

— Jeanne Casanova, nous avions rendez-vous. Je ne suis pas trop en retard, j'espère ?

Le visage d'Isaure s'illumina, visiblement, elle avait raccroché les wagons.

— Ah vous voilà, ma chère. Non, bien sûr que non, voyons ! J'étais en train de dire à ma chère amie Sacha, Sacha Villenne, vous connaissez bien sûr. J'étais en train de lui dire donc avec quelle insistance vous m'aviez sollicitée pour une interview.

Le sourire que Sacha adressa à Jeanne était un mélange de circonspection et d'amusement. Elle devait se demander si cette jeune femme était dérangée, blagueuse ou si elle ne cherchait pas simplement à obtenir quelque faveur d'Isaure. Jeanne faillit rétorquer qu'en fait d'insistance, elle n'avait eu qu'à associer les mots Isaure et interview pour que l'éditrice accepte. Sacha trouva que le moment était bien choisi pour aller se faire offrir un verre à la table suivante où ses chers amis étaient enfin installés.

Isaure fit signe à un serveur pendant que Jeanne s'installait. Elle commanda un cocktail dont le nom était totalement inconnu de la jeune femme. D'après elle, c'était le meilleur de Paris, Jeanne n'aurait pas pu la contredire. De son côté, elle demanda à consulter la carte ce qui déclencha un comportement extrêmement étrange de la part d'Isaure qui se mit à regarder tout autour d'elle comme pour s'assurer que personne n'avait entendu la requête déplacée de son interlocutrice. Dans son monde, on sait ce qu'on veut et on connaît la boisson phare de chaque lieu. Elle opta pour un verre de Brouilly au prix d'un grand cru bordelais, décidément tout ici pétait plus haut que son fessier comme disait Renée. Le flot ininterrompu des paroles de l'éditrice, qu'elle cessa d'écouter à la deuxième phrase, lui laissa le temps de bien se remettre en mémoire le scénario qu'elle avait imaginé. Elle se sentait obligée de la regarder et de dodeliner de la tête à intervalles réguliers pour donner le change. Le serveur arriva au bon moment pour siffler la mi-temps et offrir un moyen à Jeanne de reprendre la main. Isaure souleva son verre et estima sa couleur à la lumière d'un regard expert, Déesse prête à boire le nectar. De son côté, la jeune femme eut bien du mal à refréner une grimace à la première gorgée de vin. Elle posa le verre et sortit son carnet de notes.

Elle entama l'interview avec des questions classiques, s'intéressant à la situation actuelle d'Isaure. Celle-ci commença par adopter une attitude faussement modeste mais Jeanne la poussa doucement à se vanter sur son importance et son influence dans le milieu littéraire. Quelques compliments mielleux plus tard, elle se lâcha complètement, jusqu'à la mauvaise foi évidente. Elle se laissa aller dans son fauteuil, légèrement avachie, son verre à la main. Et la voilà à décrire comment elle avait fait tel ou tel auteur ou transformée en best-seller un manuscrit sans intérêt. Elle s'appuyait sur le cas Nadows pour crédibiliser ses propos. Jeanne l'écoutait religieusement, hochant la tête à un rythme presque trop régulier pour être honnête. Elle se forçait à ajouter quelques exclamations discrètes lorsqu'elle sentait une fierté particulière de la part de son interlocutrice. Isaure prenait soin de ne citer d'anecdotes que récentes, ne remontant pas à plus d'une quinzaine d'années. Mais tout flatteur vit aux dépens de celui qui l'écoute et l'éditrice allait en faire l'expérience, il était temps pour Jeanne d'attaquer. Comme pour se donner du courage, elle avala une dernière gorgée de vin, se redressa et lança la première banderille.

— Il me semble que vous aviez de l'influence bien avant cinquante ans.

Isaure resta interdite, tentant à travers les vapeurs de son deuxième cocktail, d'analyser la phrase de la jeune femme.

— Que voulez-vous dire ma chère ?

— J'avais cru comprendre que vous étiez une éditrice reconnue déjà dans les années quatre-vingt.

Cette fois-ci, elle prit un air choqué pour répondre :

— Je vous en prie, j'étais une toute jeune femme à l'époque, à la fin des années quatre-vingt.

Jeanne prit un air contrit :

— Je suis confuse, on m'aura mal renseignée. J'espère que vous ne m'en voulez pas.

Grande dame, Isaure balaya les excuses d'un geste de la main et en profita pour appeler le serveur. Elle commanda un troisième cocktail et Jeanne se rabattit sur un Perrier pour faire passer le goût du vin. La conversation reprit son cours, l'éditrice à nouveau sûre d'elle mais la voix légèrement pâteuse. De temps à autre, quelqu'un s'arrêtait pour la saluer. Lorsque c'était une femme, elle ignorait très ouvertement Jeanne, lorsque c'était un homme, il tentait de cacher une irrésistible envie d'observer la jeune beauté. Jeanne reprit sa liste de questions sans conséquence et l'éditrice se remit à parler de son incroyable impact sur la littérature d'aujourd'hui. Elles durent faire une pause pour qu'Isaure puisse aller se remaquiller. Elle partit en direction des toilettes en oscillant ostensiblement, vaisseau fantôme à la dérive dans le coucher de soleil. Jeanne décida qu'il était temps de mettre fin au calvaire, pensant au sien bien sûr. Lorsque la vieille dame revint enfin, sans avoir touché à son maquillage, elle semblait un peu plus pimpante, plus réveillée. La jeune femme s'enquit de son bien-être, au summum du mielleux.

— Ne vous en faites pas mademoiselle, tout va bien. Continuons voulez-vous ?

— Comment avez-vous découvert Malcolm Nadows ?

— Ah Malcolm, quel merveilleux auteur ! Et pourtant, ce n'était pas gagné d'avance !

La voilà partie à raconter comment Nadows, il y a quelques années de cela, vint lui demander conseil avec le manuscrit de son

76

premier roman. Selon elle, même s'il y avait quelque chose dans sa façon d'écrire, dans son univers comme elle disait, il n'y avait rien d'abouti voire de publiable. Elle avait passé des mois avec le jeune homme à corriger et réécrire presque entièrement son roman. À l'entendre, elle avait elle-même écrit certaines parties. Au final, elle avait été satisfaite du résultat au-delà de ses espérances et elle l'édita elle-même pour son plus grand bonheur puisque le livre grimpa immédiatement au top des ventes. Son récit ne manquait pas d'allusions à une possible liaison qu'ils auraient eue à cette période, l'auteur en devenir étant tombé fou amoureux d'elle. Elle s'attribuait allègrement une grande part de responsabilité dans ce premier succès.

— Et sur les romans suivants, avez-vous dû intervenir également ?

— Le pauvre chéri ne peut toujours pas se passer de mes conseils. Il m'appelle à toute heure du jour et de la nuit, pour me faire lire un passage, me demander conseil sur une tournure de phrase ou la direction que prend son roman.

Sans s'en rendre compte, elle tendit à Jeanne la perche qu'elle attendait depuis un moment.

— Même sur des choses simples de la vie, il me consulte. Ces auteurs ne peuvent se débrouiller seuls.

— Vous êtes un peu sa deuxième maman, alors ?

Elle accusa à nouveau le coup mais ne broncha pas :

— Sa grande sœur, tout au plus, répondit-elle avec un sourire quelque peu forcé.

Jeanne fut très déçue du résultat et changea de direction :

— Vous n'avez jamais été attirée par l'écriture vous-même ? Une personne capable de conseiller aussi bien un auteur que ses romans font chaque fois un succès devrait mettre son talent à son propre service.

Isaure se redressa, bombant le torse avec fierté. Jeanne comprit que, dans son état, elle pouvait maintenant lui faire gober n'importe quoi. Elle partit dans un long monologue sur son dévouement aux auteurs et le peu de temps qui lui restait pour penser à elle. Elle énuméra les choses qu'elle aurait aimé faire dans la vie si son destin sur Terre n'avait été de découvrir, faire grandir et connaître ses protégés.

À ce moment-là, un sifflement strident s'échappa de sous la table. Isaure se pencha et attrapa son sac, source de la nuisance. Elle en sortit un téléphone portable. Jeanne se rendit compte que pendant les deux heures qu'elles venaient de passer ensemble, celui-ci n'avait pas sonné une seule fois, ce qui paraissait étonnant pour quelqu'un d'aussi occupé et indispensable. De son côté, elle avait éteint le sien afin de ne pas être dérangée et surtout déconcentrée. L'éditrice lui colla son téléphone sous le nez comme pour la prendre à témoin.

— Ben tiens, de Roncourt, ce vieux grincheux !

Jeanne recula et regarda l'écran du portable. C'était bien lui qui appelait, mais elle ne savait pas comment réagir devant quelque chose d'aussi banal qu'un auteur qui appelle son éditrice. Elle tenta donc de se faire une expression mélangeant étonnamment, agacement et compréhension, quelque chose qu'Isaure pourrait interpréter comme elle voulait. Celle-ci jeta négligemment l'objet sur la table sans arrêter la sonnerie. Elles attendirent, les yeux fixés sur lui, que cesse cette agression avant de reprendre. Jeanne avait l'impression que les conversations alentour s'étaient elles aussi interrompues dans l'attente de ce moment.

— Je ne veux pas lui parler maintenant alors que nous sommes en pleine interview. Ce vieux bonhomme va encore me tenir la jambe pendant une heure pour se plaindre de tout. Vous l'avez rencontré, Il est imbuvable, non ?

Elle ne laissa pas le temps à la jeune femme de répondre et enchaîna.

— Il grogne, il grogne. Si vous saviez tout ce qu'il a pu me dire quand vous êtes passée chez lui, je n'oserais même pas vous en répéter le dixième. Si je n'avais pas réagi, Dieu sait quels problèmes il aurait pu vous faire.

Jeanne suffoquait, prête à lui rentrer dedans, comment cette vieille peau osait-elle se comporter ainsi ? Mais Isaure se pencha vers elle, lui mit la main sur l'avant-bras et lui chuchota dans un sourire qui se voulait désolé :

— Ma chère, je n'imaginais pas que Gérard irait jusqu'à vous renvoyer. Quand je l'ai appris, j'ai tenté de le faire changer d'avis mais c'était trop tard, hélas.

La journaliste décida qu'il était temps d'en venir au fait. Elle vida lentement son verre d'eau et passa à l'attaque.

— À propos de ce vieux bonhomme, ne trouvez-vous pas que les romans de Nadows ont quelque chose qui rappelle ceux de Roncourt ?

Ce fut infiniment bref mais Isaure changea de couleur, rien qu'un instant, avant de se reprendre. Cela n'avait pas échappé à Jeanne qui n'attendait que cela.

— Vous trouvez ? Ah non, le style de Charles est ampoulé, vieillot, tellement glauque aussi parfois. Alors que celui de Mac est enlevé et chatoyant. Aucun rapport !

— Pourtant, il me semble qu'on retrouve des similitudes, dans les constructions de phrases, certaines expressions…

Isaure tenta de mettre fin à cette discussion qui ne lui convenait visiblement pas.

— Croyez-moi ma chère, je connais particulièrement bien l'œuvre des deux hommes et il n'y a rien de commun entre Nadows et de Roncourt ! Leurs écrits sont aussi éloignés que le sont leurs personnalités.

Elle tenta de ramener la conversation à elle mais Jeanne l'interrompit.

— Pourtant, je vous assure que de Roncourt aurait pu écrire les romans de Nadows.

Isaure commençait à s'énerver.

— Écoutez Mademoiselle, où voulez-vous en venir avec ces insinuations ? Si je vous dis que…

— Et moi, je vous dis que de Roncourt est le véritable auteur des romans de Nadows, son nègre. Un nègre de luxe mais un nègre quand même. J'aimerais bien savoir comment vous l'avez convaincu de se prêter à cette mascarade.

Les nerfs de l'éditrice étaient soudain mis à rude épreuve, l'alcool la rendant encore plus sensible. Elle avait repris son téléphone et le triturait en jetant des regards presque affolés de tous côtés, Jeanne la tenait. Elle balbutia :

— Si vous comptez vous relancer en écrivant ce genre de sornettes, vous n'imaginez pas à qui vous vous attaquez ! Pourtant, vous en avez eu démonstration, on ne joue pas avec moi et on ne me menace pas !

Jeanne sortit une feuille de son carnet et la déplia avant de la tendre à Isaure. Celle-ci lui arracha presque des mains.

— Qu'est-ce que c'est que ce truc ?

Le maquillage ne réussissait pas à camoufler la soudaine blancheur de la peau d'Isaure et Jeanne prit peur qu'elle ne fasse une attaque. Comme cela n'avait pas l'air d'être le cas, elle renchérit.

— Vous voyez comme c'est encore plus flagrant avec l'écriture de Charles de Roncourt, non ? On jurerait que c'est son prochain roman. Pourtant, à bien y regarder, cela pourrait tout à fait être également le prochain roman de Malcolm Nadows. Qu'en pensez-vous ?

Isaure lui rendit la feuille et s'affala encore d'avantage dans son fauteuil. Elle resta ainsi une longue minute sans parler. Quand enfin elle se décida, elle avait compris.

— Que comptez-vous faire de cela ?

Jeanne se pencha vers elle, la victoire se dessinait nettement à présent. Il était l'heure d'en profiter.

— Je veux écrire une biographie de Charles de Roncourt, quelque chose qui entrerait dans son intimité pour éclairer son parcours et son œuvre. Je veux que vous le convainquiez, que vous l'obligiez même, à me parler, à répondre à mes questions.

Isaure sembla d'abord surprise par cette demande puis soupçonneuse.

— Si c'est pour nous torturer pendant des mois avant de, finalement, sortir votre scoop, autant y aller franchement ma chère et tout balancer à la presse maintenant.

— Je me fiche de cette histoire, je veux la biographie de Roncourt. Si cela peut vous rassurer, elle ne concernera que la période d'avant les années deux mille. Aidez-moi à obtenir cela et il ne sera jamais fait état de ce que j'ai découvert. Je vous en donne ma parole.

Charles raccrocha sans laisser de message, il avait horreur des répondeurs. À cette heure-ci, il l'imaginait bien dans un bar à la mode quelconque, en train d'aligner les cocktails tout en tentant de draguer des gamins qui pourraient être ses fils. Malheureusement, même si elle ne s'en rendait pas compte, ceux-là n'avaient certainement pas envie de finir la soirée dans les bras d'une dame qui pourrait être leur mère, au minimum. Comme d'habitude dans ces cas-là, il ne réussirait pas à la joindre avant tard dans la matinée. À jeun, elle dormait peu, elle avait toujours peu dormi et l'âge n'arrangeait rien, mais après une bonne cuite, elle pouvait ne se lever qu'après midi.

Il resta assis à son bureau, tapotant les cahiers posés devant lui. Le manuscrit était achevé, elle pourrait le publier avant noël, comme prévu. Il avait hâte qu'elle envoie un coursier le récupérer. Elle le ferait taper par des étudiants et elle ferait disparaître l'original comme d'habitude. C'était une condition qu'il avait réussi à imposer dans leur accord. Des écrits publiés sous son nom, il avait gardé tous les manuscrits. Chaque feuille volante, chaque bout de papier qui contenait ne serait-ce qu'une tournure de phrase ou une idée, était conservé dans de grandes boîtes étiquetées, un classement presque maniaque. Mais de ces romans-là, il voulait voir tout disparaître, oublier qu'il les avait écrits, effacer toute trace de leur passage dans cette maison. Il voulait être rémunéré pour un travail éphémère, un moment pris à son esprit et à son imagination, puis oublier. Il recompta les cahiers, cinq cahiers, cent quarante pages chacun, de quoi faire un beau roman bien épais. Il savait qu'elle demanderait des modifications minimes, que le livre, une fois publié, reprendrait à peu de chose près ce qu'il avait sous les mains. Ce jeune con n'était même pas capable de changer un mot à ce qu'il lui offrait. Il ne méritait pas les romans qui étaient publiés sous son nom.

Et puis, elle lui avait envoyé Jeanne, comme un jouet à un vieux chien. Il avait réagi comme elle l'espérait et en avait profité. Il n'avait pu s'empêcher de s'en prendre à elle comme à tous ceux qui venait bousculer son existence bien rangée, surtout les journalistes. Alors qu'habituellement, il oubliait ces visiteurs indésirables aussitôt sortis de chez lui, pour elle, c'était différent. Il s'en voulait de l'avoir renvoyée comme ça. Un sourire illumina quelques instants son visage, une idée folle. Il pourrait se faire pardonner, la rappeler et tout lui raconter. Elle apprendrait comment il était devenu un écrivain de l'ombre, il détestait ce mot de nègre, comment Isaure et lui avaient créé cet auteur de pacotille au sourire ravageur. Il l'inciterait à publier tout ça, il l'aiderait même à trouver le relais le plus large de cette information.

Comme un fait exprès, à travers la fenêtre, il vit Annie qui fermait le bar. Elle vieillissait elle aussi et malgré sa constitution solide, ses gestes se faisaient plus lents et plus laborieux. Durant l'été, le club de lecture ne se réunissait qu'exceptionnellement, ses rangs décimés par les congés. Alors, elle fermait tôt. Une fois les vieux volets de fer baissés et la porte sécurisée, elle montait dans l'appartement juste au-dessus. Il allait bientôt voir la fenêtre du salon s'éclairer et les lumières de la télévision danser dans les rideaux. La période était encore plus dure pour elle que d'habitude, le bar plus désert. C'était bien beau de vouloir se libérer mais il fallait aussi gagner sa vie, ce que lui rappelait douloureusement l'image d'Annie. Il se savait condamné à alimenter Nadows et Isaure tant qu'il serait en état de le faire.

Il enleva ses lunettes, les plia et les rangea dans le premier tiroir du bureau puis il sortit de la pièce en éteignant la lumière. Dans l'entrée, il n'eut qu'à appuyer sur un bouton pour que tous les volets du rez-de-chaussée se ferment simultanément, il faudrait bientôt le même pour Annie. Il vérifia également que la porte était bien verrouillée, se dirigea vers l'escalier mais se ravisa. Il pénétra à nouveau dans le bureau et en ressortit avec un cahier, celui qu'il avait entamé le jour de la première visite de Jeanne, un stylo et ses lunettes. Il l'emporta avec lui au premier étage, dans sa chambre. Cette nuit-là, la lumière resterait allumée jusqu'au petit jour.

8

Dans la cuisine, Denise regardait la bouilloire que chatouillaient les flammes de la cuisinière. Pensive, elle entendait à peine les bulles de plus en plus grosses éclater à l'intérieur. Sur le plateau en argent, elle avait disposé deux tasses, celle de Charles bien sûr mais une également pour sa visiteuse. Elle avait du mal à croire que la jeune femme soit revenue. Après le scandale qu'il lui avait fait pour l'avoir laissée entrer la dernière fois, elle ne pensait pas la revoir. Et pourtant, lorsqu'elle avait sonné cet après-midi-là, il était clair qu'il l'attendait. Habituellement, à cette heure, il faisait la sieste mais aujourd'hui, il avait jailli de son bureau pour ouvrir lui-même la porte, devançant Denise de peu. Il n'était pas heureux de la voir mais il l'avait fait entrer directement dans la salle à manger. La vieille dame les avait suivis prenant comme excuse de leur proposer un thé. Les deux femmes avaient échangé un sourire lorsque Jeanne avait accepté la boisson. Charles était silencieux, fixant la télévision éteinte dans le coin de la pièce.

En remplissant la boule à thé, Denise repassait le souvenir de cette dernière visite. Il avait élevé la voix comme rarement, elle aurait dû lui refuser l'entrée, surtout en son absence. Elle aurait juré que Jeanne était restée dans la salle à manger, pourtant il semblait sûr de lui et soutenait qu'elle était entrée dans son bureau, sans donner de raison à ce soupçon. Denise avait passé une demi-heure, plantée à l'entrée de la pièce, laissant son regard glisser lentement sur les éléments présents, à la recherche d'un signe de son passage, d'un objet déplacé, volé peut-être. Mais tout semblait parfaitement normal, à sa place. Il y avait bien une vague présence du parfum de la jeune femme mais difficile de dire s'il n'avait pas simplement voyagé depuis la salle à manger porté par les courants d'air. Bien sûr, elle avait trouvé son attitude étrange juste avant son départ précipité mais elle avait mis ça sur la crainte de se faire à nouveau houspiller par un Charles de mauvais poil.

À sa première visite, elle avait trouvé Jeanne timide, impressionnée peut-être d'être en présence d'un personnage important de la littérature du vingtième siècle. À sa deuxième visite, elle avait d'abord semblé énervée, prête à lui rentrer dedans à son tour. Mais cette fois-ci, elle était radieuse, le visage éclairé. Elle était entrée dans la maison en conquérante, semblant même plus grande que les fois précédentes. Jusqu'à sa légère tenue d'été, typiquement de celles que Charles ne supportait pas, dont les couleurs vives étaient un défi pour ce lieu si terne. Il s'était passé quelque chose que Denise ne comprenait pas. Son portable vibra une nouvelle fois dans sa poche, Annie s'excitait de l'autre côté de la rue : elle avait certainement vu arriver la jeune femme depuis la fenêtre de son bar et venait aux nouvelles. Si elle décrochait, n'ayant rien à lui apprendre, elle n'échapperait pas à un interminable monologue empli des suppositions les plus folles. Elle en avait suffisamment en tête pour ne pas en rajouter.

La bouilloire siffla la fin des réflexions. Elle remplit la théière et prit le plateau à deux mains pour l'amener à la salle à manger. Elle s'arrêta derrière la porte et tendit l'oreille. Pas un son ne lui parvenait malgré la faible épaisseur des murs et l'espace libre sous la porte. De l'autre côté, ils avaient dû entendre le plancher craquer à son approche, elle décida donc de ne pas trop attendre et entra.

Elle fut frappée par l'étrange atmosphère qui régnait dans la pièce. Dos à la fenêtre, Jeanne était assise dans une position très détendue, jambes croisées. Son carnet était posé devant elle sur la table, ouvert à une page vierge. Elle jouait avec son stylo, le faisant tourner autour de ses doigts comme un étudiant rêveur. Denise se rendit compte pour la première fois à quel point la pièce, et peut-être même toute la maison, manquait de couleur. Même la toile cirée, qui paraissait habituellement chatoyante, semblait terne. De son côté, Charles était replié sur lui-même, toujours absorbé dans la contemplation de la vieille télévision éteinte. Il avait à peine tourné la tête lorsque Denise était entrée dans la salle et avait immédiatement repris son étude du poste. S'il attendait cette visite, il était clair néanmoins qu'il ne l'avait pas souhaitée. Elle posa son plateau et se mit en devoir de servir le thé.

— Laissez Denise, je vais le faire, lui dit Jeanne avec un grand sourire.

Sans attendre de réponse, elle s'était emparée de la théière et remplissait les deux tasses.

— Laissez-nous !

Charles avait dit ça dans un grognement, à peine avait-il desserré les lèvres. Denise abandonna la place sans discuter. Elle sourit en retour à Jeanne et sortit le plus vite possible. Son portable vibrait à nouveau.

Lorsque la porte se referma, un silence pesant emplit à nouveau l'espace entre eux. On pouvait entendre la cuillère de Jeanne tourner dans la tasse. Pour un peu, on aurait entendu les grains de sucre fondre dans le liquide brûlant. Elle trempa ses lèvres dans le thé et but une petite gorgée. Il avait raison, il n'était pas bon, pas bon du tout. Elle comprenait qu'il grogne en voyant arriver ça et elle se demandait pourquoi il le supportait depuis des années. Elle continua à boire malgré tout pour se donner une contenance. Elle détaillait chaque élément de décoration comme elle l'aurait fait chez un brocanteur, à la recherche de l'objet qui compléterait une collection quelconque. Elle n'était venue que deux fois avant celle-ci et pourtant elle avait l'impression de connaître la pièce par cœur. Elle jetait un coup d'œil de temps à autre en direction de Roncourt, il ne bougeait toujours pas. Elle avait réussi à donner le change jusque-là mais elle sentait le trac remonter doucement le long de sa colonne vertébrale.

Elle était arrivée à ce qu'elle souhaitait, être seule en tête à tête avec le vieil écrivain. Isaure avait bien tenté de résister mais avait dû finalement s'incliner. Pourtant, après que Jeanne lui eut expliqué ce qu'elle attendait, elle s'était levée et avait quitté le bar sans un mot ni un regard pour elle. Elle s'en était allée, digne bien que légèrement titubante. Sur le moment, la jeune femme s'était dit qu'elle avait raté son coup, que l'éditrice était prête à voir la vérité éclater. Jeanne avait besoin de parler et de demander conseil. Comme le portable de Renée semblait éteint, elle se souvint qu'elle avait une soirée théâtre, elle envoya un SMS à Robert qui la rappela immédiatement. Il venait la rejoindre. Elle se mit à arpenter le trottoir devant l'hôtel. Une légère brise l'aida à faire baisser la tension et remettre ses idées dans l'ordre. Au bout d'une dizaine de minutes, un taxi s'arrêta à son niveau et la porte arrière s'ouvrit sur le visage paternel de son ami qui l'invita à monter. Ils roulèrent un moment en silence, Jeanne pensive, le nez collé à la vitre restée fermée. Robert attendait patiemment qu'elle ait envie de parler.

— J'ai besoin d'un verre, finit-elle par dire.

— Ça tombe bien, on va passer au Zinc.

Le Zinc, c'était l'antithèse du bar de l'Intercontinental, pas le même quartier, pas la même population, pas la même carte. Dans ce petit bar de la rue des solitaires, les vieux du quartier venaient passer leurs journées à parler de tout et de rien. On jouait au tiercé en buvant, suivant la religion et le respect de ses règles, du thé, du café ou des petits ballons. Le volume sonore était toujours élevé mais régulièrement quelqu'un trouvait le moyen de dominer le bruit pour hurler quelque chose à son voisin ou partir dans un éclat de rire tonitruant. Ici, pas de chichis, on passait ses journées en famille. Le lieu était tout petit et les habitués se pressaient contre le comptoir. En cette saison, le patron sortait quelques tables sur le trottoir afin que les plus anciens puissent profiter, suivant l'heure, des rayons de soleil ou de la fraîcheur de la soirée.

Bloqués derrière un camion de livraison, Jeanne et Robert descendirent du taxi à quelques distances du bar, place des fêtes. Ils marchèrent lentement, souvent obligés de passer l'un après l'autre sur les trottoirs étroits et encombrés, comme si dans ce quartier, les poubelles étaient plus nombreuses ou ramassées moins souvent que dans certains autres. Sur le trajet, ils échangèrent quelques mots banals, attendant d'être installés pour aborder le sujet du jour. Par chance, le poste de télé du bar diffusait un match de football, une rencontre entre deux équipes qu'ils ne cherchèrent pas à identifier mais qui attirait les clients à l'intérieur, leur laissant une table libre sur le trottoir. Bien que ce match n'ait qu'un intérêt fort limité, les spectateurs réagissaient et le commentaient comme une finale de coupe du monde, au premier rang desquels le patron, peu pressé de venir prendre la commande. Quelques hommes étaient rassemblés dehors pour fumer, tentant de suivre le match de loin et apostrophant les clients à l'intérieur. Les deux équipes avaient visiblement chacune leurs supporters dans le bar. Lorsqu'ils avaient vu arriver Robert, ils l'avaient salué gaiement, comme un habitué. Jeanne eut l'air surprise :

— Comment tu connais cet endroit ?

— Tu oublies que je suis né dans ce quartier. Je suis même allé à l'école tout près d'ici, rue de Palestine.

— Je ne voudrais pas te vexer mais ça fait un moment de ça.

— Je reviens régulièrement. Mon père fréquentait beaucoup cet endroit, il connaissait tout le monde. Il disait que ça lui donnait de l'inspiration.

Jeanne sourit à cette remarque, le père de Robert ayant toute sa vie peint des paysages maritimes dans son atelier de l'avenue Laumière. Robert continua dans la nostalgie :

— Je l'accompagnais souvent le week-end. Il parlait des heures avec les habitués et moi, je ne faisais qu'écouter. Beaucoup venaient d'endroits complètement exotiques pour le gamin que j'étais. Il y avait des Polonais, des Italiens, des Nord-Africains. Je jouais aussi avec Max que tu vois derrière le bar. C'est son père qui était le patron à l'époque. Il vient encore de temps en temps.

Comme s'il avait pu entendre son nom ou compris qu'on parlait de lui, Max se tourna vers la salle et esquissa un grand sourire en découvrant Robert. Sa voix couvrit si facilement le bruit ambiant que quelques-uns sursautèrent.

— Eh Bobo ! Ça va mon grand ?

Jeanne se tourna vers Robert avec des yeux ronds :

— Bobo ?

Robert lui fit comprendre d'un signe toute son impuissance face à une habitude venue de l'enfance.

Max les embrassa tour à tour en les serrant entre ses bras épais. Il s'excusa de ne pas s'attarder mais les paris étaient en cours sur le match et il devait surveiller tout ça. Il prit leur commande et revint rapidement avec deux verres de vin rouge, leur promettant de repasser à la mi-temps.

Robert laissa Jeanne profiter de sa première gorgée de vin avant d'attaquer :

— Alors, raconte-moi !

Elle entama son récit avec son deuxième passage chez Charles de Roncourt et le termina avec Isaure la laissant sans un mot dans le bar de l'Intercontinental. Son ami l'écouta sans l'interrompre, sirotant tranquillement son verre de vin. Lorsqu'elle eut fini, il resta un moment silencieux se laissant doucement imprégner par l'histoire. Il sortit de ses pensées subitement :

— Ben ma vieille, je t'avais dit de pas te laisser faire, mais là, t'as fait fort !

Et il ajouta : « Ça mérite une deuxième tournée ! »

Comme Max était scotché à l'écran, il se leva et emporta les verres pour aller les remplir lui-même. Il passa derrière le bar sans que personne n'y trouve rien à redire. Le match n'était toujours pas fini et le score serré gardait tout le monde en haleine. Max était déchaîné sans qu'on puisse réellement savoir quelle équipe il supportait. Il avait pour habitude d'encourager les deux camps pour ne pas se couper d'une partie de sa clientèle. Robert revint s'asseoir tendant un des deux verres à la jeune femme.

— À ta santé ma vieille !

Ils trinquèrent et prirent un moment pour déguster ce qu'il avait mis dans les verres. Le vin était bien meilleur que le premier, Robert avoua qu'il s'était servi dans la réserve personnelle du patron. Si Max n'avait pas été si focalisé sur le match, il leur aurait servi ça dès le début et pas le vin de comptoir que tout bistrot parisien écoulait auprès des clients peu regardants.

La question qui les préoccupait maintenant était de savoir comment allait réagir Isaure. Elle avait clairement eu un mouvement d'humeur en quittant ainsi le bar de l'hôtel, ce qui ne ressemblait pas à cette calculatrice. Elle n'allait donc pas laisser les choses ainsi. Robert était catégorique, elle ne pouvait se permettre de laisser la jeune femme publier l'histoire et en tirer profit. Jeanne n'ayant plus de patron sur qui faire pression, l'éditrice allait devoir être inventive pour l'empêcher de publier sa découverte.

— Si elle en a le courage, elle va te couper l'herbe sous le pied.

— Tu crois qu'elle oserait ?

— Je pense qu'elle est capable de tout. Dès qu'elle aura l'esprit plus clair, elle va chercher un moyen de s'en sortir et certainement de tourner ça à son avantage.

— Si elle rend la chose publique, elle tue la poule aux œufs d'or.

— N'oublie pas qu'elle est aussi éditrice et attachée de presse de Roncourt. Si la chose vient à se savoir, voilà le vieux bonhomme de retour sur le devant de la scène.

Jeanne se demanda comment Charles réagirait si les médias venaient à s'intéresser subitement à lui. En tout cas, Robert avait raison : cette femme était assez gonflée pour renverser la situation et trouver un moyen de communiquer à son avantage. Elle n'avait pas cru tout d'abord à cette éventualité et pourtant, il fallait bien reconnaître que c'est ce qu'elle ferait, elle. Elle s'en voulait de ne pas avoir pris cela en compte sans toutefois pouvoir dire si cela aurait changé quoi que ce soit à ses plans. C'était finalement un risque à prendre. Une brise légère et fraîche la fit frissonner. Robert décida qu'il était temps de rentrer, d'autant que le match était fini et que les habitués quittaient le bar petit à petit. Il demanda l'addition à Max qui lui renvoya une insulte comme pour lui signifier qu'il se sentait vexé d'une telle demande. Il vint néanmoins les embrasser.

— Vous êtes à pied ? Vous voulez que je vous appelle un taxi ?

Ils refusèrent poliment, prétextant un besoin de marcher. Ils se quittèrent sur le trottoir, non sans avoir promis à Max de revenir un soir prochain, un jour où il n'y aurait pas de match, afin qu'ils puissent parler un peu.

— Ce n'est pas parce que tu fréquentes les stars qu'il faut oublier les copains, Bobo ! le taquina-t-il avec grande tape dans le dos.

Ils descendirent la rue de la Villette en direction du parc des Buttes Chaumont et de la station de taxis la plus proche. Jeanne tombait de fatigue et ne pensait plus qu'à se glisser dans son lit. Un unique taxi, un modèle qu'elle ne reconnut pas, attendait à la station. Le chauffeur attaquait un énorme sandwich en guise de dîner, à deux doigts de refuser la course. Il posa néanmoins l'énorme morceau de pain à côté de lui et démarra en trombe dans une forte odeur de fromage. Il ne prononça pas un mot jusqu'à la rue Lyautey.

— À mon avis, tu vas avoir des nouvelles rapidement, quelle que soit sa décision.

— Espérons-le ! Je lui donne trois jours pour se manifester, après quoi je balance un papier au plus offrant.

En dépit de cette belle détermination affichée, elle eut bien du mal à trouver le sommeil. La situation n'était visiblement maîtrisée par aucun des acteurs et il était impossible de dire de quel côté allait tomber la pièce. Si Isaure du Bois de Jallin se décidait à rendre l'affaire publique, Jeanne pouvait dire adieu à son article, et surtout à une potentielle biographie de Charles de Roncourt. Elle s'endormit finalement sans avoir trouvé une façon élégante pour l'éditrice de s'en sortir.

Elle n'eut pas à attendre des nouvelles bien longtemps. À son réveil, elle trouva un long SMS sur son portable, Isaure réagissait. En substance, elle avait convaincu Charles de Roncourt que cette biographie était finalement une bonne idée, il l'attendait le mardi suivant à quatorze heures. Jeanne se dit qu'elle ne manquait pas d'air. Un deuxième SMS était arrivé trois minutes après le premier, beaucoup plus court et d'un tout autre ton : si elle divulguait de quelque manière que ce soit ce qu'elle avait appris en fouinant, elle saurait lui faire payer.

Si elle avait convaincu de Roncourt de la bonne idée qu'était une biographie, il n'en laissait rien paraître. Elle bouillait de le voir planté là devant elle, visiblement peu décidé à engager la conversation. Elle attaqua sur un ton qui se voulait détaché, plus guilleret qu'elle ne l'aurait souhaité :

— Et pourquoi n'irions-nous pas dans votre bureau pour cet entretien ?

Son regard vint se planter dans celui de la jeune femme, elle crut y déceler une colère froide. Elle eut un léger geste de recul comme s'il pouvait la gifler.

— Parce que vous n'avez pas déjà tout vu de mon bureau ? Il a encore des secrets pour vous ?

Elle soutint son regard, hors de question qu'il reprenne le dessus comme la première fois. Même si elle considérait son avantage comme sérieux, elle n'était pas à l'abri que ce vieux grincheux pète les plombs et la vire, sans se préoccuper des conséquences. De longues secondes s'écoulèrent, une bataille silencieuse mais violente. Elle savait que toute la suite pouvait se jouer dans ces quelques instants. Il avança la main et attrapa sa tasse pour la porter à sa bouche, la gorgée de thé déclenchant la même grimace et le même juron qu'elle avait déjà vu et entendu.

— Pourquoi continuez-vous à boire cela si vous n'aimez pas ?

— On peut dire que l'entretien démarre fort, ça, c'est du journalisme, ironisa-t-il.

Elle le foudroya du regard et elle aurait aimé lui balancer son stylo en pleine figure. Il restait impassible, le nez de nouveau tourné vers la télévision éteinte. Un reflet venu de l'extérieur, derrière Jeanne, lui fit plisser les yeux, rien qu'une seconde, creusant quelques rides. Il avait beau être vieux, son visage avait gardé quelque chose de juvénile. Il avait toujours des cheveux épais, la même coiffure brouillonne depuis des années. Les cheveux blancs avaient bien sûr pris le pouvoir mais ça ne le rendait pas vieux pour autant. La peau de son visage était toujours tendue, presque lisse. La forme de son visage n'avait pas changé, fidèle à l'image qu'on pouvait avoir de lui trente ans plus tôt. Les yeux non plus n'avaient pas bougé, hélas. Il semblait être né avec une tristesse immense dans le regard qui transparaissait dans toutes les photos. La jeune femme la retrouva telle qu'elle avait pu la voir dans les portraits publiés à l'époque de sa gloire et qui lui avait tiré des larmes en les regardant après la lecture de telle ou telle œuvre. Il n'y avait que la colère qui réussissait à l'estomper provisoirement. Mais en cet instant, les pensées perdues loin derrière le téléviseur, la tristesse était là, nue, presque sublime. Jeanne eut envie de tout laisser tomber, de se mettre à genoux devant lui en prenant ses mains dans les siennes pour lui dire toute l'admiration qu'elle avait pour lui. Mais il la ramena bien vite à la réalité.

— C'est tout ? Pas d'autre question ?

Il se levait déjà en appuyant ses mains sur la table, vieux malgré tout.

— Non, nous n'avons pas fini ! Asseyez-vous, s'il vous plaît !

Elle avait dit ça sur un ton qui ne souffrait aucune contradiction mais il avait la parade :

— Mademoiselle, nous reprendrons demain, c'est bientôt l'heure de ma piqûre et à moins que vous ne vouliez raconter comment je me fais piquer les fesses, il va falloir me laisser seul.

Annie n'avait pas quitté son poste d'observation depuis qu'elle avait vu la jeune femme entrer chez de Roncourt. Elle s'était installée derrière la fenêtre, presque assise sur une table. Le dernier et presque unique client du déjeuner était parti juste au moment où Jeanne passait devant le bar sur le trottoir d'en face. Elle avait coupé court aux politesses habituelles et avait couru attraper son téléphone pour prévenir Denise. Le temps qu'elle écrive son message, la jeune femme sonnait déjà à la porte de la maison. Elle devina des mouvements derrière la fenêtre qu'elle savait être celle de la salle à manger, sans pouvoir identifier les personnes ni leur activité. Plus frustrant encore, à peine deux minutes après leur entrée dans la pièce, plus rien ne bougea. Elle imaginait que l'écrivain et la jeune femme étaient assis à la table mais sans pouvoir mettre de paroles sur leurs lèvres. Et Denise qui ne répondait pas à ses appels ! Elle s'énervait toute seule, jurant à haute voix.

— Arrête maman ! C'est super malsain d'espionner comme ça !

Catherine était sortie de la cuisine en l'entendant grogner, s'essuyant les mains avec un torchon. Elle était venue ce jour-là pour aider sa mère à l'heure du déjeuner en remplacement de Vasile, le jeune roumain qui l'aidait habituellement en échange d'un repas et d'un peu d'argent donné de la main à la main. Les policiers du quartier ne leur avaient jamais créé de soucis, par respect pour Annie et aussi parce qu'ils préféraient voir Vasile travailler au noir plutôt que de faire la manche au carrefour. Mais depuis deux jours, Vasile manquait à l'appel, alors Catherine avait pris un jour de congé pour suppléer son absence.

Annie ne se retourna même pas, se contentant de faire un geste en direction de sa fille comme pour dire « laisse-moi faire ». Son téléphone bipa à ce moment-là. Dans l'agitation, elle faillit le lâcher sur le carrelage mais le rattrapa in extremis. C'était Denise qui répondait enfin d'un SMS laconique : « Te raconterai. ». Frustrée, elle se décida à bouger. La grande femme passa derrière son bar et se servit un fond de bière à la tireuse. Elle buvait rarement et toujours en très petites quantités, vaccinée par les dizaines d'alcooliques abîmés qu'elle avait vu défiler dans cet endroit depuis son plus jeune âge, morts prématurément pour certains, ou pire encore comme disait son père.

— Tu ne veux pas aller sonner et dire à Denise que je ne me sens pas bien, que j'ai demandé après elle ?

— Ça ne va pas, Maman ? Tu délires ?

Elle s'approcha et regarda, elle aussi, par la fenêtre.

— Tu n'as pas parlé à ce bonhomme depuis au moins vingt-cinq ans, tu ne veux pas le laisser tranquille ?

— Mais c'est une célébrité quand même ! Et puis, j'aimerais bien savoir pourquoi cette petite journaliste lui court après.

Catherine regardait sa mère avec une profonde tendresse d'où émergeait une pointe d'amusement. Elle n'avait jamais su pourquoi Charles et elle s'étaient brouillés et quand elle posait des questions, sa mère changeait de sujet quand elle ne devenait pas simplement muette. Elle savait que Denise et elle parlait de lui régulièrement, qu'elles évoquaient une époque où ils avaient été inséparables. Il y a quelques années, en cherchant quelque chose, elle était tombée sur une liasse de photos jaunies dans la table de nuit de sa mère, un groupe de jeunes gens d'une vingtaine d'années. Elle avait reconnu sa mère, plus jeune que les autres, peut-être cinq ou six ans de moins. Denise se tenait derrière elle, les mains sur ses épaules. Elle sourit en pensant qu'aujourd'hui, elle aurait bien du mal à le faire. Et il y avait Charles bien sûr, il avait si peu changé. Il n'était ni plus grand, ni plus large que les autres mais il avait quelque chose de différent. Malgré une posture timide comme ennuyé d'être là, sa silhouette semblait jaillir de la photo en noir et blanc.

Elles en parlaient souvent mais elles changeaient instantanément de sujet lorsqu'elle approchait. Malgré l'événement qui avait transformé cette rue en un océan infranchissable pour sa mère, et visiblement aussi pour Charles, elle ne l'avait jamais entendu le critiquer vraiment. Elle était pourtant capable de sortir une langue de vipère acérée et certains habitants du quartier pouvaient en faire les frais, mais pas lui. Même quand sa copine et elle parlaient de lui, elles le traitaient de grincheux avec un je-ne-sais-quoi de maternel dans la voix, un sentiment que Catherine ne réussissait pas à définir.

Elle fut tirée de ses réflexions par un mouvement chez de Roncourt. Ça s'agitait derrière la fenêtre du salon. Elle se résigna à appeler sa mère qui ne lui aurait pas pardonné d'avoir raté cela. Elles étaient maintenant toutes les deux tapies derrière le voilage à surveiller la porte de la maison. Celle-ci s'ouvrit rapidement pour laisser sortir la journaliste mais elles ne virent pas qui l'avait raccompagnée à la porte. La visite qui avait semblé interminable à Annie n'avait finalement pas dépassé l'heure et demie. La jeune femme sortit du jardin sans se retourner et tourna sur sa droite en accélérant le pas. Denise avait raconté à Annie que Jeanne venait en bus, elle allait donc rejoindre l'arrêt le plus proche. Elle aurait donné n'importe quoi pour que la jeune femme s'arrête dans son bar. Malheureusement, elle n'avait même pas jeté un œil dans leur direction. L'eût-elle fait, elle les aurait peut-être devinées à leur poste d'observation. Annie se promit d'en parler à Denise, peut-être pourrait-elle convaincre Jeanne de franchir sa porte. Si elle revenait.

Catherine attrapa son sac et sa veste posés derrière le bar.

— Bon, le spectacle est terminé, je rentre chez moi. Comment tu vas faire pour demain si le petit ne revient pas ?

Annie lui répondit sans quitter la fenêtre des yeux :

— Bah, il y a deux étudiantes qui passent chaque matin en ce moment, elles cherchaient un coin tranquille pour écrire des chansons ou un truc comme ça. Ça ne m'étonnerait pas qu'elles acceptent de me filer un coup de main pour le déjeuner.

— Okay, je vais passer au commissariat en partant, histoire de voir s'ils n'ont pas mis Vasile dans un train pour je ne sais où.

Elle serra sa mère dans ses bras et lui fit une bise sur la joue. Elle redoutait le jour où Annie ne serait plus là pour recevoir son amour. Si ça ne tenait qu'à elle, elle passerait sa vie ici, à l'aider, à écouter toutes ses histoires sur le quartier d'hier et d'aujourd'hui, à la regarder mener ses ouailles lors des soirées littéraires. Malheureusement, comme disait sa mère, il faut bien vivre et pour elle, la vie passait par un salaire régulier qui ne pouvait provenir de cet endroit. C'était déjà bien que le bar permette à sa mère de survivre, il ne fallait pas trop en demander. À une époque, elle avait imaginé le reprendre, le moderniser, le rendre attractif pour les nouvelles générations et ainsi perpétuer une tradition familiale. Mais le quartier n'était plus le même, la population avait changé, pas comme elle aurait souhaité. Les anciens, les habitués, tous étaient partis un par un, de vieillesse ou d'ennuis, et même au cimetière comme disait sa mère. Restait un peuple anonyme entassé dans les blocs de béton inhumains qui avaient fleuris dans les années soixante et soixante-dix. Les politiques avaient beau se promener régulièrement dans le quartier pour serrer des mains en promettant une nouvelle ère pour la cité, on ne pouvait balayer tout ça en un jour. Alors, elle redescendait sur terre et tentait, sans espoir, de faire bouger Annie, pour l'emmener loin d'ici.

Elles étaient sorties toutes deux sur le perron, tentant de repousser un peu le moment où la fille s'éloignerait de la mère, provisoirement. Elles profitaient aussi des rayons du soleil qui avaient bien du mal à pénétrer par les petites fenêtres du café. Elles se reverraient au plus tard samedi, quand Catherine viendrait déjeuner. D'ici là, elle savait qu'Annie allait passer la fin d'après-midi à attendre que Denise finisse son travail et peut-être la rejoigne quelques minutes pour lui raconter cette étrange visite.

Elles allaient enfin se quitter lorsqu'un mouvement de l'autre côté de la rue les fit se retourner toutes deux dans un même mouvement. Charles venait d'apparaître à la porte de sa maison, en chemisette et pantalon de toile, un béret casquette vissé sur la tête. Il referma la porte derrière lui, sortit du jardinet et tourna sur sa gauche. Sa démarche était certes plus lente mais tout aussi décidée que celle de Jeanne. Il marchait très légèrement voûté mais sans réellement marquer son âge. Elles le suivirent jusqu'à ce qu'il tourne à nouveau sur sa gauche au coin du premier immeuble. Annie regarda sa fille :

— Il va certainement boire son thé chez Ali.

— Ali ? Le vieil Ali ? Il n'est pas parti en Algérie cette année ?

— Non, il dit qu'il n'a plus les moyens. Je crois surtout qu'il est trop vieux. Il ne voit presque plus rien alors conduire jusque là-bas, avec sa femme qui n'a pas le permis, je crois qu'il ne le tentera plus. C'est son fils qui est parti à sa place cette année.

— C'est étonnant que sa femme ne conduise pas, je ne le voyais pas si macho.

— Tu parles ! Elle a essayé pendant des années mais elle n'a jamais réussi à passer le permis. À l'époque, il y avait une auto-école juste à côté de son épicerie. On disait que sa femme y passait plus de temps que dans son magasin.

Elles rirent et s'étreignirent une dernière fois. Annie regarda sa fille s'éloigner vers l'arrêt de bus. Sa tristesse fut un peu compensée par la vue de Denise fermant la porte de la maison. Elle profitait de l'absence de Charles pour venir boire un café. Elle allait enfin voir sa curiosité rassasiée.

9

Renée jura intérieurement, son éducation lui interdisant de se lâcher comme aurait pu le faire sa nièce. Elle bataillait avec un bouchon qui résistait à ses efforts. Les effets de la première bouteille y étaient peut-être pour quelque chose. Elle n'avait pas lésiné, la situation l'exigeait. Elle avait sorti le vin du dimanche comme elles l'appelaient, c'était entre elles un hommage à Pierre Desproges qu'elles vénéraient toutes les deux. Jeanne était vautrée dans le canapé, les pieds posés sur la table basse, quelques miettes de chips sur son t-shirt. En la voyant rentrer tout à l'heure, entre rage et désespoir, Renée avait su tout de suite qu'il fallait agir et que le vin rouge serait le meilleur des pansements, à défaut d'être un remède. Le bouchon finit par céder, par petits morceaux, elle jura enfin. Puis elle retourna s'affaler elle aussi à côté de sa nièce après avoir rempli leurs verres.

Le temps de finir la première bouteille et Jeanne avait raconté à sa tante ce qui s'était passé durant la journée. Les jours précédents s'étaient suivis avec le même rituel. Jeanne arrivait chez de Roncourt vers quatorze heures, Denise lui ouvrait et la menait à la salle à manger. Quelques minutes après, le seigneur des lieux faisait son apparition et s'ensuivait une heure de questions simplement interrompue par l'arrivée de l'abominable thé de Denise, suivie tout naturellement par la grimace de Charles. L'entretien ne durait jamais plus de quatre-vingt-dix minutes, il se levait alors et

Jeanne était mise dehors sous prétexte de la piqûre. Comme il s'y était engagé sous la contrainte, il répondait aux questions. Mais il semblait prendre un malin plaisir à donner des réponses sans contenu. Chaque soir, Jeanne rentrait plus déprimée que la veille, son bloc noirci sans rien de valable pour remplir ne serait-ce qu'une page d'une biographie digne de ce nom. Il était capable de répondre par oui ou par non, et surtout par peut-être, aux questions les plus précises ou les plus ouvertes de Jeanne. Quand elle commençait à perdre patience, il jubilait tellement de l'intérieur que ça transpirait dans son regard.

— Mademoiselle, vous pouvez constater que, malgré mon âge et mon état de santé, je tiens les engagements que vous m'avez contraint de prendre. Vous ne pouvez certainement pas me rendre responsable du fait que mes réponses ne vous satisfont pas. Ne devriez-vous pas prendre conseil auprès d'un de vos confrères, peut-être plus expérimenté, afin de vous aider à les tourner ?

Elle se voyait bondir au-dessus de la table et lui arracher les yeux avec les ongles. Mais elle ne voulait pas reconnaître sa défaite, aussi elle avalait sa rage et posait une nouvelle question. Par instants, elle avait eu l'ascendant sur le vieux monsieur ce qui l'incitait à persévérer. Elle avait eu sa petite victoire notamment le jour où le journal Le Monde avait publié une interview de Malcolm Nadows, photo avantageuse sur une demi-page. Il confirmait au journaliste qu'il venait de terminer son prochain roman et qu'il serait certainement disponible en librairie avant noël. En arrivant ce jour-là, elle avait négligemment posé le journal sur la table, la photo de Nadows bien en évidence. Même si ses réponses avaient été aussi lapidaires que les jours précédents, elle avait bien senti que c'était à son tour de bouillir. Malgré la satisfaction qu'elle avait ressentie, cela ne l'avait pas aidé et le lendemain, tout était revenu dans l'ordre stérile. Elle imaginait l'écrivain et son éditrice se tordre de rire chaque soir, lorsque le vieux bonhomme lui faisait le compte rendu de l'entretien.

Du côté de la rue Lyautey cependant, on avait fait un plein de vin du dimanche qui avait la fâcheuse tendance à se laisser boire trop facilement. Chaque soir, Renée avait entendu la même rengaine, les mêmes reproches et les mêmes pleurs. Face à tout autre auteur, sa nièce aurait montré les dents, l'aurait enseveli sous un flot de récriminations et d'insultes. Mais devant Charles de Roncourt, la peur de l'échec lui faisait perdre beaucoup de ses moyens. Alors, le verre qu'elles prenaient ensemble régulièrement le soir se prolongeait jusqu'à ce que les nerfs de Jeanne abdiquent et la laissent enfin dormir.

Mais cette journée-là ne s'était pas déroulée comme les précédentes et la soirée en avait pris un tour différent. Depuis le matin, un temps orageux s'était installé sur Paris, un plafond sombre et bas recouvrait la capitale. Les températures n'avaient presque pas baissé durant la nuit et dès le matin, on avait senti que les parisiens allaient passer une journée électrique. Jeanne s'était réveillée en sueur, la bouche pâteuse et le crâne dans un étau. Renée était déjà partie à l'université non sans lui avoir préparé, comme d'habitude, son petit-déjeuner avec un mot d'encouragement pour la journée. Elle commença par une longue douche fraîche qui remit à peu près tout d'aplomb, le cerveau fonctionnait à nouveau normalement. Elle n'eut qu'à allumer le gaz sous la cafetière italienne pour sentir rapidement l'agréable odeur se répandre dans la cuisine. Elle mangea de bon appétit d'autant qu'elle n'avait que picoré durant la soirée. Néanmoins, les effets bénéfiques de la douche se dissipaient rapidement et ses pensées tournaient de nouveau en boucle. Elle se sentait comme un joueur d'échec qui voit venir le mat mais, tournant le problème dans tous les sens, se rend compte qu'il ne réussira pas à y échapper. Charles de Roncourt était un homme très intelligent, plein d'expérience et qui, finalement, n'avait que peu à perdre. Il pouvait donc tenir une stratégie risquée, jeu du chat et de la souris, qui s'avérait payante. Elle avait tenté de lui forcer la main et cela s'était retourné contre elle. Renée avait beau lui rappeler que sans cela elle ne serait déjà plus en contact avec lui, sans aucune chance de pouvoir lui parler, elle en était venue à se persuader qu'elle aurait certainement trouvé une autre solution si elle ne s'était pas embarquée dans cette tentative de chantage ridicule.

Elle était sortie avec cette idée en tête et malgré tout, elle ne pouvait plus reculer. Elle devait aller jusqu'au bout pour obtenir, à travers un amas de paroles sans consistance, de quoi écrire un article qu'elle pourrait proposer à qui voudrait. Depuis quelques jours, elle avait fait une croix sur la biographie dont elle avait tant rêvé. Malgré tout, elle ne reviendrait pas sur sa parole de ne pas divulguer ce qu'elle avait découvert, se privant d'une meilleure information que tout ce qu'elle avait obtenu jusque-là. Elle leva les yeux vers un ciel qui reflétait parfaitement son humeur, la journée s'annonçait compliquée. Il faisait chaud mais surtout humide et comme toutes les personnes autour d'elle, elle se traîna vers sa destination. Le trajet en bus fut un véritable calvaire, étuve malodorante. Pour se donner un peu de baume au cœur, elle imagina le même trajet dans un métro bondé comme il devait l'être quelques mètres plus bas. Une fois descendue du bus, le minuscule filet d'air créé par les passages sous les immeubles lui lécha le visage mollement, asséchant par endroits la transpiration en laissant une vague impression de fraîcheur, réelle ou non. Elle marcha plus lentement qu'à son habitude afin de ne pas donner un avantage supplémentaire à de Roncourt en arrivant suante et essoufflée. En ouvrant la porte, Denise lui sourit gentiment comme d'habitude et la fit entrer dans la salle à manger où elle avait disposé une carafe d'eau fraîche. Jeanne se pressa d'en avaler un grand verre avant l'entrée du vieux monsieur. Elle avala jusqu'à la dernière goutte, espérant cacher le fait qu'elle avait bu. Lorsqu'il entra, il fixa la carafe et hurla à travers le couloir.

— Denise, on n'a pas besoin d'eau, apportez-moi mon thé !

Elle se persuada qu'il venait de prendre une douche et de boire lui aussi un grand verre d'eau fraîche : il ne transpirait pas du tout malgré la chaleur qui régnait dans la maison. Il se retourna vers Jeanne et prit un air épuisé, ce que le reste de son corps démentait.

— Vous n'avez vraiment pas de pitié mademoiselle, de venir m'interroger par ce temps. Vous savez combien de personnes âgées vont mourir aujourd'hui ? Si vous voulez ce que le vieux a dans la tête avant qu'il ne crève et en garnir votre compte en banque, il va falloir faire un peu attention à lui.

Elle sortit son téléphone mobile de son sac et commença à composer un numéro.

— Que faites-vous ? Qui appelez-vous ?

Elle tendit son index devant sa bouche pour lui intimer l'ordre de se taire.

— Les urgences, bien sûr. Vous avez raison, vous n'avez pas l'air bien. Je ne voudrais pas être responsable d'un malaise, au contraire, je serai fière d'avoir pu vous sauver la vie !

— Raccrochez ça tout de suite ! Je ne suis pas encore mort. Allez-y posez-moi vos questions.

Après cette introduction qui sembla détendre un peu l'atmosphère, la journée avait repris un cours normal, sans surprise et sans information utilisable pour Jeanne. Ils livrèrent une bataille sous-jacente contre la chaleur et l'humidité, aucun des deux ne voulant lâcher. La carafe resta entre eux, fruit défendu que ni elle ni lui ne toucheraient en premier. Ils n'osaient regarder les gouttes de condensation qui glissaient lentement sur le verre, de peur de succomber ou d'être surpris par l'autre. Sous prétexte de son âge, elle lui avait proposé de l'eau à deux reprises mais il n'avait même pas daigné répondre, balayant la proposition d'un geste qu'elle considéra un peu trop théâtral. Et à quinze heures trente, comme d'habitude, il mit fin à l'entretien non sans s'assurer qu'elle quittait la pièce sans toucher à la précieuse carafe.

Dehors, la chaleur et l'humidité avaient augmenté de plusieurs crans. Elle nota que ce ciel noir, que l'on qualifie souvent de menaçant, était porteur d'espoir, annonciateur d'une douche bienfaitrice. Elle avait pris la précaution de mettre un petit parapluie au fond de son sac mais elle n'était même pas sûre d'avoir envie de le sortir si, par bonheur, il se mettait à pleuvoir. Par contre, elle avait soif comme jamais. Elle était persuadée que la première chose qu'avait faite de Roncourt lorsque Denise avait fermé la porte derrière elle avait été de foncer à la cuisine et de se servir un grand verre d'une boisson, peu importe laquelle tant qu'elle fut glacée. Cet étrange bar de l'autre côté de la rue, si peu accueillant, semblait pourtant l'appeler. Elle finit par se dire que si Denise y buvait son café, elle ne devait pas hésiter à y prendre une boisson fraîche avant d'affronter le retour vers Paris dans un bus qui aura vu passé durant la journée des milliers de sueurs différentes. Ne voulant pas que l'écrivain la voie foncer vers le bistrot s'il était resté derrière sa fenêtre, toujours avec sa boisson glacée entre les mains, elle fit quelques mètres sur le trottoir jusqu'à être hors de vue. Puis elle traversa la rue et fit demi-tour en direction du café. Si ce n'était les stores publicitaires, elle aurait vraiment eu l'impression d'entrer chez quelqu'un, prêt à le trouver en bras de chemise, affalé devant la télévision, une bière à la main.

Elle monta les quelques marches et franchit la porte restée ouverte dans l'espoir certainement d'un mince filet d'air. L'effet du voyage dans le passé était saisissant tant la décoration et le mobilier n'avaient pas dû changer depuis que Giscard avait été élu président. Elle sentit à peine le souffle du ventilateur poussif posé sur le bar, près du présentoir à œufs durs, reliques d'une époque où Jacques Prévert, attablé derrière un ballon de rouge, composait des poèmes du quotidien, au son de l'œuf que l'on tape contre le zinc. Tout lui rappelait une époque qu'elle n'avait connue qu'à travers les clichés de Doisneau.

Alors qu'elle se pensait seule, elle sentit une forme bouger près de la fenêtre, à sa gauche. Elle sursauta en découvrant une femme immense, large comme une armoire normande qui se tenait là, souriante. Bien qu'ayant visiblement passé la soixantaine, elle avait l'air indestructible, son sourire laissant apparaître une rangée de dents presque parfaitement blanches, trop grandes. Elle se mit en mouvement vers Jeanne qui eut un réflexe de recul.

— Bonjour Mademoiselle, asseyez-vous je vous en prie !

Jeanne fut surprise par la voix plus aiguë que prévu. Inconsciemment, elle s'était attendue à une voix de stentor. La femme lui présentait une chaise proche de la fenêtre, presque comme un commandement à s'asseoir, la jeune femme obtempéra. De cette position, elle pouvait voir la porte de la maison de Roncourt de l'autre côté de la rue. Elle se surprit à considérer ce lieu comme un parfait poste d'observation ou de surveillance. Elle retourna enfin son bonjour à la femme qui lui souriait toujours.

— Qu'aurais-je l'honneur de vous servir, Mademoiselle ?

Si Jeanne n'avait pas eu si soif et un peu peur de cette force de la nature, elle aurait certainement souri de la formulation décalée de la question. Elle répondit simplement qu'elle désirait un thé glacé. La femme passa derrière son bar et se mit en devoir de lui en préparer un fait maison. Décidément, elle avait atteint une autre dimension en franchissant la porte de cet établissement. Toute à sa préparation, la femme commença un quasi-monologue sur des sujets aussi variés que la météo, les impôts des petites entreprises comme la sienne ou les petits tracas de l'âge. Elle avait du mal à quitter Jeanne des yeux qui répondait à peine, regardant alternativement la porte d'en face à travers la fenêtre et la lente préparation de sa boisson. Elle rêvait d'une canette bien fraîche sortie du freezer qu'on ouvre d'un mouvement du pouce et qu'on peut engloutir en quelques secondes. Au lieu de cela, la géante avait rempli une boule à thé ronde et l'avait plongée dans une grande tasse eau bouillante. Elle attendait maintenant calmement que l'infusion soit prête, toujours à son monologue. Jeanne avait cessé de l'écouter et même de l'entendre. Elle avait découvert face à elle, accroché au mur, un tableau étrange montrant un chien avec ce qui ressemblait à un lièvre dans la gueule. L'œuvre était à l'évidence de piètre qualité et surtout complètement décalée dans ce bistrot de banlieue. En parcourant les murs du regard, elle fut surprise de découvrir d'autres peintures dans ce style champêtre. Elle pouvait deviner une signature sur le tableau le plus proche d'elle mais elle n'osa pas se lever. Elle détourna la tête vers la maison de Roncourt, les stores de l'étage étaient baissés à demi et donnaient à la façade l'allure d'un visage triste. Elle se demanda depuis combien de temps cette maison n'avait pas souri, si elle l'avait fait un jour.

Elle n'entendit pas Annie approcher et faillit sursauter lorsqu'elle posa un grand verre devant elle. De gros glaçons avaient commencé à rafraîchir le thé qui avait visiblement infusé un peu trop longtemps. Jeanne remercia Annie mais celle-ci resta plantée près d'elle, le regard perdu de l'autre côté de la fenêtre.

— Il est dur, n'est-ce pas ?

Surprise, la jeune femme balbutia :

— Je vous demande pardon ?

Annie désigna la maison de Roncourt d'un hochement du menton :

— Charles, il est dur n'est-ce pas ?

Elle aurait dû se douter que la femme n'avait pas manqué une de ses visites depuis son poste d'observation, peu dérangée par sa maigre clientèle. Elle porta le verre à ses lèvres et en ressenti instantanément un bien-être inattendu. Non seulement la boisson était fraîche, presque glacée mais elle développait un ensemble de goûts qui décuplaient cette sensation de froid. Elle avait rarement bu quelque chose d'aussi bon.

— Votre thé est excellent, merci beaucoup.

— Ça vaut largement les boissons en boîte qu'on vous vend pour du thé glacé, non ?

Jeanne hocha la tête en faisant honneur à la boisson. Elle posa son verre et désigna la maison d'en face.

— Vous le connaissez ?

Elle faillit se mettre une claque devant la stupidité de cette question mais Annie ne releva pas. Elle répondit :

— On s'est bien connus, oui, souffla-t-elle avant d'ajouter :

— Dans le temps.

Jeanne allait poser une question, tout à coup intéressée par la conversation, mais Annie l'interrompit le doigt pointé en direction de la fenêtre :

— Tiens, quand on parle du loup…

Charles de Roncourt descendait les marches devant chez lui et se dirigeait vers le petit portail qu'il ouvrit d'un coup sec. Il avait eu le temps de changer de tenue et portait un pantalon de toile légère et un polo du genre Lacoste. Après un coup d'œil sur sa droite, il partit vers la gauche.

— Il n'a pas d'infirmière à domicile ?

Annie regarda Jeanne avec de grands yeux, soudain inquiète.

— Pourquoi diable aurait-il besoin d'une infirmière ? Il est malade ?

— J'aurais imaginé qu'une infirmière passait pour lui faire sa piqûre.

Devant le regard interrogateur d'Annie, Jeanne lui expliqua la scène qui se produisait à chaque visite.

— Si Charles avait besoin d'une piqûre quotidienne, croyez-moi mademoiselle, je serais au courant. Et là, il va juste boire son thé chez Ali, comme il fait de temps en temps.

Jeanne apprit par la bouche d'Annie qui était Ali, le vieil homme qui tenait une petite épicerie tout près d'ici. Charles y passait des heures à discuter. Certaines semaines, il y allait tous les jours, d'autres semaines pas du tout. S'apercevant qu'elle donnait l'impression de passer sa vie à espionner si ce n'est le quartier du moins le vieil auteur, elle s'empressa d'ajouter :

— C'est ce qu'on dit en tout cas.

Renée avait de nouveau rempli les verres de vin et les deux femmes buvaient lentement, dehors quelques sirènes se succédaient. Chacune dans son coin analysait ce qui s'était passé et faisait ses propres conclusions. Elles allaient bientôt passer à la phase de partage. Renée observait sa nièce dont la colère semblait vouloir s'envoler. Un voile de frustration embuait encore légèrement son regard, à moins que ce ne fût plus que l'alcool. Non seulement le vieux ne répondait pas à ses questions, la baladait avec ses réponses évasives ou contradictoires, mais en plus, il se fichait d'elle. Depuis son adolescence, Jeanne avait passé tant d'heures plongée dans les œuvres de ce bonhomme, les yeux brillants d'émotion, elle aurait compris qu'elle se mette à tout casser.

Jeanne lui avait également raconté l'arrivée de Denise qui, profitant de l'absence de Roncourt, était venue boire un café chez Annie, son amie d'enfance. Elles avaient passé quelques minutes toutes les trois à faire connaissance, assez longtemps pour que les langues se délient mais pas assez pour en apprendre beaucoup. Les deux vieilles femmes avaient pu lui raconter comme ils étaient inséparables tous les trois lorsqu'ils avaient commencé à grandir dans les premières années de l'après-guerre. Jeanne leur avait raconté comment elle avait découvert les romans de Charles de Roncourt et comment elle était tombée amoureuse de ses textes. Hélas, après un temps trop court, Denise avait dû retourner de l'autre côté de la rue et Annie, indisposée par la chaleur, avait demandé à Jeanne de l'excuser. Elles s'étaient donc quittées rapidement, se promettant de continuer cette conversation le lendemain.

— Elles vont t'en apprendre beaucoup sur de Roncourt, certainement plus que lui-même.

Jeanne fit une réponse pleine de perplexité.

— Pas sûr. J'ai du mal pour l'instant à comprendre leurs rapports à de Roncourt. Deux amies d'enfance, l'une devenue sa gouvernante soumise à ses moindres caprices, l'autre, patronne du café d'en face, qui ne lui a pas parlé depuis des dizaines d'années. Et toutes les deux plus pipelettes l'une que l'autre. Ça ne va pas être facile de démêler le vrai du faux.

Renée se leva, visiblement décidée à aller se coucher.

— Ce sera déjà mieux que rien. Fais-les parler, tu verras bien ce qu'il en ressort.

Elle réunissait lentement les traces de leur soirée sur un plateau, il était hors de question, comme toujours, que le salon ne soit pas impeccable, quelle que soit l'heure ou l'état dans lequel elle allait se coucher. Jeanne comprit le signal et se mit en devoir de l'aider. Elles portèrent tout ça dans la cuisine et firent la vaisselle en silence. Lorsque tout fut au goût de Renée, elle éteignit la lumière de la cuisine.

— Dimanche, je vais déjeuner à la maison Fournaise avec quelques profs, tu devrais venir avec moi, ça te changera de ta bande de vieux.

Sa nièce grommela une réponse qu'elle ne comprit pas mais il n'était plus l'heure d'insister. Elles se firent la bise et chacune rejoignit sa chambre. Jeanne eut à peine le temps de se déshabiller avant de se laisser tomber sur le lit et de s'endormir. Elle ne sentit pas Renée, une fois sa toilette terminée, venir la border et lui faire une bise sur le front, comme elle le faisait à l'époque où la petite fille était venue vivre avec elle.

10

Charles avait ouvert la fenêtre en grand, profitant de l'air du petit matin que les orages de la nuit avaient rafraîchi. Le ciel de plomb avait fini par se fissurer et finalement exploser en un spectacle sans cesse renouvelé d'éclairs et de coups de tonnerre. Le vent et la pluie avaient balayé toute la chaleur qui s'était avachie sur la ville. À travers la fenêtre du bureau, il voyait les rayons du soleil qui, à cette heure matinale, léchaient les façades de l'autre côté de la rue. Depuis longtemps, ceux-ci ne venaient plus réchauffer sa propre maison. Il n'avait pourtant pas oublié les dimanches après-midi en été lorsque sa mère fermait les volets du bureau pour que son père puisse faire une sieste sans être dérangé par la lumière qui entrait trop violemment par la fenêtre. Il restait jouer au soleil dans le jardin devant la maison jusqu'à ce que cette même mère vienne le chercher pour lui faire boire un grand verre de citronnade et lui intimer l'ordre de se mettre à l'ombre dans le jardin derrière la maison. Il obéissait, bien sûr, même s'il préférait le soleil et la vie qui passait dans la rue plutôt que le silence et le secret du jardin de derrière.

Peu à peu, des immeubles étaient venus faire rempart entre la maison et le soleil, ne le laissant passer que durant quelques rares moments dans l'année. Un peu comme une ésotérique construction maya qui ne dévoile son secret qu'à celui qui sait à quel moment de l'année les rayons viendront frapper directement la cache secrète, les architectes du quartier avaient, sans le vouloir, laisser quelques fins chemins par lesquels les rayons se faufilaient à certaines dates et heures. Étrangement, l'un d'eux correspondait à la date de naissance de Charles, telle qu'indiquée sur son acte de naissance. Lorsqu'il s'en était rendu compte, il avait placé un petit prisme de pacotille à l'endroit précis où les rayons du soleil venaient frapper son bureau. Lorsque le moment était venu, il était là pour observer l'arc-en-ciel éphémère se former sur le mur, comme un rappel du temps qui passe. Il s'était créé sa propre superstition qui voulait que cette apparition soit signe d'une année qui commençait sous les meilleurs auspices. Bien entendu, si la météo était contraire et que le phénomène ne puisse se produire, l'année serait certainement à oublier. Il souriait à l'idée que ses amis existentialistes puissent découvrir son petit secret, mais ils étaient morts un à un sans jamais savoir. Il tourna la tête instinctivement vers la bibliothèque qui contenait les œuvres de Sartre comme pour guetter un improbable signe de désapprobation qui ne vint pas. Finalement, il revint au présent et aux rayons qui continuaient d'illuminer la rue.

La journée s'annonçait bel et bien plus agréable que les jours précédents. Il s'était d'ailleurs réveillé de bonne humeur, suivant son échelle, et avait commencé à travailler très tôt. Il regarda à sa droite les deux cahiers aux pages noircies. Il ne se souvenait pas de la dernière fois où il avait écrit autre chose que pour Nadows. L'arrivée de la jeune femme avait bousculé ses habitudes et avait réveillé une partie de son cerveau depuis longtemps endormi. Il écrivait de nouveau par lui-même et pour lui-même. Nul besoin d'imaginer ce que quelqu'un comme Nadows pourrait écrire, il lui suffisait de laisser sa plume glisser sur les pages au gré de son imagination. Il n'osait pas relire ce qu'il avait produit préférant supposer que c'était du Roncourt, et du bon. Encore quelques heures d'écriture ce matin et il irait se promener.

Alors qu'il allait se remettre à écrire, il vit Denise qui arrivait devant la maison, ponctuelle comme une horloge suisse. Elle poussa le portail et traversa le petit jardin sans un regard vers lui. Elle avait toujours été belle et elle l'était encore. Bien sûr, elle était vieille maintenant, comme lui, mais elle avait gardé cette allure élancée qui faisait retourner tous les garçons sur son passage depuis l'école primaire. Elle avait laissé ses cheveux grisonner sans hésitation, pas de tricherie. Elle était devenue sa gouvernante par hasard, presque sans discussion, comme un fait qui coule de source. Au début, il se disait qu'un jour ou l'autre, elle partirait, se marierait enfin. Et puis, il avait fini par penser qu'elle serait là pour toujours. Mais maintenant, l'âge aidant, il se demandait quand elle se déciderait à conclure et aller profiter de la vie loin de lui. Plus qu'avant, il aurait alors besoin de quelqu'un pour veiller sur lui, il devrait embaucher une personne qu'il ne connaissait pas, lui ouvrir sa maison et ses habitudes. Non, décidément, Denise ne devait pas le quitter et s'il fallait mourir afin qu'elle soit là jusqu'au bout, c'était une idée à creuser.

Il fut à deux doigts de l'appeler et de lui faire un petit signe mais cette idée saugrenue le fit sourire. À coup sûr, elle imaginerait qu'il était saoul ou devenu gâteux en une nuit. Il écouta la porte de la maison s'ouvrir, elle s'essuya les pieds comme elle le faisait toujours, par tous les temps. Le trousseau de clé cogna contre le mur lorsqu'elle le pendit au clou comme d'habitude et il entendit ses pas feutrés se diriger vers la cuisine. Elle répétait ces mêmes gestes infatigablement depuis tant d'années. Cette régularité avait eu le don d'énerver Charles mais dorénavant, il se plaisait dans ce rituel rassurant. Il sourit et se remit à écrire lentement, réfléchissant à chaque mot comme pour ne pas avoir à raturer ses cahiers.

Tout à son écriture, il ne se rendit pas compte que l'ordre des sons provenant de l'activité de Denise, qu'il pensait immuable, venait d'être brisé. Elle s'était approchée de la porte du bureau de ses mêmes pas feutrés qu'en rentrant et elle ouvrit la porte d'un coup sec, faisant sursauter Charles. Il vit son stylo laisser une longue trace noire en travers de la feuille. Il n'eut pas le temps de prendre son air grognon et de répondre que Denise lâcha :

— Charles, tu es un sale con !

Soufflé par cette déclaration qui ne souffrait aucune discussion, il ne sut que répondre. Il resta là, planté dans son fauteuil, à observer l'encre sécher lentement sur la feuille du cahier. Elle avait ruminé un discours depuis la veille, au moment où elle avait quitté Annie et Jeanne. Mais lorsqu'elle l'avait vu, assis là, écrivant tranquillement, elle avait tout oublié et cette seule phrase, incongrue dans sa bouche, lui était venue. Finalement, à la tête qu'il faisait, elle trouva qu'elle avait plutôt réussi son entrée. Elle décida que c'était à lui d'enchaîner, ce qu'il mit quelques instants à faire, de la façon la plus banale qui soit :

— Qu'est-ce que tu dis ?

— Je dis que tu es un sale con ! Tu te comportes en sale con, tout le temps et avec tout le monde. Et ça ne date pas d'hier !

Il était totalement éberlué, pas par le contenu des paroles, il n'était pas loin d'être d'accord mais plutôt parce qu'elles sortaient de la bouche de Denise. Elle n'avait pas bougé de l'encadrement de la porte et n'avait pas l'air de vouloir en bouger.

— Alors pourquoi tu me dis ça aujourd'hui ?

— Parce que ce que tu fais à la petite, ce n'est pas bien.

Il tenta un air courroucé sans vraiment y parvenir.

— La petite, tu parles, une vraie sangsue ! Tout ce qui l'intéresse, c'est me faire parler et attendre que je crève pour essayer de vendre son truc. Elle doit rêver d'anecdotes bien croustillantes, bien vendeuses.

— Tu dis n'importe quoi ! Cette petite est là parce qu'elle aime ce que tu as écrit, parce que Charles de Roncourt, pas toi mais celui qui a écrit tous ces livres si beaux, elle l'aime et elle veut le faire partager.

Tout en parlant, elle aperçut un verre sale sur le guéridon près du fauteuil. Machinalement, elle entra et le ramassa. Elle était prête à prendre un coup de massue, à subir une de ses colères rares mais mémorables. Et finalement, rien ou presque rien, une vague tentative de se justifier. Elle n'y comprenait plus rien. Elle allait sortir lorsqu'elle se rappela une chose.

— Et cet après-midi, je partirai plus tôt. Le petit Vasile qui travaille pour Annie s'est fait arrêter, je vais avec elle à la préfecture de police pour tenter de le faire sortir.

Il avait baissé le regard et s'était mis en devoir de découper proprement la page tachée. Sans relever la tête, il bougonna.

— Si elle n'employait pas des voleurs de poule, ça n'arriverait pas !

— Je sais que ça ne t'intéresse pas, mais pour ton information, Vasile est étudiant. Il travaille chez Annie pour payer ses études. Son seul tort est de ne pas avoir de papiers en règle.

Sans transition, elle ajouta avant de claquer la porte :

— On est vendredi, pour une fois ce sera poisson !

Charles comprit qu'elle était vraiment fâchée. Elle allait le punir avec un poisson bouilli et quelques légumes vapeur, pas de sel, pas de gras. C'était bien fait pour lui. Chaque fois que Denise voulait lui montrer sa désapprobation, elle lui concoctait un menu digne d'un hôpital marxiste. Mais rares étaient les fois où elle accompagnait cela d'une déclaration verbale. Il se leva et alla se poster devant sa fenêtre. Le soleil avait déjà tourné et l'ombre des immeubles avait remplacé les rayons directs sur les murs d'en face. Deux éboueurs sortaient de chez Annie en échangeant quelques mots avec une personne restée à l'intérieur, la patronne sans doute. Elle avait ce don de savoir parler aux gens, de les mettre à l'aise en un instant. Il l'avait toujours admirée pour ça, même jalousée parfois. Il imagina les deux femmes s'en prenant à de pauvres plantons et hurlant pour être reçues par un responsable. Elles étaient bien capables de faire un sit-in comme aux plus belles heures de 1968. Même s'il aurait bien aimé voir ça, peut-être même au journal télévisé si elles s'y prenaient bien, il se dit quand même qu'elles avaient passé l'âge d'user les bancs d'un commissariat.

Il regarda la petite pendule posée sur le coin de son bureau, il était presque l'heure d'y aller. Il serait rentré à temps pour subir sa punition et enchaîner sur une bonne heure de torture, bien que Denise considérât qu'il était le bourreau et pas le supplicié. Elle avait peut-être raison, il était un sale con, il avait tout fait pour l'être ou le paraître. Il lui restait quelques minutes, trop peu pour se mettre à écrire. Il décrocha son téléphone.

Il s'était donc fichu d'elle et elle avait eu du mal à l'avaler. Jeanne avait passé une bonne partie de la matinée à chercher une vengeance, tournant en rond dans l'appartement de sa tante. Les idées les plus folles lui étaient passées par la tête, de la plus stupide à la plus méchante. Hélas, pas une ne lui sembla appropriée. N'y tenant plus, elle passa à la salle de bains, enfila une robe légère et sortit pour prendre l'air et boire un café au coin de la rue. Elle frissonna en passant la porte cochère. La température était agréable mais bien plus basse que la veille et son corps réagissait en réponse à cette différence et même à la chaleur qui persistait dans l'appartement. Le petit air qui s'engouffrait dans la rue eut un effet immédiat sur son humeur, comme si tout le quartier lui souriait. Dans cette atmosphère allégée, la terrasse du café avait retrouvé de la vie et elle eut la chance de trouver une petite table qui se libérait juste comme elle arrivait. Elle fit signe de loin à Rémy, son serveur favori, certainement un peu amoureux d'elle. Il lui sourit et mima le mot café avec les lèvres. Elle mima le mot oui en retour. Il disparut à l'intérieur de l'établissement mais réapparu bien vite pour déposer la tasse sur la table devant Jeanne.

Il resta planté devant elle, tentant maladroitement d'engager la conversation. Lui qui semblait si à l'aise avec les autres consommateurs perdait tous ses moyens face à elle. C'était la même chose à chaque fois qu'elle venait boire un café. Elle le trouvait plutôt mignon et, quand il réussissait à aligner quelques mots, il était plutôt intéressant. D'autre part, elle le voyait déployer des tonnes de gentillesse avec les gens, sans se forcer. Enfin, elle ne pouvait nier qu'il possédait un humour assez fin qu'il distillait tout au long de son service. Elle se rendit compte que, depuis des semaines, elle ne parlait plus qu'à des vieux, disons des gens plus vieux qu'elle. Rémy avait lui aussi la trentaine, elle n'aurait certainement pas refusé de passer une soirée avec lui, pour faire des trucs de son âge, sortir, danser, et pourquoi pas plus. Mais le jeune homme était loin d'être capable de faire le premier pas et ce jour-là, elle n'avait pas envie d'engager la conversation, elle avait bien d'autres choses en tête. Elle se promit de revenir très vite. Charles et elle étaient partis du mauvais pied, incontestablement. Le chantage qu'elle lui avait fait subir, par l'intermédiaire d'Isaure avait eu l'intérêt de l'obliger à ouvrir sa porte. Malheureusement, il avait eu aussi comme conséquence de le renfermer, si tant est qu'il ait été ouvert à un moment. Elle se persuada qu'elle devait changer la donne. Maintenant que ses visites semblaient acquises, il allait falloir lui faire oublier ce qui les avait rendues possibles et le faire changer d'attitude, en lui offrant une manière élégante de le faire. Et l'idée lui vint sans qu'elle ne l'ait vue venir, comme une évidence. Ce n'était pas loin d'être la plus stupide qui lui soit venue mais pourquoi pas ? Elle n'avait aucune idée de la façon dont il allait réagir et c'est bien ça qui l'avait convaincue. Elle regarda sa montre, elle ne devait pas traîner. Elle avala le fond de sa tasse et quitta rapidement la terrasse. Elle avait quelques courses à faire avant de partir pour son rendez-vous quotidien.

11

Même s'il faisait moins chaud que les jours précédents, on annonçait même une chute des températures pour le lendemain, elle fut contente de retrouver une fraîcheur relative dans l'ombre du petit jardin. Pour une fois, elle remercia les immeubles qui empêchaient le soleil de l'atteindre. Toute à ses pensées, elle avait frappé machinalement à la porte et le rituel recommença. Denise lui ouvrit et la fit entrer. La veille, elles s'étaient fait la bise en se quittant mais ce matin, elles se retinrent de peur que Charles ne surprenne cette marque d'intimité. Elle fut introduite dans la salle à manger et s'assit sur la même chaise que d'habitude. Denise avait laissé la fenêtre grande ouverte et l'atmosphère était bien plus respirable que la veille. Jeanne pensa à Annie, de l'autre côté de la rue, elle devait jubiler de pouvoir observer la scène. Elle resta seule quelques minutes, le temps que Denise aille chercher Charles, comme s'il ne s'était pas rendu compte qu'elle était arrivée. Elle fit un grand geste de la main en direction du bar, certaine que la patronne la verrait, s'attendant à l'entendre hurler à travers la rue pour lui rendre son salut. L'écrivain arriva au bout de quelques minutes, certainement occupé à quelque tâche qui ne supportait pas d'être remise à plus tard. Comme d'habitude, il ne prononça pas un mot mais au lieu de s'asseoir, toujours sur la même chaise, il alla à la fenêtre et la referma. Satisfait, il prit sa place habituelle en face d'elle. Elle était certaine qu'il avait vu le gros sac qu'elle avait amené avec elle mais ne fit pas de remarque. S'il était curieux, il le cachait bien. Maintenant, Annie devait fulminer derrière sa fenêtre, elle n'aurait pas aimé être à portée de ses grands bras.

Était-ce son nouvel état d'esprit qui lui jouait des tours mais il lui sembla que Charles n'avait pas la même expression que d'habitude. Son air perpétuellement agacé comme s'il ne rêvait que d'être ailleurs, n'était plus tout à fait le même. Il paraissait perdu dans ses pensées, absorbé par des réflexions qui l'emmenaient loin de cette maison de banlieue. Elle imagina pendant un instant qu'il avait vraiment un problème de santé, quelque chose qu'il aurait pu cacher à Denise. Ses pensées furent perturbées par cette éventualité et l'impact de son attitude et de ses visites sur une potentielle faiblesse d'un homme âgé. Elle eut subitement envie de se lever, s'excuser et partir, s'enfuir plutôt. Si elle l'avait fait, elle se serait heurtée à Denise qui entra à cet instant, son plateau à la main. Cela suffit pour remettre Jeanne sur les rails, oublier ses dernières pensées et reprendre le cours de son plan. Lorsqu'elle s'adressa à la vieille femme, elle sentit plus qu'elle ne vit Charles se raidir et ses yeux s'écarquiller. Le rituel allait voler en éclat.

— Denise, pourriez-vous amener une bouilloire d'eau chaude s'il vous plaît ?

Pendant un instant, elle resta sans comprendre puis se tourna vers Charles, attendant un ordre. Jeanne sentit que tout pouvait se passer à ce moment-là, qu'une infinité de futurs possibles venaient de s'ouvrir. Le temps s'arrêta quelques instants, suspendu à la réaction de l'écrivain. S'il y avait eu une pendule dans la pièce, elle était certaine qu'elle aurait fait une pause elle aussi dans son tic-tac régulier. Tout ça pour une simple bouilloire d'eau chaude.

— Allez-y Denise, faites ce qu'elle dit.

Les deux femmes prirent une grande respiration au même moment, il n'avait pas explosé, bien au contraire. Une petite lueur de curiosité, à peine allumée à la vue du sac de Jeanne, était maintenant visible dans ses yeux. Il avait visiblement envie de savoir où tout cela allait les mener. Le regard de Denise, quant à lui, exprimait bien plus de stupéfaction mais elle n'allait pas discuter. Elle ressortit avec son plateau.

Le silence retomba dans la salle à manger. Dans son scénario, Jeanne n'avait rien prévu pour la phase d'attente et Charles n'avait pas l'air décidé à prendre l'initiative. La jeune femme menait le jeu mais uniquement par la volonté du vieil homme. Denise n'avait pas refermé la porte comme elle le faisait habituellement, on pouvait donc entendre les bruits de la cuisine au bout du couloir, peu à peu couverts par le sifflement de la bouilloire qui enflait lentement. Ils étaient tous les deux absorbés dans l'écoute de la scène invisible, leurs regards évitant de se croiser, comme deux patients dans une salle d'attente qui font tout pour ne pas avoir à engager la conversation. Enfin, au grand soulagement de Jeanne, la bouilloire se tut et d'autres bruits leur parvinrent. La jeune femme décida qu'elle avait assez attendu et attrapa son sac avec délicatesse pour le poser sur ses genoux. Du coin de l'œil, elle guettait chez son hôte un regard interrogateur, il tentait maladroitement de paraître désintéressé par ce qu'elle faisait. Elle ouvrit le sac et en sortit une théière en argent finement ciselée, avec une grande anse et un couvercle assez haut. Elle la posa devant elle et sortit deux verres emballés dans du papier journal. Elle les libéra de leur protection et les posa près de la théière. Elle sortit ensuite une belle assiette creuse, une boîte en fer-blanc, un petit sachet de sucre, une cuillère à long manche et une paire de ciseaux. Elle sourit en découvrant Charles enfin intéressé par les objets qu'il voyait apparaître devant lui. Elle sortit enfin quelques branches de menthe fraîche et un petit sachet qui semblait contenir des feuilles de menthe séchées.

Denise entra juste au moment où elle finissait de préparer son matériel. Quelques secondes pour se remettre de la surprise de voir tout cela sur la table et elle comprit ce que Jeanne allait faire. Elle sourit en jetant un œil vers Charles. Elle le connaissait suffisamment pour reconnaître dans son regard ce petit air amusé qu'elle n'avait pas décelé depuis bien longtemps. Son excuse de la piqûre visiblement éventée n'avait pas l'air de le chagriner ou de l'énerver. Elle posa la bouilloire qu'elle tenait dans les mains sur un dessous-de-plat près de Jeanne. Elle aurait aimé rester mais, cette fois-ci, ce fut Jeanne qui la remercia sous-entendant qu'elle devait maintenant les laisser.

Lorsqu'ils furent seuls, Jeanne se mit en devoir de couper la menthe au-dessus de l'assiette. Elle ouvrit alors sa boîte en fer-blanc et plongea sa cuillère dedans à trois reprises, trois volumes de thé qu'elle fit tomber dans la théière. Elle versa alors un peu d'eau bouillante dans celle-ci et la fit tourner. Charles ne perdait plus un seul de ses mouvements, son regard suivait les gestes précis des mains de Jeanne. Elle versa l'eau de la théière dans un verre et le mit de côté. Elle prit ensuite ses feuilles de menthe et en tassa une grosse quantité dans le récipient, ainsi que les feuilles séchées contenues dans un de ses sachets. Elle fit tomber des morceaux de sucre dans la théière, Charles en compta douze, et la referma. Avec précaution, elle rangea ses ustensiles et laissa devant eux uniquement les deux verres légèrement teintés et sertis d'argent en leur base. Durant les quelques minutes suivantes, le silence continua mais finalement plus aussi lourd. À intervalles réguliers, Jeanne ouvrait la théière pour remuer son contenu et la refermait immédiatement.

Dans la cuisine et dans le bar d'en face, deux femmes attendaient, chacune dans son style. Annie tournait en rond, abreuvant de paroles presque incohérentes un pauvre bonhomme perdu qui avait décidé, mal lui en avait pris, de s'arrêter boire quelque chose de frais dans le calme de ce bistrot désert. Si on lui avait demandé, il aurait tenté de résumer cette histoire ainsi : elle devait libérer un écrivain mit en prison avec une journaliste mais un réfugié qui s'appelait Denise ne répondait pas au téléphone, comme toujours. Elle faisait des allers-retours entre la fenêtre et son bar, générant des appels d'air que le brave homme pouvait ressentir. De son côté, Denise était assise à la table de sa cuisine. Elle restait immobile, tentant de percevoir les sons provenant de la salle à manger. Elle avait laissé la porte de la cuisine ouverte mais malgré cela, peu de choses lui parvenaient. Elle aurait bien approché de la porte pour entendre mieux mais ils auraient perçu ses pas et Charles n'aurait pas apprécié. Elle restait donc là, silencieuse, comme son téléphone dont l'écran s'éclairait à chaque appel ou message d'Annie. Jeanne avait donc amené tout le nécessaire pour faire un thé, certainement à la menthe. Elle ne savait pas comment Charles allait réagir mais en tout état de cause, elle avait intérêt à le réussir si elle voulait atteindre son but. Denise ne se faisait pas trop de soucis, Jeanne n'était pas du genre à faire les choses à moitié. Le silence était maintenant tombé sur la maison et elle tendit l'oreille autant qu'elle le pouvait.

Jugeant que le thé avait suffisamment infusé, Jeanne se lança dans l'étape la plus délicate. Elle avait appris les gestes il y a quelques années mais là, à quelques décimètres de lui, elle devait le convaincre qu'elle savait ce qu'elle faisait. Les femmes lui avaient dit qu'Ali faisait un thé à la menthe comme personne et que les habitants du quartier, les anciens, passaient souvent chez le vieil Arabe pour en boire une tasse dans son arrière-boutique. Elles lui avaient également raconté ce qu'elles savaient de l'amitié qui s'était construite entre Ali et l'écrivain au long de toutes ces années. Alors qu'elle allait commencer à verser le thé, elle faillit regretter de s'être lancé dans cet exercice mais qu'il ne l'ait pas encore arrêtée et mise à la porte l'encouragea à continuer. En de grands gestes amples, elle versa le thé dans un verre pour l'aérer et le remit dans la théière. Elle fit ce geste une nouvelle fois avant de remplir les deux verres. D'un doigt, elle en glissa un devant Charles qui le regarda sans rien dire, le silence devenant un jeu.

Elle ne voulait pas toucher à sa tasse avant que le vieil homme ne bouge. Elle n'eut pas longtemps à attendre. Il prit le verre et le porta à ses lèvres en fermant les yeux. Il but lentement, par petites gorgées, le liquide encore brûlant. Jeanne goûta ce qu'elle venait de préparer et, sans être une experte, décida qu'elle avait fait du bon travail. Il reposa le verre sur la table, le gardant entre ses doigts pour jouer avec. Comme elle l'écrira le soir même dans ses notes, le miracle eut lieu.

— J'ai appris à aimer le thé à la menthe en Algérie.

Il venait de prononcer ses premiers mots depuis qu'elle était arrivée et certainement la phrase la plus intéressante depuis qu'elle l'avait rencontré. Elle hésita à ouvrir la bouche, attendant la suite, inquiète de briser un élan qui semblait se dessiner. Il ajouta :

— Ça fait si longtemps.

Elle le laissa dériver silencieusement dans ses pensées pendant qu'elle remplissait à nouveau sa tasse. Elle avait du mal à croire que sa stratégie était en train de réussir, qu'elle avait touché une corde sensible qui ébranlait la carapace qu'il déployait à chacune de leurs rencontres. Son regard revint dans la pièce, il attrapa son verre et la remercia. Elle considéra cela comme une invitation au dialogue et tenta sa chance.

— Il est bon ?

Il regarda le verre en faisant tourner le liquide à l'intérieur, puis la regarda, elle.

— Oui Mademoiselle, il est très bon. Denise a été trop bavarde, n'est-ce pas ?

Elle préféra acquiescer plutôt que de rentrer dans une longue explication.

— Vous m'avez bien baladée ces derniers jours !

Au lieu de répondre, il finit son verre et la fixa. Elle se dit qu'en racontant ce passage, elle parlerait de son regard perçant et pénétrant, même si en réalité, elle n'y vit que fatigue et tristesse. Il éluda le sujet :

— Je ne pensais pas que vous étiez une amatrice de thé.

— Et pourquoi cela ?

— N'importe quelle personne aimant le thé aurait jeté la préparation de Denise à travers la pièce.

— Vous ne le faites pas, vous ?

Il sourit :

— Moi, c'est ma punition.

Elle reviendrait sur le sujet plus tard, elle préféra tenter de creuser ce qu'il avait commencé à partager, même si elle connaissait déjà la réponse :

— Quand êtes-vous allé en Algérie ?

Il fit un grand geste de la main, comme pour signifier que cela remontait à une autre époque. Elle laissa le silence s'installer de nouveau, espérant que ce soit la bonne solution. Le regard de l'écrivain repartit loin de la salle à manger pour y revenir enfin.

— C'était la guerre à l'époque, même si le gouvernement français le niait.

Il commença à raconter comment, après ses études, il s'était retrouvé, comme tant d'autres, à devoir faire son service militaire en Algérie. Il raconta les bandes de jeunes adultes naïfs débarquant dans ce territoire que tous ou presque considéraient comme la France. Ils y découvraient un autre monde, une France qui n'était pas la leur, qu'ils ne connaissaient pas. Tout était différent : le climat, les paysages, les gens, les coutumes. Il fut très tôt de ceux qui comprirent qu'une France archaïque tentait à travers eux de faire perdurer un équilibre fragile, d'un autre âge. Mais il parla surtout de la beauté du pays, de la gentillesse des gens qu'il avait croisé, ceux qui ne cherchaient pas à le tuer. Il parla gastronomie et culture. Elle l'interrompait le moins possible, même quand il partait de nouveau loin d'elle, comme happé par une brèche dans l'espace et le temps qui l'amenait ailleurs, loin, dans une autre époque. Au-delà des beautés qu'il décrivait, elle sentait une blessure profonde, plus qu'une tristesse que ces évocations réveillaient.

Il s'arrêta enfin de parler, comme s'il avait épuisé son lot de confidence pour la journée. Elle comprit que c'était terminé, qu'il lui faudrait revenir pour la suite. Elle rangea son matériel sans bruit, comme pour respecter le silence qui suivait le long monologue.

— Je reviens lundi, dit-elle en se levant.

Il se leva à son tour et se dirigea vers la porte qu'il ouvrit en s'écartant pour la laisser passer. Quand il la raccompagna jusqu'à la sortie, elle se dit que l'ancien rituel avait tout à fait disparu. Il lui souhaita un bon week-end. Arrivée au petit portail, elle se retourna mais il avait déjà fermé la porte. Elle se rendit soudain compte qu'elle n'avait pris aucune note, elle s'en voulut mais en même temps, elle était certaine que tout ce qu'elle avait entendu ce jour-là resterait gravé dans son esprit suffisamment longtemps pour qu'elle puisse le noter. Elle avait bien besoin d'un verre et Annie, derrière ses rideaux ne lui pardonnerait jamais de ne pas s'arrêter.

En refermant la porte, Charles se sentit fatigué. Il ne se souvenait pas de la dernière fois où il avait parlé autant. Il ne se souvenait pas de la dernière fois où il avait parlé de lui et de son passé. Malgré tout, il se sentait plutôt bien et si Denise n'avait pas banni tout ce qui ressemble à de l'alcool, il aurait bien pris un verre. Tout en parlant, il avait eu mille idées qui s'étaient bousculées dans sa tête et il se sentait paré pour quelques heures d'écriture. Isaure lui avait demandé de faire quelques corrections au manuscrit de Nadows mais cela ne lui prendrait pas plus d'une heure ou deux et il n'était pas à un jour près.

Un bruit dans la cuisine le fit sursauter et il vit Denise apparaître dans le couloir. Son sac à main accroché à son bras, elle était prête à partir.

— Tu es encore là ? Tu ne devais pas aller faire un sit-in quelque part ?

— Très malin ! Vasile a été libéré, tout est rentré dans l'ordre.

Un léger sourire s'afficha sur son visage.

— Libéré ? Comme ça ? Annie n'a même pas eu à rameuter toute la gauche et à menacer les forces de l'ordre de tout casser ?

Elle passa devant lui et attrapa la poignée de la porte.

— Comme tu t'es comporté en véritable être humain cet après-midi, je ne relèverai pas ce trait d'humour.

Elle continua en ouvrant la porte, laissant entrer un léger filet d'air.

— Ça t'a fait du bien ?

Il fit semblant de réfléchir quelques instants.

— Oui, je pense que oui.

— Son thé était bon ?

Il esquissa une grimace.

— J'ai eu un drôle d'arrière-goût amer dans la bouche pendant un bon moment. Et si tu l'avais vu mettre tous ces sucres dans la théière, tu aurais hurlé.

— Et tu n'as pas grogné ? Que t'arrive-t-il ?

De nouveau, son regard partit loin de la maison de banlieue.

— Elle a le même regard que quelqu'un que j'ai connu. Il était aussi capable de faire ce genre de truc stupide mais tellement attendrissant.

Elle eut envie de poser sa main sur le bras de l'écrivain, à vrai dire, elle eut envie de l'embrasser mais ne le fit pas.

— À demain, Charles.

— À demain, Denise.

Il la suivit du regard jusqu'à ce qu'elle entre dans le bar d'Annie. Elle y passait plus souvent qu'à son habitude ces derniers temps. Ce soir, elles allaient certainement parler de Vasile, se féliciter de sa libération. Même si son commerce tournait presque à vide, Annie avait besoin d'aide. Elle avait l'air d'une montagne mais elle était friable. Son dos la faisait souffrir, ses jambes commençaient à avoir du mal à porter les kilos en trop. Son cœur aussi devait être mis à rude épreuve. Il aurait aimé traverser la rue, les rejoindre et les écouter parler pendant des heures en buvant un verre dans son coin. Il n'avait pas su apprécier le bonheur simple de ces moments et il s'en voulait quand même un peu. Il était trop tard maintenant et il allait passer les prochaines heures assis dans son bureau, à écrire, un verre d'eau posé près de lui. Denise rentrerait chez elle, Annie fermerait le bar et lui continuerait à noircir des pages jusqu'à ce que la fatigue l'emporte. Il détestait les week-ends car ses promenades matinales perdaient leur sens et il se rendit compte qu'il attendait déjà lundi avec impatience.

12

En entrant dans le bar, Denise trouva les trois femmes assises à une table, réunies autour d'une bouteille de champagne déjà bien entamée. Annie parlait fort et accompagnait chaque phrase de grands gestes que ses voisines esquivaient habilement. En apercevant son amie dans l'encadrement de la porte, elle ouvrit largement les bras, nouvelle esquive et hurla presque.

— Ah, voilà la plus belle ! Viens t'asseoir, c'est le jour des choses à fêter !

Elle s'était levée pour aller décrocher une coupe supplémentaire au-dessus du bar. Elle en profita pour venir embrasser Denise et l'amener vers la table en la guidant vigoureusement. Elle avait les pommettes légèrement rougies et une petite lueur dans l'œil qui confirmèrent à Denise que son amie avait déjà avalé une ou deux coupes, ce qui ne lui ressemblait pas. Celle-ci devina visiblement ce qu'elle pensait car elle tenta de se justifier.

— Ne me regarde pas comme ça, ce n'est pas tous les jours qu'il y a des choses à fêter !

Denise s'assit entre Catherine et Jeanne, face à Annie. Elles trinquèrent à Vasile, à Jeanne et à tout un tas d'autres choses. La conversation battait son plein, la fille d'Annie partait en vacances le lendemain avec un nouveau petit ami et Annie, qui ne l'avait jamais vu, la harcelait de questions. Denise échangea un regard avec

Jeanne, toutes les deux n'attendaient que de pouvoir faire dévier le sujet de conversation vers Charles et ce qui s'était passé dans la salle à manger cet après-midi. Annie n'avait plus d'autre préoccupation en tête que l'amoureux de sa fille et elles durent attendre que Catherine les quitte pour aller le retrouver et préparer leur départ. Après de longues minutes d'effusions entre la mère et la fille, l'émotion exagérée par le champagne, Annie la laissa partir après de nombreuses recommandations dont celle de l'appeler tous les jours suivant juste celle lui demandant de surtout ne pas s'inquiéter pour elle et de ne penser qu'à ses vacances.

Une fois la jeune femme partie, l'ambiance retomba de plusieurs crans. Elles s'installèrent autour de la table et, face à une Annie soudain éteinte, Jeanne raconta à Denise ce qui s'était passé cet après-midi. Elle n'avait pas compris pourquoi Charles s'était tellement bloqué face à Jeanne mais elle était contente qu'il ait enfin accepté de parler.

— L'Algérie l'a beaucoup changé, on l'a à peine reconnu quand il est revenu !

Annie avait dit ça à voix basse, le dos courbé au-dessus de son verre vide. Denise enchaîna.

— C'est vrai, c'était un gamin quand il est parti, en deux ans, il avait beaucoup mûri, même vieilli.

Elles évoquèrent le retour de l'écrivain en devenir. Le jeune homme rêveur, presque frêle, était revenu très marqué. Il avait changé physiquement mais surtout psychologiquement. Cette épreuve avait transformé un jeune homme gai, plein d'humour et relativement insouciant en un être taciturne et renfermé. Il s'était mis à boire et à fumer, beaucoup. À cause de cette expérience, ou grâce à elle, son écriture avait beaucoup changé. Il avait toujours une liberté de style et une facilité à raconter des histoires qui n'appartenaient qu'à lui mais il avait gagné en profondeur, en intensité. Ses textes étaient toujours aussi agréables à lire mais ils étaient devenus engagés, pleins d'émotions variées, souvent graves. Son premier roman n'avait connu qu'un petit succès, son deuxième, publié moins d'un an après son retour d'Algérie, avait été salué comme très prometteur.

Jeanne sentit plein d'admiration dans les paroles d'Annie et Denise mais aussi une bonne dose de tristesse comme si ces deux sentiments ne pouvaient être dissociés. Elles rirent néanmoins à l'évocation de quelques naïves maladresses de l'écrivain lors de ses premières interviews, puis l'ambiance retomba, chacune dans ses pensées. Jeanne tenta bien quelques questions pour relancer le sujet, pour comprendre ce qui s'était passé pendant ces deux années en Algérie mais les réponses se faisaient laconiques sans que la jeune femme ne sache si c'était par ignorance des faits ou par fatigue.

Elle laissa alors retomber le silence et se plongea dans ses pensées à l'unisson de ses deux nouvelles amies. Elle avait besoin de reprendre ses esprits avant de partir et elle vit que Denise attendait la même chose. Pour Annie, certainement peu habituée au silence en présence d'autres êtres humains, l'alcool avait eu un effet soporifique et Jeanne se demanda si elle pensait à quelque chose ou si elle n'était pas simplement éteinte. Elle eut la réponse lorsque la grande femme rompit le silence d'une voix légèrement pâteuse.

— Je trouve quand même qu'il a cédé un peu facilement.

— Que voulez-vous dire ? questionna Jeanne.

Annie releva la tête pour croiser le regard de la jeune femme.

— C'est une vraie tête de mule, pour le faire dévier d'un millimètre, il faut déployer des trésors de diplomatie. Et là, un thé à la menthe, un sourire et il fait demi-tour ? Ça me paraît franchement bizarre. Qu'est-ce que tu as mis dans ton thé, ma belle ?

Jeanne sourit devant cette familiarité d'Annie, elle en fut plutôt flattée même si elle sentait bien que l'ébriété de la grande femme y était pour quelque chose. Elle ne se sentait pas encore prête à la tutoyer en retour. Elle avoua qu'elle ne s'attendait pas à cette réaction. Elle n'aurait pas été surprise qu'il se lève et sorte de la pièce sans rien dire. Ou qu'il balance tout son attirail par la fenêtre. Elle avait prévu ça comme un défi, une sorte de baroud d'honneur avant d'abandonner son idée de biographie.

— Oui, pour moi aussi, ça aurait bien pu se passer comme ça. T'en penses quoi Denise ?

Denise, restée muette jusque-là, acquiesça mollement. Elle n'avait pas envie de rentrer dans la discussion, l'histoire était plus belle ainsi. Jeanne raconterait un jour cette scène, donnant un romantisme particulier au changement de position de Charles. Elle était fière de lui, ça avait dû lui demander beaucoup d'effort et elle était sûre que l'idée de mettre la jeune femme à la porte avait dû lui traverser l'esprit plusieurs fois pendant qu'elle sortait tout son matériel. Elle se promit de lui préparer un menu sympathique pour le déjeuner du lendemain.

Les trois femmes traînèrent encore devant la porte du bar, la nuit était tombée depuis peu, le ciel était encore légèrement orangé vers l'ouest. Elles parlèrent de choses et d'autres, de Vasile surtout. Décidément, la journée avait été riche en rebondissements. Finalement, Denise et Jeanne embrassèrent Annie et s'éloignèrent en direction de l'arrêt de bus. La patronne du bar les regarda un bon moment avant de se décider à rentrer et tout fermer. Sa fille partait pour une semaine, Jeanne ne reviendrait pas avant lundi, Denise serait occupée une partie de la journée chez Charles, elle détestait ces week-ends qui n'en finissaient pas.

Dans l'obscurité de son bureau, Charles attendit qu'Annie ait fermé porte et fenêtres avant de faire de même. Il était resté à les observer depuis qu'elles s'étaient installées sur le perron et il avait trop attendu pour oser fermer ses volets en dévoilant sa présence dans le noir. Ils les avaient vues parler et rire, trois amies peu pressées de mettre fin à une bonne soirée. Ainsi, Jeanne s'incrustait peu à peu dans son paysage. Il en avait tellement passé de ces fins de soirées où, avec ses amis, ils se séparaient au milieu de la nuit, devant un café qui n'attendait que leur départ pour fermer. À l'époque, ils refaisaient le monde chaque nuit, un monde différent à chaque fois. Parmi eux, il était le petit jeune, une sorte de nouvelle génération qu'ils emmenaient dans leurs discussions sans fin, dans leurs nuits de rêves. Ils avaient représenté ce que l'après-guerre avait engendré d'intellectuels flamboyants, fers de lance de tous les changements qui s'étaient produits à partir des années soixante, dans les mentalités et dans la vie. Mais le monde avait continué de changer, plus loin que ce qu'ils avaient imaginé, que ce que leur génération était prête à accepter. Ils avaient vieilli puis étaient morts, un par un. Les soirées avaient disparu sans que personne ne s'en soucie vraiment. Finalement, il ne resta que Charles, incapable de nouer des relations avec la nouvelle génération d'auteurs tellement bas dans son estime, comparés à ses amis partis. Il pouvait compter ses relations humaines sur les doigts d'une main aujourd'hui, si on pouvait parler de relations. Denise, Ali et Isaure représentaient son cercle proche. Denise, qu'il avait transformée en femme de ménage et cuisinière, Ali avec qui il rabâchait sans cesse les mêmes vieux souvenirs, les mêmes vieilles blessures. Et Isaure qui l'avait transformé en nègre, Dieu qu'il détestait ce mot, d'un petit écrivain sans envergure. Et maintenant il y avait Jeanne, entrée sans prévenir dans sa vie. Il ne manquait qu'une personne et ça ferait les doigts d'une main. Annie, cas particulier dans son entourage, avait disparu. Il se décida à fermer les volets.

13

— Tu n'as pas osé quand même ?!

Renée n'en revenait pas. Assise à côté de sa nièce dans un taxi usé, elle l'écoutait raconter comment elle avait proposé à Rémy, le serveur du bar en bas de chez elles, de sortir un de ces soirs. Malgré son métier de prof, issue d'une génération post-soixante-huitarde, elle avait bien du mal à accepter les choses contraires à ses principes même si elle les savait d'un autre âge. Et Jeanne en jouait souvent, comme cette fois-ci. Non pas qu'elle mente mais elle savait qu'elle allait taquiner sa tante en lui racontant cela.

Jeanne s'était levée assez tard le samedi, avec un mal de tête visiblement dû à sa consommation de champagne de la veille. Déjà avec un bon vin rouge, elle ne pouvait abuser si elle voulait se réveiller à peu près fraîche et dispo, mais avec le champagne, les effets secondaires de la première coupe lui faisaient regretter à chaque fois de s'être laissée tenter. Elle commença par un grand verre d'eau accompagné de deux comprimés d'aspirine. Elle végéta ensuite une bonne heure à la table du petit-déjeuner sans rien avaler de solide. Renée était sortie très tôt mais elle n'avait pas oublié de préparer une cafetière de bon café. La jeune femme remit dans l'ordre les événements de la veille, histoire de vérifier que cela s'était réellement produit et d'arriver aux bonnes conclusions. Le dialogue avec Charles de Roncourt était enfin lancé et, si elle réussissait à s'en souvenir au milieu du brouillard qui quittait lentement son esprit, elle avait là les premiers éléments d'une biographie. Annie avait raison, le retournement de situation était peu compréhensible. Elle avait beau se dire que cela importait peu, que le résultat qu'elle avait si longtemps attendu était là, elle ne pouvait mettre tout à fait de côté cette question.

Lorsqu'elle eut repris suffisamment ses esprits, elle attrapa son ordinateur et nota, comme cela lui venait, les informations qu'avait données l'écrivain, tentant autant que sa mémoire le permettait de conserver sa formulation et ses propres mots. Pour une première séance, car c'était bien de cela qu'il s'agissait, il avait commencé à se livrer sur une période particulièrement dure de sa vie et de celle de centaines de milliers d'hommes de sa génération. Celle-ci l'avait visiblement ébranlé, bien plus que beaucoup d'autres jeunes gens, sa sensibilité d'artiste sans doute. Elle avait envie de comprendre le jeune homme qui était parti en Algérie, d'où il venait, sa famille, ses rêves. Charles de Roncourt avait toujours été très secret sur ses origines et bien peu d'informations avaient circulé à l'époque de son succès dont certaines contradictoires. Lorsque les moyens d'investigation s'étaient multipliés, Charles était déjà retombé dans l'anonymat, enterré comme les auteurs de sa génération, tout le monde ayant oublié qu'il était bien plus jeune que les autres.

Le temps était toujours clément, elle sortit prendre l'air. Elle s'arrêta acheter de quoi déjeuner sans avoir jeté un œil au réfrigérateur toujours bien fourni de Renée. En passant devant le café, elle aperçut une table libre éclairée par un rayon de soleil, comme dans les films, une véritable invitation à s'asseoir. Comme elle s'y attendait, Rémy surgit pour prendre sa commande, juste un café. Il tenta d'engager la conversation avec sa maladresse habituelle mais, cette fois-ci, elle l'encouragea en répondant à ses questions naïves et en posant elle-même quelques-unes. Elle ne sut pas expliquer à Renée ce qui l'avait décidée, elle avoua une certaine tendresse pour ce jeune homme mais garda pour elle la sensation de pitié qui s'y était mélangée. Elle lui avait donc proposé de sortir un soir, une vague invitation lancée comme ça, sans réelle existence. Après un court moment où elle eut l'impression qu'il allait tomber raide, il réussit à bredouiller quelques mots, tentant maladroitement de prendre un air détaché. Malgré les clients qui commençaient à se manifester, privés de serveur depuis de longues minutes, il avait pris la balle au bond et entama une succession de propositions qu'elle réussit à esquiver jusqu'à un verre le mercredi suivant qui la laissa sans excuse valable. Ils prirent donc rendez-vous pour ce jour-là vers vingt heures, à la fermeture du bar.

Elle rentra ensuite, surprise elle-même de ce qui venait de se produire, mais pas mécontente finalement. Si Rémy réussissait à se détendre, elle était certaine qu'il ferait un bon compagnon de soirée. Elle déjeuna sur un coin de la table de la cuisine en relisant les notes qu'elle avait prises le matin même, corrigeant certains passages, en ajoutant d'autres. Puis elle alla s'étendre sur le canapé du salon, devant une chaîne d'information continue et s'endormit. Sa tante la réveilla en rentrant vers dix-neuf heures. Elle avait passé la journée dans une brocante ou un vide-greniers, Jeanne n'avait pas très bien suivi, mais n'avait rien trouvé d'intéressant. Jeanne lui proposa de sortir dîner mais elle était cuite, selon sa propre expression. Renée eut donc droit au récit de la journée de la veille et de ses nombreux rebondissements durant un dîner rapidement avalé. Exceptionnellement, elle bâcla le rangement pour aller se coucher. Se retrouvant seule, après s'être demandé si finalement, elle n'inaugurerait pas le numéro de Rémy pour lui proposer de sortir le soir même, elle gagna sa chambre et parcourut quelques romans de Roncourt à la recherche de références à l'Algérie. Malgré sa connaissance de l'œuvre, elle ne pouvait se souvenir d'aucun passage qui eut rapport à ce pays ou à cette guerre. Elle s'endormit tard, fière de connaître celui qui avait enfanté tant de belles œuvres.

Ce dimanche matin, dans le taxi, Renée était de nouveau en pleine forme. Elles allaient rejoindre ses amis à la maison Fournaise pour le déjeuner prévu. Jeanne avait fini par se laisser convaincre lorsque sa tante accepta d'aller jusqu'à Chatou en taxi et non pas en RER, moyen de transport qu'elle privilégiait toujours. La jeune femme était également de bonne humeur et avait lâché sa petite bombe comme une gamine espiègle. Sa tante avait réagi comme prévu. Le trajet ne fut consacré qu'à cet événement, bien plus important pour elle que toute l'histoire du vieil écrivain.

Au flot de questions sortant de la bouche de Renée, Jeanne n'avait que bien peu de réponses. La première question, peut-être la plus ardue était pourquoi lui. Celle-ci avait tourné dans sa tête une bonne partie de la nuit. Elle le mettait dans la catégorie des ni trop, ni pas assez. Ni trop bronzé ou trop musclé, ni pas assez grand, pas assez intelligent. Il faisait partie de cette catégorie d'hommes qu'on aurait du mal à admirer mais qu'on ne peut pas détester. Elle avait croisé beaucoup d'hommes sûrs d'eux, sûrs de leur pouvoir de séduction, sûrs de leur pouvoir tout court. À vingt ans, elle les admirait, à vingt-cinq elle s'en méfiait déjà et maintenant, elle commençait plutôt à les fuir. Elle pensa à Gérard pour la première fois depuis bien longtemps, exemple typique de cette catégorie, peut-être en partie responsable de sa prise de conscience sur eux. Rémy lui paraissait aux antipodes de ces gens-là, dévoilant face à elle une fragilité touchante. Elle ne se rappelait pas avoir connu, vraiment connu, un ni trop ni pas assez, jusque-là invisibles peut-être à une jeune femme ambitieuse éblouie par certains. Elle considéra la découverte de Rémy comme une preuve de maturité. Toutes ces considérations bien pesées, elle répondit à sa tante :

— Je ne sais pas !

Sur son bout de banquette, Renée se tortillait, une question semblait lui brûler les lèvres.

— Mais ce jeune homme, il est vraiment garçon de café ?

— Oui, c'est généralement le métier des hommes qui prennent ta commande dans un bar et qui t'amènent tes boissons !

— Non, je veux dire, il ne fait pas ça en attendant…

— En attendant quoi ?

— Il pourrait être étudiant ou au chômage et faire ça en attendant de trouver autre chose.

— Non, tata, je crois qu'il fait ça parce qu'il est garçon de café !

La moue qu'elle fit en réponse à Jeanne, le silence qui s'ensuivit, ne laissaient pas planer le moindre doute sur ce qu'elle en pensait. Comme toutes les mères ou assimilées, elle imaginait autre chose pour sa presque fille. Jeanne eut envie de lui parler de son souffleur de verre et des mois passés dans le Lubéron, histoire racontée par sa mère mais dont Renée n'avait jamais parlé, elle se retint. Pendant le reste du trajet, Jeanne tenta de faire dévier la conversation pour finalement se taire également.

Elles arrivèrent sur l'île des impressionnistes juste avant treize heures. Un jeune serveur aux tatouages envahissants les conduisit à la terrasse où les collègues de Renée étaient déjà attablés. Ils étaient une dizaine autour d'une table avec vue sur la Seine. Le paysage avait bien changé depuis l'époque où Renoir et Monet fréquentaient ce lieu. Les immeubles de Rueil 2000, barrière ininterrompue de béton, avaient remplacé ce qui devait être des champs et des vergers. La conversation était animée et une clameur s'éleva lorsqu'ils virent arriver leur amie. Jeanne fut présentée à la tablée, elle ne retint aucun prénom et pas beaucoup plus les spécialités de chacun. Elle jura intérieurement quand elle vit que les deux places restantes étaient bien éloignées l'une de l'autre. Elle allait devoir supporter la conversation de parfaits inconnus qui, elle en était certaine, pensaient être supérieurs aux autres en intelligence et en savoir. Sa bonne humeur disparut rapidement à cette pensée et elle répondit de façon si abrupte aux premières questions de ses voisins, posées par pure politesse, qu'ils se désintéressèrent d'elle assez rapidement et qu'elle put retourner tranquillement à ses pensées. Elle mangea sans réel appétit, un déjeuner tout ce qu'il y a de plus quelconque, au milieu de l'émerveillement des convives qui, visiblement, avaient rarement mangé des plats aussi succulents.

Elle écoutait d'une oreille plus que distraite les conversations qui se voulaient si intellectuelles qu'elles en devenaient précieuses voire incompréhensibles. Elle les soupçonna même de complexifier à volonté leurs phrases et leur discours, parlant fort, pour impressionner les tables alentour auxquels chacun jetait régulièrement des coups d'œil peu discrets.

Elle allait quitter la table prétextant une légère indisposition, Renée lui en voudrait certainement pendant quelques jours, quand la conversation se centra sur Mac Nadows. Soudainement attentive, elle les écouta aligner les poncifs sur la littérature et la nouvelle génération. Elle ne sut pas qui avait lancé cette phrase :

— Comme quoi, on peut être jeune, beau et riche et écrire de petits chefs-d'œuvre.

Elle ne put s'empêcher de rentrer dans le jeu.

— Dans ce style, il y a eu mieux dans le passé quand même.

— Et qui donc ? Vraiment, je ne vois pas !

Elle, elle devait être prof de théâtre, se dit Jeanne, tant elle avait prononcé ces mots avec une exagération dans les intonations totalement incongrue. Elle eut à peine prononcé le nom de Charles de Roncourt que leurs visages se transformèrent, prenant uniformément une expression qui sentait le « ma pauvre petite ! ». L'homme assis à côté d'elle, le doyen de la bande visiblement et, avait-elle pensé jusque-là, le plus gentil et mesuré, lui mit la main sur l'avant-bras.

— Mademoiselle, ne comparez pas un talent pur et plein d'avenir avec ce besogneux qui n'a jamais vécu que dans l'ombre de grands hommes, sans jamais accoucher d'un chapitre entier valable. Qu'a-t-il écrit déjà ?

Renée fixait Jeanne en lui faisant les gros yeux, espérant éviter l'esclandre qui semblait s'annoncer. Le temps était brutalement passé à l'orage et la bande de profs, inconscients du danger, continuait à enfoncer Charles au profit de Nadows. Lorsque la prof de théâtre lui conseilla de ne pas rater le prochain passage du jeune auteur à l'émission Plaisir de Lire, elle se leva subitement et, à la manière de Zeus, fit pleuvoir ses éclairs sur le peuple ahuri.

— Je n'aurais jamais cru qu'une réunion d'esprits aussi éclairés que les vôtres puissent s'ébahir devant un exemple aussi frappant de marketing littéraire. Vous vous laissez tous piéger, excuse-moi tata, par une gravure de mode, un homme-sandwich calibré pour vendre des œuvres que je veux bien croire très bonnes. Je suis prête à parier qu'elles sont écrites par un autre, ou par d'autres. Vous qui vous flattez de disposer d'intelligences supérieures et cultivées, que de belles carrières dans l'ombre de pas grand-chose, avant de critiquer un auteur qui serait, sans doute, capable de faire aussi bien que Nadows, lisez et relisez ses œuvres, essayez d'en comprendre le sens et l'essence. Et si vous considérez que de

Roncourt n'a pas écrit grand-chose de valable, rappelez-vous qu'il en a écrit plus que vous tous réunis.

Elle attrapa son sac et quitta la table en évitant de regarder sa tante. Elle paya sa part au garçon et remonta le plus vite possible sur le pont de Chatou, les tempes battantes autant par l'effort physique qu'elle faisait que par la tension née de ce déjeuner. Elle marcha jusqu'à la station de Rueil et, au mépris de ses principes, prit un RER jusqu'à la Défense où elle put retrouver ses chers autobus.

Arrivée dans sa chambre, elle alluma son ordinateur et tapa frénétiquement. Elle avait promis de ne pas aborder le cas Nadows dans la biographie de Charles mais ça lui faisait du bien de voir l'histoire se dérouler sur l'écran de son Mac. Elle commençait à regretter de s'être emportée au déjeuner, surtout pour sa tante. Elle l'avait mis dans le même panier que cette bande de prétentieux arrogants et ça lui déplaisait. Autant les paroles cassantes lui étaient venues naturellement, autant elle avait du mal à formuler les excuses qu'elle allait lui présenter. Lorsqu'elle entendit une clé s'introduire dans la serrure de la porte d'entrée, elle aurait aimé être invisible. Elle écouta les bruits venant du couloir, Renée ne dérogeait pas à ses habitudes, elle prenait son temps. Jeanne ne savait dire si c'était bon ou mauvais signe, elle attendait plus ou moins patiemment. Sa tante ne se précipitait pas vers elle, au contraire, elle était maintenant dans la cuisine et se préparait un café. Elle passa ensuite au salon, faisant retentir à travers l'appartement une suite bergamasque de Debussy qui couvrit d'éventuelles activités.

Jeanne, au supplice, se décida à bouger, elle se leva et entra dans le salon. Renée était assise dans le canapé, lisant une revue, apparemment détendue. Elle leva les yeux vers sa nièce et ôta ses lunettes. Son regard démentait totalement la tranquillité de façade, Jeanne se sentit foudroyée sur place, n'osant bouger.

— Tu es fière de toi ?

Elle n'avait plus entendu ce ton cassant depuis qu'elle avait passé la puberté et l'âge d'être grondée. Elle se sentit revenue quelques années, de nombreuses années, en arrière, à la merci d'une punition méritée. Renée ne bougeait plus, ses yeux plantés dans ceux de Jeanne, visiblement dans l'attente d'une réponse à cette question qui n'en avait pas de valable. N'y tenant plus, elle tenta de bredouiller une excuse, vite interrompue.

— Ben dis donc, tu étais bien plus loquace tout à l'heure ! Tu nous as bien enfoncés !

— Je suis désolée Tata, je m'en veux.

— Si tu voyais ta tête ma Jeanne, une petite fille prise la main dans le porte-monnaie de maman !

Son visage s'illumina soudain et elle éclata de rire, Jeanne était perdue.

— Allons, je ne peux pas te donner raison mais tu n'avais pas tout à fait tort. Je sais qu'on se donne des airs mais c'est comme ça, on n'est pas bien méchants, tu sais.

Une fois la surprise passée et Jeanne partie, sa sortie avait alimenté la conversation pour le reste du déjeuner. Contrairement à ce que la jeune femme pensait, ils avaient pris ça avec humour, presque tous.

— Mais tu me dois quelque chose maintenant !

— Tout ce que tu veux, répondit Jeanne, soulagée.

— Je vais y réfléchir.

Jeanne vint se blottir contre sa tante et les deux femmes restèrent ainsi un bon moment, écoutant juste des mains glisser sur un piano, il y a bien longtemps.

14

Les premiers parisiens revenaient de vacances, le bus de Jeanne, presque désert ces dernières semaines, se remplissait à nouveau. Rien de bien méchant encore mais pour elle, cela annonçait deux éléments très désagréables et inéluctables : un retour massif de ses congénères bronzés et l'entrée dans la période grise. Imperceptiblement, elle sentait la déprime automnale se frayer un chemin vers son subconscient. D'ici quelques jours, quelques semaines tout au plus, allait commencer la période détestée entre toutes. Rien que d'y penser, elle avait le bourdon. Elle eut même un léger frisson en descendant du bus, comme si le froid la gagnait avant les autres. Elle dut faire un effort pour revenir à la réalité d'une matinée, certes plus tout à fait chaude mais pas encore fraîche. Le soleil chauffait encore agréablement les rues et les tenues légères exhibaient de récents et éphémères bronzages.

Elle était rarement venue dans le quartier du vieil homme avant l'heure du déjeuner mais elle appréciait son ambiance plus vivante. Sur les trottoirs, quelques groupes de femmes, avec ou sans poussette mais toujours avec de gros sacs de courses, discutaient en surveillant du coin de l'œil des enfants turbulents afin qu'ils ne filent pas sous les roues d'une voiture. Toutes les origines étaient représentées, réunies par les mêmes préoccupations : les prix, la rentrée des classes et le chômage du mari. Dans son quartier à elle, on parlait certes du retour de l'école mais le reste des conversations ressemblaient plus à des duels pour savoir qui avait passé les plus belles vacances, les lieux et les activités les plus incroyables, en laissant traîner le a.

À cette heure, le soleil frappait encore la grande barre d'immeuble qui paraissait plus blanche qu'à l'habitude, presque lumineuse. Cette concentration de rayons solaires dans la rue donnait un surcroît de chaleur qui entretenait l'illusion que l'été ne s'enfuyait pas. Elle remonta la rue en direction de chez de Roncourt mais surtout du café d'Annie. Elle lui avait promis de venir déjeuner, elle serait son invitée. La libération surprise de Vasile sonnait comme une victoire pour la grande femme et elle tenait à fêter ça dignement. En échange d'une coupe de champagne ou d'un jus de fruits, les habitués du déjeuner allaient subir le récit de ces derniers jours de l'entrée au dessert. Déjà, entre vendredi et hier, simplement mardi, Annie avait commencé à prendre quelques libertés avec la réalité historique. Ce qu'elle avait imaginé faire, avant de recevoir un appel de Vasile qui annonçait sa libération à l'heure du déjeuner, devenait peu à peu ce qu'elle avait fait. Denise avait prévenu Jeanne et il fallait surtout éviter qu'elle vous prenne à témoin pour ne pas avoir à choisir entre mentir et subir ses foudres. La jeune femme espérait que cela se calme rapidement, peut-être même déjà ce midi mais Denise l'avait une nouvelle fois détrompée : Annie ne lâchait pas si facilement une aventure. Mais bon, elle avait résisté à l'envie de trouver une excuse et accepté l'invitation. Pareil pour ce soir, ce qui semblait ridicule au début, et qui avait pris la forme d'un pourquoi pas, était redevenu stupide. Pourquoi allait-elle gaspiller une soirée avec ce garçon de café qui aurait dû ne rester que cela, un garçon gentil qui sert le café et qu'on oublie aussitôt la terrasse quittée ? Elle allait hésiter toute la journée entre y aller et esquiver, incapable de se décider.

À quelques dizaines de mètres du café d'Annie, elle dut se rendre à l'évidence : même en plein soleil, même avec un moral plutôt au beau fixe, avec ses stores délavés et une vieille porte dont la peinture finissait de s'écailler, le bistrot avait bien mauvaise mine. La pauvre femme se débattait pour survivre sur les restes d'une époque bien lointaine et d'une clientèle depuis longtemps réduite à quelques fidèles qui n'osaient pas aller déjeuner ou boire leur café ailleurs de peur de la précipiter dans la tombe. Un jour ou l'autre, elle serait bien obligée de fermer, la vieillesse ayant raison de son entêtement. Catherine ne pourrait pas l'accueillir dans son appartement parisien, trop petit. Elle devrait trouver une maison de retraite pour traîner sa vieille et grande carcasse jusqu'à ce que mort s'ensuive. Mais aujourd'hui, plantée devant sa porte, elle rayonnait. Lorsqu'elle aperçut Jeanne, elle fit de grands gestes en sa direction comme pour l'inciter à presser le pas. Elles se firent la bise et Annie s'écarta pour la laisser entrer, manquant de glisser sur le bord des marches.

À l'intérieur, trois tables étaient déjà occupées, il était à peine midi. Deux ouvriers d'un chantier voisin, des contremaîtres à voir leur tenue trop propre, avaient posé des dossiers à côté d'eux mais s'en désintéressaient visiblement. Non loin d'eux, une dame qui devait avoir l'âge d'Annie les regardait en coin, ne perdant pas une miette de leur conversation. Enfin, plus à l'écart, un grand-père mangeait la tête plongée dans son assiette. Annie installa Jeanne à la table devant la fenêtre et lui mit un menu sous les yeux. Elle n'arrêtait de parler que pour reprendre sa respiration, s'adressant à tout le monde et à personne à la fois. Le menu était unique : une entrée, un plat et un dessert, mais Annie attendit malgré tout que Jeanne confirme son choix et elle fila en cuisine. Ce n'est qu'à ce moment que la jeune femme découvrit un homme en pantalon noir et chemise blanche, appuyé contre le mur près de la porte de la cuisine. Pendant qu'elle attendait son entrée, elle ne le vit bouger qu'une fois pour apporter une corbeille de pain au grand-père.

Comme elle l'avait supposé, le repas était excellent. Annie cuisinait bien et tout respirait le fait maison, elle mangea de bon appétit. Les deux ouvriers furent appelés au téléphone et finirent leur repas rapidement, ce qui incita la vieille dame à faire de même. Le grand-père fut le dernier à quitter le restaurant. Il se leva, vissa sa casquette sur sa tête et sortit, sans prononcer une parole et sans payer. Vasile, pas plus surpris que ça, s'était déjà mis à débarrasser sa table. On entendait Annie, de l'autre côté du mur, qui s'affairait dans la cuisine. Jeanne finissait son dessert lorsqu'elle se décida à se poser. Elle tira la chaise face à la jeune femme et s'écroula. Elle donna quelques ordres à Vasile qui finissait de son côté de nettoyer la salle.

— C'est vraiment plus de mon âge, dit-elle dans un souffle.

Jeanne ne sachant trop s'il fallait la plaindre ou la contredire pour l'encourager, préféra rester silencieuse, hochant simplement la tête, geste qu'Annie pourrait interpréter à sa guise. Elle terminait tranquillement, par petites bouchées, une énorme part de tarte aux abricots. Sans qu'on ne lui demande rien, Vasile posa deux cafés sur la table. Les deux femmes les burent dans un silence paisible, sans gêne. Sans y penser, elles s'étaient toutes les deux tournées vers la fenêtre et regardaient en direction de la maison de Charles.

— Qu'est-ce qui s'est passé entre vous ?

Jeanne douta quelques instants qu'Annie l'ait entendue. La question n'avait généré aucune réaction. Mais elle finit par ouvrir la bouche et commença.

— Charles, c'était comme mon grand frère. Avec Denise et quelques autres, on était inséparables. Je n'étais pas encore née quand il est arrivé dans le quartier alors, pour moi, il avait toujours été là.

— Il n'est pas né ici ? demanda Jeanne, très surprise. L'idée ne lui était même pas venue.

— Non, il est arrivé au milieu de la guerre, il n'avait pas plus de trois ans je crois. Il a été placé chez Joséphine et Maximilien, le couple qui habitaient cette maison.

Elle fixait toujours l'autre côté de la rue et répondait aux questions de Jeanne sans la moindre hésitation comme si elle attendait depuis toujours de lui dire tout ça. Elle poursuivit.

— Ils l'ont élevé et il ne les a jamais vraiment quittés, sauf pour aller à la guerre.

— L'Algérie ?

— Oui, chaque jour on parlait. Ils étaient paniqués à l'idée qu'il puisse lui arriver quelque chose. Il leur écrivait très souvent et Joséphine venait nous lire ses lettres. Ils l'adoraient. Je n'ai jamais compris pourquoi ils ne l'ont pas adopté.

— Ils lui ont légué la maison ?

— Ils voulaient mais en réalité, il leur a racheté quand Maximilien s'est retrouvé à la retraite. Ils sont restés dans la maison et cet argent leur a permis de vivre convenablement jusqu'à leur mort.

Jeanne voyait l'heure passer mais elle ne voulait pas interrompre Annie, elle souhaitait comprendre.

— Que s'est-il passé entre vous ?

Annie se retourna enfin vers elle, avec sur le visage un petit sourire d'une tristesse infinie.

— J'ai rencontré le père de Cathy, j'avais trente ans, il en avait presque quarante. Je suis tombée immédiatement amoureuse. Tout le monde l'adorait, il était gentil, très aimable avec la clientèle, et si drôle. Charles, c'était le seul qui ne s'entendait pas avec lui, il l'évitait.

— Il était jaloux ?

Le petit sourire se transforma instantanément en un rire tonitruant. Le comique de la question avait échappé à Jeanne.

— Jaloux ? Non !

Elle se calma et réfléchit malgré tout.

— Jaloux, peut-être un peu, finalement, mais comme un grand frère. Quand j'ai parlé d'épouser Philippe, il a essayé de m'en dissuader. Pour lui, j'allais épouser un bon à rien, un mauvais personnage qui cachait bien son jeu. On s'est fâché.

Annie raconta ensuite comment elle était tombée enceinte de Cathy. Philippe ne parlait plus de mariage et esquivait le sujet quand elle l'abordait. Son métier l'accaparait de plus en plus, il partait régulièrement en déplacement un jour ou deux. Bientôt ce furent des semaines. Quand sa fille naquit, on ne le voyait déjà presque plus au café. Et puis il n'est plus revenu du tout, Catherine n'avait même pas dix ans, elle connaissait à peine son père.

Sans qu'il n'y ait vraiment de rapport, c'est à cette époque que les difficultés financières ont commencé. Le cadre de vie moderne vanté par les publicités et les politiques des années soixante avait fait son temps. Ces grands ensembles où la vie en communauté devait rendre les gens heureux finissaient par lasser et ceux qui en avaient les moyens allaient voir ailleurs si l'herbe n'était pas plus verte ou s'il n'y avait pas de l'herbe tout court. Le niveau de vie des habitants du quartier baissa lentement mais sûrement, l'entretien des immeubles suivit, tout se délabrait peu à peu. Les habitués du café, ceux qui venaient régulièrement déjeuner et ceux qui y passaient leurs journées se firent rares. Il arriva un moment où Annie crut qu'elle ne pourrait plus assumer son commerce et offrir à sa fille une vie décente. Heureusement, Dieu sait comment, Philippe apprit les difficultés de celles qui étaient, après tout, sa famille et commença à verser chaque mois une pension sur le compte d'Annie. Entre cela et ce que lui rapportait son café, elle put continuer à vivre correctement. Cathy avait pu finir ses études, la fierté de sa mère, et menait maintenant sa propre vie. Encore aujourd'hui, l'argent continuait à être versé invariablement, la somme augmentant régulièrement au rythme exact de l'inflation.

— Philippe est très vieux maintenant, il va bien finir par mourir, comme tout le monde. Et ce jour-là,...

Elle n'eut pas besoin d'en dire plus, la pauvre femme avait une bien funeste épée de Damoclès au-dessus de la tête.

Alors que Jeanne sentait la tristesse tomber sur la salle, le portable d'Annie se mit à sonner et elle retrouva instantanément le sourire. L'appel de Cathy venait fort à propos pour faire disparaître les quelques nuages gris que l'évocation de ses souvenirs avait fait naître. Elles engagèrent une discussion qui allait certainement durer un bon moment. Jeanne en profita et fit comprendre par geste à Annie qu'elle allait la laisser tranquille. Celle-ci lui fit des petits signes de la main pour lui dire au revoir et replongea dans sa conversation.

Jeanne traversa la rue et sonna chez Charles un peu plus tard qu'à son habitude. Denise lui ouvrit et l'embrassa :

— Alors, la grande a fini par te lâcher ?

— Grâce à Cathy, répondit Jeanne en souriant, elle a appelé au bon moment.

Denise lui rendit son sourire.

— Sa fille sera toujours la priorité d'Annie. Il pourrait y avoir le Pape dans son café, si Cathy a besoin d'elle, elle dira au bonhomme d'aller se servir lui-même.

Elle ouvrit la porte de la salle à manger.

— Monsieur de Roncourt va vous rejoindre dans quelques minutes, je le préviens, dit-elle un peu plus fort.

Elle ajouta tout bas :

— Elle lui a renvoyé son dernier manuscrit avec des corrections à faire, il vient de s'y mettre. Espérons que cette fois-ci, elle va le publier.

Comme chaque fois que Denise évoquait le nom d'Isaure du Bois de Jallin, elle serrait les dents. Depuis vingt ans, elle voyait Charles écrire, envoyer des manuscrits, les corriger et finalement, ne jamais être édité. Jeanne trouva étrange qu'elle n'ait visiblement jamais lu ce que le vieil homme écrivait ou les romans de Nadows. Ou les deux.

— Je vais peut-être rentrer dans ce cas, il a besoin d'être tranquille.

— Penses-tu ! Il t'attend. Il a tout le reste de la journée et la nuit pour y travailler.

Et elle ajouta :

— Pour ce que ça va donner, de toute façon…

Lorsque Charles arriva, ils parlèrent de choses et d'autres mais Jeanne n'était pas vraiment présente, elle continuait de penser à l'histoire d'Annie. Robert qui lui avait promis de passer vers dix-huit heures pour lui partager ses remarques sur ses premières pages, et finalement Rémy et ce verre qui commençait à la stresser. À cela vint s'ajouter un mal d'estomac que le thé de Denise, toujours le même, n'arrangerait certainement pas. Celle-ci l'avait prévenu que la cuisine d'Annie, particulièrement riche, nécessitait un temps d'adaptation, pas de light ou d'aspartam chez elle. Elle décida de repousser le moment où elle aborderait le sujet de sa naissance et de son arrivée dans le quartier.

Vers seize heures, n'y tenant plus, elle s'excusa auprès de l'écrivain et prit congé. Il la raccompagna jusqu'à la porte et lui serra la main. Jeanne en fut surprise, presque déstabilisée, Charles esquissa un sourire.

Charles resta un moment songeur derrière la porte et n'entendit pas Denise qui s'était approchée derrière lui.

— Ça va Charles ?

— Elle avait l'air ailleurs aujourd'hui, et bien pressée de filer, dit-il sans se retourner.

— Je crois qu'elle a un rendez-vous galant ce soir. Quelle que soit l'époque, ça demande aux jeunes femmes de longues heures de préparation, tu sais.

Charles se retourna plus rapidement qu'il ne l'aurait voulu.

— J'ai l'impression que vous parlez beaucoup toutes les deux chez Annie ?

— Oui, on parle, comme tous les gens civilisés, on sympathise. C'est une jeune femme très agréable.

— Vous parlez de moi ?

— Tu sais mon cher Charles que tu as beau être le centre du monde, il arrive, de temps en temps, que nous parlions simplement de nous.

Il allait répliquer mais Denise lui avait déjà tourné le dos pour rejoindre la cuisine. Il haussa les épaules et entra dans son bureau. Une fois assis et ses lunettes sur le nez, il ouvrit le pavé qu'Isaure lui avait fait porter. Comme à chaque fois, elle faisait taper à l'ordinateur les textes que Charles lui faisait parvenir et les annotait. Il le feuilleta sans entrain, il n'y vit que peu de notes, quelques remarques sur la tournure d'une phrase trop datée, une référence qui ne cadrait pas avec le profil de Nadows, rien de plus. Il le referma et le jeta sur la desserte à sa gauche puis il ouvrit le tiroir du haut de son bureau et en sortit un cahier. Tout à son écriture, il vit à peine Denise quand elle passa la tête par la porte pour lui dire bonsoir, il allait écrire jusque tard dans la nuit.

Ainsi, Jeanne avait une vie privée.

15

— Tu es superbe, comme d'habitude ! Plus que d'habitude !

Renée voltigeait autour de Jeanne à la recherche de la moindre imperfection qui pourrait gâcher cette soirée, elle lui faisait tourner la tête. De son côté, la jeune femme n'était plus tout à fait sûre de vouloir obtenir ce résultat. Trop apprêtée, Rémy allait se faire des idées, pas assez et Renée ne la laisserait pas sortir. Celle-ci avait mis Robert à la porte avec peu de diplomatie pour que Jeanne ait le temps de se préparer. En une heure de discussion, il avait réussi à plomber le moral de la jeune femme et elle n'avait pas été mécontente que sa tante mette fin à ce calvaire. Il avait lu les notes que Jeanne lui avait envoyées par email, le premier jet de quelques pages sur de Roncourt, il avait insisté. Elle lui avait offert un café et ils l'avaient bu tranquillement en parlant de tout et de rien. Puis il avait sorti de sa besace les pages imprimées, il détestait lire sur un écran. Il les avait jetées sur la table et il avait eu ces quelques mots, péremptoires :

— Il n'y a rien là-dedans !

— Pourquoi tu dis ça ? demanda-t-elle en tentant de garder son calme.

Il fit mine de reprendre les pages mais finalement se renfonça dans le fauteuil.

— Finalement, qu'est-ce que tu as ? Un gars qui est allé en Algérie et qui a trouvé ça dur ? Comme des centaines de milliers d'hommes à cette époque, non ? Comme ton père.

— Il a du mal à en parler, chercha-t-elle à justifier.

— D'accord mais à part ça ? Il a aligné les anecdotes sur ses copains écrivains des années soixante et soixante-dix, rien de bien nouveau. Et les femmes de son entourage n'en savent pas plus.

Il commençait à la vexer sérieusement. Ainsi, d'après lui, elle n'avait réussi en quelques semaines qu'à lui faire sortir une suite de banalités, pas de quoi remplir un livre. Il chercha néanmoins à atténuer la rudesse de sa conclusion.

— Tu l'admires, tout ce qui touche à sa vie te passionne. Mais ma fille, si tu veux écrire une biographie, il va falloir qu'il s'ouvre un peu plus que ça, qu'il se livre. Que sais-tu de son enfance ? Pourquoi n'a-t-il été marié qu'un an ? Pourquoi a-t-il arrêté de publier ? J'enfonce des portes ouvertes mais chaque individu à son côté sombre, ses secrets, ses désirs et ses regrets. Tout ça, c'est la biographie.

Le pire dans tout ça, elle savait qu'il avait raison, qu'elle s'était laissée entraîner sur le terrain de la conversation de salon. Les questions dont parlait Robert, elle les avait sur le bout de la langue tout le temps que duraient ses entretiens avec de Roncourt. À force d'hésitation, elle repartait sans en avoir posé une seule. Elle redoutait de le braquer par une question trop personnelle. Elle savait qu'elle n'avançait pas mais au moins il parlait. Et puis, elle aimait l'écouter raconter ses anecdotes sans importance, sa rencontre avec Malraux, les discussions débridées avec Sartre et de Beauvoir. Tout un pan de la littérature du vingtième siècle prenait vie à travers lui. Il avait côtoyé les plus grands, participé à leurs délires, il les avait même alimentés parfois. L'écrivain qu'elle vénérait, tentant d'éviter la confession, laissait couler lentement un ruisseau de souvenirs anecdotiques.

Comme s'il essayait de lire dans ses pensées, Robert la fixa longuement avant de reprendre la parole :

— Tu tournes en rond pour éviter l'obstacle mais ça ne pourra pas durer éternellement. Il faudra bien que tu prennes ton courage à deux mains et que tu fonces.

— S'il se braque, peu importe mon chantage ridicule, il va me foutre à la porte. Finalement, qu'est-ce qu'il en a à faire que les gens découvrent qu'il est le nègre de Nadows ?

Robert se leva lentement, fit quelques pas et écarta le rideau pour jeter un œil dans la rue.

— D'après toi, pourquoi vous en êtes là ? Je veux dire pourquoi il te parle, même pour ne rien dire ou presque ?

— Je ne sais pas, quand je lui ai servi le thé à la menthe, il a eu l'air touché...

Devant le ridicule de sa réponse, elle s'attendait à ce que Robert éclate de rire. Au lieu de ça, il se retourna et la regarda comme s'il allait s'adresser à un enfant.

— Tu crois vraiment que ce gars-là s'est dit : « tiens, finalement, elle est sympa, je vais passer mes après-midi à lui raconter des choses sans importance, ça va m'occuper » ? Arrête, il y a autre chose !

— Oui, c'est certainement pour mes beaux yeux, il est tombé dingue de moi !

— Arrête tes bêtises ! Pourtant, tu n'as pas tout à fait tort, je suis persuadé qu'il t'a choisie pour une raison bien précise. Ça faisait plus de vingt ans qu'on ne l'avait ni vu ni entendu. Tu débarques, il t'ouvre sa porte et passe son temps avec toi.

— Je te rappelle qu'il a commencé par me mettre dehors et qu'il m'a fait virer de mon boulot ! Si je n'avais pas découvert son secret, jamais je n'aurais pu jouer les dames de compagnie, si c'est ça que tu imagines.

Robert se rassit, il semblait perplexe.

— Peut-être… Qui sait ce qu'il se serait passé si tu n'y étais pas retournée.

C'est à ce moment précis que Renée était rentrée mettant fin à cette discussion. Elle avait fermement raccompagné Robert et les préparatifs avaient commencé. Maintenant qu'elle était prête, apparence validée par sa tante, Jeanne était pressée de se retrouver dehors. Elle avait la désagréable impression d'être traitée en petite fille, non seulement par Renée, mais aussi et surtout par Robert. Tout ça sentait le « ma pauvre petite, tu as encore tant de choses à apprendre ». Ce qui l'énervait le plus, c'était qu'en effet, elle avait pris le rôle de la pauvre ingénue, incapable d'agir normalement face à de Roncourt, comme une groupie face à son chanteur préféré.

Elle embrassa sa tante qui finissait d'enlever une poussière imaginaire sur son épaule, dévala l'escalier et une fois arrivée sur le trottoir, aspira un grand bol d'air. Elle arriverait peut-être en avance à ce rendez-vous mais elle s'en fichait, mieux valait la honte que tourner en rond à ressasser tout ça. Malgré tout, elle prit son temps pour rejoindre le bar où travaillait Rémy, profitant d'un air assez doux. La terrasse se vidait peu à peu à l'approche de l'heure de fermeture. Quelques groupes tentaient de résister et de profiter du lieu jusqu'au dernier moment en négociant avec un serveur qu'elle ne connaissait pas. Pourtant, Rémy aurait dû être là, il était toujours là. En quelques secondes, un flot d'explications des plus plausibles aux plus farfelues traversèrent son esprit, associées aux sentiments les plus variés : soulagée, vexée ou inquiète. Durant quelques secondes, elle resta plantée sur le trottoir d'en face, observant la terrasse maintenant sans intérêt, incapable de décider de la conduite à tenir. Elle sursauta lorsqu'une main frôla son épaule pour se retirer immédiatement. Elle mit quelques secondes pour reconnaître le jeune homme qui rougissait devant elle. Sans son pantalon noir et sa chemise blanche, Rémy était bien différent, presque un autre. Elle se trouva bête de ne l'avoir jamais imaginé autrement que dans la tenue standard du garçon de café parisien. Dans son jean à la mode et son tee-shirt noir, elle le trouva normal, normal et vraiment mignon. Il souriait, un peu gêné de son geste légèrement familier, sa main semblait le brûler. Elle coupa court à toute gêne en s'approchant pour lui faire la bise.

— Je me suis fait remplacer pour être sûr de ne pas te faire attendre, dit-il presque comme une excuse.

Elle accepta le tutoiement sans ciller et l'adopta également.

— C'est gentil mais j'aurais pu t'attendre. Ça ne te pose pas de souci ?

— Au contraire, mon patron ne me parle plus que de ce rendez-vous depuis que je lui en ai parlé. Une vraie mère poule !

Comme pour illustrer ses propos, le patron en question sortit de son bar à ce moment précis en leur faisant des signes de la main. Ils décidèrent de commencer la soirée en allant boire un verre. Ils se découvrirent un goût partagé pour les bars de palace et optèrent pour le Meurice, sous les arcades de la rue de Rivoli. Rémy arrêta un taxi et en quelques minutes, ils furent sur le trottoir devant l'hôtel.

Durant le trajet, ils échangèrent peu de mots, coincés par la présence envahissante d'un chauffeur bavard et curieux. Une fois à l'intérieur, ils prirent place dans deux fauteuils club de cuir assez clair et commandèrent deux spritz sur la recommandation insistante du garçon, ça faisait vieillot mais il était sûr que ça allait revenir à la mode. La discussion avait bien du mal à s'engager, gênés qu'ils étaient l'un et l'autre. Rémy posait quelques questions maladroites sur le métier de Jeanne qui répondait aimablement malgré l'évidence de la réponse. De son côté, elle ne voyait pas quelle question poser sur le métier de son compagnon du jour. La soirée aurait pu tourner au cauchemar ou se terminer prématurément si le cocktail en question n'avait pas eu sur eux un effet euphorisant, Jeanne remercia silencieusement le barman d'avoir eu la main lourde sur l'alcool. Après le deuxième verre, la conversation était totalement débridée, et les premières confidences échangées.

Rémy résuma son histoire assez simplement. Un père médecin, une mère médecin, un frère aîné médecin, et lui qui entame des études de médecine.

— En première année, ça ne se passait pas mal. Je bossais pour ingérer tout un tas de trucs plus ou moins intéressants et je réussissais à les recracher, sans toujours comprendre. En deuxième année, tout s'est effondré.

— On a découvert que tu ne supportais pas la vue du sang ! dit-elle du même ton qu'elle aurait annoncé le meurtrier dans un roman policier.

Rémy la regarda en hochant la tête : — Exactement !

— Tu plaisantes ?

— Oui, je plaisante. La vue du sang ne me fait rien du tout mais je n'en pouvais plus d'apprendre tous ces trucs.

— Tes parents l'ont pris comment quand tu as arrêté tes études ?

Il réfléchit quelques instants.

— Plutôt pas mal, en fait. Contrairement à ce qu'on pourrait croire, ils ne m'ont pas forcé à me lancer dans ces études, j'en avais vraiment envie. Enfin, j'avais envie d'aider les gens.

— Et te voilà garçon de café !

Au moment où elle finissait sa phrase, elle eut envie de se mettre des claques ! Encore un bon exemple de son manque de tact. Elle allait ouvrir la bouche pour s'excuser quand il leva la main.

— Stop ! Ne cherche pas d'excuse, tu as raison, c'est ce que je suis.

— Je suis désolée...

Il souriait de la voir ainsi gênée.

— J'ai dit pas d'excuse ! Ou alors, tu es désolée que je sois tombé si bas ?

Elle devenait toute rouge, chose qui lui arrivait rarement. Une nouvelle fois, il l'interrompit avant qu'elle ne puisse dire un mot.

— Ne t'embête pas, je fais exprès de te mettre dans l'embarras. J'ai arrêté mes études en milieu d'année et je ne voulais pas que mes parents, mon père surtout, pensent que c'était de la paresse. Alors j'ai tout de suite cherché à bosser. J'ai pris ce job de garçon de café, j'aime bien ce nom, c'est bien plus classe que serveur. Mon objectif était de gagner ma vie tout en réfléchissant à la voie que j'allais prendre à la rentrée.

Comme il ne continuait pas, elle demanda :

— C'était il y a combien de temps ?

— J'étais en plein calcul, répondit-il en souriant et en faisant mine de compter sur ses doigts. Ça va faire bientôt dix ans.

En sortant de l'hôtel quelques heures plus tard, ils n'étaient plus tout à fait des inconnus. Sans être intimes, ils en savaient plus l'un sur l'autre que certains amis de longue date. Ils traversèrent lentement la place du Carrousel et s'engagèrent sur le pont des Arts, côte à côte, maintenant silencieux. Ils s'accoudèrent à la rambarde de métal. Non loin d'eux, un couple se la jouait film américain, alternant danse et baisers langoureux. Jeanne et Rémy, mal à l'aise devant cette scène, tentaient de tourner cela à la plaisanterie, mais n'y réussissant pas, décidèrent de reprendre leur chemin. Ils descendirent la Seine pendant quelques centaines de mètres encore, toujours en silence avant que le garçon reprenne la parole devant le musée d'Orsay.

— Et toi, c'est quoi ton rêve ?

— Mon rêve ?

— Oui, tu as bien un rêve, quelqu'un que tu aimerais être, un endroit où tu aimerais vivre ?

La marche silencieuse reprit. À ses côtés, Rémy n'osait pas interrompre les réflexions de Jeanne. Elle finit par s'arrêter et fixa le Louvre illuminé, de l'autre côté du fleuve.

— Je ne sais pas. C'est terrible, non ?

— Peut-être. Ou peut-être pas.

Ils se regardèrent avant d'éclater de rire et reprirent leur chemin. Lorsque enfin Jeanne abdiqua, à l'approche du pont Alexandre III et au grand soulagement de Rémy, ils arrêtèrent un taxi et finirent le trajet, chacun plongé dans ses pensées. Arrivés rue Lyautey, ils échangèrent deux bises rapides et deux autres avortées. Elle descendit du taxi sans attendre qu'une gêne s'installe. Elle regarda la voiture s'éloigner, elle avait sommeil.

— C'est terrible de ne pas avoir de rêve ? dit-elle à mi-voix.

Elle composa le code et poussa la porte, pressée de rejoindre son lit.

16

Depuis une heure, face à lui, elle l'écoutait. Enfin, plus vraiment. Pendant qu'il parlait, elle avait l'impression de voir Robert, debout derrière lui, faire de grands gestes comme pour dire : « Il te mène en bateau ! ». Et pendant que de Roncourt lui racontait une énième anecdote, elle ne pouvait lui donner tort. Certes, le vieil homme racontait magnifiquement ces moments tour à tour cocasses ou dramatiques. Il savait mettre en scène une situation, valoriser les personnages souvent célèbres, Sartre, Malraux ou bien d'autres. Témoin de grands moments, il en avait été acteur parfois. Et elle aimait l'écouter, il l'avait senti et il en profitait. Mais à ce moment précis, elle n'écoutait plus. Elle n'acceptait pas de servir de dernière auditrice à un grand-père dont on aimerait garder quelques souvenirs. Elle voulait bien plus. Elle attendait le moment idéal pour l'interrompre dans sa litanie et tenter d'obtenir quelque chose qu'elle pourrait exhiber fièrement devant Robert. Et tant pis s'il la mettait dehors, elle aurait au moins la réponse à sa question principale : perdait-elle son temps ? Elle profita d'un moment où il attrapait sa tasse de thé, rare intermède.

— Vous avez été adopté ?

— Pardon ?

— Vous avez été élevé ici par des parents adoptifs, n'est-ce pas ?

Il reposa sa tasse sans l'avoir portée à ses lèvres. De lourds nuages noirs traversèrent son regard, il allait exploser. Elle s'apprêtait à attraper son sac à main à la va-vite et à se retrouver dehors sans avoir eu le temps de respirer. Instinctivement, elle avait raidi les muscles de ses jambes comme une coureuse de cent mètres, juste avant d'entendre le pistolet du starter. Pourtant, comme il semblait hésiter, l'orage se dissipait, ses yeux retrouvèrent leur bleu si intense.

— Vous avez été élevée par votre mère ?

Il avait dit ça sur un ton neutre qui n'en déclencha pas moins un arc électrique dans la poitrine de Jeanne. Elle resta sonnée quelques secondes, incapable de prononcer une phrase, d'ailleurs elle n'aurait su laquelle. Elle finit par balbutier une réponse, comme une excuse.

— Je préférerais qu'on parle de vous, c'est sûrement plus intéressant.

— Mademoiselle, vous me demandez de vous ouvrir un espace de ma vie qui m'est très privé. Peu de gens connaissent cette partie de moi. Et pour obtenir cette marque de confiance, d'intimité dirais-je, vous ne seriez pas prête à partager également un morceau de votre histoire ?

Elle comprit à ce moment-là pourquoi on disait dans certains cas que la tension était palpable. Elle fixait Charles dans les yeux, décidée à ne pas baisser le regard avant lui. Elle cherchait à savoir ce qu'il pouvait bien connaître de son histoire, et par qui il avait pu l'apprendre. Qu'elle ait été élevée par sa mère n'était pas un secret, elle ne s'en cachait pas. Il était évident que confirmer ce fait n'était pas ce qu'attendait l'écrivain. Il ne pouvait en savoir plus, alors était-il parti dans une pêche à l'information qui pourrait lui apporter plus qu'il ne le soupçonnait ? Il lui semblait que toute la ville s'était arrêtée dans l'attente de ce qu'elle allait faire. Le murmure qui parvenait habituellement par la fenêtre s'était tu, Denise elle-même devait être immobile. Seule la pendule derrière Charles avait décidé de continuer son lent chemin sans se préoccuper de ce qui se jouait dans la pièce. Au contraire, le tic-tac qui s'échappait de cette antiquité au pied de bakélite emplissait l'air et rythmait un étrange compte à rebours. Jeanne n'allait certainement pas tout lui dire et tentait de mesurer le niveau de mensonge ou d'omission qu'elle pourrait glisser dans sa réponse, tout en satisfaisant à la curiosité de Charles. Elle sentait que le moment était venu où tout pouvait basculer, l'écrivain avait ouvert une porte qui pouvait se refermer en un instant.

— Mon père n'a pas voulu me reconnaître. Enfin, il n'a pas pu…

Avec un regard soudain adouci, il lui demanda doucement :

— Il était marié, n'est-ce pas ?

Alors elle parla, pendant une bonne demi-heure, sans presque s'interrompre, sans un mot de Charles qui écoutait, immobile. Elle raconta comment elle avait appris ce qu'était un papa avec les autres enfants, comment elle avait compris qu'il lui manquait quelque chose. Elle raconta la vie entre sa mère et elle, sa tante parfois, sans homme, sans père. Puis l'habitude, la réponse qui dépasse la honte d'une petite fille qui croit forcément que c'est sa faute, quand on lui demande ce que fait son papa : « Je ne connais pas mon papa ». Et finalement, la première rencontre, à douze ans, les premières tentatives d'explication de ces deux adultes qui semblent s'aimer malgré leurs vies loin l'un de l'autre. Elle raconta comment elle avait appris à connaître cet homme qu'elle voyait de temps à autre à la télévision, à connaître son histoire et à partager ses goûts comme sa passion pour les textes de Charles de Roncourt.

À mesure que Jeanne avançait dans son histoire, Charles paraissait de plus en plus mal à l'aise. Il avait ouvert une porte d'où s'échappait une histoire, une vie et il tenta d'arrêter le flot continu de souvenirs.

— Merci Mademoiselle, je…

— Non, vous avez voulu savoir, vous saurez, dit-elle, cassante.

Elle reprit :

— À dix-sept ans, j'ai appris qu'il était mort au journal de vingt heures. Maman était encore à son travail, j'ai appelé ma tante. Elle a survécu deux ans, le cancer la rongeait déjà à ce moment-là.

Elle se leva.

— Alors oui, j'ai été élevée par ma mère. Mais comme vous le voyez, pas suffisamment longtemps.

Elle ramassa son sac et, sans un regard pour le vieil homme, elle ouvrit la porte, bien décidée à partir sans se retourner.

— Je suis né au début de la guerre, en juin 1940.

Il avait dit ça comme pour lui-même mais avec difficulté, avec la gorge serrée. Jeanne s'arrêta à la porte, toujours de dos.

— On m'a trouvé dans le village de Roncourt et amené aux sœurs de Joeuf, le village voisin. C'était le 19 juin, le lendemain du discours de De Gaulle depuis Londres. Elles décidèrent de m'appeler Charles, comme le général. Pour l'état civil, je suis devenu Charles de Roncourt, né le 18 juin 1940.

Jeanne referma la porte et revint s'asseoir face à lui. Elle attendit une suite qui ne vint pas, alors elle se surprit à dire la seule chose qui lui passait par la tête :

— Merci.

Il posa son regard sur elle, elle crut un bref instant qu'il allait sourire. Finalement, il balaya tout ça d'un revers de main.

— Vous voyez, rien de très original, pas plus que votre propre histoire.

— Vous n'avez jamais su qui étaient vos vrais parents ?

— Mes vrais parents, ce sont Joséphine et Maximilien, le couple qui m'a accueilli ici quelques mois plus tard. Les sœurs avaient tenté d'éloigner les orphelins de la guerre mais elle nous a rattrapés. Ils m'ont donné autant d'amour que des parents peuvent le faire, sans obligation, sans justification. L'amour donné à un enfant qui n'est pas le sien est encore plus merveilleux.

Durant quelques secondes, il ferma les yeux, une sorte de recueillement à la mémoire de ces deux personnes. Ainsi il était arrivé plus tôt qu'Annie le pensait.

— Quant à mes géniteurs, Dieu sait pourquoi ils m'ont abandonné et ce qu'ils sont devenus.

— Vous n'avez jamais cherché à les retrouver ?

— Je n'en ai jamais ressenti le besoin. Mes parents ne m'ont jamais caché que je n'étais pas né d'eux mais près d'eux, je n'ai jamais ressenti aucun manque qui aurait pu me pousser à me poser des questions.

— Même plus tard ?

Ils continuèrent de discuter ainsi pendant une bonne heure, les souvenirs coulaient de la bouche de Charles, sans heurt ni retenue. Il n'était jamais retourné dans la région qui l'avait certainement vu naître, n'avait jamais cherché à retrouver sa mère. Pourtant, au cours de sa jeunesse, il avait échafaudé mille scénarios pour expliquer qu'elle l'ait laissé ainsi sous le porche d'une maison, sans un mot, sans un élément qui puisse laisser à penser qu'elle l'ait aimé ou simplement qu'elle lui ait donné un nom. Il n'avait rien à aller chercher là-bas, sa vie avait finalement commencé lorsque la cigogne l'avait déposé dans les bras de Joséphine et Maximilien.

Elle aurait voulu rester, continuer à le faire parler et avancer lentement dans les années pour suivre la construction de Charles de Roncourt mais elle se résigna à remettre la suite à plus tard. L'heure habituelle était passée depuis longtemps lorsqu'elle le quitta, il était épuisé, réellement. Ils se serrèrent la main, un peu plus chaleureusement que d'habitude lui sembla-t-il, et ils se donnèrent rendez-vous pour le lendemain. En traversant le jardin, elle hésita à se retourner, elle aurait aimé savoir s'il était derrière sa fenêtre à la regarder partir. Elle était pressée de rentrer, taper tout ça sur son ordinateur et l'envoyer à Robert. Elle ne comprenait pas pourquoi c'était si important mais elle savait qu'il serait fier d'elle. Elle évita soigneusement de regarder vers le bar d'Annie de peur de croiser son regard et de n'avoir pas le cœur à partir ainsi. Elle se promit de venir tôt le lendemain pour déjeuner chez elle et lui raconter comment Charles avait enfin décidé de l'aider.

— Tiens, ton ami passe à la télé la semaine prochaine !

Jeanne perçut immédiatement l'ironie dans la voix de sa tante et fit rapidement la liste, très courte, de ces « amis » qui pourraient avoir une raison de passer à la télé : Gérard qui l'avait renvoyée et à qui elle n'avait pas pensé depuis longtemps, Isaure du Bois de Jallin dont il allait falloir parler avec de Roncourt et, bien sûr Nadows. Finalement, c'était grâce à ce dernier, indirectement, qu'elle était là, en train de remplir quelques pages sur lesquelles se dessinaient doucement les premières années de la vie de Roncourt. Elle se retourna, Renée se tenait dans l'encadrement de la porte de sa chambre, le journal dans les mains, ouvert à la page culture. Elle regarda son réveil sur la table derrière elle, il était près de minuit. Sa tante était certainement rentrée depuis quelques heures déjà mais elle ne l'avait pas entendue.

Renée s'approcha et posa le journal à côté de Jeanne.

— Nadows est l'invité vedette de l'émission de rentrée de François Luis.

François Luis, c'était le présentateur de l'émission littéraire phare de la télévision française, on pourrait dire la seule. Comme il se devait, Nadows y était invité chaque année, invitation qui coïncidait inévitablement avec la sortie de son roman de rentrée. Visiblement, Isaure avait décidé de ne pas attendre et de lancer la campagne marketing en avance. Quand elles étaient à la maison, les deux femmes suivaient cette émission, Renée en était particulièrement fan. Y voir Nadows jouer les coqs au milieu d'autres écrivains, pauvres faire-valoir, rêvant tous de vendre ne serait-ce que le dixième de ses propres ventes, ça lui hérissait les cheveux rien que d'y penser.

— Il mériterait qu'on le remette à sa place en pleine émission, dit-elle presque pour elle-même en s'étirant.

— Tu t'imagines monter sur le plateau et annoncer devant la caméra que la star est un imposteur ?

Au regard que Jeanne lui lança, Renée comprit que l'idée avait fait un bout de chemin dans son cerveau. Elle détourna la conversation en lui proposant de manger un morceau. Elle n'avait rien avalé depuis le déjeuner et accepta de faire une pause. Elles s'installèrent à la table de la cuisine et Renée lui prépara une assiette anglaise. Elle commença à manger en silence sous le regard de sa tante. Ayant compris qu'il s'était passé quelque chose d'intéressant, celle-ci attendait patiemment que la jeune femme lui raconte sa journée. Jeanne ne la fit pas attendre trop longtemps et lui résuma son rendez-vous avec Charles.

Après avoir fait honneur à l'assiette préparée par Renée, Jeanne but un café pendant que sa tante faisait la petite vaisselle, toutes deux plongées dans leurs pensées.

— Ça te dirait d'aller assister à l'émission ?

Perdue dans des pensées bien différentes, Il fallut quelques secondes à Renée pour comprendre de quoi parlait sa nièce.

— Tu ne vas quand même pas faire un scandale ? Je ne dis pas qu'il ne le mérite pas mais ça ne serait pas bon pour toi.

— Non, ne t'inquiète pas, je ne suis pas folle. Mais, j'irais bien voir sa tête de près.

Elles continuèrent à parler de cette émission pendant un petit quart d'heure avant que le sommeil ne se fasse sentir. Renée embrassa sa nièce et partit se coucher. Jeanne retourna dans sa chambre et reprit son travail, elle tenait à finir avant de dormir pour ne rien oublier. Et surtout pour envoyer tout ça le plus tôt possible à Robert, histoire de lui montrer que c'était parti.

17

Jeanne descendit du bus, il était à peine dix heures. Elle s'était fait violence pour se lever tôt, à peine quatre heures de sommeil, et prendre son petit-déjeuner avec Renée. Elle avait envoyé ses pages à Robert très tard dans la nuit et n'espérait pas de réponse dès le matin. Pourtant, il lui avait répondu juste avant cinq heures du matin, un long texte, presque aussi long que le sien, rempli de commentaires. Sans s'attendre à des félicitations, elle aurait aimé quelques encouragements. Au lieu de cela, elle avait reçu un cours d'écriture par correspondance. Venu de quelqu'un d'autre, elle aurait mis tout ça à la corbeille au bout de quelques lignes mais c'était Robert. Alors, elle avait tout lu et bien lui en avait pris. Il avait conclu son message par quelques mots dont il avait le secret : « C'est bien parti tout ça, normalement... ». Elle avait pris ça pour l'encouragement attendu.

Elle voulait absolument voir Annie avant l'heure du déjeuner pour l'avoir toute disponible. À cette heure, les clients du matin avaient rejoint leurs activités et ceux du midi, même si quelques petits vieux déjeunaient tôt, n'arriveraient pas avant une bonne heure et demie. Que des personnes aussi proches de Charles que l'étaient Denise et Annie ne connaissent pas son histoire au point de se tromper sur l'époque de son arrivée dans le quartier la fascinait. Elle n'avait pas encore décidé si elle partagerait avec les deux femmes ce qu'elle venait d'apprendre. D'un côté, elle voulait préserver le secret ou la discrétion de Roncourt mais de l'autre, il avait parlé en sachant que cela ferait partie de sa biographie. Elle n'osait s'avouer qu'elle sentait une certaine fierté, supériorité était également un mot qui lui passait par l'esprit, à en savoir plus qu'elles.

Elle arriva en vue du bar d'Annie alors que Denise traversait la rue. Elles se rejoignirent sur les marches. Vasile dressait les tables tandis qu'Annie, qu'on entendait parler toute seule dans la cuisine, préparait ses ustensiles et ingrédients pour le déjeuner du jour. En les entendant arriver, elle parut derrière le zinc.

— Ça va les filles ?

Elles répondirent d'une même voix par la positive et s'installèrent, comme c'était devenu une habitude, à la table devant la fenêtre qui donnait directement sur la maison de Charles. Denise avait expliqué qu'il était arrivé que le bonhomme rentre en avance de sa balade matinale et s'agace de ne pas la voir au travail. Elle avait également raconté que les matins où il restait à la maison, il arrivait qu'il la mette dehors pour ne pas l'entendre et travailler dans le silence.

— Va donc boire ton café chez la voisine et laisse-moi travailler tranquille !

Depuis leur dispute, Charles n'avait plus jamais appelé Annie autrement que par ce mot très neutre, vide de sentiment.

Alors qu'Annie servait le café, Jeanne attaqua par une question qui les laissa sans réponse, ça commençait bien.

— Où va-t-il quand il sort comme ça le matin ? Chez Ali ?

— Non, Ali n'aime pas qu'on le visite le matin, il range son magasin, remplit ses rayons. C'est un petit vieux qui a ses habitudes.

Jeanne se retint de relever. Elles ne savaient donc pas où passait l'écrivain quand il sortait ainsi. Elles lui racontèrent néanmoins que ces promenades avaient commencé à l'époque où il avait arrêté de fumer mais il n'aimait pas vraiment ça. Au début, il faisait le tour du pâté de maison et rentrait plus grognon qu'au départ. Petit à petit, il y avait pris goût au point de disparaître pendant plusieurs heures. Denise avait bien essayé de lui poser la question quelques fois mais il avait à peine répondu et en des termes qui l'avaient découragée de creuser le sujet.

— Il ne sort jamais le mercredi, avait lancé Annie comme si cette information était capitale et lui donnait un avantage.

— Au début, si, avait ajouté Denise.

Jeanne n'obtint donc que peu d'information et les deux femmes durent avouer que cette partie de la vie de Charles leur échappait, ce qui arracha un sourire discret à la jeune femme. Un détail l'intrigua néanmoins quand Denise lâcha, qu'une fois, une voisine avait dit l'avoir vu dans un café près de la gare. Définitive, Denise certifiait que cela était proprement impossible car la gare était trop loin pour qu'il y aille à pied et il avait horreur des transports en commun. Malicieuse, elle ajouta que s'il prenait le bus, depuis le temps, elle serait bien tombée sur un ticket oublié au fond d'une poche, ce qui ne s'était jamais produit. Jeanne échafaudait déjà des plans pour parvenir à percer ce secret en jouant les détectives.

Annie proposa un deuxième café que Denise déclina, elle devait retourner à son travail. Jeanne accepta et elles la suivirent du regard pendant qu'elle traversait la rue dans l'autre sens et disparaissait dans la maison d'en face.

— Tu ne prends jamais de notes ?

— Pardon ?

— Ben oui, tu écris une biographie de Charles et tu ne notes pas ce qu'on te dit ?

Elle éluda la question, elle avait suffisamment de mémoire pour retenir les quelques informations qui se cachaient dans le discours fleuve de la grande femme. Annie continua à parler en faisant des allers et retours dans sa cuisine, mais Jeanne n'écoutait plus. Elle était quelque part derrière Charles à le suivre dans sa sortie matinale.

Jeanne progressait enfin. Pendant les jours qui suivirent, elle put remplir certaines cases, éclairer des périodes de la vie de Charles sous différents angles. Il y avait ce que lui disait l'écrivain, la version officielle. Et puis il y avait ce que lui disaient Denise et Annie, les versions alternatives. Dans les grandes lignes, les récits se croisaient assez régulièrement, les grands faits se vérifiaient. Tous trois s'accordaient sur une enfance sans histoire, un gamin bien dans sa peau. Ça ne faisait pas les affaires de la jeune femme mais Charles avait été un adolescent sérieux, plutôt bon à l'école et entouré d'amis qui étaient attirés par ce garçon plein d'humour et plutôt mignon. D'ailleurs, Denise et Annie ne pouvaient cacher qu'elles avaient fait partie des amoureuses.

— Il ne s'est rien passé, affirma Denise.

— À l'époque ! ajouta Annie en faisant un clin d'œil à Denise qui la foudroya du regard en retour.

Jeanne se promit de creuser le sujet, plus tard.

— Il a eu des petites copines ?

Ce fut Denise qui répondit :

— Tu sais, dans les années cinquante, les relations entre adolescents n'étaient pas tout à fait celles que tu as connues à ton époque. Nous avions toujours une école de garçons et une école de filles. Les échanges étaient étroitement surveillés.

— Il y a eu Blanche quand même, suggéra Annie.

Une nouvelle fois Denise la foudroya du regard. Cette fois, Jeanne ne laissa pas passer.

— Qui est Blanche ?

Échaudée, Annie attendit que Denise prenne la parole.

— Blanche, c'était la fille du maire de l'époque, un notaire. Je me le rappelle gras et chauve, il nous faisait peur. Il portait une sorte de moustache bizarre qu'il devait passer des heures à entretenir. Autant il était moche, autant sa femme était belle. On rêvait toutes de lui ressembler un jour. Il faut dire qu'elle avait les moyens et qu'elle ne manquait pas de temps pour se pomponner. Elle avait une garde-robe impressionnante, on disait qu'elle allait chaque semaine à Paris chez les grands couturiers pour se faire faire des robes.

Jeanne, inquiète de la digression, ramena la conversation sur le bon chemin.

— Et leur fille, Blanche ? Comment était-elle ?

Incapable de se retenir plus longtemps, Annie fut la plus prompte à répondre :

— Oh Blanche, elle était magnifique ! Tous les garçons étaient fous d'elle et Charles aussi bien sûr.

— Oui, elle était plutôt jolie, tempéra Denise, un brin de jalousie dans la voix. Mais je ne pense pas qu'il se soit passé quoi que ce soit avec Charles. D'abord, on était assez proche d'elle, Annie et moi, j'étais dans sa classe et elle nous en aurait parlé. Et puis surtout, ses parents l'auraient certainement mise en pension plutôt que de la voir fréquenter Charles.

Jeanne attendit une explication qui ne semblait pas venir, son regard exagérément interrogateur incita Annie à continuer.

— Joséphine, la mère de Charles, était employée de mairie, en bas de l'échelle.

— Elle était femme de ménage, la coupa Denise. Elle était en charge des écoles et de la mairie. À l'occasion, elle faisait des extras quand Monsieur le maire organisait une réception.

— Alors, tu vois, leur fille avec le fils, adoptif qui plus est, d'une femme de ménage...

Jeanne voyait très bien mais elle insista :

— Mais Charles et elle étaient proches ?

Avant qu'Annie ait le temps de répondre, la bouche déjà ouverte pour parler, Denise enchaîna :

— Pas plus que ça. D'ailleurs, elle s'est mariée très jeune. Son mari travaillait dans un ministère quelconque à Paris et elle l'a suivi. À partir de ce moment-là, on n'a plus eu de nouvelles.

— Sauf par sa mère. Elle racontait partout comme sa fille et son mari étaient des gens importants à Paris, ajouta Annie.

— Je n'appelle pas ça des nouvelles, rétorqua sèchement Denise.

Entre-temps, Charles était parti en Algérie. Sur cette période, les deux femmes ne savaient pas grand-chose, tout au plus ce que les parents de l'écrivain racontaient dans le quartier. Avec son unité, il avait été affecté au maintien de l'ordre dans Alger, en soutien de la police locale. Il y avait bien quelques échauffourées mais dans l'ensemble, il se disait en sécurité.

Depuis leur banlieue, Denise et Annie avaient vécu cette période troublée dans un calme relatif. Les informations qui leur parvenaient étaient rares et censurées à la fois par le gouvernement mais aussi par leurs parents. Elles ne revirent Charles que deux années plus tard et il avait beaucoup changé. Elles lui répétèrent ce qu'elles avaient déjà dit, il avait certes mûri physiquement, son visage d'adolescent avait fait place à un faciès adulte que le soleil d'Algérie avait buriné prématurément. Mais surtout, le jeune homme rieur et presque insouciant avait laissé la place à un être taciturne, froid et distant. L'ami d'enfance avait fait place à un étranger qu'elles mirent des années à redécouvrir. La tristesse de Denise était visible quand elle évoquait cette période :

— Petit à petit, on a appris ce qu'il s'était passé là-bas pendant ces années, c'était terrible.

— Pas étonnant qu'il soit revenu perturbé, ajouta Annie.

Jeanne mit en marche la machine à mémoriser :

— Qu'est-ce qu'il vous a raconté exactement ?

Elle fut bien déçue en entendant Denise répondre.

— Rien du tout, il n'en a jamais parlé avec nous ou ses autres amis du quartier.

— Moi, je suis sûre qu'Ali sait, lui, claironna Annie.

Mais Denise était sceptique :

— Ça m'étonnerait, Ali ne sait pas tenir sa langue, enfin il ne savait pas. Maintenant, il ne parle plus beaucoup. S'il avait su quelque chose, tout le quartier aurait été au courant.

Charles ne faisait référence à cette période de sa vie dans aucun de ses textes publiés. D'ailleurs, il n'y parlait jamais de lui. Peut-être avait-il néanmoins consigné tout cela dans un de ses cahiers. Si tel était le cas, il faudrait certainement déployer des trésors de diplomatie pour pouvoir y jeter un œil. Car si le vieil homme se montrait maintenant assez disert sur son enfance, sur ses parents et ses amis, à noter qu'il n'avait jamais parlé de Blanche, il bottait en touche pour tout ce qui concernait son passage en Algérie. Il semblait retrouver la mémoire à partir de 1965 et son premier texte publié.

Les semaines passaient sans que Jeanne ne s'en rende compte. Elle avait avec Charles un rituel bien huilé qui les faisait se voir trois fois par semaine, bien suffisant pour que Jeanne puisse avancer à bonne allure dans son écriture. Au début, elle avait régulièrement envoyé ses brouillons à Robert mais il avait fini par consacrer si peu de temps à ses commentaires que la jeune femme n'y trouva plus d'intérêt et finit par oublier. Visiblement pris par d'autres occupations, il ne la relança pas. Heureusement, Renée était toujours là, elle lisait le travail de sa nièce avec enthousiasme et elles passaient des soirées toutes les deux à commenter une information donnée par Charles ou à débattre de la façon de présenter telle ou telle séquence.

Un mercredi du début du mois d'octobre, particulièrement doux et ensoleillé pour la saison, Jeanne trouva Charles qui l'attendait sur le perron de la maison. Il avait décidé, c'était une première, de profiter du beau temps et lui proposait de parler tout en marchant. Ils arpentèrent ainsi les rues du quartier pendant une bonne heure, Charles refaisant l'histoire de telle ou telle parcelle, racontant comment ce coin de banlieue couvert de petites maisons juste après la guerre, presque la campagne, s'était peu à peu transformé en zone urbaine.

— Le matin, on entendait chanter les coqs du quartier. À la place du centre commercial au bout de la rue, il y avait encore une grande ferme et tous les gamins du voisinage s'y croisaient avec leur pot à lait. La fermière, je ne me souviens plus de son nom, les remplissait de lait encore fumant. Ça n'avait vraiment pas le goût de celui qu'on trouve aujourd'hui.

— J'ai goûté à ce lait à peine sorti de la vache, je vous avoue que je n'ai pas aimé du tout.

— Vous êtes une fille de la ville, vous avez été élevée au pasteurisé et au demi-écrémé. Quand j'étais gosse, il n'y avait pas de supermarché, pas de plat cuisiné, pas de date de péremption. Mes parents ont eu un réfrigérateur à la fin des années cinquante, jusqu'à ce moment-là, ils achetaient ce dont ils avaient besoin au fur et à mesure et en fonction des saisons.

Tout en disant cela, ils passèrent devant le centre commercial. Un supermarché vantait des prix sans concurrence à grand renfort d'affiches qui se superposaient sur ce qui avait dû être vitré il y a bien longtemps. On devinait une course-poursuite sans fin entre les employés et les tagueurs pour la possession de cet espace d'expression.

— Comment Ali fait pour tenir face à cette concurrence ? demanda Jeanne en indiquant le supermarché d'un hochement de menton

Charles tourna la tête vers le centre commercial et le détailla comme s'il le découvrait pour la première fois.

— Grâce à mille petites choses. Il ne lutte pas, il s'adapte.

— C'est-à-dire ?

— Ali vous vend ce dont vous avez besoin. Si votre recette nécessite un œuf, pas la peine d'en acheter 24 et des mauvais, en vous forçant à les gober avant la date limite qui est toujours trop proche. Chez lui, vous prenez un œuf, ou deux. Ils sont frais, ils sont bons. Si vous cuisinez à neuf heures du soir ou sept heures du matin, vous êtes certain de trouver ce qu'il vous manque chez Ali, on croirait qu'il est ouvert 24 heures sur 24.

— Ce n'est pas une vie…

— C'est la sienne et il en est heureux. Son magasin, c'est son trésor, son château. Il est le patron dans ces quelques mètres carrés. Il n'en sort que pour des événements exceptionnels et pour son voyage annuel en Algérie. Et encore, à chaque fois, il ferme à contrecœur.

Ils s'éloignèrent du centre commercial, en direction d'une barre d'immeubles. Jeanne compta vingt étages mais fut incapable de dénombrer les fenêtres à l'horizontal. Elle supposa qu'il devait y avoir au moins dix appartements à chaque niveau. Elle suivait Charles, espérant qu'il digresse dans la bonne direction, ne lui posant des questions que pour relancer un monologue qui s'essoufflait régulièrement.

— Quand est-il arrivé d'Algérie ?

— Ali ? Il est né ici. Son père travaillait dans l'usine automobile qui a fermé il y a quelques années. Comme les gars d'ici refusaient de faire certaines tâches, ils sont allés chercher des gamins dans le Maghreb, des gars qui rêvaient de la France et d'un salaire décent. Ils sont venus avec leurs femmes et ils ont fait des enfants ici. Comble de l'ironie, maintenant, on fabrique les voitures directement là-bas, ça coûte moins cher.

— Je pensais que vous parliez de l'Algérie avec lui, que vous évoquiez des souvenirs.

— Ça nous arrive mais on se limite à l'évocation de paysages et d'odeurs de jasmin. Je n'y suis pas allé en vacances et même si Ali est né ici et n'a presque pas connu l'Algérie, il reste algérien dans son cœur. Mieux vaut ne pas déterrer autour d'une tasse de thé les souvenirs douloureux d'une période qu'on cherche à oublier.

Ils marchèrent encore quelques dizaines de mètres en silence, passant sous une arche ouverte dans la barre d'immeuble. Ils débouchèrent sur un vaste espace dont les pelouses usées laissaient apparaître de grandes plaques de terre durcie par les passages incessants des habitants du quartier. Par endroits, le sol était jonché de mégots de cigarettes, signe d'une activité récente et localisée. Charles semblait décidé à atteindre un immeuble plus petit et plus ancien, situé de l'autre côté. Jeanne rompit le silence.

— Mais il sait que vous n'y êtes pour rien, qu'on ne vous avait pas demandé votre avis…

— Fort heureusement qu'il le sait ! dit Charles, certainement plus fort qu'il ne le souhaitait. Sinon comment pourrait-il être ami d'une personne qui aurait participé volontairement aux horreurs qui se sont produites là-bas ?

Jeanne sauta sur l'occasion : — Et vous avez été obligé de participer à certaines d'entre elles ?

Le vieil homme s'arrêta brusquement. Son regard embrassa les parois des immeubles alentour, recouvertes d'antennes satellites pointées vers le sud, puis vint se poser sur la jeune femme.

— Comme tout le monde.

Et il reprit son chemin, accélérant le pas. Jeanne sentit qu'il ne fallait pas insister, pas maintenant. Charles se livrait à elle peu à peu, comme un vieux meuble dont les couches de vernis successives s'effritent doucement sous un ponçage délicat, pour laisser deviner son histoire.

— De quoi parlez-vous alors, avec Ali ?

— De tout et de rien. De littérature, d'histoire. De religion aussi.

En disant cela, il désignait une étonnante petite église qui venait d'apparaître derrière le vieux bâtiment. Sans avoir le nez collé dessus, impossible de la voir tant les constructions avaient mangé l'espace autour d'elle.

— Vous êtes croyant ?

— Pas plus que lui. Quoi qu'en voyant ça, on peut se poser des questions.

Jeanne regardait elle aussi la petite église d'une affligeante banalité, sans comprendre la remarque de l'écrivain. Il s'en aperçut et ajouta :

— Vous ne remarquez rien ?

Jeanne dut avouer que non, à part une vieille église encerclée de bâtiments plus moches les uns que les autres, rien ne lui donnait envie de croire en Dieu.

— Pour une journaliste, vous n'êtes pas très observatrice, Mademoiselle.

— Arrêtez de m'appeler comme ça, je m'appelle Jeanne. Et dites-moi plutôt ce que je devrais voir.

Il pointa du doigt un ensemble de tags immondes qui s'obstinaient à vouloir tout recouvrir, les murs, les portes, les poubelles même. Et pourtant, l'église était immaculée, pas une trace de bombe de peinture sur la pierre.

— Qu'ils soient chrétiens, musulmans, juifs ou athées, il semble que tous les jeunes du quartier ont un respect de ce bâtiment qui dépasse l'entendement. Ou alors, est-ce de la crainte ?

Sur le chemin du retour, ils parlèrent peu. Les sujets à aborder se bousculaient dans la tête de Jeanne mais elle ne voulait pas être interrompue par la fin de leur entretien du jour. Ne pouvant malgré tout accepter de perdre ces minutes précieuses, elle attaqua :

— Qu'est-ce que ça vous fait de voir que votre roman va paraître au nom de quelqu'un d'autre ?

— C'est plus son roman que le mien. Je l'ai écrit dans l'idée qu'il serait signé Malcolm Nadows, pas Charles de Roncourt. Si j'avais dû l'écrire pour moi, j'aurais éliminé quelques couches de guimauve et de mièvrerie.

— Mais ça ne vous fait rien que votre travail prenne ce visage, que les gens le lisent et l'apprécient sans savoir que c'est vous qui l'avez écrit ?

— Si vous avez bien écouté ce que je viens de dire, je suis plutôt satisfait qu'on ne sache pas que je suis à l'origine de ça. Isaure m'incite à écrire chaque année quatre cents pages pour ce monsieur, je m'exécute et je prends l'argent. J'en vis confortablement d'ailleurs et sans les contraintes. Si ce monsieur Nadows en vit également et que son ego le laisse dormir en paix, tout va bien.

— Je suis curieuse de savoir comment cela se passe quand vous vous rencontrez…

— Ça oui, vous êtes curieuse, c'est votre métier. Mais cette partie de ma vie, vous ne pouvez pas la raconter, on est bien d'accord ?

Elle acquiesça d'un signe de tête.

— On est bien d'accord ? insista-t-il ?

— Oui ! finit-elle par lancer.

Une fine pluie très désagréable commença à tomber alors qu'ils atteignaient la maison. Le fond de l'air s'était rafraîchi insensiblement en moins de deux heures. Le matin même, elle se moquait du monsieur météo qui annonçait des chutes de neige précoces, elle n'était plus prête à parier contre lui. Charles lui tendit la main, signe que l'entrevue était terminée. Elle lui tendit la sienne et l'écrivain se pressa d'aller se mettre à l'abri, laissant Jeanne seule devant le portail. Elle allait pour traverser la rue et s'abriter chez Annie quand elle entendit la voix du vieil homme l'appeler derrière elle. Elle se retourna pour le voir penché à la fenêtre de son bureau.

— Sachez Mademoiselle Jeanne, que je n'ai jamais rencontré l'homme de paille.

Derrière la fenêtre qui se fermait déjà, elle le vit sourire.

18

Dépassant son auditoire d'une bonne tête, Nadows répondait à leurs questions sans chercher à se débarrasser de ce sourire triomphant. Comme toujours, il était venu en invité vedette et il avait rempli son contrat. Isaure lui avait concocté quelques citations qu'il avait réussi à placer naturellement dans ses réponses aux questions de François Luis. Comme un acteur, elle lui avait fait répéter les phrases s'assurant de la bonne intonation, tantôt ironique, humoristique ou sérieuse. Elle lui avait également préparé une fiche sur les invités avec les points à connaître sur chacun et, là encore, une ou deux citations tirées de leurs livres. Elle lui faisait confiance pour ne pas en abuser et esquiver les sujets hors de contrôle. Il apercevait, par-dessus cette nuée d'admirateurs, Isaure qui conversait avec le présentateur de l'émission. Elle devait être en pleine négociation pour placer un de ses autres poulains ayant moins d'impact sur l'audimat, mais qui allait bénéficier de l'effet Nadows et obtenir son moment de gloire. Il se dit qu'il devrait réfléchir à un moyen d'en tirer avantage.

Les remarques et les questions sur son dernier roman fusaient des bouches alentour, de celles qui n'étaient pas occupées à mâcher un petit four. Il répondait au mieux de ses souvenirs, inventant le reste. Depuis le début de leur collaboration, Isaure lui donnait à lire chaque nouvelle version envoyée par de Roncourt. Elle estimait qu'il aurait ainsi une bonne connaissance des mécanismes ayant amené la version finale et aurait également le contenu bien en tête. Les premières années, il avait suivi scrupuleusement ses conseils, lisant et relisant des milliers de pages écrites par le vieil homme, mémorisant des passages entiers des livres qu'il était capable de restituer à la demande. Mais maintenant, il se contentait de survoler ce qu'il recevait, considérant que son importance dans le monde littéraire lui permettait de ne pas répondre s'il n'aimait pas la question. Bien sûr, cela mettait en rage l'éditrice qui se sentait bien démunie si elle voulait conserver la poule aux œufs d'or. Mac savait qu'une telle conjonction d'événements, un auteur doué mais peu aimé du public et ayant besoin d'argent, et de l'autre un jeune auteur sans talent mais bénéficiant d'un physique avantageux et d'un énorme charisme, ne se représenterait pas de sitôt pour Isaure. Le risque pour lui, c'était l'arrivée d'un jeune auteur avec ce physique et ce charisme mais réellement doué. Cette hypothèse ne l'empêchait pas de dormir, pas trop. Car au-delà de l'argent que lui rapportaient ses livres, ce qu'il appréciait par-dessus tout, c'était les moments comme celui qu'il vivait là, au point de convergence de dizaines de regards envieux, admirateurs ou amoureux.

Grâce à Isaure, il réalisait un rêve d'adolescent. À vingt ans, il avait déjà écrit deux romans, régulièrement refusés par les maisons d'édition auxquelles il les adressait. Il était sur le point d'abandonner, de passer de l'état de futur auteur à succès à l'état d'écrivain maudit et incompris quand la chance avait tourné. Sa mère avait croisé dans un dîner quelconque une attachée de presse qui lançait sa propre maison d'édition et était à la recherche de nouveaux auteurs. Elle l'avait convaincu de lire la production de son fils. Plutôt que d'envoyer le manuscrit par la poste une énième fois, le jeune Malcolm avait, toujours sur les conseils de sa mère, porté lui-même le document à la future éditrice. C'est ainsi qu'avait eu lieu sa première rencontre avec Isaure du Bois de Jallin. Bien entendu, elle ne publia jamais le roman qu'il lui présenta ce jour-là, l'autre non plus. Cependant, un éclair traversa son esprit qui allait donner un premier et fort élan à sa nouvelle entreprise, rendre Mac célèbre et faire vivre un autre auteur, de talent celui-là.

Il se demandait souvent ce qu'il adviendrait le jour où le vieux ne serait plus en mesure d'écrire, quelque chose de valable du moins. Il ne faisait aucun doute pour lui qu'Isaure, toute mère poule qu'elle puisse être aujourd'hui, le laisserait tomber instantanément. Sans de Roncourt, la carrière de Mac serait finie. Quand il lui posait la question, Isaure répondait invariablement :

— Il nous enterrera tous.

— Simple supposition qu'il meure demain, que ferons-nous l'année prochaine ?

— On en convaincra un autre, un qui écrit pour le plaisir ou pour l'argent, pas pour la gloire.

Bien sûr, il savait pertinemment qu'elle ne prendrait pas le risque de voir la supercherie dévoilée. Tout comme lui, elle tenait plus à sa position dans la société qu'à l'argent, jamais elle n'accepterait d'apparaître comme une tricheuse et une falsificatrice. Parfois, il imaginait qu'elle organiserait sa mort, celle de Mac, comme seule conclusion logique et acceptable. Il n'osait l'en croire réellement capable, néanmoins, il se préparait à la fin de sa carrière d'auteur. Il se voyait bien annoncer gravement en direct à la télé ou via un court message sur Internet que dorénavant, il n'écrirait plus, qu'il avait dit tout ce qu'il avait à dire. Bien sûr, on continuerait à l'inviter, à commenter son œuvre, à attendre son avis éclairé. Ses premiers romans continueraient à se vendre et cela présageait de longues années sous les projecteurs.

Il continuait à répondre aux questions, accepter les compliments avec un léger hochement de tête, presque mécaniquement. Les autres auteurs avaient depuis quelques minutes et quasi simultanément déserté le plateau d'enregistrement dans l'indifférence générale. Il restait seul dans la lumière. Son regard fut attiré par une silhouette dans un coin du studio, appuyée contre une colonne. Une jeune femme se tenait là un livre dans les mains, visiblement son dernier roman. Il l'avait déjà repérée, jolie femme au deuxième rang face à lui. Il devinait l'admiratrice timide mais décidée à attendre son moment pour obtenir une dédicace, un regard du maître et peut-être plus. Il décida d'aller voir de plus près, fendant les cercles concentriques autour de lui sans une excuse. De près, il la trouva encore plus jolie, la trentaine à peine et un regard qui ne réussissait pas à cacher sa nervosité de voir l'auteur s'approcher d'elle.

Enfin il se décidait. Une demi-heure qu'elle était plantée là avec le livre entre les mains, bien en évidence. Elle ne pouvait pas l'aborder au milieu des autres, il fallait qu'elle l'attire à l'écart. Elle restait figée avec l'expression qu'elle avait si souvent vue dans le regard de certaines filles de sa fac face à un de ces professeurs à la fois mignons et passionnants, béatement nunuches. Il mordait enfin à l'hameçon. Il se planta devant elle, sûr de sa supériorité. Elle minauda quelques minutes, se surprenant elle-même de son aisance dans l'exercice, l'incitant à faire le paon devant elle. Elle obtint une dédicace personnalisée, souriant intérieurement en se faisant appeler Renée. Alors qu'il entamait la phase deux en lui proposant de la raccompagner chez elle, Jeanne attaqua :

— Comment faites-vous pour garder cette profondeur d'écriture de livre en livre ? C'est comme si vous aviez soixante-dix ans et déjà une vie entière derrière vous.

Nadows ne se démonta pas :

— Vous êtes trop aimable chère Renée mais je ne saurais l'expliquer. J'ai été nourri des plus grands auteurs depuis mon jeune âge, cela a certainement influencé mon style.

— À ce point, c'est extraordinaire !

S'ensuivit encore un monologue de Nadows sur sa vocation, sa capacité à mettre des mots sur des sentiments et des impressions, un discours bien huilé et mille fois rabâché. Jeanne hésitait entre rire et pleurer devant ce discours affligeant. Elle avait du mal à croire que, quelques minutes plus tôt, un essaim de gens sérieux et certainement intelligents ait pu se faire avoir avec des paroles aussi lénifiantes. Avant de craquer, elle l'interrompit et lança une deuxième salve.

— Vous savez à qui vous me faites penser ? À ce vieil auteur des années soixante et soixante-dix. Ah, comment s'appelle-t-il déjà ? Mais si, celui qui a écrit « Un siècle d'ennui ». Allez, aidez-moi !

Visiblement perturbé et hésitant sur la position à tenir, Nadows faisait semblant de réfléchir. Jeanne trouva que son jeu d'acteur en avait pris un coup comme s'il n'était pas habitué à interpréter ce type de situation.

— Mais si voyons, vous ne connaissez que lui ! Ne me dites pas, avec la culture que vous avez, votre enfance nourrie de grands auteurs, que vous avez pu passer à côté de son œuvre.

Il balbutiait, tournant la tête à droite et à gauche comme pour chercher de l'aide. De l'autre côté du plateau, Isaure parlait toujours avec un François Luis visiblement un peu éméché. Lorsqu'elle capta le regard de son protégé, elle comprit que quelque chose clochait. Jeanne était opportunément cachée par le grand corps de Nadows et, d'où elle était, Isaure ne pouvait la reconnaître. À la surprise du présentateur, elle coupa court à une conversation qu'elle alimentait elle-même et, après l'avoir salué, elle le quitta pour se diriger vers Jeanne et Nadows. Trente secondes et elle serait là, aussi Jeanne asséna son dernier coup, le plus fort.

— De Roncourt, voilà, ça me revient. Charles de Roncourt. Si un jour vous manquez d'inspiration, demandez-lui d'écrire un roman pour vous, ni vu, ni connu.

Reconnaissant Jeanne, Isaure s'interposa avec rage.

— Que faites-vous ici ? Vous n'avez rien à faire là, allez-vous-en !

La jeune femme gardait le sourire, même si le côté béatement nunuche avait soudain disparu.

— J'expliquais simplement à votre protégé que Charles de Roncourt serait tout à fait capable de lui écrire un roman. Nous savons tous les trois que cela serait envisageable, n'est-ce pas ?

— Je ne comprends pas ! finit par expirer Nadows.

— Je vois que madame ne vous a pas mis au courant de notre accord. Comme c'est beau une mère poule qui cherche à tout prix à protéger ses petits ! Je suis en possession de pages écrites de la main de Roncourt dont la présence dans votre prochain livre serait difficile à expliquer. Rassurez-vous, j'ai promis à Madame du Bois de ne rien dire.

Isaure du Bois de Jallin avait du mal à contenir sa rage mais un esclandre ici nécessiterait des explications qu'elle ne souhaitait pas avoir à donner ou à inventer.

— Puisque vous vous y êtes engagée, que faites-vous ici ? siffla l'éditrice entre ses dents.

— Je voulais juste m'assurer que monsieur était conscient que son petit secret était connu au moins de moi et qu'il a beau se convaincre d'avoir écrit tous ces livres, il y a des gens qui savent la vérité. Il devra y penser maintenant quand il parlera.

Jeanne se dit qu'elle avait suffisamment joué avec le feu.

— Mais soyez certaine que je respecterai notre accord tant que vous respecterez votre part !

Elle prit congé sous le regard médusé de Nadows. Elle savait que cela ne durerait pas, qu'il absorberait le choc et repartirait de plus belle, mais ces quelques minutes où elle avait cloué le bec de ce beau parleur garderaient un goût jubilatoire.

19

Rémy la regardait avec quelque chose de réprobateur dans le regard, juste de quoi la mettre mal à l'aise sans la brusquer.

— Tu n'aurais pas dû faire ça !

— Ben si, répondit-elle fièrement. Quel mal y a-t-il à cela ?

Il était visiblement mal à l'aise : — on ne suit pas les gens comme ça dans la rue, qu'est-ce que tu fais de la vie privée ?

— Il fallait que je sache. Ça fait des années qu'il répète le même manège et personne n'avait la moindre idée d'où il allait et ce qu'il faisait.

— C'est bien ce que je dis, c'est sa vie privée.

Renée les observait depuis la porte. Assis face à face à la table de la cuisine, ils finissaient leur verre de vin rouge au milieu des reliefs du dîner. Depuis quelque temps, les visites du jeune homme se faisaient plus régulières. Jeanne lui avait présenté quelques jours après leur première sortie, signe qu'il avait quelque chose de spécial. Et en effet, Renée l'avait tout de suite apprécié. Bien élevé, cultivé et plein d'humour, il était de plus charmant, ce qui ne gâchait rien. Elle l'avait aussitôt accepté et invité à sa table avec une joie d'autant plus grande que Jeanne ne lui avait présenté personne depuis bien longtemps. Ils s'entendaient bien tous les deux et elle devinait déjà, certainement bien avant eux-mêmes, le lien fort qui commençait à s'établir. Elle était certaine que cette relation d'amitié naissante céderait rapidement la place à une autre, bien plus forte, bien plus risquée.

Rémy revenait de quelques jours chez ses parents dans le Bordelais. Même s'ils communiquaient chaque jour, chaque heure presque grâce aux SMS qu'ils s'envoyaient en nombre, Jeanne ne lui avait pas tout raconté. Signe que l'intimité n'était pas encore complète, elle continuait à lui taire la raison qui avait amené Charles de Roncourt a accepté cette biographie. Et durant la semaine écoulée, elle ne lui avait rien dit de son travail de détective. Renée, de son côté, avait eu un compte rendu quotidien de la filature. Le premier soir, un lundi, les deux femmes, pleines de perplexité, avaient imaginé de nombreuses explications au comportement du vieil homme.

— Il a pris le bus à l'arrêt où je descends pour aller chez lui. Il a acheté un ticket et il est allé s'asseoir au fond du bus. J'en ai profité pour monter et rester près du chauffeur, cachée derrière deux grosses femmes qui n'arrêtaient pas de se chamailler pour un oui ou pour un non.

— Il ne t'a pas vue ?

— Non et moi non plus, je ne le voyais pas. Si bien que j'ai failli rater sa descente. Arrivés à la gare RER, je l'ai simplement vu qui passait sur le trottoir le long du bus. Je me suis précipitée et j'ai failli rester coincée entre les portes. Il est entré dans un bistrot face à la gare, il a commandé un café (qu'il est censé ne pas boire) et il a attendu. À chaque arrivée de train, il scrutait la foule qui sortait comme s'il attendait quelqu'un.

— Et il attendait vraiment quelqu'un ?

Renée se laissait prendre au jeu du suspens et Jeanne en rajoutait un peu.

— Je ne sais pas, au bout d'une heure, il a payé, il est ressorti et il a repris le bus dans l'autre sens. Cette fois-ci, je ne pouvais pas le suivre sans me faire repérer mais vue l'heure, je suis presque sûre qu'il rentrait chez lui pour le déjeuner.

— Et il ne s'est rien passé ? Il a bu son café et il est reparti ? Comme ça ?

— Ben oui, comme ça ! Quand même, à un moment, une dame s'est approchée de lui, s'est penchée pour lui dire quelque chose. Mais visiblement, il l'a envoyé promener. Elle avait l'air outrée.

— Qu'est-ce qu'ils se sont dit ?

Jeanne ne put qu'avouer son ignorance. Elle n'avait pas dit à sa tante qu'elle s'était cachée dans le café d'à côté d'où elle pouvait voir Charles mais certainement pas l'entendre.

Donc le lundi soir, le trouble fut total. Les supputations allèrent bon train, des plus banales aux plus extravagantes. Elles convinrent finalement d'attendre plus d'éléments pour pouvoir juger. Ainsi, le mardi soir, la conversation reprit.

— Je suis allée l'attendre directement dans le café en m'installant dans un coin à l'écart. C'est une fois assis que j'ai pris conscience que rien ne disait qu'il reviendrait. Et s'il allait à chaque fois au hasard, s'arrêtant dans des endroits différents ? J'en étais à m'en vouloir de ne pas l'avoir suivi une deuxième fois quand il a poussé la porte du café.

— Il s'est assis à la même place ?

— À peu de chose près oui. Toujours près de la fenêtre. Il a commandé un café et il a attendu.

— Et ?

— Et rien ! Il a bu son café et il est reparti au bout d'une heure.

— Il a observé les arrivées des trains ?

— Je n'en suis plus certaine. Il regardait dehors régulièrement mais je ne suis plus très sûre qu'il attendait quelqu'un. D'ailleurs, personne n'est venu.

Elles tombèrent d'accord sur l'hypothèse qu'elles considérèrent comme la plus plausible, celle du pèlerinage. Le vieil homme revenait sur les lieux d'une histoire particulière pour lui, d'un événement qui l'avait marqué et qu'il souhaitait revivre. Bien entendu, le lendemain matin, une fois reposées et débarrassées des voiles d'alcool embuant les neurones, cette hypothèse leur sembla pour le moins farfelue. Comme Charles ne sortait pas le mercredi matin, qu'avait-il fait le lundi et mardi qu'il ne pouvait pas faire le mercredi, elles reprirent leur discussion le jeudi soir.

Ce soir-là, Renée rentra plus tôt que d'habitude, alertée par les messages répétés de Jeanne sur son téléphone. Il s'était passé quelque chose ce matin-là qui valait le coup qu'on bouscule les habitudes. Jeanne attendait sa tante dans le salon et ne lui laissa pas le loisir de dérouler son rituel de détente. Elle attaqua, surexcitée :

— Tout a commencé comme d'habitude : le bus, le café, l'attente. Et puis, au bout de trente minutes, au moment où les gens sortaient de la gare après l'arrivée d'un train, il s'est levé et il est sorti presque en courant. Enfin, autant que le pauvre vieux bonhomme peut courir.

— Il a retrouvé quelqu'un ?

Jeanne attendit quelques secondes pour répondre, laissant le doute planer, prête pour son effet.

— Ben non, il est monté dans un bus et il a disparu.

— Il est rentré comme ça ?

— Non, il a pris un autre bus. Je n'ai pas eu le temps de voir où il allait. Le temps de sortir, le bus était parti et je n'ai pas pu voir son numéro, il était caché par un camion. Et après, il était trop loin.

— Mais tu as regardé sur l'arrêt de bus, non ?

— Oui, j'ai noté trois numéros de bus et trois itinéraires différents. Une chose est sûre, aucun d'eux ne revenait vers chez lui.

Renée tentait d'assimiler ces informations et d'échafauder une théorie qui tienne à peu près la route. Comme rien ne lui venait, elle émit l'hypothèse que le bonhomme pouvait tout simplement devenir gâteux.

— Tu es allée chez lui ensuite ?

— Oui, bien sûr. Je te vois venir mais non, il était bien là. Denise m'a dit qu'il était rentré à peu près à son heure habituelle.

— Et à lui, tu n'as rien demandé ?

— Que voulais-tu que je lui demande ? Monsieur de Roncourt, je vous espionnais ce matin mais certains faits m'ont semblé curieux, pourrions-nous revoir ensemble le déroulement de la matinée ?

— Au point où tu en es ! pouffa Renée.

Elles cherchèrent ensuite un moyen pour Jeanne de suivre Charles si la situation venait à se reproduire. Il lui faudrait tout d'abord repérer le numéro du bus et comprendre ce qui poussait de Roncourt à monter dedans. Hélas, lors des sorties matinales suivantes, le calme était revenu, Charles buvait son café et rentrait.

Puis vint ce jour où Renée, Rémy et Jeanne se trouvèrent attablés rue Lyautey. Le froid avait permis à Jeanne de se dissimuler sous une grande capuche et d'attendre non loin de l'arrêt où elle avait vu Charles attraper le bus mystère. La chance voulut que ce jour-là, le manège étrange se reproduise. Quelques minutes après s'être installé dans le café, il bondit à l'extérieur et monta dans le bus, suivi de près par Jeanne qui tenta le tout pour le tout au risque d'être démasquée.

— Il a abordé une vieille dame ! asséna Jeanne.

Rémy et Renée s'exclamèrent d'une seule voix : non ?!

— Je suis sûre que c'est elle qu'il attendait à chaque fois. Elle est montée dans le bus juste devant nous.

— Tu as pu entendre ce qu'ils se disaient ? demanda Rémy, pris au jeu.

— Non mais j'ai vu son visage, celui de Roncourt, heureux comme un gamin.

— Où sont-ils descendus ? intervint Renée.

— Ah, ah, tu touches au dernier mystère de la journée. La femme est descendue du bus au bout de trois ou quatre arrêts, je ne sais plus trop. Charles et elle se sont salués et il est resté à l'intérieur. Il y avait beaucoup moins de monde dans la voiture et j'ai eu peur qu'il me reconnaisse mais il ne faisait attention à rien, il regardait dehors, le regard dans le vague. Il est descendu à la station suivante, il a traversé la rue et il a attendu le bus en sens inverse.

— Tu veux dire qu'il est retourné à la gare ?

— Et je suis même sûre qu'il est rentré chez lui. Je n'ai pas osé le suivre, j'ai attendu le bus suivant. Mais quand je suis arrivée chez lui, Denise n'avait rien remarqué de particulier, juste que le vieux bonhomme était transi.

Renée se leva et sortit une bouteille de vin rouge de sa réserve :

— Je pense que cette découverte mérite qu'on porte un toast. Alors, comme ça, Charles de Roncourt drague une petite vieille dans un bus de banlieue !

Jeanne sembla ne pas apprécier la façon dont sa tante avait dit ça : — Je pense plutôt qu'il est tombé amoureux de cette femme. Je ne sais pas comment ils se sont connus mais à cette vitesse-là, ils seront au cimetière avant qu'il lui ait proposé un verre. C'est dommage parce qu'elle est vraiment belle !

— Pour une vieille, lança Rémy, regrettant aussitôt des paroles que personne ne releva.

Ils burent lentement le vin que Renée venait de leur servir, sans parler. Celle-ci rompit le silence la première : — Tu ne trouves pas qu'il est un peu pathétique ? À son âge, guetter une femme pour lui parler quelques minutes ?

— Non, je trouve ça plutôt…

— Touchant, ajouta Rémy pour finir la phrase de son amie.

— Oui, tout à fait, touchant, répondit Jeanne en souriant à Rémy.

Renée se leva, posa son verre dans l'évier et commença à débarrasser.

— Me voilà bien, comme si je n'avais pas assez d'une nièce cœur d'artichaut, il faut qu'elle me ramène son clone à la maison.

Ils protestèrent simultanément mais Renée leva les mains en signe de reddition :

— D'accord, d'accord ! N'en jetez plus. Finissez plutôt de débarrasser, moi, je vais me coucher. J'en ai assez entendu pour ce soir. Que ce vieux bonhomme soit touchant, pathétique ou ridicule, je suis finalement déçue par le dénouement de ce mystère.

Elle fit une bise à chacun et partit se coucher. Les deux amis firent un ménage rapide avant de finir leur verre.

— Tu vas lui en parler ?

— À qui ? À de Roncourt ? Je ne sais pas encore. J'ai hésité aujourd'hui. Il ne va pas aimer la façon dont j'ai appris son petit secret.

— Tu pourrais le croiser par hasard dans ce bus, non ?

— Ça ne l'obligera pas à me dire pourquoi il est là. Non, il faut que je l'amène à en parler sans lui dire que je sais... Pas facile.

Depuis sa chambre, Renée écoutait les deux jeunes gens continuer leur discussion à voix basse. Ils avaient oublié Charles de Roncourt et s'ouvraient mutuellement leurs rêves secrets. Elle était persuadée que Rémy ne resterait pas serveur toute sa vie. Elle avait découvert un jeune homme intelligent et travailleur mais pas à sa place. Il parlait de pays lointains, d'aider les gens, sans savoir vraiment comment. Et Jeanne, la Parisienne jusqu'au bout des ongles, s'enthousiasmait pour la vie simple de tel ou tel peuple cité par Rémy. Même si elle connaissait suffisamment Jeanne pour savoir qu'elle n'irait pas habiter plus loin que le périphérique, elle comprenait que les choses allaient changer, que sa nièce, sa petite fille, allait bientôt voler vers un autre nid. Bien entendu, elle lui dirait, en espérant que cela sonne juste, qu'il était temps mais au fond d'elle-même, elle redoutait cette solitude nouvelle qui l'attendait. Depuis que Jeanne était revenue vivre avec elle, ses fins de journées avaient repris un sens. Elle rentrait pour quelqu'un, pour partager des choses avec Jeanne. Elle avait renoncé à toute possibilité de relation pour garder la jeune femme près d'elle, même si les occasions n'avaient pas été nombreuses et encore moins intéressantes. Elle redoutait maintenant que les deux futurs tourtereaux ne cherchent à la caser pour avoir bonne conscience.

Elle repensa à de Roncourt et à ses rencontres éphémères dans un bus de banlieue. Elle avait réagi bien trop abruptement et, elle le comprenait maintenant, à l'opposé de ce qu'elle pensait vraiment. Oui, ils avaient raison, le vieil homme était touchant, à mille lieues de l'image qu'il donnait à travers les descriptions habituelles de Jeanne. Était-ce l'âge qui lui faisait envier cette femme qui avait un amoureux secret, capable de passer des heures entières à l'attendre pour avoir, ne serait-ce qu'une fois de temps à autre, l'occasion de l'aborder et de lui parler ?

Dans un demi-sommeil, elle entendit Rémy et Jeanne se dire bonne nuit, la porte de l'entrée se fermer et Jeanne s'enfermer dans la salle de bains. Elle sourit en pensant que, demain matin, elle préparerait encore une fois un petit-déjeuner pour sa nièce qu'elles partageraient en papotant. Elle pensa aussi à sa sœur, à la fierté qu'elle devait ressentir là-haut, en voyant ce qu'était devenue sa fille.

20

La porte s'ouvrit avant que le doigt de Jeanne n'entre en contact avec la sonnette. Visiblement, Denise l'attendait. Elles se firent la bise et échangèrent quelques mots avant que la gouvernante ne lui glisse à l'oreille : — Fais attention, il est de mauvais poil aujourd'hui.

Jeanne n'était pas surprise mais fit mine de ne pas comprendre la raison de cette mauvaise humeur. Avant de lui ouvrir la porte du bureau de Charles, Denise lui rappela que c'était le soir de la réunion littéraire chez Annie et qu'elle avait promis d'y assister.

— Je sais que c'est un peu pénible mais ça lui ferait tellement plaisir que tu sois là. Tu penses, une journaliste de Paris qui écrit une biographie sur le grand homme, sa petite réunion prend une autre dimension.

Se rendant compte de la maladresse de sa phrase, elle essaya de se rattraper mais Jeanne lui sourit : — Arrête, tu t'enfonces. J'ai compris ce que tu voulais dire. Si tu passes la voir, dis-lui que je serai là mais que je ne partirai pas tard.

Elle allait devoir reporter son dîner avec Rémy et elle n'aimait pas ça. D'ailleurs, elle appréciait de moins en moins le temps passé loin de lui et cette sensation la tiraillait. C'est comme si elle ne l'avait pas ressentie depuis le lycée. Elle n'aimait pas ça, pas pour un garçon qui passait son temps à parler de quitter Paris pour des pays lointains et s'occuper d'enfants défavorisés, pas du tout le style de vie dont elle rêvait. Si encore il parlait dans le vide mais elle savait, et c'est aussi pour ça qu'il était attirant, qu'il parlait sérieusement. Elle n'arrivait pas à se décider : le laisserait-elle partir pour continuer sa vie d'aujourd'hui ou abandonnerait-elle tout ce qui était son quotidien jusque-là, dont Renée, Robert et maintenant Charles et ses amies ?

Denise la ramena au présent en la poussant presque dans le bureau de Roncourt. Il avait effectivement l'air de fort mauvaise humeur. Il était rasé, une première se dit Jeanne, et ne tourna même pas la tête vers elle.

— Ça vous fait cet effet à chaque fois ? demanda-t-elle.

— De quoi parlez-vous ?

— De la sortie du livre, bien sûr. C'est ça qui vous rend grognon, non ?

Il hésita mais finit par acquiescer : — ça ne va pas durer longtemps, je vous rassure. Dans quelques jours, j'aurai oublié.

— Ça vous fait quoi de voir votre livre avec le nom d'un autre sur la couverture ?

Il aurait pu se fâcher de cette énième tentative de Jeanne pour lui faire avouer son sentiment réel mais il se tourna vers elle, avec un sourire qu'on adresserait à un enfant qui pose une question stupide.

— Ma pauvre enfant, si j'étais le seul. L'histoire de la littérature est pavée d'auteurs inconnus sur lesquels marchent des générations de prête-noms au talent suffisamment douteux pour ne pas écrire eux-mêmes.

— Ne vous cachez pas derrière des généralités. Il est clair que vous n'êtes pas indifférent à cette situation.

Il réfléchit presque une minute avant de répondre.

— Je réussis à accepter la situation car je sais que je ne donne pas le meilleur de moi-même.

— Mais ça suffit pour faire des succès de librairie.

— Oui, répondit-il en souriant une nouvelle fois. Comme quoi le mieux est l'ennemi du bien, moins je m'applique, plus ça fonctionne. Si j'avais su ça bien plus tôt…

C'est le moment que Denise choisit pour apporter le thé quotidien. Jeanne avait noté depuis quelques jours une lente amélioration du goût de ce qu'elle leur servait, comme si elle pardonnait peu à peu au vieil homme des années de misanthropie. Elle jeta un regard étonné vers Jeanne en découvrant Charles d'un poil maintenant bien moins mauvais. La jeune femme lui fit simplement un clin d'œil en retour. Elle dut se résoudre à ressortir sans réponse à sa question silencieuse.

Jeanne regarda Charles boire son thé très lentement et grimacer par habitude à chaque gorgée comme au premier jour de leur rencontre. Lorsqu'il eut fini, il reposa sa tasse et fixa son regard dans celui de la jeune femme qui, brusquement intimidée, détourna le sien et se donna une contenance en buvant à son tour.

— En parlant de mon livre, comme vous dites, vous en avez fait de belles l'autre soir !

— C'est votre négrière qui vous l'a dit ?

— Négrière ? (Troisième sourire). Le terme est intéressant même s'il est inapproprié, à mon encontre en tout cas. C'est un arrangement à bénéfice mutuel.

Il ajouta : — Pourquoi y êtes-vous allée ?

— Je voulais voir sa tête, l'entendre m'expliquer en face son processus créatif.

— Vous vouliez surtout qu'il sache que vous saviez, lui faire peur, non ?

— Peut-être aussi, répondit-elle en souriant. En tout cas, elle n'a pas apprécié. Si elle l'avait pu, elle m'aurait écharpé sur place.

— Comment avez-vous trouvé Nadows ?

— C'est un petit prétentieux trop sûr de son charme et de son intelligence. À croire qu'il a oublié que ce n'est pas lui qui écrit ses livres.

— Oubliez ce que vous savez de lui, il a quand même du charme, il parle bien, non ?

Elle allait répondre du tac au tac mais se retint et prit le temps de la réflexion.

— Oui, vous avez peut-être raison, il donne le change. Mais jusqu'à quel point les gens l'écouteraient s'il n'était pas auteur à succès ?

Charles se leva et alluma une petite lampe près du fauteuil. On était à peine au milieu de l'après-midi mais de gros nuages noirs venaient de faire baisser la luminosité extérieure. Il jeta un coup d'œil à travers les rideaux vers le café d'en face.

— Il a dit des choses intéressantes malgré tout, des choses qui ne viennent pas de moi.

— Vous avez regardé l'émission ?

Il revint à son bureau et répondit en donnant autant de distance qu'il le put dans sa réponse.

— Oh, de loin, en bruit de fond. Je n'aime pas ces programmes où les auteurs cherchent à paraître intelligents pour vendre quelques exemplaires de plus.

Sentant que Charles baissait un peu la garde, Jeanne désigna un coin de la bibliothèque :

— Vous avez beaucoup d'ouvrages sur la guerre d'Algérie.

Il tourna la tête dans la direction qu'elle indiquait comme s'il cherchait à comprendre de quoi elle parlait :

— Ah oui, pendant longtemps, j'ai cherché des réponses.

— Des réponses à quel genre de questions ?

— Pourquoi tout ça ? Comment en est-on arrivé là ?

— Vous pensez encore souvent à cette période ?

Il retira ses lunettes et se frotta les yeux.

— Si des images doivent me poursuivre jusqu'après ma mort, elles viendront forcément d'Afrique du Nord.

— Pourquoi vous n'avez jamais écrit ce que vous avez vécu là-bas ?

Il désigna à son tour les rayons de sa bibliothèque.

— Ils sont déjà si nombreux ceux qui ont décrit les horreurs de la guerre et de celle-ci en particulier, des pages terriblement belles.

— Je pensais plutôt...

— À écrire comme un exutoire ?

— Exactement. Vos amies ne savent même pas ce que vous avez vécu en Algérie, vous ne leur avez jamais rien dit. Tout ce qu'elles savent, c'est que cette période vous a complètement changé, à ne pas reconnaître l'ami qui était parti. Vous n'avez jamais ressenti le besoin de sortir tout ça ?

Il répondit qu'il y penserait signifiant par là qu'il mettait fin à ce sujet.

Annie raccompagna les adeptes de ses soirées littérature et referma la porte, laissant les premiers froids sur le perron. Derrière elle, autour de la grande table dressée pour l'occasion, Jeanne et Denise tombaient de sommeil. De son côté, l'hôtesse était aux anges.

— Les filles, ça faisait longtemps qu'on n'avait pas eu des discussions aussi intenses. Si ça continue, on va récupérer de nouveaux membres.

En disant « on », elle associait ses deux amies à sa petite aventure sans vraiment leur demander leur avis. Jeanne découvrait ce cercle littéraire étonnant pour la première fois et s'était demandé dès les premières secondes ce qu'elle faisait là, ce qu'ils faisaient tous là et combien il pouvait y avoir de ces drôles de choses en France. Et Denise qui avait finalement accepté de l'accompagner, se posait les mêmes questions. Malgré tout, elle avait bien mangé, Annie était vraiment un cordon-bleu, et bien bu. Pour le reste, les discussions intenses de celle-ci lui avaient surtout semblé pathétiques ou risibles, selon les cas. En sachant ce que Charles pensait des émissions littéraires de la télé, elle n'osait imaginer les mots qu'il utiliserait pour qualifier les réunions qui avaient lieu en face de chez lui et dont il était un des héros principaux, bien malgré lui.

Jeanne avait également été au centre des attentions. Annie avait légèrement gonflé son importance dans le milieu du journalisme culturel mais elle n'avait pas eu le cœur de la démentir. Elle avait même trouvé cela plutôt agréable. Heureusement, personne n'avait insisté sur ses états de service pour se concentrer sur son activité actuelle. Elle avait la chance de côtoyer presque quotidiennement le personnage important du quartier, de recueillir ses confidences. Elle éluda toutes les questions portant sur les propos de Charles pour ne servir que des banalités qu'elle-même trouvait affligeantes mais qui semblèrent ravir son auditoire. L'alcool aidant, elle s'était laissée prendre au jeu et s'en trouverait bien stupide le lendemain matin. Pour l'heure, elle résistait à la tentation de rejoindre son lit, elle avait depuis longtemps abandonné l'idée de passer la fin de soirée avec Rémy, afin d'aborder quelques points avec Annie et Denise. Il n'y aurait pas besoin de pousser Annie à parler, comme d'habitude, et l'alcool aurait aussi raison de la réserve de Denise.

Annie se laissa tomber sur une chaise qui ne grogna pas. Elle réunit les quelques gâteaux secs qui restaient de la fin de repas dans une seule assiette qu'elle posa devant elle. Tout en grignotant, Dieu sait ce qu'elle avait pu avaler pendant la soirée, elle faisait des plans sur la comète pour les prochaines réunions de son équipe de choc. Bon an mal an, elle réussissait à réunir une dizaine de personnes en rythme de croisière sans compter Denise qui ne venait que très exceptionnellement quand elle ne pouvait plus se défiler. Ils habitaient tous dans le quartier depuis au moins quarante ans pour ceux qui n'y étaient pas nés. Tous retraités, il y avait, dans le désordre, une ancienne coiffeuse et sa shampooineuse qui avaient lu peu de livres mais en avait beaucoup entendu parler, un ancien plombier qui s'était pris d'amour pour la lecture sur le tard et qui avouait avoir du mal à finir les ouvrages qu'Annie lui conseillait, un ancien facteur, deux ou trois employés de mairie, deux autres personnes qui parlaient si peu qu'on ne savait plus quel métier elles avaient exercé. Il y avait également, cerise sur le gâteau, un ancien professeur des écoles, qui parlait peu et acquiesçait beaucoup, les yeux rivés sur la maîtresse de maison. Jeanne n'aurait su dire s'ils lisaient vraiment les ouvrages dont ils parlaient, elle les soupçonnait d'ailleurs de n'avoir pas lu de Roncourt, mais ils étaient visiblement d'ardents fidèles de François Luis et du Monde Littéraire. Ce noyau dur des soirées d'Annie ne manquait qu'exceptionnellement une soirée littéraire, d'autant que la nourriture et la boisson étaient offertes, ce qui est assez rare pour être signalé comme répétait le plombier à propos de tout et n'importe quoi.

— Alors, de quoi avez-vous parlé aujourd'hui ? Demanda Annie.

— Parlé, c'est un bien grand mot. On a évoqué l'Algérie mais il ne dit presque rien.

— Il n'a jamais rien dit, ajouta Denise.

— Ce qui est sûr, c'est que ça l'a marqué plus qu'il ne veut bien l'avouer. Il a dû connaître une expérience traumatisante.

Annie se leva et attrapa un paquet de gâteau derrière le bar qu'elle renversa dans l'assiette devant elle : — Bien sûr qu'il a été traumatisé ! Mets des gamins de banlieue dans les années soixante où le plus flippant, c'était le bruit de la mobylette du facteur et fous-les au milieu d'une guerre dans un pays inconnu. Tu vas voir s'ils ne reviennent pas traumatisés !

Les deux femmes se mirent à décrire comme elles l'avaient déjà fait, le Charles d'avant la guerre d'Algérie, un adolescent insouciant, drôle et charmant.

— Il était vraiment mignon, tout le monde l'adorait. Je vais te retrouver des photos, tu verras. Pas sûr qu'il accepte que tu les mettes dans le livre mais tu peux essayer.

Denise, plus silencieuse qu'Annie, ajouta néanmoins : — Il était drôle aussi, tu ne peux pas imaginer comme il nous faisait rire.

Effectivement, Jeanne avait bien du mal à imaginer le vieux bonhomme en train de raconter des blagues ou faire le clown pour se faire tordre de rire une bande d'adolescents. Par contre, elle imaginait sans difficulté qu'il avait été beau, il l'était toujours malgré les années et le laisser-aller. Et puis, elles décrivirent l'homme qui était revenu, fort loin du jeune garçon parti trois ans plus tôt. Le silence avait remplacé les verbiages incessants, le rêve avait disparu de son regard désormais vide, triste au moins. Peu à peu, l'espace autour de lui, qui s'était de nouveau rempli à son retour, s'était vidé. Il avait laissé partir ses amis sans faire un geste. Ses parents commençaient à vieillir, on ne parlait pas encore d'Alzheimer alors, mais les symptômes étaient là, ils voyaient leur unique enfant s'enfoncer dans une dépression, encore un terme inconnu à l'époque, qu'ils ne pouvaient pas gérer.

Et puis, les années avaient commencé à passer. L'étudiant en mathématiques avait cédé la place à un homme taciturne qui ne vivait que pour écrire. La misanthropie s'était peu à peu installée. Seuls quelques fidèles étaient restés autour de lui, Denise et Annie en étant les derniers représentants. Les premiers succès littéraires l'avaient réveillé, l'attirant de plus en plus souvent vers Paris où il avait fini par louer un appartement. De cette période, les deux femmes n'avaient, là non plus, pas grand-chose à dire. Les parents de Charles avaient continué de vieillir, ne voyant leur fils qu'occasionnellement. Il lui arrivait de passer en coup de vent, seul ou au bras d'une jeune femme, rarement la même.

— Pourquoi Charles n'a-t-il été marié qu'un an ?

Denise qui s'apprêtait à partir se rassit immédiatement en entendant la question de Jeanne, comme si elle tenait à maîtriser ce que pourrait dire Annie, prompte à partager secrets et exagérations. Elle dut pourtant avouer que la question était bonne, si bonne que même son amie resta muette.

— On n'a jamais vraiment su pourquoi il s'était marié et surtout avec cette femme.

À la façon dont Denise avait prononcé le dernier mot, la jeune femme comprit qu'elle avait touché une corde sensible. Ce mariage était un des rares repères publiquement connus de la vie de Charles de Roncourt. En 1980, il avait épousé une actrice de quinze ans sa cadette. Les gens qui l'avaient côtoyée la décrivaient comme plutôt jolie, ce que confirmaient les photos et les quelques minutes de film où elle apparaissait, intelligente mais d'un caractère de cochon. On les avait vus pendant un an, bras dessus, bras dessous dans les lieux à la mode de l'époque, en compagnie de quelques célébrités de seconde zone. Et puis, l'union avait pris fin dans l'indifférence générale, Mitterrand et la gauche accédant au pouvoir, de Roncourt déjà en plein déclin, les médias avaient alors bien d'autres préoccupations. La carrière de celle qui se faisait appeler Maya n'avait jamais décollé, elle s'était remariée, deux enfants et une vie discrète, anonyme mais peut-être heureuse.

Denise se décida enfin à rentrer chez elle. Elle proposa à Jeanne de partir ensemble mais celle-ci s'excusa, elle avait besoin d'encore un peu de temps pour reprendre ses esprits. Annie alla lui préparer un café. Quand elles furent seules, Annie vint s'asseoir tout près de la jeune femme.

— Tu sais, il ne faut pas trop parler de cette période avec Denise, ça lui fait encore mal.

— Elle était amoureuse de Charles, c'est ça ?

— Ma pauvre, on l'était toutes. Mais elle, elle l'est encore et le sera toujours. Le vieux bonhomme peut bien la traiter en bonniche, elle reviendra chaque jour tant que son corps la portera.

Elle ajouta : — C'est pour que je te dise ça que tu es restée là, non ?

— Pourquoi tu me l'as dit ?

— Tu aurais fini par le savoir de toute façon et maintenant, tu éviteras peut-être de faire souffrir Denise.

Jeanne ne tenait plus debout, elle se décida enfin à prendre congé. Elle commanda un taxi. En l'attendant, Jeanne continua de suivre le fil.

— Quand est-il revenu dans le quartier ?

— Juste à la fin de son mariage. Il est revenu emménager chez ses parents. Quand Joséphine est morte, il s'est occupé de Maximilien. Il est parti quelques mois après sa femme et Charles est resté dans la maison.

Annie devança la question de Jeanne : — Denise était au service des parents à ce moment-là, elle s'occupait de tout. Elle a simplement continué à le faire pour le fils.

Les deux femmes restèrent silencieuses un moment. Sur le pas de la porte, elles regardaient les premières gouttes tomber sur la chaussée. Jeanne demanda des nouvelles de Cathy, sachant que l'arrivée du taxi lui permettrait de mettre fin à un sujet qui pouvait occuper des heures de conversation dans la bouche d'Annie. Sa fille essayait de monter en grade dans sa boîte : elle avait besoin d'un revenu plus important pour louer un appartement plus grand, elle avait l'intention de faire un bébé dans les deux ans, avec son copain

216

actuel bien entendu, même s'ils ne parlaient pas mariage, pas encore.

— Elle ne vient jamais à tes soirées littérature ?

— Oh non, elle est trop jeune pour se coltiner des vieux. Et puis, elle a son copain, elle est bien mieux avec lui qu'avec nous.

Deux mots traversèrent l'esprit de Jeanne alors que la lumière rouge sur la voiture qui avançait vers elles signifiait la fin de la conversation : sans commentaire. Elles s'embrassèrent, comme d'habitude la grande femme la serra un peu trop fort dans ses bras, mais la chaleur de cette accolade faisait fondre la jeune femme à chaque fois.

Dans le taxi, elle lutta pour ne pas s'endormir alors que la voiture traversait les rues vidées par la nuit et la pluie froide. Elle repensa au plan de Cathy, une trajectoire toute tracée sur plusieurs années. De son côté, rien n'était prévisible à plus de quelques jours, alors le mariage, l'appartement ou le bébé, ça ne faisait pas partie de sa façon de penser. Ou pas beaucoup. Car maintenant, il y avait Rémy, un gros changement se préparait. Il était évident pour elle, et pour Renée qui n'arrêtait pas de lui rabâcher les oreilles avec ça, que la situation allait évoluer, sans savoir vraiment quand. Elle ne pouvait contester que ses sentiments à l'égard du garçon avaient depuis longtemps dépassé l'amitié toute simple, elle ne doutait pas qu'il en fut de même de l'autre côté. Allait-il, eux aussi, faire des plans, écrire leur histoire à l'avance ? Rémy pensait à l'avenir, il en parlait beaucoup mais toujours de la même chose, s'occuper des gens, loin de Paris. Mais ce futur ne s'ancrait dans rien, pas de jalons, pas de fixation, aux antipodes de la vision de Cathy. Elle conclut que ça lui allait bien, elle avait trop peur des futurs à conséquence, de ceux qui conditionnent les futurs suivants.

21

Robert attendait depuis près d'une demi-heure dans un fauteuil près de la fenêtre. D'où il était, il avait une vue sur l'ensemble de la salle et ce qu'il voyait ne lui plaisait pas particulièrement. Il n'était pas à l'aise dans les ambiances modernes mais c'était devenu une règle avec Jeanne, ils choisissaient le lieu de leur rencontre chacun leur tour. Cette fois, la jeune femme avait mis le paquet, ambiance cuir beige et chocolat pour les fauteuils, appliques blanches en forme de singes, lustres immenses en faux cristal. Bien sûr, la population allait de pair, branchée, moderne, et pour lui superficielle. Pour faire passer, il avait enchaîné deux whiskies et se retenait d'en commander un troisième. Elle n'allait certainement pas tarder et il devait garder les idées à peu près claires. Il préféra tourner le regard vers l'extérieur. S'il y avait un intérêt à ce bar, c'était par là. Envahissant le dernier étage d'un immeuble des années quatre-vingt du nord de Paris, il ouvrait une vue spectaculaire sur la capitale. Il n'était pas insensible à la beauté de ce qu'il voyait mais il le sentait bien, il était plus à l'aise dans un village africain ou dans une petite île asiatique.

Pour renforcer son décalage avec le reste de la clientèle, il avait posé sur la table basse devant lui, non pas un des derniers ordinateurs portables à la mode, avec la pomme à moitié mangée dessus, mais une pochette de carton contenant un paquet de feuilles A4, les dernières pages que lui avait envoyées Jeanne, et un simple stylo Bic, seule concession au design moderne. Elle n'avait pas l'habitude d'être en retard mais depuis qu'elle avait commencé ce travail sur la vie de Charles de Roncourt, elle n'était plus aussi stricte voire rigide dans ses horaires qu'elle avait pu l'être. Elle avait recommencé à lui envoyer de nouvelles pages qui construisaient peu à peu, comme un puzzle, la vie du vieil écrivain, mais le changement de ton ou d'attitude était sensible. Elle avait quitté la peau d'une admiratrice lointaine, amoureuse des livres, et adoptait sans le savoir, celle d'une intime, admiratrice de l'homme.

Il en était là de ses réflexions lorsqu'il la vit s'avancer vers lui. C'était vraiment une très belle femme et les hommes qui se retournaient sur son passage ne l'auraient certainement pas démenti. Depuis quelque temps, il avait découvert sur son visage, une lumière qu'il ne lui avait jamais vu. Il avait mis ça sur le compte de sa liberté nouvelle, à interviewer un homme admiré, jusqu'à ce que Renée lui parle de Rémy, cet étudiant en médecine devenu serveur de bar. Elle ne lui avait pas encore présenté, elle n'avait même pas mentionné son existence mais il espérait que cela ne tarderait pas. Elle se dirigeait vers lui en donnant l'impression de ne voir que lui, sourire aux lèvres. Elle se pencha vers lui avant qu'il n'ait le temps de se lever et lui fit deux bises.

— Reste assis, à ton âge, il ne faut pas faire trop d'efforts ! dit-elle en souriant toujours.

— Je vais te mettre mon pied quelque part, tu vas voir si je suis vieux !

Elle s'assit en rigolant, posant son gros sac à ses pieds, en sortit une de ces choses à la pomme entamée et la posa sur la table. Un serveur vint prendre sa commande, la vingtaine d'années, un peu trop soigné, un peu trop musclé. Sa peau était presque entièrement recouverte de tatouages multicolores et son visage arborait une étonnante collection de piercings. Elle commanda un verre de vin rouge, ce qui déclencha l'énumération d'une longue liste de crus de toutes origines. Elle leva la main pour la stopper :

— Un bordeaux, à part ça, choisissez pour moi.

Il repartit avec une moue qui pouvait signifier son étonnement devant si peu de culture ou de précision dans les goûts.

— C'est drôle ou ça fait vieux con si je dis qu'il aurait du mal à passer le détecteur de métaux à Roissy ?

— Les deux, mon capitaine.

Balayant l'immense pièce du regard, elle demanda : — Alors, tu penses quoi de mon choix ?

Il se força à tourner la tête et à détailler ce qu'il voyait : — tu vas me le payer à notre prochaine rencontre.

Le serveur vint rapidement poser le verre de Jeanne devant elle mais elle n'écouta pas la description qui l'accompagna. Ils attendirent qu'il s'éloigne pour enfin aborder le cœur du sujet.

— Alors, qu'est-ce que tu en penses ? demanda-t-elle, soudain sérieuse.

— Tu commences à avoir une bonne vue de l'enchaînement des événements de sa vie mais...

— Je sais, je sais !

— Mais, je n'ai pas fini ma phrase !

— Tu vas me dire que c'est encore trop superficiel, des dates et des faits mais rien de plus, c'est ça ?

— Dans les grandes lignes, tu as raison, c'est ce que j'aurais dit.

Elle attrapa son verre et engloutit une bonne gorgée d'une boisson qui ressemblait de loin à un bordeaux. Elle fit la grimace et reposa le verre. Robert enchaîna :

— Tu dois l'amener à te raconter l'épisode algérien. Des milliers de jeunes garçons ont vécu là-bas des expériences traumatisantes, pourtant tous n'ont pas été changés du tout au tout. Il y a eu pendant cette guerre, des deux côtés, des tortures, des assassinats. A-t-il été bourreau ? Victime ? S'il te raconte ça, c'est gagné.

— Il n'en a jamais parlé à personne...

— Je sais mais il arrive à un âge où on n'a pas forcément envie de partir avec des bagages trop lourds. Tu dois y aller par petits coups mais il faut que tu réussisses à percer cette carapace.

Comme elle restait muette, il ajouta : — Mais il n'y a pas que ça. Pour moi, cette femme dans le bus est encore plus intéressante. Tu côtoies un ours depuis des semaines, des mois et tu t'aperçois que pendant quelques minutes, deux à trois fois par semaine, il a un échange qui peut paraître normal avec un autre être humain.

— Mais ce n'est pas normal...

— Non, ce n'est pas normal et c'est ça qui est intéressant. Pourquoi la suit-il ? Pourquoi lui parler entre deux stations ? Où va-t-elle ? Qui est-elle ? Pourquoi, pourquoi, pourquoi ?

Bien sûr, Jeanne se posait aussi ces questions. Elle les avait suivis plusieurs fois et la scène était à chaque fois la même. Charles qui monte à la suite de la femme, qui parle avec elle pendant quelques minutes, qui plaisante même. Et puis, elle descend. Il attend l'arrêt suivant et rentre chez lui. Jeanne a suivi la femme, une fois. En descendant du bus, elle a marché quelques minutes et est entrée dans un immeuble banal. L'examen des identités sur les boîtes aux lettres n'a rien révélé à la jeune femme, pas un nom qui fit tilt. Robert avait raison, autant que la guerre d'Algérie, ce mystère était le mystère de la vie de Charles de Roncourt.

— Tu n'as pas essayé de l'aborder ? demanda-t-il.

— Je n'ai pas osé, si Charles s'en aperçoit, je suis grillée.

Un nouveau silence, comme d'habitude sans aucune gêne, comme une simple respiration dans le dialogue.

— Il y a encore quelque chose qui m'intrigue.

— Quoi ? fit Jeanne, sortant brusquement de ses réflexions.

— Sa relation avec Denise. Ce que tu décris et que je lis sans les connaître, c'est différent d'une relation employeur/employé. Ce n'est pas que sa gouvernante.

— Tu ne veux quand même pas dire que tous les deux…

— Non, bien sûr que non ! Enfin, plus maintenant. Mais, tu devrais aussi creuser de ce côté-là.

Ils prirent une nouvelle respiration, vidant lentement leurs verres. Robert avait repris sa contemplation de Paris et Jeanne sa contemplation du serveur, ce qui n'échappa pas, malgré tout à son compagnon.

— Tu ne vas pas me dire que c'est ton genre quand même ?

— Non, ça non, dit-elle en secouant vigoureusement la tête, trop peut-être. Depuis quelque temps, je ne me sens plus tout à fait à mon aise dans ce genre de lieu, bizarre, non ? Tu crois que je vieillis ?

— Je pense surtout que tu grandis, que tu t'assagis. Tes aspirations changent lentement. Un jour, quand tu entreras dans cet endroit, tu siffleras deux whiskies avant d'être en mesure de le supporter.

La pluie qui avait commencé à tomber doucement une heure plus tôt, se fit soudain très dense, cachant la ville aux yeux de Robert. Il garda néanmoins les yeux fixés sur les grandes baies vitrées en tâchant de ne pas faire attention au reflet de la salle pleine à craquer. Il hésitait malgré tout à affronter l'averse, espérant qu'elle ne durerait pas.

— Alors, quel est ton type d'homme ? demanda-t-il innocemment.

— Pourquoi tu me demandes ça ?

— Comme ça, pour parler.

— Tu as parlé avec Renée, c'est ça ? lança-t-elle, suspicieuse.

— Disons plutôt qu'elle a parlé avec moi. Je te rassure, elle ne tarissait pas d'éloges pour le jeune homme. Simplement…

Jeanne attendit la suite.

— Simplement, elle ne veut pas que tu passes à côté.

Jeanne se retint de répondre, elle ne se voyait pas avouer qu'elle aussi, elle espérait ne pas passer à côté. Elle tourna la tête en direction de la vitre pour observer la pluie qui ne cessait pas. Décidément, elle ne supportait plus les ambiances comme celle qui les entourait. Elle avait des envies de calme, elle rêvait de soleil et de petite brise. Si elle avait réellement su l'interpréter, elle rêvait de nature. Elle en avait assez du béton qui ne pouvait se cacher derrière quelques arbres au mieux à moitié malade. On entrait dans la saison où aucun rideau vert ne cacherait plus la laideur des murs. Elle étudia son reflet, celui d'une jeune femme qui changeait d'âge même si le physique semblait rester le même. Attention, se dit-elle, encore un peu et tu vas te la jouer horloge biologique, temps qui passe et tout le reste. Suivant sa pensée, elle imagina Rémy en père de famille, plausible et plutôt tentant. Elle sentit une main qui se posait sur son épaule, Robert s'était penché vers elle.

— Qu'est-ce qu'on fait ? Tu bois quelque chose ?

— Un whisky, fit-elle. Un premier.

Jeanne entra dans la cuisine à tâtons. Elle ferma la porte avant d'allumer la lumière pour ne pas réveiller Renée. Elle ne trouvait pas le sommeil, gênée par la soif et par les effets de l'alcool ingéré pendant la soirée, le ventre vide. Troisième fois qu'elle revenait pour boire un verre d'eau, la pendule du four indiquait quatre heures et quart. Dès qu'elle fermait les yeux, il lui semblait que l'immeuble entier se mettait à bouger comme un gros paquebot pris dans la tempête. Elle s'en voulait d'avoir suivi Robert dans son enchaînement de whiskies. Soit, sur le coup, la chaleur du liquide descendant dans son estomac et la douce torpeur de son cerveau lui avait procuré des sensations agréables. Peu à peu, elle avait perdu la notion du temps, et aussi de l'espace ce qui avait obligé son ami à la soutenir pour rentrer chez elle, pas loin de la porter. Il l'avait laissée à la porte de l'appartement, vaguement inquiet et amusé à la fois. À travers la porte, il l'entendit se cogner à divers endroits puis le silence. Il en conclut qu'elle avait réussi à rejoindre sa chambre et se décida à rentrer chez lui.

Elle se laissa tomber sur une chaise et but son verre lentement en essayant de bien humidifier ses lèvres et sa langue. Les souvenirs de la fin de soirée étaient vagues, seules les paroles de Robert concernant Charles de Roncourt étaient restées bien nettes. Comme d'habitude, il avait raison, tout l'intérêt de sa biographie résidait maintenant dans sa capacité à faire parler le vieil homme de ce qu'il n'avait pas voulu aborder depuis le début de leurs échanges. Il lui fallait trouver un moyen d'arriver à cela mais ils avaient étudié la question sous tous les angles sans qu'une solution évidente ne s'impose à eux. Elle se servit un autre verre d'eau et revint s'asseoir. La langue déliée par l'alcool, son ami lui avait lâché des vérités qu'il avait gardées pour lui jusqu'à présent. Bien sûr, elle savait que Charles de Roncourt n'était pas la star de la littérature qu'elle aurait aimée qu'il soit. Bien sûr, il avait ses inconditionnels mais les ventes de ses livres n'avaient jamais décollé malgré des débuts prometteurs. Elle ne pouvait pas se servir de l'information qui aurait transformé sa biographie en véritable scoop, elle allait devoir s'appuyer sur une histoire particulière, donner envie de lire la vie de cet homme que, finalement, peu de gens connaissaient. Ces derniers mois, elle avait lu une nouvelle fois les romans de Charles, cherchant à comprendre l'origine de sa passion pour eux. Est-ce que, sans son père, sans ce premier cadeau dédicacé de sa main, une première édition de « Nature morte », elle aurait découvert et apprécié cet auteur ? Elle le pensait, elle l'espérait surtout. Avec un cynisme qu'il cherchait généralement à cacher, Robert lui avait lancé que sa biographie deviendrait un best-seller si le vieil homme se décidait à mourir en pleine gloire de Mac Nadows. Elle serait alors libre d'ajouter le chapitre si accrocheur, apte à détruire la réputation du jeune homme et à doper les ventes. Elle s'en voulait d'avoir ri et surtout, d'en avoir rajouté.

À travers la fenêtre devant elle, sur l'immeuble de l'autre côté de la cour qui était dans le noir jusque-là, une petite lucarne s'illumina. À cette distance, Jeanne ne distinguait qu'une silhouette dans ce qui ressemblait à une cuisine. La personne se mit en devoir de préparer un petit-déjeuner, quatre heures trente du matin, une vie qui démarrait bien avant la plupart, dans la nuit. Elle la regarda faire pendant un moment, tombant peu à peu dans une torpeur qui ressemblait à de la somnolence. C'est donc dans un demi-sommeil qu'elle entendit de légers bruits derrière la porte avant que celle-ci ne s'ouvre lentement. Renée apparut dans l'embrasure, en chemise de nuit.

— Je t'ai réveillée ? demanda Jeanne comme une excuse.

— Qu'est-ce que tu fais là ? Il y a un souci ?

— Non, j'ai juste trop bu.

Renée se servit, elle aussi, un verre d'eau et s'assit à la table face à sa nièce.

— Tu devrais retourner te coucher, tu vas être fatiguée pour aller bosser.

— Je bois juste mon verre d'eau, profites-en pour me raconter ta soirée.

Jeanne résuma ce dont elle se souvenait, de son arrivée dans le bar pour rejoindre Robert jusqu'à ce qu'elle se laisse tomber sur son lit, les murs qui bougeaient et la bouche sèche. Renée avoua l'avoir entendue tourner en rond pendant au moins une heure après son retour.

— Tu as beaucoup parlé au téléphone, avec qui ?

Jeanne dut avouer qu'elle ne s'en souvenait absolument pas, pas même d'avoir parlé à quelqu'un. Soudain inquiète, elle alla chercher son téléphone portable. Elle avait passé deux appels vers deux heures du matin, à un numéro qui ne provenait pas de ses contacts et qu'elle ne reconnut pas tout de suite. Fouillant dans ses souvenirs de cette nuit noyée dans l'alcool, elle fit ressortir un vague souvenir de conversation, une voix masculine au téléphone qui lui parle gentiment. Quand Renée lui suggéra que ce numéro pouvait appartenir à un correspondant en banlieue, elle le compara à celui d'Annie qu'elle avait enregistré. La ressemblance ne pouvait laisser de doute, elle avait eu Charles de Roncourt en ligne, sans pouvoir expliquer à Renée comment elle avait réussi à composer ce numéro qu'elle ne connaissait pas par cœur.

— Il va te charrier demain, enfin je veux dire tout à l'heure, dit sa tante en jetant un coup d'œil à la pendule du four.

— Ou alors, il va me passer un savon, ça tombe mal.

Renée se leva, posa son verre dans l'évier et lui fit une bise. Elle était décidée à dormir un peu avant de devoir se lever de nouveau. Restée seule, Jeanne continua pendant quelques minutes à réfléchir à ce qu'elle avait bien pu dire au vieil homme sans parvenir à s'en souvenir. Le ton calme et gentil qu'elle avait encore dans l'oreille semblait pencher pour une conversation tranquille, peut-être simplement avait-il tenté de la faire raccrocher la sentant saoule. Elle espéra cependant ne pas lui avoir raconté de choses trop personnelles comme on peut le faire quand l'alcool abat toutes les barrières. Elle se leva et quitta la pièce rapidement pour oublier la boule qui commençait à se former dans son estomac. Il fallait qu'elle s'endorme avant de trop gamberger.

22

Depuis le lever, Jeanne avait comme un étau qui lui broyait le crâne que chaque bruit, chaque lumière plus vive que les autres resserraient irrémédiablement. Elle s'était gavée de paracétamol avant de sortir mais elle en attendait toujours les effets. Face à elle, Charles de Roncourt semblait détendu, elle l'entendait presque fredonner. Elle devait avoir une tête horrible mais n'avait aucune surface réfléchissante à portée de regard pour le vérifier. En descendant du bus, portée par l'air frais, presque froid, elle avait eu l'impression de reprendre vie. La migraine qui ne l'avait pas quittée depuis le réveil ou même avant, semblait vouloir filer vers d'autres cieux. Sa démarche avait retrouvé son rythme habituel et elle était arrivée devant la maison avec ses fermes intentions retrouvées. Mais maintenant, dans ce bureau à l'air lourd, empli de poussières de livres et de vieilleries, elle sentait de nouveau tout le poids d'une soirée sans retenue comme elle en avait connu étant étudiante et plus rarement depuis. Elle n'avait jamais remarqué l'odeur épaisse du lieu, peut-être parce que contrairement à d'habitude, la fenêtre n'était même pas entrouverte. Elle aurait presque regretté le temps où il la recevait dans la pièce d'en face. La conversation avait du mal à démarrer. Après les salutations et les courtoisies devenues habituelles, le silence était retombé. Malgré son malaise, Jeanne ne se sentait pas la force de relancer la machine. Pour la première fois, elle allait voir, avec soulagement, Denise entrer dans la pièce avec son drôle de thé. Peut-être que cette boisson allait lui remettre l'estomac et le cerveau en place. De son côté, le vieil homme semblait prendre plaisir à la situation ne faisant rien pour la mettre à l'aise, bien au contraire. Il restait là, béat, à la regarder comme s'il attendait la question suivante. Il n'avait même pas évoqué son appel nocturne, comme s'il ne l'avait pas reçu.

Enfin, la gouvernante entra avec son plateau. À la surprise des deux femmes, Charles se leva :

— Ah, parfait, merci Denise. Je crois que notre jeune amie a bien besoin d'un remontant. Hélas, nous n'avons pas une goutte d'alcool dans cet ancien lieu de perdition, vous devrez vous contenter d'une eau chaude au goût pour le moins étrange.

Denise ne sembla pas apprécier cette entrée en matière, mais dut se rendre à l'avis de l'écrivain, la blancheur de la jeune femme ne laissait pas de doute sur son besoin de remontant. Pendant que Charles tournait autour d'elles, soudain plein d'énergie, elle lui demanda tout bas si elle souhaitait une aspirine, ce qu'elle déclina dans un sourire de fin du monde. Restés seuls, il reprit sa place, toujours souriant.

— Allez-y, buvez ! dit-il en désignant la tasse fumante. C'est dans ce genre de moment que la mixture de Denise a vraiment une utilité.

Et en effet, dès la première gorgée, Jeanne sentit en elle comme un grand coup de nettoyage. Au bout de quelques minutes, son estomac ne la faisait presque plus souffrir et sa tête retrouvait une légèreté bienvenue.

— Ça va mieux ? lui demanda-t-il en riant.

Et il ajouta : — Quand on ne supporte pas l'alcool, il faut boire des jus de fruits.

Cette dernière remarque finit de la remettre en condition. Elle reposa sa tasse et attrapa son bloc-notes. Charles, toujours ce petit sourire aux lèvres, attendait tranquillement.

— Ça ne peut plus durer ! commença-t-elle.

Elle aurait aimé qu'il pose une question, du genre « Qu'est-ce qui ne peut plus durer ? », elle n'aimait pas les monologues, mais il ne dit rien. Elle dut enchaîner à contrecœur.

— Vous continuez à esquiver les sujets importants, à chaque fois que j'essaye de les aborder, vous répondez à moitié. Une nouvelle fois, vous ne remplissez pas votre part du contrat.

Elle fit une pause, s'attendant à voir le petit sourire disparaître au profit d'un rictus agacé mais il n'en fut rien. Il restait là, impassible, comme s'il n'avait pas écouté ou pas compris ce qu'elle venait de dire.

— Il y a tellement de choses dont vous ne voulez pas parler, les moments importants de votre vie. J'ai besoin d'en savoir plus, de comprendre vos blessures.

Elle s'arrêta net, elle aurait voulu le menacer et elle le priait, le suppliait presque. Et lui, il ne bougeait toujours pas, le sourire figé. Elle faisait son maximum pour que son visage reflète tout l'agacement qu'elle ressentait à cet instant présent. Il se pencha enfin en arrière dans son fauteuil, leva les bras comme pour s'étirer.

— Vous voulez tout savoir de ma vie mais je ne sais presque rien de la vôtre.

— Vous vous fichez de moi ! Vous m'avez déjà fait le coup. Je vous ai parlé de ma mère, de mon père et de mes malheurs. Et voilà où on en est ! Qu'est-ce que vous voulez de plus ?

— Vous ne m'avez pas dit le nom de votre père.

Elle se leva d'un bond, hors d'elle.

— Je crois qu'on va arrêter là, c'est terminé. Finalement, j'ai l'information qui donnera toute sa valeur à ma biographie. Puisque vous ne voulez pas qu'on fasse quelque chose d'intéressant, d'intelligent même, on va faire du sensationnel.

Il la regardait ranger ses affaires et mettre son manteau, elle avait joué son va-tout, il ne la retenait pas. Elle tenta, tant bien que mal, de repousser le moment où elle refermerait la porte derrière elle, comme un gamin qui compte à rebours en ralentissant pour ne pas arriver à zéro. Elle attrapa la poignée de la porte avant que cela n'en devienne ridicule.

— Revenez vous asseoir !

Elle stoppa, hésitante.

— Revenez vous asseoir, s'il vous plaît.

Dès qu'elle fut assise de nouveau, il enchaîna :

— Qui est Rémy ?

Elle sentit un courant électrique parti de son estomac la parcourir entièrement, elle aurait juré que tout son corps avait été pris d'une brusque convulsion.

— Qui vous a parlé de lui ? Denise ?

— Non, Denise est une vraie tombe quand elle veut. Et elle vous aime beaucoup.

— Alors qui ?

— Mais vous, Mademoiselle, vous-même !

— Cette nuit, c'est ça ? On s'est parlé n'est-ce pas ?

Il reprit son air amusé : — je dirais plutôt que vous avez parlé.

— De quoi ai-je parlé ?

— D'avenir principalement.

Elle prit un air détaché, elle essaya du moins : — Il y a peu de chance que ce garçon fasse partie de mon avenir.

— Alors pourquoi lui parlez-vous de maison loin de Paris, d'enfants, plusieurs ?

— Je n'ai jamais parlé de ça avec lui, dit-elle en rougissant.

— Jusqu'à cette nuit, fit-il avec un clin d'œil.

Et brusquement, comme si un voile se soulevait sous l'effet d'une rafale de vent, elle vit apparaître des souvenirs oubliés de la nuit dernière. Elle se vit chercher Rémy dans les contacts de son téléphone, sans résultat. Elle se souvint alors avoir composé le numéro de mémoire et entendu les sonneries. Elle remarqua surtout que la voix qui avait répondu n'était pas la bonne, certainement pas Rémy, quelqu'un de plus vieux sans doute. Pourquoi n'avait-elle pas raccroché ? Pourquoi avait-elle fait comme si le jeune homme était au bout du fil ? Si cela était possible, elle aurait rougi encore plus fort.

— Allez, racontez-moi, dit-il d'une voix qu'elle décrirait plus tard à Denise et Annie comme paternelle, ce qui les ferait rire.

Alors, elle raconta, même si, d'après elle, il n'y avait pas grand-chose à raconter. Leur rencontre était récente et si quelque chose existait, ça ne pouvait être que naissant. Charles l'écouta parler, l'encourageant à intervalles réguliers d'un hochement de tête ou d'un léger sourire qui plissait ses yeux. Elle se laissa aller à des confessions qu'elle n'aurait jamais cru pouvoir faire face à un étranger, motivée, se convainquait-elle, par la perspective de voir le vieil homme enfin ouvrir le coffre-fort qui conservait ses souvenirs les plus personnels.

Denise les entendait parler presque à voix basse derrière la porte. Pas un rai de lumière sous celle-ci, ils devaient être presque dans le noir à l'intérieur du bureau. Elle aurait donné beaucoup pour savoir de quoi ils parlaient ainsi depuis bientôt deux heures. Annie avait peut-être raison quand elle la traitait de jalouse mais elle ne savait pas dire qui elle enviait le plus des deux. Puisqu'elle pensait à son amie, elle vérifia l'écran de son téléphone, pas de message. Cathy devait être arrivée, à part sa fille, rien ne pouvait empêcher Annie de passer ses après-midi à la fenêtre lorsque Jeanne était là. Elle avait même suggéré à Denise d'installer un micro dans le bureau pour pouvoir suivre ce qui s'y disait. C'était bien sûr hors de question, sans compter qu'elle n'aurait certainement pas su s'en servir.

Si la pluie ne s'arrêtait pas, Charles serait de mauvaise humeur. Il avait prévu d'aller chez Ali mais avec ce temps, il ne sortirait pas. Il ne quittait plus la maison lorsqu'il pleuvait, presque plus. Récemment, il lui était arrivé de braver les intempéries par deux fois mais seulement pour sa promenade du matin. Elle avait accéléré son travail pour partir tôt, hors de question de rester près des griffes d'un lion en cage, surtout un vieux lion grincheux. Elle préférait arriver chez elle complètement trempée plutôt que de subir sa mauvaise humeur. Au pire, elle s'arrêterait chez Annie pour attendre une accalmie, même s'il fallait pour cela en passer par un interrogatoire serré. Malgré tout, celle-ci se faisait moins pressante, laissant entrevoir une certaine lassitude. Depuis des mois que duraient les entretiens entre Jeanne et Charles, la jeune femme n'en avait pas appris beaucoup, en tout cas, pas plus qu'elle n'en savait déjà. Même les inconditionnels des soirées littéraires commençaient à se désintéresser de ce qui se passait dans la maison d'en face. Mac Nadows était sur toutes les lèvres, son dernier livre dans toutes les mains. En quelques semaines, il s'était placé en tête des ventes de l'année faisant un succès encore plus important que ses précédents opus. Denise l'avait lu et était de l'avis général, c'était un très bon livre et son auteur n'avait pas encore donné le meilleur de lui-même. Certains passages étaient tout simplement magnifiques, d'autres plus plats comme s'il n'avait pas eu le temps de peaufiner les trois cents pages. Elle aurait aimé que Charles le lise, ça lui ressemblait un peu, mais jamais elle n'aborderait le sujet avec lui tant son dédain pour le jeune auteur était visible. Son dédain à elle, sa haine même, allait vers Isaure du Bois de Jallin, cette vieille peau qui publiait Nadows et laissait les manuscrits de Charles moisir dans un coin. Elle ne pouvait imaginer que ce qu'il envoyait aussi régulièrement ne soit pas à la hauteur d'une publication et en même temps, elle n'osait jeter un œil de peur d'être découverte. Ou pire, d'être déçue. Il aurait pu les envoyer à d'autres éditeurs mais il s'entêtait avec elle, sans résultat. Il fallait lui reconnaître une chose, elle ne l'abandonnait pas totalement. Elle appelait régulièrement et ils passaient de longues minutes à parler tous les deux. En revanche, jamais elle n'était revenue jusqu'ici, dans ce quartier certainement pas à la hauteur de Sa Majesté.

Toute à ses pensées, elle n'entendit pas le frottement du fauteuil sur le parquet et les pas s'approcher de la porte. Elle sursauta lorsque celle-ci s'ouvrit subitement, mettant Charles face à elle. Elle se mit à rougir comme s'il l'avait prise l'œil collé à la serrure. Il n'avait pas l'air de si méchante humeur finalement.

— Bon, Denise ! Vu le temps qu'il fait, si vous nous serviez une deuxième tournée de votre mixture ? J'ai l'impression qu'elle a un effet vivifiant sur notre jeune amie.

Elle ne put que répondre un faible « Oui, Monsieur », scotchée par le ton badin qu'il avait mis dans ses paroles. Elle fit demi-tour mais il la rappela aussitôt.

— Ça peut vous être utile, dit-il en lui tendant la théière.
— Oui, Monsieur.

Perdue dans ses pensées face à sa bouilloire qui montait doucement en température, Denise n'en revenait pas. Charles avait souri, pas comme d'habitude, sans tristesse ni ironie. Il avait simplement souri comme elle ne l'avait plus vu faire depuis tellement longtemps qu'elle ne se souvenait plus. Elle se sentait très perplexe maintenant qu'elle comprenait que quelque chose clochait. Il avait souri certes, c'était déjà suffisamment étrange pour la perturber, mais elle était sûre d'avoir aperçu, dans la pénombre du couloir, les yeux rougis du vieil homme. En reprenant le chemin du bureau, avec la deuxième tournée de thé, elle sut qu'elle allait s'arrêter chez Annie.

23

Rémy passa un dernier coup de chiffon sur le zinc tout en jetant un regard circulaire sur la salle. Les chaises étaient toutes parfaitement empilées sur les tables, le sol brillait encore par endroits après le passage de la serpillière. Derrière le comptoir, tout était également bien rangé, l'évier vidé et nettoyé, tous les verres disposés à leur place. Il aimait bien cet endroit, l'aspect vintage du mobilier et des coloris. Malgré les années et les innombrables paires de fesses qui avaient pu venir perdre leur temps ici, tout était encore en bon état, certainement l'effet d'une époque où on fabriquait pour durer. Le patron avait pourtant décidé de tout rénover, poussé par une baisse de fréquentation légère mais réelle. Il avait mis ça sur le compte des établissements alentour qui tous avaient basculé dans le design branché. Alors pour ne pas être en reste, Il avait fait appel à une pointure de l'architecture d'intérieur, un monsieur dans le métier, pour donner à son bar une nouvelle jeunesse. Dans quelques jours, l'endroit allait fermer pour deux bons mois, si tout allait bien. On allait tout repenser, tout réarranger, repeindre et remeubler. Les autres serveurs avaient poussé des Oh et des Ah lorsque le patron leur avait présenté les vues d'artiste du futur aménagement. Il y en avait même un qui avait démarré un applaudissement avant de se rendre compte du ridicule de son geste. Rémy s'était abstenu, il avait trouvé tout ça impersonnel, sans chaleur ni caractère. Le bar, son bar, allait passer du côté de ces lieux interchangeables, sans autre avenir qu'être redécoré tous les deux ans pour ne pas sombrer. Car du caractère, son bar en avait, forgé par des dizaines d'années d'existence, un peu comme un parquet patiné par les ans. Il était persuadé qu'une bonne partie de la clientèle n'adhérerait pas au nouveau concept et irait ailleurs, chercher ce que celui-ci aura perdu.

En attendant, dans quelques jours, Rémy comme ses collègues allaient se retrouver au chômage technique. Enfin, surtout lui car les autres, en vieux routiers, en professionnels, avaient déjà trouvé des remplacements pour combler les mois à venir. Il y avait à peine songé. Il faut dire que ses pensées étaient particulièrement occupées ces derniers temps et l'objet de toute cette attention était là, devant la porte, à l'attendre tranquillement, perdue dans ses pensées. Il s'attarda plus que de raison sur le zinc, autant pour la laisser rêver que pour profiter de l'instant.

— Dis donc, ne t'endors pas sur ton chiffon !

Finalement, elle n'était pas perdue si loin. Il éteignit les lumières et enclencha la descente du volet roulant avant de pousser Jeanne dehors. Ils attendirent le cliquetis du volet contre le sol avant de se mettre en marche.

— C'est fou qu'il t'ait raconté tout ça comme ça, d'un coup. Qu'est-ce qui lui a pris ?

— Je ne sais pas, dit-elle, légèrement mal à l'aise de lui mentir encore. Peut-être que ça lui pesait trop pour qu'il le garde pour lui plus longtemps.

Un vent froid et humide lançait par instants de courtes rafales mais ni l'un ni l'autre n'avait l'intention d'accélérer le pas et de précipiter le moment où ils se sépareraient. Elle avait passé la soirée au bar et, entre deux commandes, avait pu raconter son après-midi à son ami. Elle en avait profité pour tout noter sur son ordinateur portable, tout était prêt pour un envoi à Robert, dès qu'elle serait de retour dans sa chambre. Le plus tard possible. Dans ces quelques pages, elle avait simplement omis ce qui avait amené Charles de Roncourt à se livrer réellement pour la première fois. Lorsqu'il avait été satisfait des confessions de Jeanne sur sa relation avec Rémy, il avait pris quelques secondes de respiration et il s'était lancé.

— Est-ce que vous avez déjà entendu parler de la rue d'Isly ?

Elle dut avouer son ignorance.

— C'était une grande rue d'Alger, coupée en son milieu par une jolie place arborée. Elle ressemblait aux rues qui doivent peupler votre quartier, de grands immeubles à l'allure haussmannienne. Il y avait même un grand magasin, Au Bon Marché.

Surtout ne pas intervenir, même s'il fait une pause, attendre qu'il reprenne le fil de sa pensée.

— En 1961-1962, j'étais à Alger, affecté au maintien de l'ordre. La plupart du temps, il s'agissait de patrouiller dans une ville étonnamment tranquille, vu la situation. Le soir, je parcourais les quartiers, je m'arrêtais souvent dans de petites échoppes qui sentaient le jasmin, pour boire un thé à la menthe. C'était finalement bien moins difficile que ce que j'avais imaginé en partant et je remplissais des pages que j'envoyais à mes parents pour les rassurer.

Il s'était penché en arrière dans son fauteuil, son regard semblait perdu, comme revenu des années en arrière. Elle le laissa errer dans ses pensées.

— Bien sûr, régulièrement, il y avait des manifestations, des échauffourées. Nous étions là pour que la situation ne dégénère pas. Nos armes avaient une présence tranquillisante. Jusqu'au mois de mars 1962. Bab El-Oued, ce nom-là vous dit quelque chose, n'est-ce pas ? Ça sent bon le soleil et les palmiers, non ? Eh bien, ce jour-là, on avait bouclé le quartier de Bab El-Oued, un groupe d'appelés, des garçons comme moi, avaient été assassinés là. On cherchait les responsables. On était tous sous le choc, très nerveux. Et voilà que des manifestants s'approchent de nous, je vois encore leurs visages, des gens comme vous et moi, je ne sais même plus pourquoi ils défilaient. Tout est allé très vite, ils se sont retrouvés juste devant nous, ils voulaient passer et nous, on faisait barrage.

Jeanne sentit son cœur se serrer en devinant les yeux du vieil homme s'embuer au fur et à mesure qu'il parlait. Sa voix avait perdu toute force, il n'était plus dans la pièce, il était derrière son barrage, arme à la main, à regarder les manifestants approcher, la peur au ventre. Et elle, elle était derrière lui, devinant la scène plus qu'elle ne la voyait, les yeux humides aussi.

— On leur demandait de ne pas approcher, je me souviens avoir crié pour qu'ils n'avancent plus. Plus ils étaient près et plus on hurlait. J'ai entendu l'officier lancer un ordre et on a tiré. Le bruit était indescriptible, les gens hurlaient et tombaient, le sang giclait par les perforations des balles. Ceux qui étaient encore debout essayaient de se sauver mais nous, on tirait encore.

Ils restèrent silencieux, presque immobiles, pendant de longues minutes, chacun de son côté du bureau, reliés par une même image d'horreur. Jeanne sentait les larmes couler sur ses joues, incapable de les retenir, un goût salé s'immisçant doucement à la commissure de ses lèvres. La fierté viendrait plus tard, celle d'avoir été la confidente, la personne choisie pour partager cette douleur qui le taraudait depuis un demi-siècle. Pour l'heure, elle souhaitait faire corps avec les sentiments du vieil homme, comprendre pourquoi celui qui était revenu de l'autre côté de la Méditerranée y avait été changé à jamais. Comme s'il lisait dans ses pensées, il ajouta :

— J'ai tué des hommes et des femmes qui ne cherchaient qu'à faire entendre leur voix.

— Vous avez obéi aux ordres.

Il se leva d'un bond : — Des ordres ? Quels ordres ? Ça fait cinquante ans que j'essaye de me souvenir de ce qu'a dit ce gars-là, impossible de me souvenir. Et quand bien même, que sont des ordres barbares pour un homme civilisé ? Le doigt qui a appuyé sur la gâchette, c'était bien le mien, commandé par un cerveau que je pensais digne.

Il allait du bureau à la fenêtre et inversement, brusquement sur les nerfs. Elle avait touché un point sensible, le cœur de la question. Il expliqua que les hommes présents ce jour-là avaient été dispersés, affectés à diverses unités et ce dès le soir des faits. Il lui avait été impossible de confronter ses souvenirs avec d'autres, impossible de savoir ce qu'ils avaient entendu. Impossible de parler simplement pour évacuer la pression des événements. On lui avait bien fait comprendre en l'envoyant à une bonne centaine de kilomètres d'Alger que tout ça n'avait jamais eu lieu.

Il finit par se laisser tomber dans le fauteuil près de la fenêtre, sans un mot. Encore quelques minutes de silence pendant lesquelles elle vit le visage de Charles changer progressivement. La colère s'estompant, les traits du vieil homme dégageaient peu à peu une sorte d'apaisement. Ses yeux rougis restaient seuls témoins d'une confession retenue si longtemps. Il finit par se lever et ouvrir la porte pour demander à Denise de refaire du thé.

— Pas étonnant qu'il soit revenu perturbé le bonhomme !

Rémy avait dit ça presque sur un ton de plaisanterie qui ne plut pas à Jeanne mais elle laissa tomber. Dans deux rues, ils seraient arrivés en bas de chez elle et elle ne tenait pas à casser l'ambiance.

— Qu'est-ce qu'il t'a raconté d'autre ?

Elle resta très vague, listant deux ou trois sujets sans importance, pour ne pas avouer qu'ils avaient parlé de lui, de lui et d'elle. Il l'avait un peu charriée sur le côté vieillot de leur relation, lui relatant certains souvenirs de l'époque de la libération des mœurs, la fin des années soixante. Charles avait repris un ton badin tout le reste du temps, jusqu'au moment où il raccompagna la jeune femme à la porte. Il redevint sombre quelques instants.

— Vous savez le pire ? dit-il. Ça s'est passé le lendemain du cessez-le-feu. Avant cela, j'avais passé trois ans de guerre sans tirer un seul coup de feu.

Rémy allait en remettre une couche sur le ton de l'humour mais le regard de son amie l'en dissuada. Il rabâcha :

— C'est quand même fou qu'il se soit mis à te raconter tout ça d'un coup alors qu'il n'en avait jamais parlé à personne ! Comme ça, sans raison particulière.

Bien malgré elle, ils étaient arrivés devant son immeuble. Elle voulait à tout prix oublier le vent qui maintenant lui piquait le visage. Si elle ne faisait rien, ils allaient se faire la bise et, comme d'habitude, il rebrousserait chemin une fois qu'il la saurait dans le hall de l'immeuble. Elle croyait entendre le rire de Charles dans son dos, la traitant de fille aux mœurs vieillottes. Devant l'immeuble, ils devinrent soudain silencieux ce qui leur arrivait souvent mais, cette fois-ci, une étrange gêne se glissa entre eux, chacun regardant ses chaussures. Jeanne prit son courage à deux mains pour faire taire le vieil homme mais Rémy la devança.

— J'ai un copain qui m'a proposé de partir avec lui à Rio, dit-il sur un ton monotone.

— Ah, pour combien de temps ? demanda-t-elle en espérant avoir pris un ton assez détaché.

— Je ne sais pas, six mois, un an. Ils ont besoin de gens avec quelques notions médicales.

Elle eut l'impression de vaciller tellement le coup avait été violent. Derrière elle, Charles était soudain silencieux, il devait certainement hésiter à éclater de rire. Elle était persuadée que son visage devait être en complète décomposition mais Rémy ne la regardait pas, fixant toujours sa paire de Converse. Elle osa poser une dernière question :

— Et, tu partirais quand ?

— Dans trois jours si tout va bien.

Elle avait envie de hurler, de lui sauter dessus et de lui arracher les yeux. Ainsi, il avait préparé son départ alors même qu'elle se demandait comment l'accrocher à elle. Elle en voulait autant à ce type qu'à Renée, Annie ou elle-même. Toutes, elles s'étaient trompées sur ses intentions. Elles avaient mis sa distance sur le compte de sa timidité ou de son manque d'assurance alors que, pendant tout ce temps, son esprit était à des milliers de kilomètres de là. Le pire finalement, c'est qu'il ne l'avait jamais caché.

Tout à coup pressée de fuir, elle accéléra la cérémonie du bonsoir et le planta là. Elle oublia l'ascenseur pour se précipiter dans les escaliers, les avalant quatre à quatre. Renée était installée au salon, dans une ambiance feutrée, scène répétée des centaines de fois : un verre de vin posé devant elle, un roman sur les genoux, elle écoutait un air de jazz qui s'échappait de la petite enceinte. Jeanne s'immobilisa à l'entrée de la pièce, visiblement indécise. Renée oublia son livre et posa son regard sur elle.

— Viens là, dit-elle doucement en ouvrant les bras.

Sans enlever ses chaussures ni son manteau, Jeanne vint se blottir contre elle.

Pour la troisième fois de la nuit, Charles alluma le plafonnier de la cuisine. Il se servit un verre d'eau au robinet et s'assit à la table recouverte d'une toile cirée. Tout était parfaitement rangé, comme d'habitude. Denise tenait cette maison dans un ordre et une propreté parfaite, ce qu'elle ne manquait pas de lui faire remarquer quand il s'oubliait à traverser la maison avec ses chaussures mouillées ou à poser les objets où ça l'arrangeait plutôt qu'à l'endroit où ils devaient se trouver. Il rétorquait qu'il la payait pour ça et elle l'envoyait balader, c'était presque un jeu. La pendule indiquait trois heures vingt, autant dire qu'il avait presque passé la nuit sans dormir. Habituellement, il profitait des insomnies pour écrire et cette nuit, il en avait beaucoup à raconter. Hélas, une migraine ne le lâchait plus depuis la fin de soirée et son cœur battait plus vite qu'à la normale. Il repensa à la conversation qu'il avait eue avec la jeune femme, à tout ce qu'il avait dit à haute voix pour la première fois. Il en avait ressenti un immense soulagement, une démonstration physique du poids sur l'estomac qui s'évanouit. Il lui avait dit toute la vérité sur ce jour qui l'avait bouleversé à jamais, presque toute. Aurait-il continué si elle lui avait demandé ce qui s'était passé après, à son retour d'Algérie ? Il n'en était pas sûr, le ferait-il plus tard si elle lui posait la question, peut-être.

Il finit son verre d'un trait, le rinça, l'essuya et le rangea à l'endroit où il l'avait trouvé. Il avait beau faire, Denise saurait qu'il était descendu pendant la nuit. Elle serait même capable de dire combien de fois, à croire qu'elle avait caché une petite caméra quelque part. Il éteignit la lumière et remonta les escaliers, étrangement essoufflé, le cœur toujours battant. Malgré la douleur, il sourit en lui-même, il serait toujours temps de se plaindre le jour où il ne battrait plus.

24

Pour la énième fois, la sonnerie du téléphone retentit près d'elle, rarement elle l'avait trouvé aussi insupportable. Encore dans son sommeil, elle n'avait pas la notion du temps mais elle aurait juré qu'il avait sonné au moins six fois en moins d'une heure. Quelqu'un semblait décidément très pressé de lui parler mais elle n'était pas en état. Elle avait le vague souvenir que la nuit n'était plus tout à fait noire quand sa tante avait enfin réussi à la conduire dans sa chambre et à la mettre au lit. À la lumière qui filtrait à travers les volets et aux bruits de la rue qui parvenaient jusqu'à elle, elle soupçonnait que la journée devait être bien avancée. Pourtant, elle avait l'impression de ne pas avoir dormi, l'alcool encore bien présent retardant tant bien que mal l'arrivée de la migraine.

Pour la deuxième fois en peu de temps, elle s'était laissé aller à boire plus que de raison. À peine le téléphone s'était-il tu qu'il recommençait à sonner. Elle ouvrit les yeux mais la pièce dansait autour d'elle la forçant à les refermer aussitôt. À tâtons, elle tendit le bras vers la source de bruit. Si c'était Rémy qui insistait comme ça, il allait être bien reçu. À moins qu'il ait changé d'avis, qu'il veuille s'excuser ou toute autre raison valable qui lui ferait regretter d'avoir empêché sa tante de dormir. Ce ne pouvait pas être Renée qui préférait les SMS, ni Robert qui n'appelait presque jamais. Elle attira le téléphone vers elle, entrouvrit un œil et déchiffra tant bien que mal les lettres affichées sur l'écran : Annie. Il lui fallut quand même quelques secondes pour réagir et se souvenir de qui était Annie. Son cœur s'accéléra soudain, la grande femme n'insistait certainement pas pour rien. Elle décrocha :

— Allô ? parvint-elle à articuler mollement.

— Jeanne, enfin ! Elle hurlait de l'autre côté du téléphone.

Avant qu'elle puisse dire quoi que ce soit, Annie s'était lancée dans une explication bien trop hachée, rapide et aiguë pour le cerveau anesthésié de Jeanne. Elle s'interrompait régulièrement pour renifler bruyamment. Elle comprit néanmoins que Denise était partie à l'hôpital, puis que Charles était tombé du bus et enfin que l'un des deux était sur la table d'opération. Elle avait cessé de hurler pour finir ses explications entre deux sanglots. Elle attendait que Cathy arrive pour garder le bar et elle foncerait à l'hôpital.

La nouvelle déclencha de tels processus physico-chimiques dans le corps de Jeanne que les vapeurs d'alcool n'y résistèrent pas et la migraine lui tomba dessus d'un seul coup mais elle n'en prendrait conscience qu'une fois dans le bus. Pour l'heure, elle réussit à obtenir le nom de l'hôpital où avait été admis Charles, elle avait fini par comprendre qu'il s'était écroulé dans le bus, et raccrocha. Elle se lava sommairement et s'habilla en hâte pour se retrouver dehors piquée par le froid vif de cette journée de novembre. Tout en rejoignant l'arrêt de bus, elle interrogea son téléphone pour obtenir son trajet jusqu'à l'hôpital Jean Verdier dont elle n'avait jamais entendu parler. Elle dut se concentrer pour ne pas rater arrêts et changements, le cerveau pris entre migraine et pensées diverses.

Au détour d'un couloir, elle découvrit la salle d'attente, sorte de grand hall bondé et bruyant. Une multitude de personnes étaient réunies là, assises, debout ou simplement appuyées sur un mur ou un poteau, toutes avec le même regard fatigué. Des images remontèrent, portées par un torrent de larmes contenues, souvenirs des visites quotidiennes à sa mère agonisante. Elle ne se laissa pas submerger, chercha son amie et la repéra enfin. Dans un coin de la grande salle, Denise était recroquevillée sur une chaise, son sac à main sur les genoux, elle aurait pu avoir cent ans. Elle ne sursauta même pas lorsque Jeanne lui posa doucement la main sur l'épaule. Elle releva la tête et fixa la jeune femme en souriant misérablement, elle avait dû cesser de pleurer il y a peu. Elles s'éloignèrent et trouvèrent un distributeur de boissons ancestral dans un coin bien plus calme du bâtiment. Elles prirent chacune un café ou quelque chose d'approchant et s'assirent sur un petit banc tout proche. Des bruits lointains résonnaient à travers les grands couloirs impersonnels aux murs recouverts d'une peinture bleue très pâle.

Denise raconta à Jeanne le déroulement de la matinée. Lorsqu'elle était arrivée, elle avait senti que quelque chose n'allait pas. Charles ne tenait pas en place, il avait visiblement mal dormi. D'habitude, il était en train d'écrire lorsqu'elle arrivait. Mais ce matin, il n'était pas installé à son bureau, il errait dans les pièces du rez-de-chaussée. À plusieurs reprises, il était entré dans la cuisine pour se passer de l'eau sur le visage.

— J'aurais dû lui proposer d'appeler le médecin. J'aurais même dû appeler sans lui demander son avis, dit-elle.

— Il t'en aurait voulu et ce n'est même pas sûr qu'il se serait laissé ausculter.

— C'est vrai mais peut-être que grâce à ça, il ne serait pas sorti ce matin.

Elle se prit la tête dans les mains : — Mais qu'est-ce qu'il pouvait bien faire dans ce bus, nom de Dieu ?

Jeanne hésita à tout lui raconter, elle aurait dû le faire mais elle ne s'en sentait pas le droit. S'il en réchappait, elle n'aurait qu'à demander à Charles. Denise continuait de parler. À l'heure habituelle, le vieil homme s'était préparé et avait franchi la porte de la maison. Elle l'avait suivi par la fenêtre, l'avait vu replacer son écharpe et disparaître au coin dans la rue. Denise avait repris ses activités et n'y avait plus pensé. Avec la sortie de Charles, la matinée avait repris une allure habituelle.

Ce n'est que vers midi qu'elle commença à s'inquiéter. Charles était toujours ponctuel, surtout lorsqu'il s'agissait de déjeuner ou de dîner. À douze heures trente, alors qu'elle ne tenait plus, le téléphone sonna. On lui expliqua simplement que Monsieur de Roncourt venait d'avoir un malaise et qu'il avait été admis aux urgences de Jean Verdier. Son portefeuille contenait une petite carte avec le nom et le numéro de téléphone de la personne à prévenir en cas d'urgence. Elle avait appelé un taxi et était arrivée là le plus vite possible, il était déjà en salle d'opération. Denise avait chargé Annie de prévenir les deux seules personnes importantes en dehors d'elles-mêmes, Jeanne et Isaure du Bois de Jallin. À sa connaissance, seule la jeune femme avait répondu à ses appels.

— L'infirmière a promis de venir me prévenir lorsqu'il sortirait du bloc, dit-elle.

— Elle t'a expliqué ce qui s'était passé ?

— Non, elle n'en avait pas la moindre idée. Elle savait juste qu'ils devaient l'opérer d'urgence.

Jeanne regarda sa montre et en conclut qu'il devait y être depuis trois bonnes heures. Elles décidèrent de retourner dans le hall d'attente au cas où cette infirmière la chercherait.

Une à une, les personnes étaient appelées, passaient quelques minutes à un des guichets situés le long d'un des murs et disparaissaient derrière une porte battante qui menait visiblement dans un long couloir. Mais au fur et à mesure, de nouvelles personnes arrivaient et prenaient leur place. Elles finirent par attendre en silence, observant ce manège sans fin de blessés et de malades. Annie arriva enfin, complètement en sueur comme si elle était venue en courant de son restaurant. Elle parlait trop vite avec une voix plus aiguë encore qu'à l'accoutumée.

— J'ai attendu que Cathy arrive, je ne pouvais pas laisser le bar sans surveillance. Alors ?

Denise raconta à nouveau son histoire, la grande femme ponctuant chaque information par des exclamations qu'elle accompagnait de grands gestes. En pleurs, elle les serra dans ses bras l'une après l'autre puis réussit à déloger un couple assis juste à côté pour s'installer près de ses amies.

— Et pourquoi vous attendez dans cette salle pleine de miasmes et d'éclopés ? On ne pourrait pas aller à côté de la salle d'opération ? Il y a toujours des petites salles d'attente pour les proches, non ?

— J'ai essayé, Annie, mais on n'est pas de la famille, ils ne peuvent pas nous autoriser à accéder à l'étage de chirurgie.

— C'est ce qu'on va voir ! décida Annie en se levant.

Sans rien ajouter, elle fonça vers un des guichets et interrompit sans ménagement l'entretien qui s'y déroulait. Le brouhaha ambiant empêchait les deux femmes d'entendre la teneur de la conversation mais elle était très animée. L'infirmière appela un de ses collègues à l'aide mais Annie semblait gérer. Elle revint finalement au bout de quelques minutes, visiblement satisfaite.

— C'est bon, on va pouvoir y aller. Ce gentil jeune homme va nous accompagner, dit-elle en désignant l'infirmier.

Ils prirent un ascenseur qui les mena dans les sous-sols de l'hôpital, ils obliquèrent à droite pour suivre un long couloir qui les amena au service chirurgie. On leur fit porter des protections sur leurs chaussures et les conduisit à une petite salle où quelques fauteuils étaient disposés autour d'une table basse. Un distributeur d'eau complétait le mobilier. L'infirmier leur promit d'aller se renseigner et elles se retrouvèrent à nouveau seules. Elles ne savaient interpréter les sons qui leur parvenaient des alentours mais ils les impressionnaient suffisamment pour qu'elles n'osent bouger. Un groupe passa en courant à la suite d'une civière occupée, puis plus rien. L'atmosphère était étrange sans lumière extérieure. Ici, la notion de jour et de nuit n'existait pas, l'activité n'avait pas de rythme précis.

Elles se levèrent de concert lorsqu'un homme, visiblement un médecin, entra dans la pièce.

— Madame de Roncourt ? demanda-t-il en regardant successivement les trois femmes.

Denise expliqua la situation et elles eurent droit au rappel du règlement, sans qu'il n'insiste plus que ça lorsque Annie gonfla la poitrine prête à repartir au combat. Jeanne coupa court à la discussion.

— Comment va-t-il ? demanda-t-elle.

— L'opération s'est bien passée, dit-il avec un visage qui semblait démentir ses paroles.

— Mais ? s'inquiéta Denise.

— Mais, c'est un homme âgé, il est fragile.

Il s'interrompit en s'apercevant que Denise et Annie ne devaient pas être bien plus jeunes que son patient. Il ajouta :

— Nous en saurons plus demain, mieux vaut rentrer chez vous maintenant, ça risque d'être très long.

Malgré l'insistance d'Annie, il ne les autorisa pas à passer une tête dans la salle où était Charles. Il appela un infirmier qui passait dans le couloir et lui demanda de raccompagner ces dames tout en leur assurant qu'il donnerait des ordres pour qu'elles puissent revenir le lendemain.

Lorsqu'elles retrouvèrent l'extérieur, la nuit était tombée depuis longtemps. Annie proposa aux deux autres de venir dîner chez elle, elle pouvait appeler Cathy pour qu'elle leur prépare quelque chose. La migraine de Jeanne était réapparue depuis une bonne heure et, ajoutée à la fatigue, elle décida de décliner et de rentrer directement chez elle. Denise accepta, elle devait passer chez Charles pour fermer les volets et vérifier qu'elle n'avait rien laissé en plan lorsqu'elle était partie précipitamment. Elle n'avait rien mangé depuis le matin et ne se sentait pas le courage de faire elle-même à dîner.

Alors qu'Annie faisait déjà le trajet inverse pour retourner à l'intérieur et commander des taxis, deux d'entre eux arrivèrent coup sur coup pour déposer des visiteurs. Elles en profitèrent, Denise et Annie dans l'un, Jeanne dans l'autre.

Lorsque Jeanne descendit, ou plutôt se laissa glisser hors du taxi, il était presque 23 heures. Elle avait prévu de passer la journée à écrire ce que Charles lui avait raconté la veille, et voilà qu'un nouvel épisode de la vie du vieil homme venait tout bouleverser. Elle avait trouvé le médecin étonnamment confiant, presque autant que celui qui avait dit à la petite Jeanne que sa maman allait guérir très vite, quelques heures avant sa mort. Elle avait joué le jeu auprès des deux amies de Charles mais elle avait du mal à être optimiste. Si Denise ou Annie avait eu le même sentiment qu'elle, elles n'en avaient rien laissé paraître. Elle faillit se mettre une claque lorsqu'elle se rendit compte qu'elle commençait à s'inquiéter pour l'avenir de sa biographie, qu'elle réfléchissait à la façon dont elle allait organiser les dernières informations obtenues de l'écrivain.

Elle se traîna jusqu'à l'appartement, bénissant l'ascenseur, et s'écroula dans le fauteuil de l'entrée. Renée apparut dans l'embrasure de la porte, elle était encore habillée mais semblait s'être endormie.

— Ben alors ? Où étais-tu ? Je mourais d'inquiétude !

— J'ai oublié de rallumer mon portable, dit Jeanne en appuyant sur le bouton de son téléphone.

Elle se sentit obligée de lui raconter, essayant d'utiliser le moins de mots possible, ce qui s'était passé durant cette journée particulière. Renée comprit que le moment était malvenu pour poser des questions, elle attendrait le lendemain pour les détails. Pendant que Jeanne balançait ses chaussures dans l'entrée, ce qu'elle se retint de relever, Renée alla dans la salle de bains pour lui préparer une bonne dose de paracétamol. Lorsqu'elle en ressortit, sa nièce était déjà dans sa chambre, allongée tout habillée et visiblement déjà endormie. Elle posa le verre sur la table de nuit, ramassa le manteau jeté dans un coin, et le suspendit proprement dans l'armoire. Elle sortit de celle-ci une couverture dont elle recouvrit le corps de Jeanne et éteignit la lumière en sortant non sans un dernier regard vers la jeune femme.

Durant ces derniers mois, il était évident que la jeune femme s'était attachée au vieil homme, qu'ils avaient construit une relation particulière, étrange mais forte. Il ne pourrait pas remplacer ce père absent et trop tôt disparu, ce père qui, lors de ses courtes visites lui offrait des livres et lui parlait de Charles de Roncourt. Elle pria pour que l'écrivain recouvre la santé, qu'il puisse encore partager des heures de conversation avec Jeanne. La petite ne méritait pas de subir une nouvelle perte d'un être important pour elle. Renée pensa à l'éventualité de sa propre mort, chose qui lui arrivait rarement. Elle y avait pensé, étant jeune, lorsqu'elle élevait Jeanne. Elle avait eu des moments d'angoisse à l'idée de laisser la petite fille seule au monde. Aujourd'hui, le risque était bien plus grand même si elle se considérait encore jeune. Et si Jeanne l'était un peu moins, elle avait encore besoin d'elle, surtout en ce moment.

25

Les premières lueurs de l'aube pointèrent alors que le bus de Jeanne franchissait le périphérique. La couverture de nuages épais de la veille avait disparu comme par enchantement pour céder la place à un ciel dégagé. La journée s'annonçait froide mais lumineuse, ce que la jeune femme aurait apprécié en temps normal. Mais son humeur n'était pas au diapason des rayons de soleil qui allaient bientôt raser les toits de la ville. Elle avait dormi d'un sommeil de plomb jusqu'à cinq heures du matin ce qui lui avait suffi pour retrouver ses esprits. La migraine et le brouillard de la veille avaient disparu. Elle avait malgré tout tenté de prolonger la nuit mais son cerveau en avait décidé autrement. Elle se rendait compte qu'elle aurait bien eu besoin de Rémy dans un pareil moment mais parmi les nombreux messages en attente sur sa messagerie et qu'elle égrainait maintenant, aucun de lui. Elle avait quand même du mal à imaginer que leur dernière rencontre serait vraiment la dernière mais ce n'était certainement pas à elle de faire le premier pas, ce n'était pas elle qui décidait de terminer l'histoire avant qu'elle ne commence.

Sur son répondeur, il y avait les messages d'Annie, complètement paniquée d'abord, limite énervée sur la fin. Robert avait également tenté de la joindre et attendait son appel. Elle se souvint qu'elle lui avait envoyé la veille un SMS pour lui annoncer que Charles s'était enfin confié, qu'elle lui enverrait quelques pages très vite. Enfin, Renée avait laissé plusieurs messages s'inquiétant de ne pas réussir à la joindre. Tous les trois avaient accompagné leurs messages de plusieurs SMS qu'elle n'avait pas lus non plus. Elle se promit de rappeler Robert dans la journée, elle lui envoya simplement un SMS pour le prévenir que Charles était à l'hôpital et qu'elle allait passer la journée là-bas.

Une jeune femme à l'accueil lui apprit qu'on avait transféré Charles en soins intensifs et lui indiqua le chemin. Bien qu'elles n'aient convenu de se retrouver là qu'une heure plus tard, elle ne fut pas surprise de trouver Denise déjà installée dans la petite salle d'attente de l'étage. Rénovée récemment, celle-ci était garnie de confortables fauteuils en cuir clair, d'une machine qui distribuait un café digne de ce nom et d'une pile de magazines presque tous encore d'actualité. Son amie lui raconta ce que les infirmières lui avaient appris. L'écrivain avait relativement bien supporté l'opération mais la nuit avait été délicate, sans réellement s'étendre sur la signification de cela. Il allait certainement rester inconscient quelques heures encore, au minimum. Un médecin devait passer dans la matinée pour leur donner des nouvelles. Annie les rejoindrait peut-être dans l'après-midi, elle ne pouvait se résoudre à laisser son établissement fermé pour la journée et elle ne voulait pas laisser Vasile seul gérer la clientèle, et surtout la cuisine. Une fois que Denise eut donné la version officielle, elle donna la sienne. Annie était quelqu'un de très sensible et les événements de la veille l'avaient beaucoup bousculée. Malgré leur brouille, Charles elle tremblait pour Charles et elle préférait s'activer dans son restaurant plutôt que d'attendre. Elle suivait donc à distance mais en direct, l'évolution de la situation à force de SMS qui faisaient vibrer régulièrement le téléphone de Denise posé sur la table basse.

Les deux femmes patientèrent toute la matinée qu'un médecin veuille bien leur accorder quelques minutes pour leur donner des nouvelles. Les heures passèrent en lecture des magazines et bribes de conversations qui se voulaient détachées de la situation actuelle. Enfin, un homme en blouse blanche entra dans la pièce. Il ressemblait à un géant de quinze ans dont on devinait encore l'acné. Un jeans délavé prolongeait sa blouse jusqu'à une paire de Converse usées.

— Bonjour, Madame de Roncourt ? dit-il d'une voix grave qui ne convenait pas à son physique.

Jeanne se chargea à nouveau d'expliquer la situation et leurs liens avec l'écrivain. Devinant quelques réticences du médecin à partager avec elles l'état de son patient, elle arrangea néanmoins quelque peu la réalité pour exagérer les liens de Denise et Charles. Elles apprirent donc que, comme l'infirmière l'avait dit, le vieil homme avait plutôt bien résisté à l'opération qu'il décrivit en termes abscons. Malheureusement, il était malgré tout très affaibli et on avait manqué de le perdre, ainsi parlait le médecin, deux fois dans la nuit. Même si la situation s'était stabilisée, il n'y aurait pas d'amélioration avant quelques heures, voire quelques jours.

— Il va vous falloir être patientes maintenant, conclut-il avec un sourire certainement enseigné en école de médecine, censé rassurer les familles des malades.

Il tenta timidement de les convaincre de rentrer chez elles, qu'on les appellerait dès qu'il y aurait du nouveau, mais il sentit bien vite qu'il parlait dans le vide et n'insista pas, preuve qu'il était certainement plus âgé et expérimenté que les quelques poils épars sur son menton ne donnaient à penser. Il les salua et leur promit que quelqu'un passerait de nouveau dans l'après-midi si elles étaient toujours là.

Comme il était presque quatorze heures, Jeanne proposa à Denise de trouver un endroit où déjeuner. Elles rejoignirent le hall d'accueil mais on leur apprit que la cafeteria de l'hôpital était en réfection mais qu'un distributeur de sandwiches était à leur disposition. Sans se concerter, elles éliminèrent cette possibilité et sortirent pour rejoindre la rue. Elles prirent au hasard sur le trottoir vers la droite. Le soleil toujours présent avait bien du mal à réchauffer l'atmosphère et les deux femmes s'emmitouflèrent dans leurs manteaux. Les hôtesses d'accueil avaient été incapables de leur indiquer un restaurant dans le quartier, elles avançaient donc au hasard. Elles tombèrent finalement sur un bar-restaurant coincé entre un magasin de peintures et ce qui avait dû être une station-service. Elles hésitèrent devant cette relique encore plus ancienne que le bar d'Annie mais la faim fut plus forte que leurs réticences et elles en poussèrent la porte. La salle était propre, joliment décorée mais vide, presque à l'abandon, mais des conversations semblaient provenir d'une salle située derrière le bar. Après deux ou trois minutes, une serveuse, visiblement la fille de la famille, les entraîna à l'arrière où quelques convives terminaient leur déjeuner. L'ambiance ici était à l'opposé de ce qu'elles avaient observé en entrant, à la fois chaleureuse et familiale. On parlait fort, on s'invectivait d'une table à l'autre et on riait beaucoup, certainement aidés en cela par le vin qu'avaient contenu de grandes carafes disposées sur chaque table. Denise et Jeanne ne comprenaient pas un mot de tous ces échanges et pour cause, tout le monde parlait portugais. D'ailleurs, chaque centimètre carré de la pièce rappelait ce pays, couleurs, affiches, portraits de joueurs de foot, on aurait pu se croire à Porto ou Lisbonne.

— Alors mes grandes, on veut déjeuner ?

Celle qui avait prononcé ces mots, avec un accent chantant, se tenait derrière elles dans l'embrasure d'une porte qu'on devinait être celle des cuisines. Elle était grande et baraquée même si elle aurait pu paraître petite en présence d'Annie. Elle souriait de toutes ses dents qu'elle avait blanches et régulières. En la voyant, on était immédiatement captivés par son regard d'un vert inqualifiable. Elle vint leur serrer la main et prit la place de la jeune femme qui débarrassait une table pour les installer.

— Il est un peu tard mais on va bien vous trouver quelque chose à grignoter, ne vous inquiétez pas, dit-elle en regagnant la cuisine.

Elles s'installèrent à la table, mi-étonnées, mi-amusées. Si leur entrée avait excité la curiosité des habitués, ils n'en avaient rien montré. Le volume sonore n'avait pas baissé et c'est à peine si quelques regards s'étaient posés sur elle. Peut-être un peu plus sur Jeanne mais elle en avait l'habitude. Elles partagèrent leur surprise de se retrouver à une table où nappe et serviettes étaient en tissu blanc. Même Annie, pour des raisons évidentes d'économie, avait sacrifié à la mode des sets de table en papier sponsorisés et aux serviettes de la même matière mais si fines qu'une goutte d'eau suffisait à les noyer. La vaisselle était au diapason, au point qu'on pouvait se croire dans une grande salle à manger au milieu d'un repas de famille. Elles n'eurent pas le temps de commencer une discussion que celle qui devait être la patronne revenait déjà avec des assiettes qu'elle disposa devant les deux amies. Une délicieuse odeur de légumes grillés montait du plat bien que ni l'une ni l'autre ne fût capable, à première vue, d'identifier le contenu des assiettes. Elles n'osèrent lui faire remarquer qu'elles n'avaient rien commandé et la laissèrent repartir après leur avoir souhaité un bon appétit.

Affamées qu'elles étaient, elles ne prononcèrent pas un mot avant d'avoir terminé leurs assiettes. La patronne, elles n'entendirent personne l'appeler autrement, avait posé sur la table un pichet de vin rouge, presque noir, auquel elles firent honneur. Alors qu'elles se demandaient si elles auraient encore un peu de place pour le dessert, on leur amena le plat principal, une sorte de ragoût particulièrement bon qu'elles avalèrent également. À un certain moment, les convives se levèrent sous une impulsion qu'elles ne saisirent pas et quittèrent la salle ensemble non sans avoir embrassé la patronne dans un mélange de rires et de blagues, salaces à n'en pas douter. La patronne raccompagnant ses clients, elles se retrouvèrent seules quelques minutes dans la salle sur laquelle était tombé un silence étrange. Elles restèrent muettes elles-mêmes, profitant de l'instant dans la sorte de torpeur qui suit toujours un repas riche et arrosé. Ce fut Denise qui brisa ce silence, revenant sur les pensées qui la taraudait depuis la veille :

— Qu'est-ce qu'il fichait dans ce bus ?

— Peut-être allait-il rendre visite à quelqu'un, tenta Jeanne.

Denise releva la tête et se montra presque agressive : — Et qui pourrait-il aller voir ? Il ne voit jamais personne.

— Enfin, je veux dire, à part nous, ajouta-t-elle plus calmement.

À deux doigts de lâcher ce qu'elle savait, Jeanne se retint. Il lui faudrait expliquer non seulement ce qu'elle avait vu mais aussi comment elle en était arrivée à suivre l'écrivain. Elle se contenta d'une moue qui pouvait signifier qu'elle se posait les mêmes questions que Denise. Comme la patronne ne revenait toujours pas, les conversations dans la salle de devant s'estompaient peu à peu mais elles ne semblaient pas vouloir s'arrêter, elles retombèrent dans le silence. La jeune femme suivait les circonvolutions des pensées de Denise dans les mouvements de ses yeux. Elle devait aligner les hypothèses les plus folles qui pouvaient amener Charles dans ce bus.

— Je vous sers un petit dessert ?

La patronne était revenue sans qu'elles l'entendent arriver. Elles déclinèrent sa proposition tentant de prouver qu'elles avaient bien mangé et même trop. Elle se mit alors en devoir de débarrasser leur table tout en hurlant à celui qui devait être son mari de préparer deux cafés. Elles prirent leur temps pour le boire et se retrouvèrent dehors alors que l'après-midi semblait déjà céder la place au début de soirée.

Jeanne n'osait toujours pas rompre le silence et déranger Denise dans ses pensées. Elle attendit que celle-ci se décide à parler et elle ne fut pas déçue. La vieille dame marchait à côté d'elle et, le regard perdu au loin, elle dit soudain à voix basse, comme une confession :

— Tu sais, j'aurais pu devenir madame de Roncourt.

Dans la salle d'attente, Jeanne luttait pour ne pas s'endormir. En face d'elle, Denise n'avait pas résisté et s'était assoupie, la tête appuyée sur l'accoudoir de son fauteuil, comme un pantin désarticulé. Le léger ronflement qu'elle laissait échapper lui rappelait celui qu'elle entendait parfois depuis sa chambre, les nuits où Renée avait un peu trop bu. Elle ne s'était pas attendue à une telle confession mais à bien y réfléchir, cela n'était pas si étonnant.

Au début des années quatre-vingt, Charles était revenu vivre chez ses parents après un mariage aussi court que raté. La raison de la séparation restait mystérieuse aux yeux de Jeanne mais celle-ci semblait s'être imposée comme une évidence pour Denise qui n'appréciait visiblement pas l'ex madame de Roncourt. Le retour de leur fils était tombé à point nommé pour Joséphine et Maximilien dont la santé déclinait fortement à l'aube de leurs quatre-vingts ans. Depuis deux ou trois ans, ils avaient pris à leur service Denise qui ne supportait plus son métier d'infirmière. L'écrivain participait grandement aux frais et l'avait gardée avec eux à son retour. Elle s'occupait de tout dans la maison, les courses, le ménage, les repas. Lorsque l'état de santé de Joséphine avait nécessité des soins lourds et quotidiens, son passé d'infirmière avait permis à la vieille femme de rester dans sa maison, près de son mari et de son fils. Elle était malheureusement partie au bout de quelques mois, suivie de près par l'homme de sa vie. Charles et Denise s'étaient donc retrouvés seuls dans cette maison et la vie avait suivi son cours.

Il n'avait pas fallu trop longtemps pour que ces deux amis d'enfance, quadragénaires et plutôt bien faits, ressentent une certaine attirance qui avait abouti à ce que Denise ne rentre plus chez elle le soir. L'histoire avait duré deux années d'un bonheur tranquille, trop peut-être. Il passait ses journées dans son bureau, elle s'occupait de la maison, invariablement. Il continuait à lui payer un salaire confortable pour ses tâches ménagères et rien ne laissait supposer qu'il ait eu l'intention de faire évoluer cette situation. Alors un soir, à la fin de son travail, elle avait mis son manteau, prit son sac à main et elle était rentrée chez elle. Elle n'était revenue que le lendemain matin après le petit-déjeuner, pour se remettre au travail. S'il s'en était rendu compte, Charles n'en avait rien laissé paraître et la journée se passa semblable aux précédentes. Elle renouvela l'expérience quelques jours plus tard, puis régulièrement, de plus en plus souvent, jusqu'à rentrer chez elle chaque soir, reprenant son rythme initial.

Jeanne tentait d'imaginer ce qu'elle aurait fait à la place de Denise, comment elle aurait réagi. Cette femme face à elle, qui semblait si déterminée, capable d'imposer au vieil homme des restrictions alimentaires, de l'empêcher de boire une goutte d'alcool, de l'engueuler s'il laissait traîner quelque chose, celle-là même avait été incapable d'aborder le sujet avec lui. Elle avait continué à le servir pendant des décennies laissant s'effilocher chaque jour un peu plus l'espoir créé par cette relation fugace. C'était toute sa vie qui était sur ce lit d'hôpital entre la vie et la mort. Charles disparu, que deviendrait-elle, existerait-elle encore ?

Elle en était là de ses pensées lorsque des éclats de voix se rapprochant la firent revenir à la réalité. Une femme hurlait, visiblement scandalisée, contre un infirmier au ton penaud qui tentait de s'excuser auprès de la furie qui ne l'entendait certainement pas. Denise se réveilla et les deux femmes virent surgir, dans l'encadrement de la porte, Isaure du Bois de Jallin elle-même, vêtue comme si on l'avait extirpée d'un cocktail mondain, un manteau de fourrure posé sur le bras gauche qui tenait un sac à main venant à coup sûr d'une boutique de luxe. L'infirmier resta quelques secondes à la porte, délivrant vers Denise et Jeanne quelques regards qui se voulaient désolés d'une telle intrusion. Puis il disparut comme happé par le couloir.

Si Isaure avait pris conscience qu'elle n'était pas seule dans la pièce, elle n'en laissait rien paraître. Elle fouillait dans son sac en grognant à la recherche d'un objet qu'elle ne trouvait visiblement pas. Elle finit par poser son sac sur la table basse non sans avoir, au préalable, vérifier la propreté de l'endroit et plongea la main dans une des poches de son manteau dont elle tira un téléphone portable avec une satisfaction non dissimulée. Jugeant la propreté du fauteuil également convenable, elle posa son manteau sur l'accoudoir et se laissa tomber sur le siège.

Jeanne et Denise suivaient, silencieuses, la grande scène qu'elle leur donnait sans le vouloir, quoique. Dès que son interlocuteur eut décroché, un peu trop lentement à son goût, elle adopta un ton bourgeois qu'on entend que dans les comédies. Elle utilisait « Cher Maître » en guise de ponctuation et décrivait par le menu les différentes brimades et atteintes à sa liberté de mouvement dont elle avait été victime depuis son arrivée dans cet hôpital de banlieue (sa grimace devait se sentir à l'autre bout de la ligne). Elle en appelait aux relations de son correspondant pour que cela cesse et qu'elle puisse enfin se recueillir, quel drôle de mot, près de son très cher ami dont l'état de santé lui causait la plus vive inquiétude mais dont elle ne prononça qu'une fois le nom. Le Cher Maître ayant assurément promis de s'en occuper immédiatement, elle le remercia vivement et mit fin à la conversation non sans lui avoir promis de dîner avec lui sous peu. Elle jeta le téléphone à côté d'elle et se laissa tomber en arrière comme épuisée par l'épreuve.

— Quel con ! lâcha-t-elle dans un souffle, d'un ton qui n'avait plus rien de bourgeois.

En d'autres circonstances, Jeanne aurait certainement éclaté de rire et elle vit dans les yeux de son amie qu'elle n'était pas la seule. Son attention fut détournée par la vibration de son propre téléphone qu'elle sortit de sa poche. Rémy se manifestait de nouveau à travers un SMS. Elle rangea le mobile sans le lire, ça pouvait attendre.

— Vous êtes satisfaite ?

Jeanne releva la tête, Isaure la regardait droit dans les yeux, cette question s'adressait visiblement à elle.

— Je vous demande pardon ? répondit-elle en relevant les sourcils pour marquer son incompréhension.

— Je vous demande si vous êtes satisfaite de vous ?

— Je ne comprends pas de quoi vous parlez…

Isaure fit un grand geste du bras pour envelopper toute la pièce :
— De ça, Madame la fouineuse ! De Charles dans ce lit d'hôpital entre la vie et la mort. Des interrogatoires incessants que vous lui faites subir.

— Je ne vois pas ce que le malaise de Monsieur de Roncourt a à voir avec les visites de mademoiselle.

Le regard d'Isaure se posa sur Denise qui venait de prononcer ses premières paroles, mal lui en avait pris.

— Oh vous, la bonniche éconduite, on ne vous demande rien ! S'il m'avait écouté, vous seriez loin de lui depuis longtemps.

Jeanne posa la main sur le bras de son amie pour l'inciter à ne pas relever et surtout ne pas se lever. Elle allait répondre elle-même lorsque son attention fut de nouveau déviée vers sa poche qui vibrait de nouveau. Isaure, qui avait visiblement suivi le cours de ses pensées, éleva le ton.

— Vous me faites penser à deux parasites accrochés à un grand mammifère, profitant de lui en échange de menus services. Et encore, je dis ça pour la bonniche parce que la fouineuse, elle, elle ne donne rien. Elle a trouvé un filon qui la peut la sortir de sa médiocrité, elle prend, elle amasse en vue du grand jour où elle dédicacera à peine le corps froid.

Au loin, une alarme l'interrompit. Elles se figèrent toutes les trois dans une même attente. La sonnerie cessa au bout de quelques secondes, un silence s'ensuivit que Jeanne s'en voulut de qualifier de mort, rapidement éteint par le bruit d'une porte et de voix qui discutent, deux infirmières, et qui se rapprochent, la conversation est légère. Elles passèrent devant la salle d'attente et poursuivirent leur chemin. Les trois femmes, entendant les voix disparaître derrière une autre porte, se décidèrent enfin à bouger, les corps se détendirent légèrement, les positions s'affaissèrent. Jeanne prit conscience du bruit de fond engendré par la vie de l'hôpital tout autour d'elles, elle était sûre de n'avoir plus rien entendu après l'alarme, comme si tout le bâtiment s'était arrêté de respirer.

— Quand je dis deux parasites, je devrais plutôt dire trois. J'oubliais l'armoire à glace qui se prend pour Bernard Pivot.

Isaure avait repris plus bas mais sur un ton de plus en plus cassant. Devant l'incrédulité de Jeanne et Denise, elle poursuivit :

— Qu'est-ce que vous croyez, mes pauvres ? Que le petit fiancé qui a fui il y a des dizaines d'années continue à virer de l'argent chaque mois pour que votre copine puisse servir trois clients par jour ? À moins que ça vous arrange de le croire !

Quelqu'un toussa devant la porte de la salle. Un médecin était planté là, la soixantaine bien passée avec des yeux presque cachés derrière des lunettes d'écaille.

— Laquelle d'entre vous est Madame Dubois ? demanda-t-il d'un ton froid.

Isaure, légèrement vexée, répondit sans bouger :

— Je suis Isaure du Bois de Jallin, à qui ai-je l'honneur ?

Nouveau regard entre Jeanne et Denise, on se retient.

Le médecin continua, toujours aussi froid : — Je suis le professeur Salmon. Madame, j'ai reçu l'ordre de vous conduire jusqu'à mon patient, Monsieur de Roncourt. Permettez-moi de vous exprimer toute ma désapprobation envers vos méthodes. Si ce monsieur est vraiment important pour vous, et je l'imagine sinon pourquoi déranger le ministre, vous devriez tenir compte de l'avis de ses médecins. Il y a des règles dans un hôpital, Madame, dont personne ne semble conscient là-haut.

Isaure ne l'écoutait pas, elle s'était déjà levée et rassemblait ses affaires. Sur le pas de la porte, elle se retourna vers Jeanne, comme si Denise n'était pas là : — Les deux amies d'enfance devraient déjà être à la retraite et c'est ce qui arrivera si Charles meurt, à la maison de retraite tout le monde. Mais vous, ma petite, vous avez intérêt à marcher droit et à avoir un minimum de talent d'écriture sinon, je ne vous raterai pas.

Malgré la pénombre, Charles referma les yeux rapidement, la faible lumière l'agressait. Il eut néanmoins le temps de comprendre d'où venait le bip étouffé et régulier qu'il entendait depuis qu'il avait commencé à émerger. Il devinait plus qu'il ne sentait les divers instruments reliés à son corps. Les aiguilles plantées en lui, il avait toujours détesté ça. Il lui semblait avoir vu à travers la fenêtre, les nuages jaunis par la réflexion des lumières de la ville, il faisait donc nuit. Le silence qui régnait autour de lui le confirmait, il se trouvait dans un hôpital endormi, du moins dans cette partie.

Voilà où l'avait mené l'étourdissement qu'il avait ressenti dans le bus. Ça avait commencé par des bouffées de chaleur, il s'était mis à transpirer mais avait mis cela sur le compte de l'atmosphère épaisse du bus presque bondé. Puis sa tête s'était mise à tourner, il avait fermé les yeux rien qu'un instant, et le voilà allongé dans cet endroit inconnu, piqué et monitoré de partout. Les minutes passant, les sensations revinrent et les douleurs aussi. Il avait au moins une aiguille plantée dans le dos de la main droite, cela lui faisait mal lorsqu'il essayait de bouger les doigts. Tous ses membres réagissaient à ses sollicitations, il était donc entier. Il ne savait pas depuis combien de temps il était allongé là inconscient ni dans quel état était son vieux corps forcément fatigué mais il eut envie de sourire, au moins il n'était pas mort dans ce bus, bêtement, devant toute une foule d'inconnus.

Il sentait qu'il était remonté lentement des abîmes. Avant de reprendre conscience, les premiers stimuli du monde extérieur avaient atteint son cerveau. Il se souvenait de lumières plus fortes, de présences autour de lui, de parfums. Et de voix, une surtout, celle d'Isaure. Il ne l'avait jamais entendu chuchoter auparavant, ce n'était pas son genre, mais là, elle avait parlé bien moins fort que l'homme qui l'accompagnait. Est-ce son cerveau endormi qui lui jouait des tours ou l'avait-il réellement entendu pleurer ? Il fouilla sa mémoire en vain, pas de trace d'autres visiteurs connus. Rien ne lui confirmait la visite de Denise, de Jeanne ou d'une autre de ses relations. Qui d'autre d'ailleurs ?

26

Dans le taxi qui les ramena vers la maison de Charles, les deux femmes restèrent longtemps silencieuses, chacune face à sa vitre. Le chauffeur avait rapidement abandonné toute velléité de conversation et se concentrait sur la route en sifflotant entre ses dents.

Ce fut Denise qui brisa le silence la première : — Qu'est-ce qu'on dit à Annie ?

— Pourquoi lui cacherait-on que c'est Charles qui paie le loyer ?

— Alors, tu penses que c'est vrai ?

— Toi aussi, tu le penses, non ?

— J'avoue que j'ai souvent eu des doutes.

— Alors, il faut le lui dire !

— C'est Charles qui m'inquiète. Je ne pense pas qu'il apprécierait qu'on en parle. Il va me mener une vie impossible s'il s'en sort.

— Il va s'en sortir !

Jeanne avait presque crié en disant cela et fait sursauter le chauffeur qui fit un écart, déclenchant un concert de klaxon sur la file d'en face. Elle reprit, plus bas :

— De toute façon, je pense qu'Annie a droit de savoir. Elle bénit un homme qui l'a laissée tombée avec un enfant et elle ne parle plus à celui qui lui permet de vivre correctement depuis des dizaines d'années.

— Ça va la foudroyer.

— Elle s'en remettra !

Le téléphone sur les genoux de Jeanne vibra, encore un SMS. Elle appuya sur le bouton pour éteindre l'écran mais Denise avait eu le temps de lire le nom de l'expéditeur.

— Et lui, il n'a pas le droit de savoir ?

— De savoir quoi ?

— Ce que tu ressens pour lui.

— Il s'en fout, répondit Jeanne après quelques secondes de réflexion, le nez de nouveau collé à la vitre.

Denise allait rajouter quelque chose lorsque le chauffeur leur annonça le prix de la course. Elles durent fouiller la nuit à travers le rideau qu'une pluie soudaine avait fait tomber pour vérifier qu'elles étaient réellement arrivées à destination. Les lumières du bar étaient toutes allumées et Jeanne devina une ombre géante derrière une des fenêtres, Annie les attendait. Elles payèrent la course et giclèrent de la voiture pour atteindre le plus vite possible la porte de chez leur amie qui s'avançait déjà à leur rencontre avec un immense parapluie de golf sorti d'on ne sait où.

Dans la salle principale, une table était dressée pour trois et une odeur de plat mijoté parvenait des cuisines. Annie leur expliqua qu'elle avait fermé le restaurant après le déjeuner et qu'elle avait cuisiné tout l'après-midi avec sa fille, histoire de ne pas tourner en rond. Catherine était repartie peu de temps auparavant. Elle leur amena des serviettes et attendit qu'elles aient fini de se sécher et se soient assises à table pour enfin poser la question qui lui brûlait les lèvres.

— Alors, comment va-t-il ? demanda-t-elle en servant un verre de vin aux deux femmes.

Elles résumèrent la situation qui n'avait pas vraiment évolué depuis la veille. Annie était frustrée d'aussi peu d'information et ne comprenait pas qu'on puisse passer la journée dans une salle d'attente sans tenter quoi que ce soit. Elles racontèrent alors l'arrivée d'Isaure et la manière dont elle obtint de voir Charles.

— Eh ben, on ne peut pas dire que j'aime cette femme, on peut même dire que je la déteste, mais là, chapeau !

— Elle ne l'a vu que quelques minutes et elle n'a pas dû voir grand-chose. Il y a bien plus important et il faut qu'on t'en parle.

Elles passèrent sous silence les échanges sur les parasites et lui racontèrent ce qu'Isaure avait sous-entendu sur l'origine de l'argent qu'elle recevait chaque mois. Dans le silence qui suivit, elle resta figée, le regard perdu. Les secondes passèrent, puis deux ou trois minutes sans aucun mouvement sur le visage de la géante. Jeanne et Denise échangeaient des regards interrogateurs, incapables de décider quelle conduite tenir. Enfin, elle bougea, agrippa la bouteille de vin et s'en servit une bonne dose qu'elle avala d'un trait. Son visage s'illumina, elle sourit de toutes ses dents.

— Et il ne me l'aurait jamais dit ce vieux Schnock ! éclata-t-elle dans un rire qui ne cadrait pas avec ses yeux humides.

Annie passa les deux heures qui suivirent dans un état d'excitation généré autant par cette nouvelle que par une quantité d'alcool dont elle n'avait pas l'habitude. Elle voulait aller à l'hôpital immédiatement puis le lendemain. Elle voulait le serrer dans ses bras puis faire comme si elle ne savait pas. Elle virevoltait dans la pièce comme une danseuse étoile de quarante kilos. Jeanne et Denise restaient assises à la regarder s'enflammer, savourant le repas et le bon vin.

La tension finit par avoir raison d'Annie et elle s'effondra sur sa chaise en pleurant. Elle craignait de ne jamais revoir son ami vivant, son grand frère comme elle ne cessait plus de le répéter. Elles se pleurèrent toutes les trois dans les bras pendant de longues minutes. Pour les deux autres aussi, la longue journée d'attente avait eu raison de leurs nerfs. Lorsqu'elles se calmèrent, Annie alla faire couler des cafés qu'elles burent en silence.

— Tu as ressorti les vieilles photos ? demanda Denise en désignant la table couverte de clichés au fond de la salle.

— Oui, j'étais persuadée qu'elles avaient pourri depuis le temps qu'elles traînaient dans la cave, mais non, certaines sont jaunies mais ça va. Vasile m'a dit qu'il y avait des trucs informatiques pour redonner les vraies couleurs. Catherine et lui vont trouver ce qu'il faut.

On frappait à la porte du café. Elles n'avaient d'abord rien entendu tant les coups étaient donnés faiblement mais on insistait et ils étaient maintenant bien audibles. Elles se tournèrent toutes les trois en direction de l'entrée, surprises par cette interruption inattendue. Annie alla ouvrir la porte et souleva le volet de fer qu'elle avait baissé. Sur le pas de la porte, se tenait un petit homme maghrébin. Il n'était peut-être pas si petit mais près la grande femme, il semblait minuscule. Il portait un costume qui le rendait un peu endimanché, Jeanne n'aurait pas été surprise qu'il s'agenouille pour demander la main d'Annie.

— Bonsoir Ali, comment allez-vous ? lui demanda Annie, un peu fort.

Ali allait bien mais il s'inquiétait pour son ami Charles. Il ne l'avait pas vu depuis plusieurs jours et on venait de lui apprendre qu'il avait eu un accident. Ali était passé plusieurs fois devant la maison et il lui avait bien semblé que son ami n'était pas chez lui, ni Denise. Il avait pressenti un malheur, aussi il avait pensé qu'Annie saurait peut-être quelque chose puisqu'elle était une grande amie et voisine de l'écrivain. Il espérait également ne pas être trop malpoli d'interrompre leur soirée.

Annie le pria d'entrer, retenant une tape dans le dos certainement amicale mais qui aurait fait voler le vieil homme à travers la pièce. Denise lui présenta Jeanne et lui proposa un siège à leur table. Elle entreprit de lui raconter les événements de ces derniers jours pendant qu'Annie lui ouvrait une nouvelle bouteille de vin et lui servait un verre qu'il fit semblant de refuser. Jeanne surprit des traces d'humidité éclore aux coins de ses yeux mais il les refoula bien vite. Il faisait de grands gestes qui soulignaient son inquiétude et ses appels à Dieu pour qu'Il épargne son ami. Lorsque Denise eut fini, le verre du vieil homme était vide et Annie s'empressa de le remplir malgré un nouveau refus poli mais inutile. Il sembla réellement prendre conscience de la présence de Jeanne pour la première fois.

— Charles m'a beaucoup parlé de vous, Mademoiselle. En des termes très flatteurs.

— Si flatteurs que ça ? s'étonna Jeanne.

— Pour qui connaît le cœur de notre ami, oui, très flatteurs.

Ils passèrent une bonne heure à évoquer des anecdotes impliquant de Roncourt. Dans le sérieux ou la cocasserie, toujours se ressentait l'admiration et la tendresse qu'ils avaient tous pour le vieil écrivain. Ils réussirent à sourire à certaines évocations, à rire aux éclats à certaines autres. Puis la tristesse revint, s'emparant de chacun dans son coin, dans un silence devenu lourd. Ali finit par prendre congé en leur faisant promettre de lui donner des nouvelles très régulièrement. Il serra la main de chacune des femmes en s'inclinant légèrement puis se dirigea vers la porte. Annie le raccompagna, posant une bise sur sa joue avant de fermer le rideau derrière lui.

Denise et Jeanne se levèrent pour l'aider à ranger. Celle-ci continuait de parler, incapable de mettre fin à cette soirée malgré la fatigue. Elles débarrassèrent la table et remplirent le lave-vaisselle dans l'arrière-cuisine. Lorsque la pièce leur sembla suffisamment propre, prête à recevoir les clients du lendemain matin, elles commandèrent deux taxis et attendirent en buvant un verre d'eau pétillante. Annie tentait de les convaincre de rester pour la nuit, il y avait de la place, mais les deux femmes déclinèrent l'invitation.

— Finalement, on n'a pas eu le temps de regarder les photos, dit Annie en désignant la table dans le coin.

— On regardera tout ça demain Annie, répondit Denise.

Sans vraiment y penser, Jeanne se leva et se dirigea vers les photos, histoire de jeter un coup d'œil, découvrir cette bande d'amis tels qu'ils étaient dans leur jeunesse. Peut-être accepteraient-ils d'en partager certaines pour illustrer la biographie. Elles étaient jetées sur la table en un empilement aléatoire. Il y en avait des dizaines, de quoi remplir la petite valise en métal bosselé posée au sol. Certaines photos, sorties des polaroïds de l'époque, avaient depuis longtemps perdu leurs couleurs. D'autres, au papier de mauvaise qualité, avaient jauni. On pouvait suivre, de manière désordonnée, la vie d'une bande de gamins des années quarante et cinquante : photos de classe, repas du dimanche, communions et mariages. Dans la demi-obscurité, elle avait du mal à distinguer les visages, qui était qui. Annie était reconnaissable entre tous, trop grande, trop carrée, trop rousse. Son verre dans une main, elle éparpillait les photos de l'autre, histoire d'en voir un peu plus. Elle s'attarda quelques secondes sur un cliché de Charles entouré de ses parents devant la maison, tous trois grimaçant à cause du soleil qui leur faisait plisser les yeux. Juste à côté de cette photo, une autre l'intrigua. Elle la prit en main et la leva vers la lumière. Elle était légèrement floue mais les couleurs étaient bien conservées. Il y avait Charles, en culotte courte bien qu'il fût visiblement adolescent, Annie, dominant toujours les autres. Il y avait également Denise bien sûr, dont le regard semblait perdu au loin, à moins que ce ne soit un effet de la mauvaise mise au point. Et collée à Charles, il y avait une autre fille aux longs cheveux, vêtue d'une jolie robe à fleurs. Difficile de dire si elle était belle mais le jeune homme semblait particulièrement fier de poser près d'elle.

— Je te présente la jolie Blanche, lui dit Annie par-dessus son épaule.

Jeanne ne trouverait pas le sommeil. Le réveil affichait presque six heures du matin, il serait bientôt trop tard pour sombrer. Elle entendait Renée respirer paisiblement de l'autre côté du couloir. Étonnant qu'une femme de son âge ne ronfle presque jamais, elle était persuadée que tout le monde finissait par avoir le sommeil bruyant. Elle taquinait souvent sa tante sur le sujet et celle-ci répondait invariablement, en souriant : « On a la classe ou on ne l'a pas ! ». Elle s'en voulait de l'avoir tenue éveillée aussi tard, ça devenait une habitude. En rentrant de chez Annie, elle l'avait trouvée en chemise de nuit, prête à aller se coucher. Mais il fallait qu'elle partage les nouvelles de la soirée avec quelqu'un. La jeune femme avait d'abord porté son choix sur Robert, elle avait tenté plusieurs fois de le joindre dans le taxi qui la ramenait de chez Annie mais elle n'avait eu que son répondeur. Elle espérait qu'il ne fût pas à l'autre bout de la terre, dans un de ces derniers endroits privés de couverture de réseau mobile. Elle fut à deux doigts d'appeler Rémy dont les messages commençaient à s'espacer. Mais il aurait fallu commencer par de longues minutes d'échanges et d'explications avant d'en venir au sujet principal d'aujourd'hui. Elle n'était pas prête à parler d'autre chose ce soir et surtout pas d'avenir.

Renée avait donc écouté Jeanne lui annoncer les deux principales nouvelles de la soirée. Alors que les trois femmes attendaient sur le perron du café que les deux taxis arrivent, le téléphone de Denise s'était manifesté. C'était l'hôpital. Elles s'étaient soudain figées, leurs regards fixés sur cet appareil, messager couleur corbeau, incapables de se décider à décrocher. Puis la sonnerie s'était tue et le téléphone s'était rendormi. Annie avait pris Denise dans ses bras et s'était mise à pleurer doucement, comme une petite fille, dans le cou de son amie de toujours. Celle-ci avait continué de fixer son téléphone, dans l'attente du message qui arriva quelques secondes plus tard. Jeanne avait tendu la main pour prendre l'appareil et appuyé sur le bouton de messagerie. À l'autre bout, une voix féminine, monocorde, habituée à annoncer toutes les nouvelles du ton le plus détaché possible, expliquait à Denise que Monsieur de Roncourt était sorti du coma quelques heures plus tôt lui proposant de prendre contact avec le secrétariat du professeur dès le lendemain pour avoir plus d'information.

Jeanne était sûre de n'avoir jamais entendu un cri aussi puissant que celui qu'Annie poussa à ce moment-là lorsqu'elle leur fit part du message. Elle était également certaine que jamais elle n'en entendrait un autre, pas plus que les habitants du quartier dont une bonne partie dut être réveillée en sursaut par ce son venu d'ailleurs. Lorsque le cri cessa, un étrange silence s'installa alentour comme si personne n'avait osé sortir du lit pour chercher l'origine de ce réveil brutal. Les trois femmes rentrèrent dans le bar et Annie, dans un état second, voulut fêter ça immédiatement. Comme il n'était visiblement pas raisonnable de la laisser seule cette nuit-là et encore moins raisonnable d'ouvrir une nouvelle bouteille, il fut décidé que Denise dormirait sur place, elle avait quelques vêtements chez Charles, et que Jeanne rentrerait chez elle pour dormir un peu. Elles renvoyèrent donc un des deux taxis qui vinrent frapper à la porte et la jeune femme monta dans l'autre.

Renée mit quelques minutes à comprendre les paroles de Jeanne qui, fatigue aidant, mélangeait allègrement les deux nouvelles. La photo était floue mais Jeanne était sûre de ne pas se tromper. Ainsi, Charles de Roncourt, qui venait de reprendre conscience après plusieurs jours de coma, avait fait un malaise dans un bus de banlieue en allant à la rencontre de son amour de jeunesse, sorti de sa vie depuis des décennies. Elle était impatiente de pouvoir examiner le reste des clichés à la recherche d'une preuve irréfutable. Renée prépara une tisane et écouta encore une bonne heure sa nièce rabâcher les mêmes mots, comme si elle préparait les phrases qu'elle écrirait dès qu'elle serait assez calme pour se poser devant son clavier. Elle mettait en ordre les événements qui avaient amené à cette rencontre : un vieil écrivain fatigué et renfermé, un problème de santé qui l'oblige à arrêter de fumer et à marcher. Et pendant une de ces promenades, la rencontre inattendue. L'avait-il reconnue immédiatement ? Et elle ? La jeune femme était au bord des larmes, épuisée par ces derniers jours usants, mais heureuse d'un dénouement qui maintenant semblait prendre une tournure positive. Renée se retint de relativiser la bonne nouvelle de peur de faire tomber cette allégresse ou peut-être de relancer un sujet qui s'éteignait peu à peu à mesure que les yeux de Jeanne se fermaient. L'heure avançait et elle-même avait du mal à rester éveillée. Alors qu'elle se demandait encore comment interrompre sa nièce, le téléphone de celle-ci se mit à vibrer.

— C'est Robert ! Il veut que je le rappelle ! lui dit Jeanne de nouveau éveillée.

— Appelle-le, je vais vous laisser discuter tranquillement.

Jeanne sourit et serra sa tante dans ses bras avant de la laisser filer. Elle ferma la porte de la cuisine pour ne pas la déranger et appela son ami. Il revenait d'une soirée et, bien que curieux d'en apprendre plus, il n'était pas d'humeur à y passer des heures. Elle lui résuma les événements de la soirée, dans un ordre enfin compréhensible.

— Reste à savoir dans quel état il est, conclut-il après l'avoir laissée finir.

Comme elle ne répondait pas, il continua :

— Son organisme a dû être sacrément secoué, tu en sauras plus demain.

Ils échangèrent encore quelques mots à propos de Blanche mais l'heure n'était pas aux hypothèses et ils décidèrent de se rappeler le lendemain soir une fois que Jeanne aurait confirmé son idée avec d'autres photos plus nettes.

Les paroles de Robert n'avaient pas aidé la jeune femme à trouver le sommeil. Toute à la joie du réveil de son ami, osait-elle l'appeler ainsi, elle n'avait pas imaginé les conséquences possibles de son attaque. La fin de nuit n'est jamais bonne conseillère de l'optimisme et son cerveau échafaudait mille scénarios dans lesquels Charles survivait ou pas, mais dans le premier cas toujours diminué physiquement ou mentalement. Elle se demandait comment Denise et Annie réagiraient à cette situation, ce qu'elles feraient pour soulager le vieil homme et, privées de ressources financières amenées par le travail de Charles, qu'elles ignoraient par ailleurs, comment elles feraient pour subsister. Elles étaient à présent conscientes que toutes deux dépendaient entièrement de l'écrivain, de leur ami de toujours. Qu'elles le veuillent ou non, il était l'homme de leurs vies et elles étaient peut-être à deux doigts de le perdre.

— Toi aussi ma fille, tu dépends de lui, se dit-elle au moment où le réveil de sa tante se mit à sonner.

Elle se leva également. Il ne servait visiblement à rien de continuer à tourner en rond dans son lit. Les deux femmes prirent leur café dans un rare silence, l'une et l'autre marquées par le manque de sommeil. Jeanne brûlait de partager ses craintes avec sa tante mais n'osait pas être celle qui aborderait le sujet. Elle allait s'y essayer malgré tout quand, le sentant peut-être venir, sa tante se décida à se lever et à ranger son petit-déjeuner. Elle sortit de la cuisine pour s'engouffrer dans la salle de bains, laissant la jeune femme seule face à sa tasse de café qui refroidissait. Elle se leva pour jeter le liquide noir dans l'évier. Par la fenêtre, elle aperçut le voisin d'en face en train de fumer sa première cigarette de la journée, serré sur son minuscule balcon. Il lui fit un petit signe de la main qu'elle lui rendit. Il devait avoir l'âge de Charles de Roncourt, peut-être même plus. Il habitait déjà là lorsque, toute petite, elle venait rendre visite à sa tante. Elle l'avait vu vieillir peu à peu, toujours à ce balcon, fumant à toute heure de la journée. Elle se rendit compte qu'elle le croyait mort depuis longtemps et fut presque émue de le trouver finalement en bien meilleure santé.

— Sa femme est morte l'an dernier, ça lui a mis un coup, lui glissa Renée qu'elle n'avait pas entendue arriver.

— Il était marié ?

— Depuis… Depuis toujours ! Ses enfants habitent quelque part au Canada et au Brésil, il ne les voit pratiquement jamais.

Le vieil homme écrasa sa cigarette dans un grand pot à ses pieds et referma la porte-fenêtre derrière lui. Jeanne lâcha la fenêtre des yeux et regarda sa tante. Elle était prête à sortir, élégante comme toujours.

— Tu veux que je te fasse un café neuf ?

— Non merci, tata, je devrais m'en sortir, dit-elle avec un sourire.

Elle ajouta comme pour elle-même : « Je n'avais même pas imaginé qu'il puisse avoir une vie ailleurs que sur son balcon, alors être marié et avoir des enfants… ».

Lorsque Renée fut sortie, elle se prépara un café et but sa tasse en fixant la fenêtre d'en face. Il était encore trop tôt pour aller à l'hôpital, elle en profita pour sortir son ordinateur et rattraper un peu du retard pris ces derniers jours. Comme Robert l'avait prévu, elle faisait maintenant partie de la vie de son sujet et elle ne savait pas comment gérer cela dans son récit. Jusque-là, elle avait abordé uniquement des choses du passé, antérieures même à sa propre naissance. Mais voilà que l'accident de Charles l'incitait à passer au présent. Elle tentait de respecter les événements en effaçant sa présence sachant parfaitement qu'elle trahissait la vérité. Mais elle l'avait déjà fait en arrêtant la carrière de l'écrivain à la fin des années quatre-vingt. Elle songeait depuis quelque temps à écrire deux versions de l'histoire. L'officielle d'abord, celle qui conviendrait à Isaure et à Charles. Puis la version pour plus tard, celle qu'elle sortirait à la mort du vieil homme. Isaure serait encore là bien sûr, en ferait peut-être un scandale, essayerait de lui planter toute une collection de couteaux dans le dos, mais cette version-là rendrait véritablement hommage à l'écrivain. La réputation de Nadows et d'Isaure en prendrait un coup. Et alors ?

27

Les jours qui suivirent parurent des siècles à Jeanne, Denise et Annie. Charles était sorti du coma mais son état était encore très inquiétant. Il avait été déplacé dans une autre partie du bâtiment pour passer à la phase suivante. Il était toujours en soins intensifs mais un peu moins comme leur avait dit l'infirmier qui les accompagnait, sans réellement leur expliquer en quoi consistait la baisse d'intensité des soins. Elles avaient eu droit de le voir, de loin, à travers une vitre, quelques minutes pas plus, juste ce qu'il fallait pour s'assurer qu'il était en effet bien vivant. Juste ce qu'il fallait pour prendre en pleine figure la réalité des choses. Même de loin, il était évident que Charles n'était que l'ombre de lui-même. Au milieu de machines et d'écrans verts, il semblait minuscule dans son lit d'hôpital. Il était d'une blancheur cadavérique, les yeux fermés enfoncés dans leurs orbites. Lorsqu'on leur demanda de retourner dans la salle d'attente, elles firent quelques pas avant de tomber en pleurs, de longues minutes, Jeanne et Denise dans les bras d'Annie. Sans se le dire, elles le pensaient proche de la fin.

Jeanne avait déjà ressenti cela, déjà vu ce voile qui entoure une personne sur le point de quitter ce monde, comme si l'âme hésitait encore à s'envoler. Si la mort devait ressembler à quelque chose, se disait la jeune femme, on s'en approchait. La première fois qu'elle avait vu ça, elle était encore une enfant et sa mère était partie quelques heures plus tard. Les médecins s'étaient montrés rassurants comme celui qui les avait autorisées à voir Charles. Elle se retint d'en parler à ses amies mais elle se rendait bien compte qu'elles pensaient la même chose. Elles avaient certainement vécu elles aussi un de ces moments où on sait qu'on voit quelqu'un pour la dernière fois. Annie fut la première à sécher ses larmes et, à grand renfort de bourrades dans le dos, les incita à faire de même et à garder espoir.

Pendant les quatre jours suivants, elles passèrent des heures interminables dans une salle d'attente étrangement vide alors que, dans le couloir, infirmières et médecins semblaient prendre en charge de nombreux malades. À croire qu'on avait réuni là les délaissés, ceux dont personne ne veut supporter les derniers instants. Chaque matin, vers dix heures, elles voyaient passer Isaure, toujours autorisée à visiter le grand homme. Elle repartait vers dix-sept heures, filant si vite qu'il était impossible de voir son visage. Annie avait chaque soir une remarque qui se voulait assassine envers l'éditrice comme « elle a l'air bien pressée, elle doit être attendue pour un cocktail ». Mais aucune n'était dupe et Jeanne sentait son jugement évoluer. Cette femme si détachée, dédaigneuse, attirée par le gain et les paillettes, celle-là même passait des journées entières au chevet d'un écrivain mourant dans un hôpital d'une banlieue dont elle voulait ignorer jusqu'à l'existence quelques semaines plus tôt. La jeune femme avait bien essayé de trouver une mauvaise raison à sa présence mais avait abandonné. Il y avait dans le comportement d'Isaure la démonstration de sentiments inavoués.

Elles-mêmes quittaient l'hôpital peu après Isaure. Elles retournaient directement au bar d'Annie pour relayer Catherine qui avait pris quelques jours de congé pour permettre à sa mère de veiller Charles. Vasile et elle se chargeaient de l'établissement depuis le matin jusqu'au retour d'Annie. Ensuite, ils filaient vite fait, Catherine vers Paris pour retrouver son homme et Vasile, on ne savait pas trop où et personne n'avait pensé à lui poser la question. La jeune femme avait accepté d'aider sa mère mais chaque jour qui passait la rendait plus impatiente que la situation ne change. Le quatrième jour et bien que cela lui arrachât le cœur, Annie libéra sa fille et annonça qu'elle reprendrait sa place derrière le bar dès le lendemain. Catherine tenta mollement de l'en dissuader et de lui laisser encore quelques jours mais elle avait pris sa décision.

— On ne sait pas combien de temps ça peut durer, je ne peux pas être absente trop longtemps.

— Et pourquoi ne fermerais-tu pas quelques jours ? lui proposa Denise.

Elle faillit s'étouffer et monta sur ses grands chevaux, entamant une tirade sur ses devoirs vis-à-vis de ses clients et surtout de Charles qui finançait tout cela. Elle comptait sur ses amies pour la tenir informée de l'évolution et accepterait peut-être de fermer quelques heures quand son ami et bienfaiteur serait assez remis pour qu'elle puisse venir le serrer dans ses bras. Catherine l'assura qu'à ce moment-là, elle prendrait un taxi pour venir la relayer aussi vite que possible.

Comme chaque soir, les trois femmes s'installèrent pour dîner dans la grande salle et continuer à échanger souvenirs et réflexions. Jeanne en apprenait beaucoup sur Charles, principalement jusqu'à la fin des années soixante. Mais tout cela ne se résumait qu'à une enfance normale, voire banale d'un gamin de la ville. La personne que décrivaient les deux femmes avait peu de ressemblances avec le Charles qu'elle connaissait mis à part une intelligence visiblement au-dessus de la moyenne. Puis, il y avait eu le retour d'Algérie, un homme bien différent en était revenu, sombre et renfermé. Elles avaient ensuite perdu le contact et ne parlaient que d'histoires rapportées par Joséphine et Maximilien, certainement déformées et enjolivées par des parents aimants ou par elles-mêmes. Les souvenirs reprenaient une réalité lorsque Charles était revenu habiter dans la maison. Jeanne tentait de retenir le maximum de choses mais, la soirée avançant, la fatigue faisait son effet et les histoires passaient sans s'imprimer dans sa mémoire.

Dans le fond de la salle, les photos étaient encore là. Jeanne avait enfin obtenu qu'on passe un peu de temps à les regarder et les commenter. Finalement, Annie trouva plaisir à l'exercice, aidée de temps en temps par Denise qui complétait au besoin. Elles passaient les photos une par une, s'arrêtant sur telle ou telle pour raconter où et quand elle avait été prise ou donner des détails sur les personnes présentes. Une vingtaine de clichés furent ainsi passés en revue avant d'arriver à un de ceux que la jeune femme attendait. Sur la photo bien nette, deux jeunes femmes endimanchées souriaient au photographe.

— Ah voilà notre Denise avec Blanche, s'exclama Annie. Qu'est-ce que tu étais belle !

— Tu es encore très belle, se reprit-elle instantanément. C'était un jour de remise des prix, non ?

— Oui, ça devait être en première, je me souviens qu'il faisait très chaud ce jour-là et que nos mères avaient insisté pour nous faire porter ces jupes en laine affreuses.

Annie avait raison, Denise avait été belle et l'était encore. Mais ce n'était rien comparé à Blanche. Elle avait réussi à traverser les décennies, à vieillir sans perdre une once de la beauté qui éclatait sur cette photo d'un autre temps. Pas étonnant que Charles en fût tombé amoureux et encore moins étonnant qu'il le soit toujours.

Jeanne prit la photo dans ses mains et l'approcha de son visage pour la détailler.

— Elle est belle, non ? demanda Annie.

— Oui, très belle, répondit Jeanne, sans trop savoir si elle parlait de Blanche ou de son amie.

Denise était sur la même longueur d'onde que la jeune femme :
— Et encore, tu ne vois pas les magnifiques yeux bleus qu'elle avait.

Annie reprit la photo et passa à la suivante, visiblement peu encline à s'appesantir sur Blanche. Elles passèrent ainsi encore une bonne heure à détailler des personnes et des visages, des noms que Jeanne ne retiendrait pas. La jeune fille apparaissait encore sur trois clichés mais ils ne firent que passer dans les mains de la grande femme, sans commentaire. Jeanne aurait bien aimé en emmener une, mais elle n'osa pas demander par peur de la réaction d'Annie.

Annie et Denise restèrent quelques secondes sur le pas de la porte, le regard perdu en direction du taxi qui emmenait Jeanne vers Paris. Elles regagnèrent l'intérieur et débarrassèrent la table dans un silence qui ne leur ressemblait pas. Ensuite, Denise aida son amie à dresser les quelques tables qui serviraient au déjeuner du lendemain. Annie insistait pour continuer à en dresser toujours le même nombre malgré que la plupart restassent maintenant inoccupées. Une fois fait, Annie se mit à ranger les photos dans la vieille valise, s'arrêtant à nouveau pour en regarder certaines.

— La petite était plus intéressée par Blanche que par nous, dit enfin la grande femme, songeuse.

— Oui, je ne serais pas étonnée qu'elle cherche à la retrouver.

— Ce n'est pas gagné, elle a juste vu une photo vieille de cinquante ans et elle ne sait même pas son nom !

— Ne t'inquiète pas pour ça, c'est une maligne acharnée ! Je ne sais pas comment elle a convaincu Charles de se laisser interviewer comme ça mais si elle a fait ça, elle peut tout faire.

Les deux femmes refirent une fois de plus le film des événements. Ça avait commencé par la première visite de Jeanne. Après bien des discussions houleuses au téléphone avec Isaure, Charles s'était laissé convaincre. Comme Denise l'avait prévu, la rencontre n'avait pas duré longtemps et elle pensait bien ne jamais revoir la jeune femme. Pourtant, elle était revenue avec le regard noir de quelqu'un qui n'a pas l'intention de se laisser faire. Elle n'avait pas compris pourquoi elle était repartie si soudainement sans attendre le retour de l'écrivain. Puis, il y eut une troisième visite, un entretien avec Charles bien plus long que le premier. Et le rythme fut pris.

— Je ne peux pas m'empêcher de penser que dès la première visite, il y avait quelque chose d'étrange. Comme si Charles s'était forcé à être désagréable. Il avait réussi à s'en débarrasser en quelques minutes et pourtant, il n'avait pas l'air satisfait.

— Tu ne crois pas qu'elle lui aurait tapé dans l'œil quand même ? dit Annie avec un petit sourire.

— Ne dis pas de bêtise, Annie ! Non, au début, j'ai pensé qu'il était coincé par Isaure qui l'avait incité, plutôt obligé à recevoir Jeanne.

— De toute façon, pour ce qu'elle lui sert celle-là ! Combien il a envoyé de manuscrits ces dernières années ? Elle en a publié combien ? Il ferait bien de l'envoyer balader.

L'origine de la relation entre Jeanne et l'écrivain restait donc un mystère pour les deux amies. L'amitié qu'elles avaient peu à peu construite avec la jeune femme leur avait fait oublier comment cela avait débuté. Et finalement, elles en conclurent que cela avait peu d'importance. Annie rangea la valise de photos sous le bar, elles éteignirent les lampes et rejoignirent l'appartement juste au-dessus. Denise, dans l'obscurité de la chambre d'ami, devinait l'ombre d'Annie aller et venir de l'autre côté de l'appartement. Elle tournait en rond, pas encore prête à s'endormir, les pensées visiblement encore trop pesantes. Denise comprit à quoi elle pensait.

— Tu crois qu'elle est toujours vivante ?

— Qui ça ? Blanche ? répondit Denise.

— Elle pourrait très bien être morte depuis le temps. Ou habiter de l'autre côté de la planète. Ou complètement sénile.

— Je n'en sais rien, Annie. Et finalement, quelle importance ? On est tous des vieux maintenant.

— On ne m'enlèvera pas de l'idée que sa vie s'est arrêtée en rentrant d'Algérie. Elle n'aurait pas dû lui faire ça.

— Lui faire quoi ? C'était deux gamins de vingt ans ! Il était loin, elle est tombée amoureuse d'un autre, point final.

— Il ne l'a pas avalé…

— Il aurait dû !

Le silence se fit. Dans un demi-sommeil, Denise se répétait sa dernière phrase, alignant les occasions manquées qui avaient suivi cette déception sentimentale. Elle ne pouvait s'empêcher de penser qu'ils auraient pu avoir une vie ensemble, une vraie vie ensemble, s'il avait accepté le mariage de Blanche. Alors qu'Annie en voulait à celle qui fut leur amie, Denise la remerciait presque d'avoir laissé le champ libre à une histoire qui n'avait finalement pas eu lieu. Enfin, la grande femme éteignit sa lampe de chevet et l'obscurité se fit, seuls quelques rais de lumière en provenance des réverbères de la rue zébraient les murs d'une lumière orangée. Denise entendit une dernière phrase de son amie avant de plonger dans le sommeil.

— S'il l'avait épousée, il n'aurait certainement jamais écrit son premier roman.

Jeanne descendit du taxi en titubant, plus par la fatigue qui la gagnait que par l'alcool qui finissait de traverser son corps. Elle aurait pu s'endormir dans la voiture si la musique n'avait été aussi forte et agressive. Elle se prit à apprécier le froid vif de l'air nocturne. Le taxi redémarra en trombe, le bruit du moteur hurlant se mêlant aux notes de musique qui semblaient aléatoires. Puis le silence se fit dans la ville assoupie. Alors qu'elle composait le code de la porte d'entrée, une main se posa délicatement sur son épaule qui la fit sursauter. Pendant une seconde, elle s'en voulut de n'avoir jamais pris de leçon d'autodéfense comme sa tante lui avait si souvent conseillé. Par réflexe, elle se retourna vivement, son sac à main levée au bout de son bras, comme seule arme, prête à frapper. Son bras retomba immédiatement en découvrant l'homme qui se tenait maintenant face à elle. Même avec un bonnet enfoncé jusqu'aux sourcils et mal rasé, Rémy lui plaisait.

— Qu'est-ce que tu fais là ? lui lança-t-elle, plus agressivement qu'elle aurait souhaité.

— Je t'attendais, bredouilla-t-il. Tu ne réponds à aucun de mes messages.

— Je suis désolée, en ce moment, la situation est compliquée. Charles de Roncourt est à l'hôpital.

— Je sais, ta tante m'a raconté.

— Tu as vu ma tante ?

Il ressemblait à un adolescent pris en faute.

— Ben, j'étais déjà là quand elle est rentrée tout à l'heure.

Jeanne fit un rapide calcul, il avait donc attendu plus de six heures, pas étonnant qu'il ait enfoncé son bonnet aussi profond, il devait être gelé. Elle oscillait entre une tendresse qui lui disait de l'inviter à prendre un café pour se réchauffer et la fatigue qui lui disait de monter se coucher vite fait. Elle le fit simplement entrer dans le hall de l'immeuble pour profiter d'une relative chaleur.

— Qu'est-ce que tu voulais me dire ?

Il hésitait à répondre. La jeune femme allait s'agacer, on ne poursuit pas une personne pendant des jours pour reculer une fois face à elle.

— Je pars dans quelques jours pour Salvador de Bahia, dit-il.

Comme elle ne disait rien, il ajouta : — C'est au Brésil.

— Oui, il me semblait bien, répondit-elle, vexée.

— Je suis embauché par une ONG pour assister leurs médecins. Ils vont faire de grandes campagnes de vaccination et ils ont besoin de gens comme moi, avec des notions médicales.

— Oui, tu me l'as déjà dit.

— Si ça se passe bien, je pourrai peut-être y rester plusieurs années.

Ils restèrent debout face à face, sans rien dire. Rémy n'osait rien ajouter et Jeanne ne semblait pas décidée à s'intéresser au sujet. Finalement, aussi pressée de se coucher que de connaître le fin mot de l'histoire, elle prit la parole.

— C'est tout ce que tu voulais me dire ? lança-t-elle.

Elle s'en voulut d'avoir dit ça presque méchamment aussi elle ajouta rapidement :

— Je veux dire, tu aurais pu me laisser ça sur un message en attendant que je te rappelle.

— Je voulais te dire ça en face-à-face parce que je me demandais si tu n'aurais pas envie de venir avec moi.

Il parut soudain soulagé d'avoir osé aller jusqu'au bout d'une proposition qu'il avait dû reformuler cent fois.

— Et pourquoi tu ne resterais pas ici, avec moi, au lieu de partir à l'autre bout du monde et me demander de tout abandonner ?

Il n'avait pas de bonne réponse à cette question, rien qui soit satisfaisant pour eux deux. Il se trouvait coincé au milieu d'un mauvais mélo sans l'avoir vu venir. Il savait déjà, avant de la voir ce soir-là, qu'il partirait avec ou sans elle. La scène ne pouvait se finir autrement, il ouvrit la porte qui donnait sur l'extérieur et, avant de disparaître, lui dit :

— Je pars jeudi de la semaine prochaine. Avec l'organisation, on peut obtenir un visa en deux jours. Ça te laisse une bonne semaine pour te décider.

Il disparut et la porte se referma derrière lui, dans un courant d'air froid comme la mort. Elle ouvrit la porte de l'ascenseur qui l'attendait là. Elle savait qu'il avait raison, si elle ne partait pas avec lui, jamais elle ne le rejoindrait. Elle continuerait sa vie ici, simplement sans lui. Était-ce si terrible finalement ? Ce n'est pas comme si Rémy était le seul homme de son âge avec qui elle avait envie de passer du temps. Qu'est-ce que ça voulait dire passer sa vie avec lui, dans un pays dont elle ne connaissait pas la langue, loin de sa tante, à élever les mômes qu'il ne manquerait pas de lui faire ? Il était vraiment trop tard pour trouver la réponse, la nuit est également mauvaise conseillère quand elle est blanche.

28

Le lendemain, Jeanne arriva à l'hôpital plus tard que d'habitude. Elle avait commencé par se lever en retard, Renée n'avait pas osé la réveiller mais lui avait préparé son petit-déjeuner. Elle avait donc apprécié son café lentement en cherchant à émerger. Lorsque enfin une longue douche chaude, puis froide à la fin du ballon d'eau, lui eut remis les idées en place, elle accéléra sa préparation pour se retrouver dehors dans un froid plus prenant encore que la nuit précédente. Elle jeta un œil alentour, histoire de vérifier que Rémy était enfin parti. Puis, elle fit comme tout le monde, elle accéléra le pas en se dirigeant vers le métro. Elle ne comprit pas les mots prononcés par un haut-parleur anémique mais il se passa une demi-heure avant qu'une rame ne s'arrête, bondée bien sûr. Elle en regarda deux autres passer avant de pouvoir embarquer. En sortant du métro, il faisait vraiment plus froid en banlieue, elle sauta dans le bus qui par chance était là, prêt à démarrer. Au premier virage, elle se rendit compte de son erreur et dut faire le chemin inverse pour attraper le bon bus.

Dans le hall, Denise faisait les cent pas, accrochée à son téléphone. Elle aperçut Jeanne et se précipita vers elle.

— Ben alors, tu n'entends pas ton téléphone ? Je t'ai laissé plein de messages.

La jeune femme sortit l'objet du fond de son sac pour constater qu'en effet, sa messagerie s'affolait. Annie et Denise s'étaient relayées pour l'appeler depuis une bonne heure.

— Excuse-moi, dit Jeanne qui n'avait pas écouté les dernières paroles de son amie.

— Charles a demandé à te voir !

— Je croyais qu'on n'avait pas encore le droit de l'approcher ?

— D'après ce que j'ai compris, il a été suffisamment pénible pour que le médecin craque. S'il pensait avoir vu du pénible avec Isaure, ils vont être servis.

Entre excitation et vexation, Denise accompagna Jeanne jusqu'au couloir où se trouvait la chambre de l'écrivain. Pendant le trajet, elles n'échangèrent que quelques mots sur la météo du jour. Elles s'arrêtèrent devant la porte de la chambre.

— Pourquoi n'entres-tu pas avec moi ? Il n'y a personne pour vérifier.

— Oh, ce n'est pas le médecin que je crains ! Déjà qu'un rhume suffit à le mettre dans une humeur exécrable, je n'ose pas imaginer comment il pourrait réagir dans son état.

Elle avait dit ça sur un ton qui se voulait détaché mais son regard se rembrunit bien vite.

— J'ai peur de fondre en larmes en le voyant. Le médecin m'a dit qu'il était encore très faible et amaigri.

Jeanne la prit dans ses bras et elles restèrent ainsi quelques secondes sans bouger. Elle n'avait pas eu le temps de songer à cela. À voir une nouvelle fois un être que la mort frôlait, comment allait-elle réagir ? Certes, ce n'était pas son père, la femme dans ses bras n'était pas sa mère, mais elle sentit monter en elle une peur irrépressible, de celle qui vous tétanise, vous écrase le torse, celle de voir partir un être aimé, la peur du destin. Elle prit encore quelques secondes pour tenter de reprendre le contrôle, diriger ses pensées ailleurs, trouver une petite mélodie joyeuse à se fredonner dans la tête. Elle embrassa Denise sur la joue et frappa à la porte.

Jeanne découvrit une chambre double dont seul le lit près de la fenêtre était occupé. Elle s'attendait à trouver Isaure assise au chevet de son ami mais elle n'y était pas. Le bip d'une machine répondait à la respiration sifflante du vieil homme. La première idée qui vint à l'esprit de Jeanne la ramena des années en arrière, lorsque enfant, elle avait parcouru l'exposition Toutankhamon au Grand Palais. Le visage de Charles était immobile, presque gris, les joues creuses, une vraie momie se dit-elle. La main posée sur le drap était si sèche qu'on n'aurait pas été surpris de la voir tomber en poussière à la faveur d'un coup de vent. Sans les oscillations de la ligne verte qui traversait l'écran situé près de sa tête, elle aurait pu jurer qu'il était mort. Elle s'avança lentement, dans un quasi-recueillement. Elle s'arrêta à quelques mètres du lit, intimidée.

— Ma pauvre, vous êtes tellement blanche qu'on se demande qui de nous deux est le plus près de la mort !

Il avait dit ça sans bouger, ou presque. Si elle avait vu Ramsès II ouvrir les yeux, elle n'aurait pas été plus surprise, elle sursauta et porta les mains à sa poitrine comme pour empêcher son cœur d'en sortir. Elle le vit esquisser un semblant de sourire, elle l'aurait tué s'il n'était pas déjà aussi proche de la tombe. Sa voix, habituellement si assurée, n'était qu'un filet qui s'échappait d'un corps creux. Il l'incita à s'asseoir dans le grand fauteuil gris-vert. Elle se laissa tomber en le regrettant aussitôt tant l'assise était dure. Elle passa quelques secondes interminables à chercher une bonne position, entre décontraction et respect du lieu. Comme l'homme n'avait toujours pas ouvert les yeux, elle laissa tomber.

— Vous n'avez pas l'air très à votre aise, dit-il en tournant la tête vers elle, les paupières à peine ouvertes.

Cerclés de noir, les yeux du vieil homme étaient enfoncés dans leurs orbites, les paupières creusées. Ne pouvant soutenir ce regard vide, elle détourna la tête et fixa la fenêtre face à elle, de l'autre côté du lit. Pour tout horizon, la chambre proposait un immeuble à une centaine de mètres de distance. Il était haut et large, suffisamment pour emplir la vue, même à cette distance. Ses fenêtres multicolores aux rideaux usés, arboraient de façon anarchique des antennes satellites pointées vers ce qu'elle imaginait être le sud. Lorsqu'elle regarda de nouveau l'écrivain, il semblait endormi, un vieux gisant tout poussiéreux. Malgré tous ses efforts pour retenir ses larmes, elle ne put en empêcher une de s'échapper de son œil droit et de couler lentement sur sa joue. Elle la balaya d'un revers de main.

— Le médecin m'a assuré que j'étais sauvé, souffla-t-il comme s'il avait deviné ses pensées.

— Il nous l'a dit aussi. Il semble très sûr de lui.

— Je le sais, je n'ai pas le goût de la mort.

— Que voulez-vous dire ?

Il prononça la suite avec une étonnante lenteur et une ponctuation erratique.

— En Algérie, il m'est arrivé de me trouver près de quelqu'un qui allait mourir. Une balle, une bombe, peu importe, il parlait toujours d'un goût qu'il avait dans la bouche, sans pouvoir le décrire. J'ai appelé ça le goût de la mort.

— Peut-être simplement le sang dans la bouche ? se surprit à dire Jeanne.

Il secoua la tête, il n'avait pas dû bouger autant depuis des semaines.

— Je l'ai cru aussi mais certains avaient ce goût bien avant que de n'être touché. Le dernier à m'en avoir parlé, c'est mon père, quelques jours avant de mourir.

Ils restèrent quelques minutes sans dire un mot, elle fixait toujours l'immeuble. Jeanne se souvint de quelque chose qu'elle avait oublié : durant les derniers jours, sa mère n'avait cessé de réclamer de l'eau pour faire passer un sale goût qu'elle avait dans la bouche. Elle secoua la tête comme si cela pouvait évacuer cette image.

— Je vais vous laisser vous reposer, dit-elle en se levant.

Elle n'obtint qu'un grognement pour toute réponse, impossible à interpréter. Elle était pressée de quitter cette chambre, de reprendre sa respiration loin de l'homme qu'elle veillait depuis des semaines. Et paradoxalement, elle aurait aimé qu'il la retienne. Elle attrapa la poignée de la porte et se retourna vers lui.

— Je peux vous envoyer Denise ?

— Quoi ? Vous partez pour que je me repose et vous voulez m'envoyer le caporal-chef ? Ce n'est déjà pas facile de la supporter quand on peut sortir de la pièce mais alors là, je serais une victime trop facile pour ses reproches.

— Quels reproches ?

— Tout ! Elle va me reprocher d'être sorti, d'être monté dans un bus, d'avoir eu un malaise, tout. Elle va déverser ses récriminations et moi, je serai obligé de l'écouter.

— Elle va surtout essayer de savoir où vous alliez et vous n'avez pas envie qu'elle vous pose cette question, n'est-ce pas ?

Nouveau grognement en guise de réponse. Elle attendit quelques secondes mais il avait fermé les yeux et ne bougeait plus.

Il accepta finalement le lendemain de recevoir Denise qui, mise en garde par Jeanne, se montra prévenante sans être trop insistante. Elle ne fit pas allusion à la sortie de Charles ni à ses motivations. Elle le rassura sur l'état de sa maison, ce qui ne semblait pas l'importer, et lui raconta quelques anecdotes du quartier. Il écoutait d'une oreille distraite, alimentant la conversation par quelques onomatopées. Lorsqu'elle rejoignit Jeanne dans la salle d'attente, elle arborait un demi-sourire. Certes, elle avait trouvé Charles amaigri mais moins mal en point qu'elle ne l'avait aperçu la première fois, en tout cas dans son souvenir. Elle s'inquiétait pour la nourriture qu'on lui servait, certainement peu adaptée à son état ni propice à un prompt rétablissement.

Elle n'avait pas osé aborder non plus le cas d'Annie. Celle-ci se morfondait dans son bar alors que son bienfaiteur semblait lentement reprendre des forces dans sa chambre d'hôpital. Jusque-là, Jeanne et Denise lui avaient expliqué que toute émotion lui était interdite et qu'il valait mieux attendre avant qu'elle ne vienne le voir. Elles ne savaient trop comment il prendrait le fait qu'elles soient au courant. Et puis après tout, c'est Isaure qui avait lâché le morceau, il devrait s'en prendre à elle s'il n'était pas content. Annie avait toujours été en admiration devant lui, elle lui vouait maintenant une reconnaissance éternelle et donnerait sa propre vie si cela pouvait rallonger celle de Charles ne serait-ce que de quelques jours. Il allait devoir gérer cela et la proximité de la grande femme rousse qui ne semblait pas décidée à le laisser tranquille.

À la suite de la visite de Denise, Jeanne était entrée dans la chambre mais le vieil homme s'était endormi. Elle resta quelques minutes à le regarder en silence. Elle aussi en avait fait un de ses héros, on lui avait imposé en héros. Elle avait encore du mal à comprendre qu'elle se trouvait là, avec lui, malade dans sa chambre d'hôpital, une intime en somme. Bien sûr, l'auteur idéalisé n'avait pas résisté à l'épreuve de la proximité. L'homme derrière l'écrivain avait tout d'un homme ordinaire, avec ses forces et ses faiblesses, ses qualités et ses défauts. Il avait un passé lourd mais finalement, pas plus que d'autres, à peine plus que le sien. Il avait des secrets qui le rendaient à la fois banal et héroïque. Il n'en restait pas moins ses romans que Jeanne relirait à l'occasion.

Elle songeait de plus en plus souvent à rendre public le rôle de Charles dans l'œuvre de Nadows. Si elle avait un temps pensé à cela pour augmenter l'intérêt de sa biographie auprès des éditeurs, elle y voyait maintenant une façon de rendre hommage au vieil homme. Qu'il soit connu pour l'intégralité de son œuvre, même si les derniers ouvrages ne lui plaisaient pas à elle, il plaisait au plus grand nombre, n'était finalement que justice. Qu'il bénéficie de ce regain de célébrité ne pouvait pas lui faire de tort, il suffirait d'en donner le contexte, Denise et la petite maison de banlieue, Annie et son bar brinquebalant. Les seuls à en souffrir, si tant est qu'ils aient un peu de sensibilité, seraient le jeune écrivain et Isaure. Et alors ? Quoi qu'il en soit, elle savait qu'après la mort du vieil homme, plus rien ne la retiendrait de le crier haut et fort. Attendre cet événement ne lui semblait plus si nécessaire.

Elle regarda sa montre, presque seize heures, il dormait encore. Elle se leva sans bruit et quitta la chambre avec un dernier regard pour l'homme allongé. Dorénavant, Isaure venait visiter Charles chaque après-midi aux alentours de cette heure-là. Un accord tacite faisait que Jeanne et Denise lui laissaient la place. Cette dernière avait du mal à accepter que l'éditrice tienne un rôle si important dans les journées de Charles. Elle était jalouse mais reconnaissait à demi-mot la constance de cette femme qui ne laissait pas tomber son vieil auteur dans un moment très dur. Elle aurait peut-être pensé différemment si elle avait su toute l'importance que pouvait revêtir Charles dans le quotidien et la place d'Isaure dans le monde de l'édition. Même en sachant cela, Jeanne comprenait qu'elle ne faisait pas ça uniquement pour veiller à ses intérêts. Elle agissait comme une mère ou plutôt une sœur avec de Roncourt.

Ce soir-là, Jeanne rentra directement chez elle laissant Denise gérer la soirée avec Annie. Elle avait besoin de respirer un peu, oublier l'hôpital, Rémy, Charles et toutes les femmes qui tournaient autour de lui, pendant quelques heures. Renée avait accepté la proposition, lancée par SMS, d'un dîner japonais. Seule condition mise par la jeune femme, n'aborder aucun de ces sujets. Lorsqu'elle arriva, Renée était déjà rentrée et lisait une revue tranquillement installée au salon avec un verre de vin blanc posé près d'elle. Jeanne ressentit le besoin de prendre une douche et de se changer, elle devait se débarrasser des odeurs d'hôpital qu'elle imaginait traîner derrière elle. Lorsque ce fut fait, elle rejoignit sa tante au salon. Elle se laissa tomber sur le canapé et attrapa le verre qui l'attendait.

Elles dégustèrent le vin, assises l'une à côté de l'autre, presque appuyées l'une contre l'autre. Charlie Parker égrenait en sourdine ses notes suaves pour ne pas les déranger. Elles étaient immobiles, fixant le tableau accroché face au canapé, peint par l'inconnu Polin et souvenir de la grand-mère de Renée. Lorsque Jeanne était enfant, sa tante l'incitait à imaginer les vies qui se déroulaient au bout du chemin représenté ici. Elles passaient des heures à décrire les personnages et les intrigues qui se jouaient là-bas, au fond du tableau, lorsque le chemin disparaissait sur la droite derrière un grand chêne.

Elles rentrèrent bien après minuit après s'être attardées dans une des péniches qui bordaient maintenant les quais de la Seine devenus piétonniers. Elles s'y abrutirent dans un déluge de décibels lié autant à la musique qu'au brouhaha des conversations alentour qui tentaient de se nouer au mépris des haut-parleurs déchaînés. Elles avaient passé le dîner à parler de Renée et de ses collègues dans une atmosphère de sérénité aux antipodes de cela. Au bar, elles ne tentèrent pas de prolonger la conversation, elles burent simplement leur verre en observant la vie autour d'elles. Le volume sonore avait fini de vider le cerveau de Jeanne et ça lui allait bien. Ce n'est qu'une fois couchée que son quotidien se fraya un chemin jusqu'à ses pensées. Elle lui claqua la porte au nez et s'endormit.

29

— Vous êtes en retard !

— Et vous, vous allez mieux !

Jeanne avait répondu au vieil homme du tac au tac ce qui déclencha chez lui un maigre sourire. La jeune femme lui sourit en retour en posant son manteau sur le deuxième lit resté inoccupé pendant toutes ces semaines. Elle se conforta dans l'idée que, depuis quelques jours, le visage de Charles avait repris un peu de couleurs, les immenses cernes noirs s'estompaient progressivement. Ses yeux comme son corps semblaient plus mobiles. On avait enlevé la machinerie autour de lui quelques jours plus tôt et sa chambre retrouvait un aspect plus serein.

Jeanne lui remplit son verre d'eau et jeta un coup d'œil par la fenêtre. Ici, il n'y avait aucun signe que Noël approchait, c'était l'hiver, rien de plus. Dans son quartier, les rues étaient décorées depuis bien longtemps, les vitrines des boutiques également. Depuis quelques jours, la température était tombée au-dessous de zéro mais un franc soleil s'était installé ce qui ne laissait pas espérer de chutes de neige avant des jours. De l'autre côté de la planète, l'été battait son plein et elle avait l'impression que tout le monde ne parlait que de ça. Les bus étaient couverts de publicités vantant la douceur des plages brésiliennes. À la télévision, un jeu débile et dangereux avait comme décor la forêt amazonienne, non loin de

Brasilia. Jusqu'à Renée qui ne rêvait que de sable chaud. Rémy était parti sans faire de nouvelle tentative pour la convaincre de venir avec lui. Elle ne lui avait pas envoyé de message pour lui souhaiter un bon voyage, il ne lui avait pas fait savoir qu'il était bien arrivé et elle ne lui avait rien demandé. Leur étrange relation s'était achevée sans heurt ni clap de fin, simplement en tournant la page de leur rencontre, la suivante était blanche.

La vie avait pris un rythme qu'elle commençait à apprécier. Grâce à la fille d'Annie, elle était entrée en relation avec quelques sites d'information et jouait pour eux les pigistes, suffisamment pour vivre correctement. Elle consacrait ses soirées à lire un mélange de nouveautés, de classiques et de chefs-d'œuvre inconnus et, le matin, elle écrivait des articles pour les faire découvrir aux lecteurs de ces sites. Elle était parvenue à y mettre un mélange de culture et de ton décalé qui avait fini par plaire et fidéliser une belle quantité de lecteurs. Jusque-là, elle n'avait pas imaginé qu'on puisse vivre correctement à travers ce média et pourtant, elle n'était pas loin de gagner autant que chez Gérard, une petite notoriété en plus qui lui avait même valu plusieurs propositions de chroniques télévisées qu'elle avait refusées, pour l'instant.

Après le déjeuner, elle partait pour l'hôpital et, le temps d'un café, y croisait Denise qui repartait. Elles discutaient quelques minutes comme deux vieilles amies qui échangent les nouvelles de leurs entourages respectifs. Charles acceptait d'autant mieux les visites matinales de Denise qu'elle faisait très attention à ne pas lui faire de remarque ou de reproche et n'abordait aucun sujet qui aurait pu le rendre grincheux. Il ne l'avouerait jamais mais depuis quelque temps, il attendait même ses visites car elle lui apportait chaque jour une viennoiserie ou un petit gâteau. Elle qui, pendant des années, avait surveillé son alimentation, l'avait privé de bien des petits plaisirs gustatifs, voilà maintenant qu'elle désobéissait aux ordres des médecins et faisait entrer dans cette chambre, frauduleusement, une petite quantité quotidienne de sucre. Elle s'était justifiée auprès de Jeanne en arguant qu'il serait toujours temps de le mettre au régime le jour où il aurait retrouvé des forces.

Même si Jeanne était moins présente auprès de ses deux nouvelles amies, elle continuait à aller dîner aux Deux A une fois par semaine et y avait même amené sa tante à l'occasion. Annie avait retrouvé une seconde jeunesse et débordait d'activité. Avec l'aide de Vasile et Cathy, elle avait mis un coup de jeune à son établissement, elle avait découvert Ikéa et fait une razzia sur les nappes, serviettes et arts de la table suédois. Elle répétait à qui voulait l'entendre qu'elle ne pouvait se permettre de laisser dépérir une entreprise financée par un de ses meilleurs amis. D'après Denise, elle y avait mis les quelques économies qu'elle s'était permises depuis quarante ans. Elle ne désespérait pas de revoir Jeanne à une de ses soirées littéraires et, en attendant, ne cessait de rappeler ses liens d'amitié avec la jeune journaliste dont tout le monde parlait, selon elle. Elle faisait imprimer les chroniques de la jeune femme par sa fille et les distribuait à ses habitués. Annie n'avait pas encore vu Charles, hormis une fois à travers la vitre, et attendait impatiemment sa sortie de l'hôpital. Chaque fois que Denise ou Jeanne lui proposait de venir le visiter, elle refusait craignant de fondre en larme à peine entrée dans la chambre de son ami. Elle passait des soirées entières à corriger la lettre qu'elle souhaitait lui envoyer, mêlant regrets, remerciements et promesses. Personne n'avait encore pu la lire mais la fine écriture un peu enfantine s'étendait sur une dizaine de pages. À sa demande, Cathy lui avait également imprimé deux feuillets de citations tirées de ses recherches sur internet.

Jusqu'à présent, les visites de Jeanne à l'hôpital s'étaient limitées à de la présence auprès du vieil homme. Encore très faible, il avait quelques moments de lucidité durant lesquels elle l'aidait à boire un peu d'eau et repositionnait ses draps en échangeant quelques mots sans conséquence. Le reste du temps, elle restait assise au fond du grand fauteuil, perdue dans ses pensées. Elle aurait pu s'avancer dans son travail, lire ou écrire, mais ça l'aurait mise mal à l'aise, elle n'était pas garde-malade. Les jours passant, les médecins s'étaient faits plus optimistes, Charles avait passé les moments les plus critiques. Il restait de plus en plus longtemps lucide et ses pensées se faisaient plus claires et suivies. Il l'aidait maintenant à choisir des livres qui serviraient de base à ses articles, beaucoup de romans du dix-neuvième ou de la première moitié du vingtième siècle, des petits bijoux souvent oubliés. Il amenait une partie du côté culturel de ses articles mais aussi quelques remarques grinçantes dont elle se servait rarement. Elle l'aurait fait si sa tante, sans s'en rendre compte, ne l'avait comparée à Mac Nadows, usant des compétences du vieil homme pour son propre usage. Elle tentait donc de limiter la participation de Charles aux conseils de lecture. Lorsqu'elle avait terminé un ouvrage, ils échangeaient sur leur compréhension des textes, confrontaient leurs avis mais elle évitait à tout prix de réutiliser des phrases ou des expressions qu'il employait. Elle s'en servirait plutôt pour la biographie.

Durant ces visites, ils évoquaient peu le passé, à peine une remarque ou une anecdote au détour de la conversation. Elle attendait le bon moment pour lui parler de Blanche, ce fantôme involontairement responsable de la situation du vieil homme. Dans son for intérieur, elle ressentait l'importance de cette femme dans la vie de Charles, l'importance de son absence. Elle avait besoin de ce pan de l'histoire pour la biographie et avait commencé à écrire sur les événements récents. Elle avait du mal à exprimer les faits sans tomber dans le mélo ou le côté fleur bleue. Elle avait besoin de l'entendre raconter ce qu'il ressentait pour Blanche étant enfant, comment il avait vécu l'annonce de son mariage et aussi comment ils s'étaient retrouvés dans le même bus cinquante années plus tard.

Elle repartait une bonne demi-heure avant qu'Isaure n'arrive histoire de laisser Charles se reposer un peu. Elle n'avait aucune idée de ce que ces deux-là pouvaient se dire durant les deux heures que duraient les visites de l'éditrice. Le dernier livre de Nadows continuait à se vendre, mieux encore que les précédents, la maturité de l'auteur comme trouvaient à dire certains de ses collègues journalistes. Elle souriait intérieurement en imaginant que le jeune homme devait paniquer à l'idée de perdre son bienfaiteur. Essayait-il d'écrire par lui-même, tentant de singer le style créé par de Roncourt et qui faisait son succès ? Le vieil écrivain n'était pas en état d'entamer un nouveau texte et ne le serait pas avant des mois.

Ce jour-là, elle commença par lui lire le texte qu'elle avait écrit pour sa rubrique du lendemain. Comme un défi, il lui avait proposé de commenter Evguénie Sokolov, le roman de Serge Gainsbourg. Elle l'avait pris au mot et avait découvert un roman étonnant, écrit par un homme qui l'était aussi. Lorsqu'elle eut fini sa première lecture, ils se turent de longues minutes. Comme à chaque fois, Charles analysait en silence le texte qu'il venait d'entendre. Il l'avait mémorisé et il pouvait jouer avec comme s'il le voyait écrit devant ses yeux.

— Je trouve cela très bien, dit-il enfin.

La jeune femme sourit malgré elle. Habituellement, les premiers mots qui sortaient de la bouche de l'écrivain étaient plutôt : « pas mal » ou « bon début », ce qui signifiait qu'il y avait du travail avant d'arriver à quelque chose d'acceptable. Elle aurait pu se vexer, et le faisait régulièrement lorsque Gérard lui faisait les mêmes remarques, mais venant de Charles, elle acceptait de bonne grâce. Elle ne pouvait que constater que ses commentaires l'obligeaient à revoir sa copie d'une manière positive, l'incitant à aller chercher ce qu'elle pouvait sortir de meilleur.

Elle attendait la suite, un « mais » qui aurait relativisé son premier jugement. Il ne vint pas.

— J'ai connu Serge dans les années soixante, j'étais sûr qu'il mourrait jeune.

— Pourquoi ne m'en avez-vous jamais parlé ?

— Notre relation se limitait à passer des nuits à traîner de bar en bar, à boire et à fumer. Je ne suis pas sûr que cela vaille la peine d'en faire tout un chapitre.

— Pourtant, le seul roman d'après-guerre que vous m'avez proposé jusque-là, c'est le sien. Vous étiez proche de Sartre ou Aragon, de tous ceux qui faisaient la littérature de cette époque, pourquoi ne pas choisir un de leurs écrits ?

Il tourna la tête vers la fenêtre, un reflet du soleil dans les fenêtres d'en face lui fit fermer les yeux. Il resta ainsi comme s'il pouvait ressentir la chaleur de ce rayon sur son visage. Il parla sans la regarder :

— Je pourrais vous dire que cette époque est trop récente pour que des chefs-d'œuvre soient déjà oubliés ou que tout a déjà été dit sur eux. La vérité, c'est que je n'ai jamais aimé ce qu'ils écrivaient. Certes, il y a dans le lot des livres qui méritent d'être lus, d'excellents romans même. Je ne dis pas que ce n'était pas bon mais ce ne sont pas ceux que j'emmènerai dans ma tombe pour le dernier voyage, encore moins pour l'éternité. Peut-être justement parce que j'ai trop connu leurs auteurs, leur vie et leurs défauts.

Elle le laissa encore un moment dans ses pensées avant d'oser.

— Je voudrais inclure un de vos livres dans ma rubrique.

Elle se rendit compte alors qu'elle ne l'avait jamais entendu rire, jusqu'à ce moment. Il riait et se tordait de douleur en même temps, tentant de reprendre son calme.

— Vous voulez m'achever ou quoi ?

— Pourquoi vous trouvez ça si drôle ? dit-elle, légèrement vexée sans comprendre vraiment pourquoi.

— Même si je n'aime pas leurs romans, il n'en reste pas moins qu'ils représentaient ce que l'époque a produit de mieux. Là, vous parlez de moi !

Elle resta interloquée, ne sachant que répondre.

— J'ai écrit un truc valable dans ma jeunesse, presque un hasard, un coup du destin où mon cœur et mon cerveau se sont synchronisés mystérieusement pour guider ma main. Cela m'a permis de vivre quelque temps et d'être accepté par la coterie des auteurs à la mode. J'étais jeune, plutôt beau gosse, je faisais bien sur les photos. Pendant cette période, je me suis laissé porter par le temps qui passait, je ne parvenais à écrire qu'entouré de vapeurs éthyliques. Et le résultat n'était pas bon, pas bon du tout.

— Si c'était si mauvais, pourquoi les gens les ont-ils achetés ? Elle criait presque.

— Je suis tombé à une époque où l'on pouvait écrire presque n'importe quoi, n'importe comment tant qu'on était soutenu par les héros du moment. Quelques mots de Sartre suffisaient à convaincre un troupeau de moutons d'entrer dans une librairie. Malgré cela, mes moutons à moi étaient juste suffisants pour me faire vivre, et encore, aux crochets des autres.

— Vous êtes un peu dur ! Je relis vos romans toujours avec plaisir.

— Oui mais vous Mademoiselle...

Elle attendit pendant quelques secondes une suite qui ne vint pas et se leva d'un bond.

— Oui mais moi quoi ? ! Je suis trop conne pour distinguer un bon roman d'un mauvais ? hurla-t-elle.

Alors qu'il ouvrait la bouche pour répondre et qu'elle aussi allait enchaîner, la porte s'ouvrit pour laisser passer une infirmière en colère. Elle fusilla Jeanne du regard en se précipitant vers Charles. Elle réussit néanmoins à se contenir et à parler à voix basse.

— Mademoiselle, je vous rappelle que vous êtes non seulement dans un hôpital mais dans la chambre d'un patient faible et âgé.

Le regard de Jeanne supplia Charles de ne pas répondre, il laissa tomber, finalement trop heureux que cette intervention coupe court à une discussion qui prenait une mauvaise direction.

— Si vous recommencez, je serai obligée d'appeler la sécurité et de vous faire interdire de visite.

Elle examina rapidement le vieil homme pour s'assurer de l'état de son patient et ressortit après un nouveau coup de fusil en direction de Jeanne. Ils l'entendirent se plaindre à une autre infirmière tout en s'éloignant dans le couloir. Chacun attendait que l'autre reprenne la parole.

— Oui mais moi quoi ? finit par demander Jeanne, bien plus calme à présent.

— Oui mais vous, on vous a influencée, vous n'avez pas découvert Charles de Roncourt par hasard.

— Vous avez raison, c'est mon père qui m'a offert vos romans et qui m'a incitée à les lire. C'était quelqu'un avec beaucoup de goût et une culture immense. Je pourrais peut-être, à la rigueur, vous laissez douter de mes capacités de critique littéraire voire de mon intelligence mais concernant mon père, je ne l'accepterai pas. Il avait tout lu de vous et vous trouvait un grand talent. Il était...

— Il était mon ami, l'interrompit-il presque en chuchotant.

Elle resta sans voix. Frappée par les mots qu'elle venait d'entendre, elle mit quelques secondes pour reprendre ses esprits. Finalement sûre d'avoir bien compris, elle ne put malgré tout que lui demander de répéter.

— Votre père était mon ami, confirma-t-il.

— Parce que vous savez qui est mon père ? !

— Bien sûr, vous êtes la fille cachée de Georges Radenac et c'était mon ami.

En quelques mots, Charles venait de bousculer l'univers de Jeanne, lui envoyant sans ménagement sa connaissance du plus grand secret de sa vie.

— Comment l'avez-vous su ? Qui vous l'a dit ?

— Je l'ai toujours su, nous parlions souvent de vous, de la petite fille que vous étiez et du dilemme qui l'a rongé pendant de longues années.

— Et quand je suis venue vous voir la première fois, vous saviez déjà que j'étais sa fille ?

Il réfléchit quelques instants.

— Je n'étais pas sûr. Quand Isaure m'a demandé de recevoir une jeune journaliste, j'ai commencé par l'envoyer au diable, comme d'habitude. Mais elle a tellement insisté que j'ai fini par accepter. J'étais bien décidé à vous virer en moins de temps qu'il n'en faut pour le dire. Mais lorsque vous êtes venue, j'ai eu un choc. Il aurait fallu être aveugle pour ne pas voir la ressemblance physique entre vous et lui.

— Pourtant, vous m'avez virée de chez vous !

— Oui, on ne se refait pas, répondit-il en souriant. Sérieusement, je n'étais pas sûr que ce soit vous. J'ai remué mes souvenirs toute la soirée. La fille de Georges s'appelait Jeanne mais est-ce que son nom était bien Casanova ? Je suis arrivé à la conclusion que oui. Et l'obstination avec laquelle vous m'avez poursuivi a fini de me convaincre.

— Vous m'auriez accordé ces entretiens si je n'avais pas été sa fille ?

— Certainement pas ! Vous auriez pu révéler ce que vous saviez, je n'en avais rien à faire. Pour Isaure, c'était autre chose. Elle est toujours persuadée d'avoir réussi à me convaincre pour éviter le scandale. Et ça me va bien.

Il passa l'heure qui restait à lui raconter comment Georges et lui étaient devenus amis une nuit où, coincés au fond d'un fossé dans la campagne algérienne, ils avaient partagé à voix basse leur amour du jazz et des textes de Balzac. Démobilisés, ils avaient gardé le contact, se voyant régulièrement. Même à l'époque où il écumait Montparnasse et le quartier latin alors que la carrière de Georges dans la haute administration prenait un tour politique, ils n'avaient cessé de trouver dans leurs rencontres une soupape où chacun pouvait exprimer sans fard ce qu'il avait au fond du cœur. Ainsi, son ami, prisonnier par sa fonction d'un mariage où l'amour n'avait été qu'une illusion bien vite éventée, lui raconta-t-il comment il avait rencontré une jeune demoiselle Casanova, comment ils étaient tombés amoureux et comment, d'une liaison aussi courte qu'intense, était née une fille, sa fille. À une époque où il était inimaginable de tout sacrifier au bonheur, il consacrait autant de temps que possible à cette enfant.

— Dans les lettres que nous échangions, il était souvent question de vous. Quand je serai rentré chez moi, faites-moi penser à vous les faire lire.

Jeanne répondit simplement « merci », incapable de choisir parmi les milliers de questions qui s'entrechoquaient dans son cerveau. Devant elle, le vieil homme fatigué représentait un lien aussi fort qu'inattendu avec la mémoire de son père. Malgré tout, elle ne prolongea pas l'entretien au-delà de l'heure habituelle, il lui fallait un grand bol d'air frais pour se remettre de ses émotions. Avant de sortir, elle se tourna une dernière fois vers lui en lui souhaitant un bon repos alors qu'elle aurait voulu lui faire promettre de ne pas mourir avant de lui avoir tout raconté.

Renée put enfin souffler un grand coup, Jeanne venait de s'assoupir, allongée dans le canapé. La pendule lui confirma ce qu'elle craignait, dans trois heures, elle devrait être au petit-déjeuner. Malgré tout l'amour qu'elle portait à sa nièce, la dernière représentante de la famille et fille unique de sa sœur adorée, elle rêvait depuis des heures de la planter là et de rejoindre son lit. Elle déplia le plaid qui reposait sur le bras d'un des fauteuils et en recouvrit Jeanne qui s'en empara dans son sommeil pour se blottir contre lui. Depuis toute petite, elle avait pris l'habitude de s'assoupir ici, comme lorsque les deux sœurs discutaient des heures durant dans la cuisine, un verre de vin à la main. En grandissant, ses propres verres de vin l'avaient endormie là. Le soir de l'enterrement de sa mère, elle avait fini par s'écrouler à ce même endroit, à bout de forces et vidée de ses larmes.

Ce soir-là, en revenant de l'hôpital plus tard qu'à son habitude, Jeanne était très excitée. Renée comprit qu'elle avait déjà bu quelques verres. Elle s'agitait en tous sens et sa diction était trop rapide. Il fallut une bonne demi-heure à sa tante pour comprendre de quoi elle parlait. À la suite de plusieurs messages, Robert avait rappelé en plein milieu des explications, ce qui n'avait fait qu'ajouter une unité sur l'échelle de Richter de la nervosité ambiante. En substance, il avait fait comprendre à Jeanne que sa focalisation sur Blanche, Annie et maintenant les liens de l'écrivain avec son père était en train de transformer une histoire singulière en mauvais feuilleton à l'eau de rose. Elle lui avait raccroché au nez, certainement pour la première fois de sa vie. Robert, qui avait dû croire à une fausse manipulation, avait tenté de rappeler mais le téléphone s'était agité en vain sur la table basse.

Durant les heures qui suivirent, Renée fut bombardée de question sur les parents de Jeanne. Elle répéta une énième fois ce qu'elle avait déjà pu dire. Elle n'avait croisé Georges Radenac qu'à de rares occasions et c'est à peine s'ils avaient échangé quelques mots. Sa sœur lui en parlait beaucoup mais, finalement, sans avoir grand-chose à dire. Aussi ne connaissait-elle de l'homme que le personnage public et son histoire cachée avec la mère de Jeanne. Elle ne connaissait aucun lien entre cette histoire familiale et Charles de Roncourt, si ce n'est l'adoration que sa nièce portait aux écrits de celui-ci, intérêt qu'elle avait toujours eu du mal à comprendre, peu sensible elle-même à ses romans. Lorsqu'elle avait su qu'il était derrière les livres de Nadows, elle s'était de nouveau intéressée à ses précédents ouvrages mais sans plus d'atomes crochus.

Elle repensait à tout ça en rangeant la table basse, deux bouteilles vides de médoc et elle n'avait bu qu'un verre ou deux, deux paquets de chips. Elle mit fin au calvaire de Renée Fleming qui s'époumonait en boucle et en sourdine depuis le début de la soirée. Avec la fatigue, elle peinait à distinguer ses propres souvenirs de l'histoire qui se construisait par les récits de Jeanne. C'était d'autant plus vrai ce soir où les deux se rejoignaient de façon inattendue. Elle était pourtant certaine de ne jamais avoir croisé de Roncourt, il était suffisamment célèbre à l'époque pour qu'elle s'en soit souvenue. Elle éteignit les lampes du salon, ne laissant qu'une veilleuse pour que Jeanne ne soit pas perdue à son réveil. Elle lui fit une bise sur le front, un début de sourire se dessina sur le visage de sa nièce qui marmonna quelque chose dans son sommeil.

30

Jeanne tenta une nouvelle fois d'apercevoir son reflet dans la vitre qui la séparait du grand hall de l'hôpital. Elle sentait que son visage portait les stigmates de sa soirée trop arrosée. Elle s'en voulut de ne pas avoir pris plus de temps pour se préparer et tenter de cacher tout ça sous une couche de maquillage. Après un réveil en sursaut orchestré par deux voitures de police qui avaient descendu la rue toutes sirènes hurlantes, elle avait bâclé sa toilette pour ne pas rater Denise avant qu'elle ne quitte l'hôpital. Résultat, elle était arrivée avec une bonne heure d'avance et se retrouvait à patienter dans une salle d'attente étonnamment vide. Devant elle, au milieu de revues maculées et déchirées, un café finissait de refroidir dans un gobelet en plastique marron, son estomac refusant finalement de l'avaler. Elle se serait certainement endormie si quelqu'un n'avait pas décidé de jouer des percussions dans son crâne. Renée lui avait laissé, sur la table de la cuisine, son mélange magique pour lendemains délicats mais l'efficacité du breuvage semblait diminuer au fur et à mesure des années.

Pour la troisième fois, une infirmière vint lui demander si tout allait bien, ce qui lui confirma son pressentiment. Elle répondit une fois de plus de la façon la plus assurée possible avec un léger sourire qui tentait d'appuyer sur l'évidence de sa bonne forme. Pour la troisième fois, l'infirmière repartit clairement dubitative, proposant à nouveau son aide si le besoin s'en faisait sentir. Elle la vit rejoindre une collègue, elles échangèrent quelques mots en jetant des coups d'œil furtifs en sa direction, peut-être même un peu moqueurs. Jeanne tourna la tête vers la grande horloge digitale à chiffres rouges qui égrenait lentement les secondes. Encore vingt bonnes minutes avant que Denise n'apparaisse. Elle imagina écourter l'attente en allant à sa rencontre, cinq bonnes minutes de gagnées sauf si elles ne choisissaient pas le même chemin, voire de la rejoindre au chevet de Charles, au risque de la fâcher et de ne pas obtenir les réponses qu'elle attendait. Finalement, elle décida qu'il était plus prudent de rester là mais s'autorisa un aller-retour aux toilettes pour se rafraîchir et constater l'étendue des dégâts.

Lorsque Denise apparut, la jeune femme la trouva rayonnante. Elles s'embrassèrent.

— Ma chère, ils vont le laisser sortir ! Il va rentrer !

Jeanne se rendit compte qu'elle n'avait plus envisagé cette éventualité depuis longtemps.

— Ils t'ont dit quand ? demanda Jeanne.

— Il doit encore reprendre des forces mais il m'a dit que ce serait avant Noël.

Jeanne proposa d'aller déjeuner au restaurant portugais pour fêter ça. Elle n'était pas franchement motivée, son estomac n'étant pas encore prêt à accepter quoi que ce soit, mais elle avait besoin de passer un peu de temps avec son amie qui sembla hésiter.

— Il faut que je prévienne Annie et je ne peux pas le faire par téléphone, mieux vaut que je sois près d'elle quand je lui annoncerai la nouvelle.

— Ça ne peut pas attendre un peu ? J'aimerais te parler de quelque chose…

— Pourquoi tu ne passerais pas la soirée avec nous ? On s'ouvre une bonne bouteille et on fête ça toutes les trois.

Jeanne ne répondit pas mais à l'expression de son visage, Denise comprit que la jeune femme avait quelque chose d'important à partager. Elle lui proposa de s'asseoir un moment.

— Alors, de quoi veux-tu me parler ? dit-elle en lui tapotant le genou amicalement.

Jeanne avait tourné la réponse à cette question dans tous les sens, finalement décidée à poser des questions sur Georges Radenac et sa relation d'amitié avec Charles, sans évoquer ses propres liens avec cet homme.

— De mon père, s'entendit-elle répondre malgré tout.

Denise se demanda ce qu'il pouvait y avoir de si urgent à ce sujet. Jeanne n'avait jamais été très bavarde sur son histoire personnelle. Tout ce dont elle se souvenait au sujet des parents de son amie, c'est que son père était mort alors qu'elle était adolescente et que sa mère l'avait suivie quelques années après. Elle n'avait jamais eu le courage de remuer les souvenirs de la jeune femme par des questions indiscrètes et avait convaincu Annie d'en faire autant. D'un regard, elle l'encouragea à continuer. Jeanne résuma l'histoire pour arriver rapidement aux révélations de la veille.

— Je comprends mieux maintenant !

— Qu'est-ce que tu comprends mieux ?

— Pourquoi il s'est laissé convaincre d'accepter des entretiens avec toi. En trente ans, je crois que c'est arrivé trois fois et jamais avec une femme. À chaque fois, ça n'a pas dépassé le stade du premier rendez-vous. Je ne pensais pas que tu reviendrais d'ailleurs.

Jeanne évacua le sujet, elle verrait ça en temps utile pour y revenir.

— Tu as connu Georges Radenac ?

— Oui, bien sûr, c'était un homme important. Les journaux de l'époque le présentaient comme un personnage très intelligent mais hautain et intransigeant.

— Oui mais tu l'as connu, vraiment ?

— Ah oui, pardon ! Chez nous, je veux dire chez Charles, il était très aimable, presque timide. Ils passaient des heures enfermés dans le bureau, à parler, à boire et à fumer. Je me souviens surtout de ses yeux. Parfois, il arrivait de mauvaise humeur, ses fonctions lui pesaient certainement. Il avait alors un regard sombre, presque noir. Mais ça ne durait pas et après quelques heures passées à la maison, son regard s'éclaircissait à en devenir bleu ciel.

Denise continua de parler mais la jeune femme l'écoutait à peine. Le peu de choses qu'elle savait tournait autour d'impressions ou de bribes de conversations glanées au cours du temps. Elle n'avait jamais été accueillie dans l'intimité des deux hommes et ils avaient dû éviter de parler des sujets sensibles devant elle. Elle savait maintenant le plus important, son père avait bien été l'ami le plus proche, certainement le seul ami, de celui qu'elle côtoyait quotidiennement depuis des mois.

— Qu'est-ce que vous auriez fait si je n'étais pas revenue après que vous m'ayez jetée la première fois ?

Jeanne était appuyée contre la fenêtre, elle sentait le froid extérieur qui traversait peu à peu son pull de laine. Le vieil homme était assis, comme il lui arrivait maintenant régulièrement, dans le grand fauteuil. Pendant qu'il réfléchissait, elle se demanda comment cet homme qui marchait encore avec peine, allait pouvoir retourner chez lui et reprendre une vie normale.

— Je sais que j'ai été un peu désagréable, je n'ai pas pu m'en empêcher. Mais je m'attendais à voir la fille de mon ami et je ne vous avais pas imaginée comme ça.

— Comment ça, comme ça ? demanda-t-elle, ne sachant comment prendre cette remarque.

Il la regarda dans les yeux : — Comme une jeune femme moderne !

Une fois de plus, elle ne sut trop comment l'interpréter mais conclut qu'il n'y avait pas de quoi se vexer.

— Et donc, si je n'étais pas revenue ?

— Mais vous êtes revenue et j'étais bien décidé à arranger les choses. La situation s'est compliquée quand vous avez commencé à nous faire chanter.

— Oui mais si…

— Arrêtez avec vos « si » ! Vous êtes revenue, vous nous avez fait chanter et j'ai répondu à vos questions !

Elle sourit intérieurement, le mauvais caractère reprenait le dessus, il était peut-être sauvé après tout.

— Vous m'avez baladée pendant des semaines avant de me dire quoi que ce soit qui puisse m'être utile.

— Et c'était bien fait pour vous ! J'avoue avoir pris un certain plaisir à vous faire languir, vous voir passer de l'espoir à l'exaspération. Vous vous en êtes bien sortie.

— Et Isaure, elle sait pour mon père ?

— Bien sûr que non, pour qui me prenez-vous ? Ce secret était celui de Georges, et aussi le vôtre.

Sans qu'il ait besoin de demander, elle lui tendit le verre d'eau posé sur la table de nuit, il la remercia d'un signe. Pendant qu'il buvait quelques courtes gorgées, une idée traversa l'esprit de Jeanne.

— Vous pensez que cela doit rester secret ?

Il haussa les épaules.

— Il est mort, sa femme également et ils n'ont pas eu d'enfant, ensemble naturellement. À qui cela pourrait-il porter tort ? La seule question à vous poser est ce que vous, vous voulez faire de ce secret.

Elle allait répondre mais elle se retint. Cette question, elle se la posait depuis toujours. Adolescente, elle s'imaginait déjà porter son histoire aux journaux, voir éclater le scandale qui aurait peut-être ruiné la carrière et le mariage de son père mais qui aurait fait d'elle sa fille officielle. Plus tard, elles avaient assisté de loin, anonymes, à son enterrement, funérailles nationales. Elle avait reconnu Charles au milieu d'une foule de célébrités, sans se douter. Elle avait aussi croisé le regard de cette femme en pleurs, elle l'avait trouvée vieille déjà. Sans elle, sa mère et elle aurait certainement vécu une vie bien différente, près d'un père et d'un mari aimant. Ce jour-là, face à la tristesse infinie de cette étrangère, elle avait aussi enterré une autre idée qui la poursuivait depuis longtemps : aller crier la vérité au visage de cette femme, détruire ses moindres illusions d'être la femme de la vie du grand homme. Une autre, mère de son enfant, ne méritait-elle pas ce titre ?

Elle fut sortie de ses songes par la voix grave de Charles : — Je suis sûr qu'elle savait tout.

— Qui ça ?

— Sa femme, bien sûr ! Je n'aurais pas misé un sou sur sa capacité à lui mentir de façon crédible. Mais elle n'a jamais rien dit.

Son regard s'échappa de la pièce, traversant le mur blanc vers un passé révolu.

— Quelques mois après la mort de Georges, j'ai reçu une lettre d'elle. Elle m'expliquait quel mari aimant et attentionné il avait été. Elle me remerciait d'avoir été son confident, de lui avoir permis d'alléger ses secrets afin qu'il puisse poursuivre son œuvre sans un poids inutilement lourd à porter.

— Vous n'étiez pas proches ?

— Je ne l'ai croisée qu'à de rares occasions, principalement à leur mariage et à son enterrement. Elle vivait dans un monde qui n'était pas le mien, ni par les origines, ni par le mode de vie.

Un nouveau silence s'installa entre eux. Comme souvent, ils avaient besoin de pauses durant lesquelles chacun partait de son côté pour se souvenir.

— Pourquoi ne m'avoir rien dit ?

— À quel propos ? demanda Charles qui sembla sortir d'une très courte sieste.

— Pourquoi ne pas m'avoir dit que vous saviez que j'étais sa fille ? Vous m'avez fait déballer mes histoires de famille, vous m'avez laissé vous parler de ma mère et de mon père alors que vous saviez ?

— J'en avais besoin, pour être sûr. Et vous avouer ce lien entre nos deux vies, c'était comme créer une intimité entre nous que je ne voulais pas. Moi aussi, Mademoiselle, j'ai des secrets que je ne veux pas partager. Que je ne voulais pas partager.

31

Renée et Jeanne étaient entrées dans le cimetière par la porte sud, comme chaque année. Elles avançaient à pas lents dans les allées enneigées et silencieuses. Le brouhaha de la ville n'était plus qu'un murmure étouffé par les flocons qui continuaient à tomber. Le craquement de la neige sous leurs pas rythmait leur marche. Sans une hésitation, presque mécaniquement, elles bifurquèrent à gauche dans une petite allée à peine visible entre deux rangées de tombes.

— Il y a longtemps que je n'avais pas vu cet endroit sous la neige, dit Renée, rompant ainsi un silence qui s'était imposé lors du trajet en taxi.

Jeanne grommela une réponse incompréhensible, elle n'écoutait pas vraiment. À cet instant précis, plus rien n'existait pour elle que la tombe qu'elle apercevait maintenant à quelques mètres. Elle serra un peu plus le bouquet de fleurs qu'elle tenait dans sa main droite pour l'aider à retenir ses larmes. Comme chaque fois, elle appréhendait le moment où elle pourrait lire le nom gravé dans le marbre, un rappel à une réalité qui avait bouleversé sa vie depuis si longtemps maintenant. Sans le vouloir, elle avait ralenti le pas et sa tante dut lui prendre le bras pour l'inciter à avancer. Elles s'arrêtèrent devant la tombe et se figèrent, blotties l'une contre l'autre autant pour se tenir chaud que pour ne pas vaciller. Sans se regarder, elles savaient que l'autre pleurait, elles ressentaient la même tristesse face à celle qui fut une mère et une sœur. Jeanne ne venait jamais seule mais elle soupçonnait Renée de venir bien plus souvent. La tombe, quoi qu'il soit difficile d'en juger sous la couche de neige ce jour-là, était habituellement d'une propreté parfaite, hiver comme été. Ayant l'une et l'autre en horreur les décorations de tombes à la mémoire de ces chers disparus mais aussi des plantes en pot qui ornaient habituellement les sépultures, elles avaient décidé depuis le début qu'à chacune de leurs visites, elles jetteraient quelques roses sur la tombe, les fleurs préférées de la mère de Jeanne. Renée se dégagea des bras de la jeune femme et passa sa main gantée sur le marbre pour en faire tomber la neige, caressant au passage les lettres gravées dans la pierre. Elles délièrent alors leurs bouquets et lentement, à tour de rôle, firent tomber les fleurs sur le marbre gris.

Sans se concerter, elles écourtèrent leur visite, le froid traversant leurs vêtements. Elles firent le chemin en sens inverse, toujours bras dessus bras dessous et sans un mot. Face à la sortie, il y avait un bar, coincé entre deux marbreries. Les patrons n'avaient pas changé les décorations de noël depuis des années et quelques guirlandes lumineuses borgnes et fatiguées zébraient la devanture. Comme d'habitude, elles s'y assirent, à la même table contre la vitre, et commandèrent deux thés. Lorsque enfin réchauffées par le liquide brûlant entre leurs mains, elles engagèrent la conversation. Il fut notamment question de noël et du rituel qu'elles avaient instauré depuis aussi longtemps qu'elles venaient ici. Elles dîneraient toutes les deux à l'appartement et videraient une bouteille de champagne devant la télé, dernière évolution du programme qui avait eu lieu lorsque Jeanne avait atteint vingt ans. Il s'agissait donc de définir le menu du dîner ainsi que de celui du déjeuner du lendemain auquel elles conviaient généralement une ou deux personnes. Robert avait accepté l'invitation pour cette année, à vrai dire, il l'avait même suggérée lui-même. Jeanne proposa qu'on invite également Denise.

Celle-ci avait l'habitude de passer le jour de noël avec Annie et sa fille mais cette année, Catherine avait invité sa mère chez les parents de son ami.

— Je ne veux pas qu'on passe tout le repas à parler de Charles de Roncourt, avait décrété Renée.

Jeanne allait lui assurer que ce ne serait pas le cas mais elle se retint. Difficile de promettre une chose qu'elle aurait du mal à tenir. Néanmoins, sa tante avait accepté, Denise était une femme dont elle appréciait la compagnie.

— Je raccompagnerai Denise et on passera voir Charles.

— Il va passer Noël tout seul ? demanda Renée.

— Oh oui, a priori comme chaque année. Il ne veut pas entendre parler de Noël. À l'hôpital, il s'énerve à chaque fois que quelqu'un ose prononcer le mot.

— Mieux vaut peut-être ne pas passer dans ce cas, suggéra sa tante.

— D'après Denise, il n'est quand même pas contre un peu de foie gras et de champagne. Elle a prévu de lui en passer un peu en cachette.

Elles firent le point ensuite sur le menu qu'elles essayaient de varier d'une année à l'autre. Le foie gras, le saumon et les huîtres, c'était pour le réveillon. Le lendemain, elles se levaient de bonne heure et cuisinaient toutes les deux. Une viande, un poisson, peu importait tant que l'appartement pouvait délivrer aux invités des odeurs qui exprimaient tout le cœur que les deux femmes y mettaient et qui promettaient un repas d'exception.

— Encore un noël que tu vas passer avec des vieux, résuma Renée.

— Ça ne me dérange pas, répondit Jeanne un peu trop vite. Tant que je suis avec des gens que j'aime...

— N'empêche que depuis des mois, tu passes ton temps avec le troisième âge. Et je ne parle même pas de tes journées à l'hôpital. Tu n'as pas envie de t'aérer un peu ? De voir des jeunes de ton âge ? Pars quelques jours, va un peu au soleil te faire bronzer !

— Au Brésil, tu veux dire ?

Jeanne regretta aussitôt l'agressivité de sa réponse, sa tante n'avait pas tout à fait tort. Depuis que Rémy s'était envolé, Renée était la personne la plus jeune qu'elle côtoyait. Elle n'avait jamais pris un plaisir particulier à être entourée de gens de son âge, préférant la profondeur d'âme à l'exubérance de la jeunesse. Rémy avait été le premier depuis longtemps à conjuguer traits juvéniles et conversation enrichissante. Mais il était parti, peut-être à cause de ça.

— Je ne peux pas partir maintenant, ajouta-t-elle simplement.

À l'extérieur, la neige semblait tomber moins fort. Elles profitèrent en silence du spectacle de ce fin voile blanc qui tentait vainement de cacher la crasse de la ville. Dans quelques heures au mieux, la pollution et le passage des automobiles l'auraient transformé en une bouillie grise et immonde qui prendrait des jours à disparaître. Jeanne appela un taxi et elles attendirent sagement au chaud que la voiture se présente.

Durant les jours qui suivirent, Jeanne se concentra sur la biographie. Elle avait imprimé toutes ses notes, les commentaires que Robert lui avait envoyés et elle s'était installée dans le salon. Renée bouillait intérieurement à la vue de ces papiers éparpillés jusque sur son fauteuil mais pour rien au monde elle n'aurait mis un frein à la motivation de sa nièce. Seulement, elle voyait le jour de noël approcher et se demandait comment elle allait pouvoir préparer la pièce qui les accueillerait au milieu de ce capharnaüm.

— Comment ça se présente ?

Elle avait posé la question par habitude, n'obtenant jusque-là que peu de détails. Elle fut surprise de voir sa nièce lever les yeux vers elle.

— Il y a encore deux ou trois gros trous à boucher mais je crois que j'ai presque tout ce qu'il me faut. Maintenant...

Renée attendit la suite mais la phrase resta en suspens. Jeanne regardait vers elle mais son esprit était ailleurs.

— Maintenant ? l'encouragea Renée.

— Maintenant, il y a les secrets... Blanche, Annie, Nadows. Qu'est-ce que je fais ?

Elle déplaça quelques feuilles pour s'asseoir sur le canapé face à sa nièce.

— Il va falloir que tu te décides à en parler avec lui.

— Je connais déjà sa réponse. Il va m'envoyer balader en me grognant de bien faire ce que je veux. Et je ne serai pas plus avancée.

— Et Robert, il en dit quoi ?

Jeanne se leva en soufflant. Elle avait bien tenté de savoir ce que son ami en pensait mais il avait été assez cassant, une nouvelle fois.

— Il va falloir que tu choisisses entre biographie et autobiographie, avait-il dit, sans plus d'explication.

La voir aussi impliquée dans la vie de Charles de Roncourt ne lui plaisait pas. Il considérait qu'un biographe n'avait pas à intervenir et surtout pas à modifier le cours de la vie de son sujet, surtout pas avant la sortie du livre.

— Si tu avais découvert la vérité sur Nadows et en avais fait un chapitre majeur de ton livre, sans rien en dire, tu faisais ton job. Maintenant, tu t'en es servi et tu as bouleversé le futur. Tu n'es plus en train de raconter ce que tu as vu mais ce que tu as fait. Pas bon du tout.

— Alors, je fais quoi maintenant ?

— Tu n'as qu'une solution : tu oublies ce que tu as fait et tu finis ton histoire sur la retraite de ce vieil homme, sa vie d'ermite dans la pauvre maison de banlieue. Tu te fais publier et tu passes à autre chose.

— Et si je balançais tout ?

— Donc, tu vas expliquer que tu as fait chanter un vieil écrivain pour lui extorquer ses souvenirs après avoir fouillé dans ses affaires personnelles alors qu'il n'était pas chez lui ? Je me demande ce qu'en penseront les deux vieilles, tes nouvelles amies.

Elle avait quitté le bar du Bristol où ils s'étaient donné rendez-vous avec les nerfs à fleur de peau, chassée par l'arrivée d'une sorte de mannequin pseudo-journaliste et nouvelle conquête de Robert.

— Lui au moins, il fréquente la jeunesse, conclut Jeanne arrachant un sourire à sa tante.

32

Jeanne et Denise avançaient à travers le hall de l'hôpital à pas lents, même prudents. Un tintement provenant de l'ample manteau de la jeune femme les fit se figer. Comme personne ne semblait faire attention à elles, elles reprirent leur progression. Sous ce manteau, qui lui donnait l'allure d'une femme enceinte, elles avaient dissimulé un sac de toile contenant une bouteille de champagne, trois coupes empruntées à Renée sans sa permission et un assortiment de restes des deux derniers repas, faisant la part belle au foie gras. Habituées du lieu, elles ne voyaient aucun signe particulier dans l'activité autour d'elles qui leur aurait rappelé que nous étions le vingt-cinq décembre.

Le déjeuner chez Renée avait été fort agréable, Denise et elle s'étaient découvertes un goût commun pour quelques musiciens de jazz dont Jeanne n'avait jamais entendu parler et en avait fait le sujet principal du repas. On avait aussi abordé des sujets aussi variés que l'art, les voyages ou la cuisine. Jeanne fut une nouvelle fois surprise par la culture de son invitée, ce dont elle eut honte. On avait bien mangé, bien bu et surtout pas parlé de Charles de Roncourt. Jeanne avait rassuré sa tante sur ce point puisque le risque était trop grand de faire une gaffe devant Denise, notamment au sujet de Nadows. L'ambiance s'était sensiblement alourdie quand la nouvelle petite amie de Robert l'avait appelé et qu'il lui avait proposé de les rejoindre. Un peu éméchée, Jeanne s'était laissée aller à quelques commentaires désagréables, qu'elle aurait certainement également faits à jeun, et avait décidé qu'il était temps pour Denise et elle d'aller rendre visite à leur ami coincé dans sa chambre d'hôpital. Elles avaient quitté l'appartement de Renée à la nuit tombée, bien décidée à lui offrir un moment réconfortant.

À l'approche de la chambre de Charles, elles remarquèrent enfin un changement. On n'entendait que le son des téléviseurs en provenance des chambres et pas les habituelles conversations. Les visiteurs avaient préféré passer leur jour de noël ailleurs que dans cet endroit. Pas un bruit ne filtrait à travers la porte de la chambre de Charles, ce qui ne les surprit pas puisque le vieil homme exécrait la télévision. Il n'était pas non plus en train d'insulter un médecin ou une infirmière, signe qu'il l'avait déjà fait ou qu'il le ferait plus tard. Néanmoins, lorsque Jeanne frappa doucement à la porte, elles entendirent un drôle de remue-ménage avant qu'il ne les invite à entrer.

Comme deux collégiens surpris en train de fumer en cachette, Charles et Isaure arboraient une posture faussement détendue. Jeanne aurait juré que l'éditrice rougissait. Un aveugle aurait tout de suite vu qu'il se passait quelque chose de pas très catholique.

— Ne restez pas plantées là, entrez ! leur demanda Charles dans de grands gestes.

Déjà Isaure se levait en ramassant ses affaires. Le vieil homme tenta de la retenir mais elle déclina en souriant :

— Mac est invité à une soirée au Seuil, il a insisté pour que je l'accompagne. Tu sais bien que, sinon, je serais restée avec plaisir.

Elle avait dit ça en jetant des regards aux deux femmes qui n'avaient pas bougé, toujours debout près de la porte, comme des videurs qui n'attendent qu'un signe du patron pour mettre dehors un convive indésirable. Elle se pencha sur Charles pour poser ses lèvres sur la joue du vieil homme et passa devant Denise et Jeanne, le menton un peu trop haut.

À voir la mine renfermée de Charles, Jeanne crut qu'il allait leur reprocher d'être passées. Mais quand elle eut sorti les victuailles de sous son manteau, il retrouva le sourire. La table à roulettes placée près du lit n'avait pas dû accueillir souvent pareil festin. Pendant que Denise faisait le service, Jeanne ne quittait pas Charles des yeux. Il lui fit un clin d'œil complice, conscient que Jeanne savait. Et si Denise avait remarqué l'odeur d'alcool qui flottait déjà à leur entrée dans la pièce, elle n'en montrait aucun signe.

— Finalement, Noël a du bon, dit-il en levant son verre.

— Une petite coupe, pas plus, lui conseilla Denise en mère poule.

Elle lui concéda néanmoins une demi-coupe supplémentaire pour finir le foie gras. Légèrement détachée de la scène, la tête cotonneuse, Jeanne observait cet étonnant vieux couple qui se chamaillait en gloussant comme deux gamins fripés. Depuis presque soixante-dix ans qu'ils se connaissaient, ils avaient partagé bien plus de moments que la majorité des couples mariés. Elle se demanda pourquoi leur histoire s'était effilochée sans que l'un ou l'autre n'en prenne conscience et ne réagisse. Elle hésita longtemps à casser l'ambiance mais elle finit par rappeler à Denise qu'elle avait promis à Annie de finir la journée avec elle. La vieille dame se prépara lentement, espérant un mot de Charles pour rester encore un peu. Celui-ci, hélas, n'y songea pas et, à contrecœur, elle les quitta non sans emmener la fin de la bouteille avec elle.

Une fois seuls, Jeanne et Charles finirent leur verre en silence, vautrés l'une dans le grand fauteuil, l'autre sur son lit. Par intermittence, des pas traversaient le couloir mais à aucun moment, ils ne s'en inquiétèrent.

— Elle est quand même dure… finit par dire Charles, sans bouger.

— Qui ça ? demanda Jeanne.

— Denise ! Être partie avec la bouteille !

Jeanne se leva et se dirigea vers la petite armoire. Après avoir ouvert la porte de celle-ci, elle s'écarta et dans un geste qui rappelait celui d'une présentatrice de téléshopping, elle désigna une bouteille de champagne et deux coupes.

— Je comprends pourquoi vous n'aviez pas l'air si content de nous voir, dit Jeanne.

— Arrêtez de dire des bêtises et servez-nous un verre avant que les cerbères ne rappliquent.

Elle s'éclipsa dans la salle de bains quelques instants pour rincer les coupes. En revenant, elle vit bien qu'il était sur le point de lui faire une remarque mais il se ravisa. Elle remplit les verres et ils trinquèrent une nouvelle fois, dégustant leur champagne dans un nouveau moment de silence. Elle était sûre d'entendre les bulles exploser à la surface du liquide.

— C'est quoi votre histoire avec Isaure ?

— Mon histoire ? s'étonna Charles.

— Ben oui, comment elle a fait pour vous convaincre d'écrire à la place de Nadows ?

— Pour l'argent, bien sûr…

— Je ne vous crois pas ! Vous auriez pu publier ces romans sous votre nom. Ce n'est pas parce que vous êtes moins télégénique que lui qu'ils ne se seraient pas vendu.

Il tendit son verre dans sa direction mais comme elle ne bougeait pas, il se servit lui-même.

— Ma chère enfant, vous avez encore bien des choses à apprendre sur le monde de l'édition, finit-il par répondre. Depuis les années quatre-vingt, j'étais grillé, complètement oublié. Un de ces manuscrits à mon nom aurait eu peu de chance d'être publié. On n'a même pas tenté le coup.

— Pourquoi elle ? Pourquoi Nadows ?

Il souffla un grand coup et se lança. Ses livres ne s'étaient jamais vraiment bien vendus, sauf peut-être le premier. Ils ne se seraient peut-être pas vendus du tout s'il n'avait été soutenu par les écrivains à la mode qui s'étaient entichés de lui. Peu importe la qualité de ce qu'il écrivait, ils l'encensaient auprès des journalistes et des critiques qui se retrouvaient bien obligés d'aller dans leur sens s'ils voulaient continuer à faire partie de cette coterie parisienne. Cette notoriété qui ne dépassait pas les portes de Paris lui avait tourné la tête et il passait bien plus de temps à boire et à se pavaner qu'à écrire. Lorsqu'on s'étonnait qu'il ne montre rien de son travail, il bâclait des textes dont on faisait passer la médiocrité pour de l'avant-garde. Il était publié et c'était reparti pour quelques mois. Même s'ils perdaient de l'argent avec lui, les éditeurs y trouvaient leur compte avec les livres de ses protecteurs.

Les années passant, sa garde rapprochée d'auteurs reconnus s'était clairsemée par fatigue, par ennui et, il faut bien le dire, par décès aussi. Journalistes et critiques se sentant de moins en moins obligés à une certaine béatitude avaient commencé à ouvrir les yeux sur ses écrits et la sortie des derniers livres avait trouvé peu d'écho. Bref, on le poussait gentiment vers la sortie, sans bruit et sans regret. Il avait bien essayé de réagir, de se reprendre en main pour retrouver un semblant de talent mais c'était trop tard. Alors, il avait vécu la terrible désillusion, enfin, avait-il ajouté. Son éditeur habituel lui avait gentiment renvoyé son dernier manuscrit avec une lettre banale l'informant que malgré l'intérêt de son œuvre, elle ne correspondait pas à la ligne éditoriale de la maison. Il avait mis du temps à ouvrir les yeux, à accepter la situation. Après de multiples coups de téléphone qui ne franchissaient plus la barrière des secrétaires, après des heures d'antichambre sans être reçu, il avait dû se rendre à l'évidence : son impunité, son droit à écrire n'importe quoi, avait expiré. Jeanne voulut protester devant l'exagération évidente du vieil homme mais il la fit taire sous la menace de s'arrêter de parler.

Il avait alors retravaillé son texte et, pour la première fois depuis longtemps, il l'avait fait avec sérieux, même avec joie. Satisfait de son travail, il était allé frapper aux portes, offrant à des éditeurs jusque-là ignorés, son manuscrit le plus abouti depuis des décennies. Il ne se souvenait plus combien de refus il avait essuyé à ce moment-là, mais certainement presque autant que de maisons d'éditions à Paris. Et comme dans un mauvais roman, l'espoir avait émergé alors que tout semblait perdu. Une jeune femme l'avait abordé un après-midi aux Deux Magots, elle s'était présentée comme éditrice. Elle semblait avoir à peine vingt-cinq ans, plutôt jolie, elle parlait vite et beaucoup. Celle qui ne s'appelait pas encore Isaure du Bois de Jallin s'était présentée à lui. Elle avait réussi à le convaincre qu'elle allait publier son roman. Elle lui avait avoué plus tard qu'elle s'attendait à bien plus de difficulté. Il lui avait confié son manuscrit et, pendant des mois, elle s'était battue pour éditer le texte avec des moyens très limités. Elle avait ensuite déployé une énergie immense en tant qu'attachée de presse pour lui obtenir interviews et articles. Isaure avait vite déchanté et ses espoirs de Best-Seller s'étaient rapidement mués en succès d'estime. Elle n'était certainement pas rentrée dans ses frais mais elle avait gagné une solide réputation auprès des écrivains refoulés des grandes maisons. Elle avait ainsi édité au cours des années bien des romans tombés dans l'oubli mais aussi quelques perles qui lui avaient permis de bien vivre. De son côté, ne pouvant assumer un appartement dans Paris, aussi petit soit-il, et ses autres frais, Charles était retourné vivre avec ses parents. En échange d'une rentrée d'argent régulière, il lisait et corrigeait les manuscrits qui passaient dans les mains d'Isaure. Peu à peu, il prit goût à une vie d'ermite dont les contacts humains se réduisirent peu à peu à ses parents, Denise qui leur servait de gouvernante et Ali en qui il avait trouvé un ami amateur de thé. Les échanges avec Isaure finirent par se réduire à des échanges de manuscrits via des livreurs. Lorsque ses parents disparurent, le cercle autour de Charles se resserra encore. Il ne l'avoua pas explicitement à Jeanne mais la relation qu'il entretint quelque temps avec Denise fut certainement une parenthèse qui lui évita de sombrer complètement.

Il y a une quinzaine d'années, la situation financière de Charles devint problématique. Le salaire versé par Isaure ne suffisait plus pour son train de vie, la présence de Denise notamment coûtait cher. À court d'argent et déjà vieux, il ne voyait pas d'issue. C'est l'éditrice qui lui apporta la solution en la personne de Mal com Nadows. Malgré un style et une écriture assez pitoyable, Charles et elle en convenaient, il avait écrit une belle histoire qu'il était dommage de perdre. Elle proposa donc à l'écrivain de reprendre la trame en donnant au texte les qualités qui lui manquaient. D'abord réticent, de Roncourt se laissa convaincre autant par les factures qui s'entassaient que par les mots d'Isaure. En quelques semaines, il avait transformé un manuscrit qui n'aurait jamais dépassé ce stade en un texte qui allait devenir un énorme succès de librairie. Le pourcentage que toucha Charles pour cette prestation lui permit de remettre ses finances à flot et de s'assurer quelques mois de tranquillité. Il restait dans l'ombre tandis que Nadows envahissait les plateaux de télévision et brillait sous les projecteurs.

Il fut rapidement évident que le jeune homme avait eu une bonne idée dans sa vie et qu'il l'avait mise dans son manuscrit. Incapable de proposer quoi que ce soit d'autre, il penchait dangereusement du côté des écrivains qui ne passaient pas le cap du deuxième roman. Les invitations se firent plus rares, inversement à sa consommation d'alcool. Un soir qu'Isaure et Charles partageaient une bonne bouteille de bordeaux dans le bureau de celui-ci, elle venait déjà très rarement à cette époque mais le vieil homme crut se souvenir qu'il fêtait encore son anniversaire, ils ébauchèrent sans vraiment le vouloir ce qui pourrait être la suite des aventures du héros de Nadows. Les jours suivants, ils passèrent des heures au téléphone à peaufiner une histoire qui tiendrait la route. Il ne restait plus qu'à l'écrire et Charles ne discuta même pas. Ainsi commença réellement la carrière de l'écrivain fantôme Charles de Roncourt. À chaque nouveau roman qu'ils concevaient ensemble, on ressortait Nadows qui jouait à merveille le rôle de l'écrivain beau gosse et beau parleur. C'était finalement un travail d'équipe, chacun ayant sa place dans le succès des ouvrages.

— Et jamais vous n'avez eu envie d'en sortir à votre nom ? demanda Jeanne lorsque Charles eut terminé son histoire.

— Jamais au point de le faire. Si l'envie m'en prenait, il suffisait que je regarde en arrière pour que ça me passe.

— Denise et Annie pensent qu'Isaure est une... Enfin, elles ont beaucoup de mots pour la décrire. Elles pensent que vous lui envoyez vos romans et qu'elle les refuse systématiquement.

— Je sais... J'ai beau expliquer à Denise que je ne fais que corriger des épreuves écrites par les autres, elle a du mal à le croire. Dans le même temps, elle doit bien imaginer que je ne gagne pas ma vie en écrivant des manuscrits jamais publiés.

Jeanne vida le reste de la bouteille dans leurs coupes avant de poursuivre.

— Combien de temps cela va-t-il encore durer ?

— Le prochain roman sera le dernier, il est prévenu. Il va devoir jouer les écrivains blasés et lassés.

— Ça va mettre un sacré coup à son ego !

— Ne vous inquiétez pas pour lui. Il donnera des interviews, des conférences sur l'art de l'écriture et il s'en sortira avec les honneurs. Il n'a jamais été dans le besoin et les romans l'ont mis définitivement à l'abri.

La jeune femme tentait de mémoriser tout ce qu'elle pouvait. Charles s'était rarement autant confié et l'alcool y était certainement pour quelque chose. Des centaines de questions se bousculaient dans la tête de Jeanne et elle aurait aimé les poser toutes. Malheureusement, l'échange fut stoppé brutalement par l'entrée inopinée d'une infirmière venue distribuer les soins. Tout à leur conversation, ils n'avaient pas entendu les couinements reconnaissables entre tous du chariot qui, tous les soirs, faisait le tour des chambres de l'étage. Découvrant ce qu'elle appela une orgie, la frêle femme en blouse blanche se mit à hurler, rameutant sa collègue de l'étage, plus frêle encore. Jeanne, expulsée sans ménagement par les deux furies, dut laisser Charles entre leurs mains, croulant sous les reproches. Elle fut rattrapée par la première devant l'ascenseur, ses visites au vieil homme seraient dorénavant interdites à cette inconsciente qui faisait entrer de l'alcool dans la chambre d'un malade qui, il y a quelques semaines encore, se battait entre la vie et la mort. Reconnaissant ses torts, silencieusement mais sans remords, la jeune femme ne trouva rien à répondre. Elle se faufila entre les portes de l'ascenseur et attendit qu'elles se referment entre elle et l'infirmière qui continuait à lui prédire tous les malheurs du monde d'avoir ainsi mis la vie d'un homme en danger. Contrairement à ce que la jeune femme pensait, l'affaire ne fut pas oubliée le lendemain et elle ne revit jamais l'intérieur de la chambre.

33

Annie avait ouvert en grand les fenêtres qui donnaient sur la rue. En ce dimanche de Pâques, la circulation était presque inexistante et l'air doux qui entrait par les ouvertures renforçait l'impression que le printemps était enfin arrivé. Un joyeux capharnaüm régnait dans le restaurant dont les conversations étaient régulièrement couvertes par la voix stridente et tonitruante de la maîtresse de maison. Les stigmates d'un déjeuner que chacun s'était accordé à qualifier de gargantuesque, recouvraient les tables mises bout à bout au milieu de la grande salle. Personne ne semblait pressé de faire disparaître cette présence rassurante.

Depuis qu'elle avait appris que Charles allait sortir de l'hôpital, finalement bien plus tard que prévu, Annie ne tenait plus en place et Denise craignait qu'elle ne fît un malaise à force d'hypertension. À bout de patience, elle lui avait donc suggéré de s'occuper l'esprit et elle n'avait rien trouvé de plus prenant que d'organiser un grand déjeuner. Quatorze invités triés sur le volet avaient pu bénéficier des talents qu'elle avait déployés dans sa cuisine toute la matinée, à en croire Denise elle avait même démarré bien avant le lever du jour. Jeanne était venue accompagnée de sa tante, Annie et Denise avaient insisté. Bien que très discret, Ali était là également en tant que vieil ami de Charles. Les autres constituaient un mélange hétéroclite d'habitués du restaurant ou des soirées littéraires. Dès leur arrivée, enveloppés dans d'alléchantes odeurs, les convives avaient compris qu'ils allaient profiter d'un repas à la hauteur de l'événement et ils ne furent pas déçus. Les plats s'enchaînèrent, tous plus savoureux les uns que les autres et une standing ovation salua l'entrée en scène du dessert laissant Annie rouge de plaisir et la larme à l'œil. L'après-midi était déjà bien avancé lorsque les cafés furent servis et les invités en profitèrent pour se lever de table, histoire de se dégourdir les jambes, s'éparpillant dans la pièce en petits groupes.

Après avoir échangé quelques mots avec un homme qu'elle n'avait jamais vu et dont la conversation se bornait à louer les talents de cuisinière d'Annie, Jeanne rejoignit Denise qui rêvassait appuyée contre l'embrasure d'une des fenêtres. Son regard semblait flotter en direction de la maison de Charles.

— Je ne pensais pas que la vie reprendrait son cours, comme avant je veux dire, dit-elle sans se retourner.

— Je pense qu'elle ne va pas reprendre tout à fait comme avant.

— Pourquoi tu dis ça ? demanda Denise en faisant face à la jeune femme.

— Eh bien, il me semble que vos rapports ont évolué depuis qu'il est entré à l'hôpital, vous passez beaucoup de temps ensemble.

Denise réfléchit quelques instants avant de répondre.

— C'est vrai. Par certains côtés, on a retrouvé notre complicité d'adolescents.

— Pas plus que ça ?

— Non, pas plus que ça, répondit-elle avant de reprendre son observation de la maison.

Le ton de Denise fit comprendre à Jeanne que le sujet était clos. La jeune femme savait qu'elle avait passé ces derniers jours à récurer la maison de fond en comble, ce qui n'était certainement pas nécessaire. Elle avait hâte de retrouver un rythme plus tranquille, les allers-retours à l'hôpital l'épuisaient, mais elle n'avouerait jamais qu'elle craignait que ce retour l'éloigne à nouveau de Charles.

— Mais tu as raison, reprit Denise, la vie va être différente. Annie est décidée à se réconcilier avec Charles et toi, tu vas finir ta biographie et disparaître...

Avant qu'elle ait eu le temps de répondre, un coup de massue s'abattit soudain sur l'épaule de Jeanne, la faisant vaciller. Annie s'était postée derrière elle et le peu de vin qu'elle avait bu durant le déjeuner avait suffi à lui faire oublier sa force.

— Alors, entama-t-elle parlant plus fort que de raison, cette biographie, quand est-ce qu'on pourra la lire ?

Interdite de visite auprès de Charles, Jeanne avait dû s'en remettre à Denise et, aussi surprenant que cela paraisse, à Isaure pour communiquer avec lui. Les derniers mois avaient été efficaces et le texte avait pris bonne forme. En réalité, ils s'étaient mis d'accord sur deux textes : une version publiable dès à présent et une autre, plus complète, qui devrait attendre, Blanche et Nadows n'apparaissant que dans cette dernière. Jeanne savait que l'éditrice lisait les deux et elle devait reconnaître qu'elle était régulièrement de bon conseil. Elle avait d'ailleurs suggéré qu'on utilise le lien entre Charles et Georges Radenac pour expliquer le choix de Jeanne comme biographe, en contrepartie, la future version devrait contenir toute la vérité, même les éléments dont la biographe ne pouvait être fière. En revanche, elle ne décelait aucun signe que Denise ait lu l'un des deux textes. Charles lui avait demandé de ne pas mettre son nez dedans, selon sa propre expression, et tout portait à croire que la vieille dame avait respecté la volonté de son ami.

— Elle est en relecture, j'imagine que j'aurai encore du travail pour arriver à une version valable.

— Tu sais, j'aurais pu me vexer que tu ne m'aies pas choisie pour être une relectrice.

— Tu dis ça parce que tu aimerais bien savoir ce qu'il dit de toi, lui lança Denise en souriant.

Annie haussa les épaules, cette fois légèrement vexée, et partit à la rencontre d'autres convives. Elle avait envoyé une carte d'invitation pour ce déjeuner à Madame du Bois de Jallin, elle ne pouvait s'empêcher de prendre un ton ridiculement hautain pour prononcer son nom, mais celle-ci avait décliné de manière très élégante toutefois en envoyant une boîte de chocolats et une carte en retour. Celle-ci était maintenant exposée au milieu des articles concernant Charles sur le mur de la salle.

— Il n'a pas été très bavard sur ses sentiments pour elle, lança Jeanne. Elle n'aura pas de réponse.

— Il ne faut pas compter sur lui pour s'attarder sur ses sentiments. Quand on était gamins, toutes les filles lui couraient après, on espérait toutes se marier avec lui mais aucune ne pouvait se revendiquer comme sa préférée.

— Sauf Blanche ?

Denise mit quelques secondes avant de répondre.

— Il y avait quelque chose de spécial entre eux, c'est sûr. Quand il était en Algérie, il ne parlait que d'elle dans les lettres qu'il écrivait à ses parents.

Denise s'arrêta brusquement de parler, consciente qu'elle en avait trop dit. Jeanne décida de ne pas relever la pointe de jalousie pour se concentrer sur le point important.

— Pourtant, elle s'est mariée avec un autre, continua-t-elle.

— Charles a tendance à cacher ses sentiments derrière une fausse indifférence, quand il ne va pas carrément à contre-courant. Elle n'avait aucune chance de le comprendre à vingt ans.

— Il n'a même pas cherché à lui faire changer d'avis ?

— Il ne l'a appris qu'en rentrant, ses parents n'ont pas osé lui en parler tant qu'il était là-bas. Pour eux, la vie s'était arrêtée quand il était parti et elle ne devait reprendre qu'à son retour.

— Mais il est rentré changé…

— Bien sûr qu'il avait changé, dit Denise. C'était devenu un homme mais on l'a retrouvé fidèle à nos souvenirs, plus bronzé et plus musclé, il était encore plus séduisant.

— J'avais compris que son expérience en Afrique du Nord l'avait bouleversé, qu'il était rentré psychologiquement détruit.

— En réalité, ça ne s'est pas tout à fait passé comme ça.

Alors, Denise se mit à raconter. C'était par une belle journée de mai, un peu comme aujourd'hui. Joséphine et Maximilien avaient ouvert grandes les portes et fenêtres laissant courir dans toute la maison le parfum des fleurs qui coloraient alors le jardinet devenu aujourd'hui stérile. En ce grand jour, ils avaient invité presque tout le quartier et on déambulait par petits groupes entre l'extérieur et les pièces du rez-de-chaussée. La maîtresse de maison, aidée des amies de son fils, Denise et Annie en tête, avait disposé à divers endroits stratégiques des plateaux chargés de petits sandwichs variés. Bien qu'il ne fût pas encore midi, les invités avaient déjà commencé à leur faire honneur et les trois femmes devaient réapprovisionner régulièrement les plats. Maximilien tournait au milieu des invités avec une bouteille de vin rouge et une bouteille de vin blanc, remplissant les verres autant que nécessaire.

Le boulanger du quartier s'était proposé pour aller chercher Charles à la gare dans sa camionnette. On les attendait d'une minute à l'autre. L'atmosphère était joyeuse, on tentait d'oublier que certains ne rentreraient pas. Même le couple de cordonniers de la rue derrière était venu, on se connaissait depuis toujours et on avait pleuré ensemble pendant des mois la mort de leur petit Romain dans un attentat près d'Alger. Alors quand on avait appris que Charles rentrait, on était venu fêter son retour, c'était un peu de leur fils qui revenait au pays. On parlait du printemps qui était arrivé mais surtout des chantiers qui se multipliaient tout autour de leur quartier. Les champs entre leur petit village et Paris avaient depuis longtemps été mangés par le béton, ils habitaient maintenant un quartier de banlieue qui n'allait pas tarder à être submergé. Les deux maisons à la droite de celle de Maximilien et Joséphine étaient vides depuis des mois. Deux familles qu'on avait toujours connues, des gens avec qui on partageait presque tout, ceux-là même avaient disparu après avoir discrètement vendu à ces hommes en noir qui faisaient régulièrement le tour du quartier. Ils n'avaient même pas osé venir superviser leurs déménagements, d'autres s'en étaient chargés. Maryse, qui travaillait à la mairie en charge des concessions du cimetière, expliquait comment elle avait appris qu'on allait bientôt démolir les deux maisons pour les remplacer par un immeuble. On avait presque cru à une blague lorsqu'elle avait parlé de dix étages. Deux ans plus tard, on en compterait douze. Alors, on parlait de résistance, de monter une association de quartier et d'aller voir le maire pour lui expliquer que ça suffisait. À la fin de la journée, quelques esprits échauffés par le vin de Maximilien étaient même prêts à aller le voir tout de suite et lui faire avaler les permis de construire. Parmi ceux-là, et d'autres qui s'étaient abstenus de parler, une majorité quitterait le quartier dans les années suivantes. Denise s'était souvent demandé combien ce jour-là, avait déjà décidé de vendre leur maison.

Les conversations furent brutalement interrompues par le klaxon insistant d'une 2 CV fourgonnette qui s'arrêta en hoquetant devant la maison. Tous les invités se ruèrent dans le jardinet pour assister à l'arrivée de Charles. On le vit sortir de la voiture, plus grand et plus large que dans les souvenirs. Son visage bronzé renforçait le blanc de ses dents découvertes par un large sourire. Mis à part l'uniforme kaki, on aurait pu croire qu'il revenait d'un mois de vacances au soleil. La foule s'écarta pour laisser passer Joséphine qui se précipita sur lui, le serrant et l'embrassant comme seules les mères peuvent le faire quand leur enfant revient de la guerre. L'accueil de Maximilien fut moins démonstratif, une accolade virile, une franche poignée de main mais pour les plus observateurs, des yeux très humides. Il ouvrit la bouteille de champagne qu'il avait conservée au frigo et servit le premier verre à son fils qui le leva bien haut. Ce fut le premier d'une longue série de toasts qui dura jusqu'à ce que chacun ait pu échanger une parole avec lui. D'après Denise, il souriait avec un mot gentil pour chacun sans avoir perdu l'humour qui rendait si attachant l'adolescent qu'il avait été. Il éludait les questions sur ce qu'il avait vu ou vécu pendant ces deux dernières années pour centrer la discussion sur son interlocuteur. Au fur et à mesure que les minutes passaient et que les visages défilaient, une certaine tension apparut néanmoins dans son sourire. Il finit par se poster devant Denise et lui demanda aussi innocemment que possible pourquoi Blanche ne semblait pas être présente. Elle avoua à Jeanne avoir vécu un moment très difficile, bien consciente que sa réponse allait bouleverser son ami. Alors, elle avait saisi son courage à deux mains pour lui avouer que celle-ci était en voyage de noces en Italie et qu'elle ne devait pas rentrer avant une bonne semaine. Instantanément, toute joie avait quitté le visage de Charles, il était tout à coup moins grand, moins bronzé. Il avait tourné les talons sans dire un mot pour ne pas réapparaître de la journée. Joséphine expliqua qu'il avait besoin de repos après un voyage de retour épuisant et tant d'émotion d'avoir revu sa famille et ses amis.

— Je ne lui ai plus jamais revu ce sourire, jusqu'à récemment en tout cas.

Jeanne laissa Denise à sa rêverie et rejoignit Ali qui fumait sur le perron. Il avait peu parlé pendant le déjeuner, avait touché aux différents plats, juste assez pour ne pas être impoli et avait fait durer son verre de champagne tout le repas. Comme Denise, il fixait la maison de l'autre côté de la rue, sans vraiment y chercher quelque chose de précis.

— Je suis passé devant votre magasin la semaine dernière et le rideau était baissé, lui dit Jeanne comme une question.

— Il restera fermé, répondit-il. J'avais toujours pensé que je mourrais dans ce magasin en servant un client. Mais je suis trop vieux maintenant, je n'arrive plus à me baisser ou à porter sans me bloquer le dos.

— Et vos enfants ? Il n'y en a pas un qui veut prendre la suite ?

Il planta un regard plein de fierté dans le sien.

— Je me suis battu toute ma vie pour qu'ils n'aient pas à prendre la suite. Mon aîné est médecin à Blois, le deuxième est avocat en Amérique et la dernière vient de finir ses études de commerce. Ils gagnent déjà tous plus que moi.

— Qu'allez-vous faire alors ?

— Quand mon ami sera de retour, on passera nos journées à parler en buvant du thé. Et on attendra que la mort vienne nous prendre.

En disant cela, il s'était de nouveau tourné vers la maison de l'écrivain. Jeanne se demanda s'il n'était jamais entré à l'intérieur. Elle se demanda également si le vieil homme ne se berçait pas d'illusions et si Charles n'avait pas d'autres projets pour son retour. Elle n'avait pas osé aborder le sujet avec lui parce qu'il aurait fallu parler de Blanche.

Annie avait cru bon de mettre en avant la présence de Jeanne, leur célèbre blogueuse, pour attirer ses habitués des soirées littéraires. La jeune femme continuait de se défiler lorsque Annie abordait le sujet mais cette fois-ci, elle n'avait pu dire non espérant que la présence neutre de Denise, Renée et Ali, entre autres, limiteraient les risques de se voir accaparée toute la journée, peine perdue. Comme avait dit Cathy, la perspective de profiter d'un déjeuner concocté par Annie, gratuit qui plus est, aurait largement suffi à voir débarquer tous ceux qui avaient déjà goûté à sa cuisine. Les questions avaient donc commencé dès son arrivée et il avait fallu attendre que le repas soit bien avancé pour voir le flot se tarir peu à peu. Malheureusement, il était sur le point de repartir de plus belle lorsque deux des amies d'Annie se mirent entre Ali et la jeune femme, ignorant purement et simplement le vieil homme. Assises de chaque côté de Jeanne durant le déjeuner, celle-ci avait subi leurs questions, leurs anecdotes ou leurs avis sur tout et n'importe quoi. Renée, assise à la droite de l'une et Denise, assise à la gauche de l'autre, avaient bien tenté de détourner leur attention mais sans aucun succès, aussi transparentes qu'Ali à ce moment précis.

Si Renée n'était pas intervenue prétextant une fatigue soudaine pour proposer à Jeanne de rentrer, celle-ci était prête à les envoyer balader sans ménagement quitte à subir les foudres de la maîtresse de maison. Les deux femmes firent le tour de la salle pour saluer chacun. Denise et Annie les raccompagnèrent sur le perron dans l'attente du taxi qu'elles avaient commandé, Ali s'était éclipsé. Jeanne regarda les trois femmes rire ensemble et échanger leurs numéros de téléphone. On s'embrassa une nouvelle fois en se souhaitant une bonne semaine. Renée dut finalement céder devant l'insistance d'Annie : elle serait présente pour fêter le retour de Charles le samedi suivant.

34

Le taxi, un vieux monospace bleu foncé, se rangea n'importe comment contre le trottoir. Jeanne en descendit la première, côté route, et fit le tour par l'arrière pour ouvrir la porte à Charles. Il fut à deux doigts de refuser son aide mais s'abstint. Il s'appuya sur le bras de la jeune femme pour rejoindre le trottoir. Le vieil homme avait insisté pour s'arrêter à quelques centaines de mètres de la maison sous prétexte de profiter du quartier et du soleil. Bien que sceptique, Jeanne avait accepté. Ils se mirent lentement en mouvement. L'homme qu'elle avait à son bras, qu'elle soutenait, n'avait que peu de rapport avec celui qui l'avait reçue à peine un an auparavant. Vieilli et amaigri, il n'était plus que l'ombre de lui-même. Ces derniers mois n'avaient pas apporté de changement majeur et elle l'avait retrouvé tel qu'elle l'avait quitté à noël. Elle n'osait pas le lâcher de peur de le voir s'écrouler et se casser en mille morceaux tellement il lui semblait fragile. Elle marchait lentement en s'assurant qu'il mettait bien un pied devant l'autre. Ils mirent un temps infini pour arriver au banc situé à une centaine de mètres de la maison. Charles ne présenta pas de résistance lorsque la jeune femme lui proposa d'en profiter pour faire une pause.

Depuis ce poste d'observation, ils pouvaient deviner l'agitation à l'intérieur du restaurant d'Annie. Des formes passaient et repassaient devant la porte et les fenêtres, d'aspects et de couleurs différents. Jeanne aurait juré qu'elle entendait la grande femme aboyer des ordres aux invités pour poser ceci ici, ne pas toucher à cela. Elle se tourna vers Charles dont les yeux plongeaient dans la même direction. Elle chercha en vain la lueur de vie qu'elle espérait voir dans le regard de son ami. Denise l'avait pourtant prévenue : depuis Noël, la santé de Charles ne s'était pas beaucoup améliorée. Les séances de kiné quotidiennes lui avaient certes permis de retrouver de la mobilité mais l'énergie semblait avoir quitté son corps. Il dut deviner le fond de sa pensée car il se força à sourire, maladroitement. De son côté, elle hésitait à aborder le sujet qui lui brûlait les lèvres.

— Qu'est-ce qui vous tracasse ? demanda-t-il enfin, comme s'il lisait dans ses pensées.

— J'ai parlé à Blanche, dit-elle en se jetant à l'eau.

Il ne réagit pas tout de suite. Il continua à la fixer et quand il fut bien certain qu'il n'avait jamais prononcé ce prénom devant elle, il tenta l'incrédulité.

— De qui voulez-vous parler ?

Alors, elle raconta les filatures, les rencontres dans le bus, la vieille photo chez Annie. Elle lui assura qu'elle n'avait pas partagé sa découverte, omettant les discussions avec Robert et sa tante.

— J'ai pris le bus lundi et je l'ai abordée. Elle a accepté de boire un café avec moi, on a parlé une bonne heure.

— Que lui avez-vous dit ? Sur moi, je veux dire ?

— Je lui ai expliqué que vous aviez eu des soucis de santé mais que vous alliez sortir de l'hôpital aujourd'hui.

Il détourna le regard et fixa à nouveau le restaurant. Elle aurait voulu qu'il réagisse, se fâche peut-être, mais il ne montra aucune émotion particulière, comme s'il se désintéressait totalement de ce qu'elle venait de lui dire. Elle avait envie de lui hurler dessus mais se retint, de peur de le voir se décomposer.

— Elle a invité beaucoup de monde ? demanda-t-il en donnant un coup de menton pour désigner Annie.

— Si on l'avait laissé faire, elle aurait invité la terre entière. Finalement, elle a accepté de se limiter à quelques amis proches.

En disant cela, elle était bien consciente qu'on parlait de Charles, dont les amis se comptaient sur les doigts d'une main. Malgré tout, il restait de marbre.

— Il y a aussi ma tante. Je sais que vous ne la connaissez pas mais...

— Je serai ravi de faire sa connaissance mais j'aurais préféré le faire dans d'autres circonstances.

— Charles ! Annie s'est donné beaucoup de mal, elle veut vous faire plaisir.

— Ce qui m'aurait fait plaisir, c'est qu'elle me laisse rentrer chez moi tranquillement, sans m'imposer ça. J'espère que je ne vais pas l'avoir sur le dos tous les jours.

Il avait prononcé cette dernière phrase avec un regain de vigueur teinté de colère flétrie.

— Arrêtez de jouer les méchants ! Elle fait ça aussi pour vous remercier. Elle se considérait déjà comme votre petite sœur lorsque vous ne lui adressiez plus la parole, alors, imaginez depuis qu'elle sait ce que vous avez fait pour elle pendant toutes ces années.

Elle le laissa se perdre dans ses pensées pendant quelques minutes. Lorsqu'ils avaient abordé ce sujet ensemble, il avait déployé une grande énergie pour la convaincre que la pitié avait guidé ses pas, qu'il n'avait pas mesuré où ses premiers chèques allaient le mener et qu'il s'était retrouvé coincé.

— Elle est là ? demanda-t-il sans quitter le restaurant du regard.

— Non. Elle ne viendra pas.

Pour toute réaction, elle le vit déglutir, lentement, difficilement, comme si une boule venait de se former au fond de sa gorge.

— Je suis désolée.

— Désolée de quoi ? D'avoir mis un terme à ces rares moments que je passais avec elle ? De m'avoir privé des instants qui me faisaient à la fois espérer et supporter le lendemain ? Parce qu'on est bien d'accord : il n'est plus question que je la croise dans le bus, n'est-ce pas ?

Comme elle baissait les yeux, il enchaîna.

— Ça ne vous est pas venu à l'esprit de m'en parler d'abord ? Vous imaginiez quoi ? Qu'elle allait bondir de joie et se précipiter vers moi en pleurant au temps perdu ?

Pendant quelques instants, elle fut anéantie. Elle préféra se taire plutôt que de subir de nouveaux sarcasmes. Il avait toutes les raisons de lui en vouloir, elle le savait. Il la fixait mais elle ne comprenait pas le regard qu'il lui lançait.

— Quoi ? demanda-t-elle soudain exaspérée.

— Vous l'imaginiez ! Vous imaginiez que cette histoire allait finir comme dans un conte de fées !

Il se mit à rire comme le font les petits vieux, le corps intégralement secoué par des spasmes dont on a peur que chacun soit le dernier.

— Vous êtes décidément trop fleur bleue, jeune fille ! réussit-il à placer entre deux hoquets.

— En tout cas, ça n'a pas l'air de vous toucher tant que ça que j'ai mis fin à vos rencontres « de hasard » !

Elle préférait encore l'énervement à la moquerie mais elle n'obtint pas tout à fait l'effet désiré. Les hoquets continuèrent pour finalement s'espacer jusqu'à s'arrêter complètement. Il était redevenu sérieux mais elle sentit plus de tristesse que de colère.

— Elle vous a donné une raison ?

— Elle m'a dit qu'à vouloir effacer les regrets, on ne faisait que les graver.

Quand un sourire traversa le visage de Charles, l'espace d'une seconde, elle se souvint où elle avait entendu ou plutôt vu cette phrase. Comment avait-elle pu oublier ça ? Ça faisait partie des phrases qu'elle avait alignées dans son petit carnet d'adolescente, un de ces moments de génie que son père et elle décelaient dans l'œuvre du vieil homme. Ainsi, Blanche avait lu Charles de Roncourt, lu et apprécié au point de mémoriser ces quelques mots anodins mais lourds de sens aujourd'hui.

— Elle a raison, il est bien trop tard pour donner un coup de pied au destin et espérer que ça nous donne une seconde chance. Il ne faut jamais penser que le lien entre deux personnes est assez fort pour résister à une longue séparation, pas avant que la vie n'ait forgé des sentiments capables d'y survivre.

Jeanne prit pour elle cette généralité énoncée par l'écrivain et son esprit traversa l'atlantique pendant quelques secondes pour revenir en l'entendant répéter une question qu'elle n'avait pas écoutée :

— N'est-ce pas ?

Elle ne répondit pas. Au lieu de cela, elle se leva et lui tendit la main pour l'aider à se lever.

— Il faut qu'on y aille, ils vous attendent.

— Encore quelques minutes, dit-il en tapotant le banc près de lui pour l'inciter à se rasseoir.

Comme elle ne semblait pas décidée, il insista :

— Allez, asseyez-vous quelques minutes encore. Nous n'avons pas fini cette conversation.

Elle se laissa finalement convaincre et se rassit près du vieil homme. On entendait maintenant Annie très distinctement. S'ils ne se décidaient pas à se montrer rapidement, elle allait exploser.

— Sur la fin de sa vie, nous avons eu le même type de conversation avec votre père. Il allait traîner dans la tombe des montagnes de regrets. Il me répétait que sa lâcheté l'avait amené à manquer toutes les opportunités d'infléchir le cours du destin. Il se contentait d'une vie de fantôme près de vous et de votre mère, ni vraiment présent ni totalement absent. Le jour où il apprit qu'il était condamné, il sut qu'il avait laissé passer sa dernière chance. Je ne l'avais jamais vu pleurer avant ce jour.

— Et vous, à partir de quand avez-vous considéré que la dernière chance était passée ? Parce que c'est bien ça, n'est-ce pas ? Et ne me ressortez pas ma culpabilité sur ce coup-là !

Charles ne semblait pas décidé à répondre et des mouvements du côté de chez Annie lui laissèrent un répit. Denise venait de traverser la route en direction de la maison de l'écrivain poussée par son amie qui lui hurlait quelque chose que Jeanne ne saisit pas. Elle reparut à peine une minute plus tard avec ce qui ressemblait à du linge dans les bras et traversa la rue en sens inverse aussi vite que ses jambes le lui permettaient.

— Quelques heures après m'être réveillé.

Il avait prononcé ces mots dans un souffle tellement rauque que Jeanne prit peur. Elle le fixait, prête à le rattraper s'il venait à s'écrouler. Dans sa biographie, elle écrirait qu'il parlait par énigme, en réalité, elle le trouvait agaçant à force de dire les choses à moitié. Elle mettait dans son regard tous les encouragements possibles pour l'inciter à continuer mais il ne se décidait pas.

— Que s'est-il passé ? Vous avez vu la lumière ?

— Quelque chose comme ça, répondit-il dans un demi-sourire. Le médecin m'a souhaité la bienvenue dans le monde des vivants en m'annonçant tranquillement que la prochaine fois serait la bonne. J'ai grillé ma dernière cartouche, je ne suis plus qu'un petit vieux en sursis.

Le silence qui suivit les dernières paroles du vieil homme était pesant, insupportable aux oreilles de la jeune femme tant il laissait résonner une inéluctable fin. Elle aurait bien aimé répondre, le détromper, le plaindre ou le rassurer mais sa tête était vide. Elle s'efforça de retenir la larme qui commençait à se former devant ses yeux. Comme si Charles l'avait compris, il posa sa main sur celle de Jeanne, elle était froide mais étonnamment douce.

— Il ne faut pas en faire toute une histoire, ça devait bien finir pour moi comme pour les autres, au fond d'un trou.

— Je ne trouve pas ça drôle !

— Peut-être mais c'est comme ça ! J'ai l'impression d'attendre ce moment depuis des années.

— Mais vous pensez à nous ? se surprit-elle à répondre, la larme s'échappant finalement.

— À vous ? Bien sûr que je pense à vous. J'ai tout arrangé pour Annie, elle sera à l'abri du besoin. Je lègue le reste à Denise, elle n'aura qu'à tout vendre et s'offrir une retraite au soleil, à ne penser enfin qu'à elle. Pour Isaure, je lui laisse deux manuscrits. Ils ne conviendront pas à Nadows mais elle trouvera bien un autre nom à mettre dessus.

— Et moi ?

— Vous, vous pourrez enfin publier ma biographie, la version complète, et vous passerez à autre chose, si tout va bien avec un peu d'argent. Il est temps de quitter ce monde de vieux et de faire votre vie, au Brésil ou ailleurs.

Elle le fixa un moment, la résolution de son regard ne cachait aucun défaitisme. Il avait accepté la situation et préparé la suite, elle ne trouva rien à ajouter, juste une association d'idées.

— Vous connaissez la nouvelle de Brian Irwin, celle sur l'étoile qui disparaît ? lui demanda-t-elle.

— Je n'ai jamais été porté sur la science-fiction, vous le savez bien.

— Peu importe. Lorsque cette étoile disparut, les planètes qui tournaient autour d'elle, libérées de la force gravitationnelle qui les emprisonnaient sur leurs orbites depuis la nuit des temps, se mirent à dériver dans le vide de la galaxie. Privée de la chaleur et de la lumière de l'étoile, la vie qui avait colonisé deux d'entre elles s'éteignit.

Cette fois-ci, il éclata d'un rire franc et lui tendit son bras.

— Jeune fille, il me semble que vous avez bien besoin de boire quelque chose. Allons remercier tous ces gens qui nous attendent et faire honneur aux préparatifs de mes amies. Nous reparlerons de tout ça un autre jour.

Aujourd'hui encore, Jeanne est prête à jurer qu'à ce moment-là, il la prit dans ses bras et lui embrassa la joue.

Printed in Great Britain
by Amazon